ACTES NOIRS
série dirigée par Manuel Tricoteaux

FLÉTRISSURE

Titre original :
Tiefe Wunden
Editeur original :
List Taschenbuch Verlag, Berlin
© Ullstein Buchverlage GmbH, Berlin, 2009

© ACTES SUD, 2011
pour la traduction française
ISBN 978-2-7427-9908-4

NELE NEUHAUS

Flétrissure

roman traduit de l'allemand
par Jacqueline Chambon

ACTES SUD

pour Anne

Ce livre est un roman, tous les personnages et toutes les situations sont le fruit de mon imagination.

PROLOGUE

Personne, dans sa famille, n'avait compris sa décision de venir finir sa vie en Allemagne, pas même lui. Brusquement il avait senti qu'il ne voulait pas mourir dans le pays qui pendant soixante ans s'était montré si généreux avec lui. Il était pris de nostalgie à l'idée de lire des journaux allemands, d'entendre le son de la langue allemande. David Goldberg n'avait pas quitté l'Allemagne de son plein gré, en 1945, c'était une question de vie ou de mort, et il avait tiré le meilleur avantage de la perte de sa patrie. Mais à présent plus rien ne le retenait en Amérique. Il avait acheté la maison près de Francfort voilà presque vingt ans, peu après la mort de Sarah, pour ne pas avoir à passer la nuit dans des hôtels anonymes quand ses nombreuses affaires ou les devoirs de l'amitié l'appelaient en Allemagne.

Goldberg poussa un profond soupir en contemplant les contreforts de Taunus. Le soleil du soir les teintait d'une lumière dorée. Il se souvenait à peine du visage de Sarah. Les soixante années qu'il avait passées aux Etats-Unis s'étaient comme effacées de sa mémoire, et il avait parfois du mal à se rappeler le nom de ses petits-enfants. En revanche, les événements de l'époque d'avant l'Amérique, auxquels il n'avait plus pensé depuis longtemps, revenaient avec force. Parfois, en se réveillant après un petit somme, il avait besoin de quelques minutes pour savoir où il était. Alors il observait avec mépris ses mains osseuses et tremblantes à la peau tavelée de taches de vieillesse. Vieillir n'était pas un cadeau, c'était même une absurdité. Au moins le destin lui avait-il épargné de devenir un invalide dépendant comme beaucoup de ses amis et compagnons de route qui n'avaient pas eu la chance d'être emportés par un infarctus. Il avait une constitution solide qui étonnait toujours ses médecins et qui l'avait immunisé pendant de longues années contre les atteintes de l'âge. Il devait cela à une discipline de fer qui lui avait permis de relever tous les défis de la vie. Il ne s'était jamais laissé aller. Encore aujourd'hui il veillait à être correctement vêtu et soignait son apparence. Goldberg frissonna en pensant à sa dernière visite dans une maison de retraite. La vue des vieux, traînant les pieds dans les couloirs ou assis, sans but, en robes de chambre et pantoufles, hirsutes et le regard vide, l'avait dégoûté. La plupart étaient plus jeunes que lui et pourtant il n'aurait pas supporté de vivre avec eux.

— Monsieur Goldberg ?

Il sursauta et tourna la tête. L'infirmière, dont il avait oublié la présence et le nom, se tenait sur le seuil. Comment s'appelait-elle déjà ? Elvira, Edith… quelle importance. Sa famille ne voulait pas qu'il vive seul et ils lui avaient trouvé cette femme. Goldberg avait recalé cinq candidates. Il ne voulait pas vivre sous le même toit qu'une Polonaise ou une Asiatique, pour lui, le physique jouait aussi un rôle. Celle-ci lui avait tout de suite plu, grande, blonde, énergique. Elle était allemande, gouvernante expérimentée et infirmière. Il la payait royalement, car elle supportait ses lubies et nettoyait sans sourciller les traces de son incontinence grandissante. Elle s'approcha de son fauteuil et le regarda avec attention. Goldberg évita son regard. Elle s'était maquillée, l'ouverture de sa blouse découvrait la naissance de ses seins dont il lui arrivait de rêver. Où allait-elle ? Avait-elle un ami qu'elle allait rejoindre pendant sa soirée de congé ? Elle avait au plus quarante ans et elle était séduisante. Mais il ne le lui demanderait pas. Il ne tolérait aucune familiarité.

— Tout est en ordre, je peux y aller maintenant ? Une légère impatience transparaissait dans sa voix. Avez-vous tout ce qu'il vous faut ? Je vous ai préparé votre repas, les pilules et…

Goldberg lui coupa la parole avec un geste d'impatience. Elle avait tendance à le traiter comme un enfant arriéré.

— Partez, dit-il, je me débrouillerai.

— Je serai là demain matin à sept heures et demie.

Il n'en doutait pas. La ponctualité allemande.

— J'ai repassé votre costume foncé pour demain et aussi la chemise.

— Oui, oui, merci.
— Dois-je brancher l'alarme ?
— Non, je le ferai plus tard. Allez. Amusez-vous bien.
— Merci.

Sa voix trahissait l'étonnement. C'était la première fois qu'il lui souhaitait de s'amuser. Goldberg écouta le claquement de ses talons sur le sol de marbre, puis le bruit de la lourde porte qui se refermait. Le soleil avait disparu derrière le Taunus, le crépuscule tombait. Il fixait le monde extérieur d'un air avide. Dehors des millions de jeunes gens s'étaient donné rendez-vous pour profiter de la vie avec allégresse. Auparavant il en avait fait partie, il avait été un bel homme, riche, influent, admiré. A l'âge d'Elvira, il n'aurait pas accordé une pensée à ces vieillards frileux à la carcasse douloureuse, assis dans leur fauteuil, une couverture de laine sur leurs genoux arthritiques, à attendre l'ultime événement de leur existence : la mort. A peine croyable qu'il en soit arrivé là, lui aussi. A présent il n'était plus qu'un fossile, un survivant d'une époque grise dont les amis, les connaissances et les compagnons avaient depuis longtemps disparu. Il ne restait plus que trois êtres au monde avec qui il pouvait parler du passé, qui se souvenaient de lui au temps qu'il était jeune et fort.

La sonnette de la porte d'entrée le tira de ses pensées. Etait-il déjà huit heures et demie ? Sans doute. Elle était aussi ponctuelle que cette Edith. Goldberg se leva du fauteuil en retenant un gémissement. Elle tenait absolument à lui parler en tête à tête de la fête d'anniversaire de demain. Il avait peine à croire qu'elle ait déjà quatre-vingt-cinq ans, la petite. Les jambes raides, il traversa le salon et la salle à manger, jeta un bref regard au miroir pendu à côté de la porte et lissa ses cheveux entièrement blancs mais pas encore clairsemés. Même s'il savait qu'ils allaient se disputer, il était content de la voir. Il l'était toujours. Elle était la principale raison de son retour en Allemagne. Il ouvrit la porte en souriant.

SAMEDI 28 AVRIL 2007

Oliver von Bodenstein enleva la casserole de lait du feu, y ajouta deux cuillères de cacao en poudre et versa la boisson fumante dans la chocolatière. Depuis que Cosima allaitait, elle avait renoncé à son cher café et, à l'occasion, il se montrait solidaire. Il faut dire qu'il ne détestait pas le chocolat chaud. Son regard rencontra celui de Rosalie et il eut un sourire d'excuse en voyant l'air désapprobateur de sa fille de dix-neuf ans.

— Il y a au moins deux cents calories, dit-elle avec une moue, comment vous pouvez boire ça !

— Tu vois, ce qu'on peut faire par amour pour son enfant, répliqua-t-il.

— Moi, je ne renoncerai certainement pas à mon café, affirmat-elle, en sirotant sa tasse avec ostentation.

— On verra.

Bodenstein sortit deux bols de porcelaine du placard et les posa sur un plateau avec la chocolatière. Cosima s'était recouchée après avoir été tirée du lit par le bébé à cinq heures du matin. Leur vie était bouleversée depuis la naissance de Sophia Gabriela en décembre. Lorsque Cosima et lui apprirent qu'ils allaient de nouveau être parents, ce fut d'abord un choc, puis ils s'étaient réjouis, non sans ressentir une certaine appréhension. Lorenz et Rosalie avaient vingt-trois et dix-neuf ans, leur éducation était faite et leur scolarité achevée. Allaient-ils tout devoir recommencer comme avant ? Lui et surtout Cosima en seraient-ils capables ? L'enfant serait-il en bonne santé ? Les inquiétudes secrètes de Bodenstein s'étaient révélées infondées. Cosima avait continué de travailler jusqu'à l'accouchement, les résultats positifs des tests prénataux avaient été confirmés à la naissance de Sophia : l'enfant était en parfaite santé. Et, à présent, cinq mois plus tard, Cosima allait tous les jours au bureau en emmenant le bébé dans son couffin. Finalement, pensait Bodenstein, tout était beaucoup plus simple que pour Lorenz et Rosalie. Nous étions plus jeunes et plus robustes mais nous avions moins d'argent et un petit appartement. D'ailleurs, il savait que Cosima aurait souffert d'abandonner son métier de reporter à la télévision qui la passionnait.

— Pourquoi tu t'es levée si tôt ? demanda-t-il à sa fille aînée, c'est pourtant samedi ?

— Je dois être au château à neuf heures, répondit Rosalie, nous avons une grande réception avec champagne et ensuite un menu de six services pour cinquante-trois personnes. Une amie de grand-mère fête ses quatre-vingt-cinq ans.

— Ah, ah !

Après son bac, Rosalie avait renoncé à l'université et décidé de faire un apprentissage de cuisinière dans le restaurant de luxe de Quentin, le frère de Bodenstein et de sa belle-sœur Marie-Louise. A l'étonnement de ses parents, Rosalie affichait un enthousiasme sans faille. Elle ne se plaignait ni des horaires inhumains, ni du chef sévère et colérique. Cosima soupçonnait que c'était justement ce chef étoilé au fort tempérament, Jean-Yves Saint-Clair, qui avait emporté la décision de Rosalie.

— Ils ont changé au moins dix fois le menu, le choix des vins et le nombre des invités. Rosalie mit sa tasse dans le lave-vaisselle. Pourvu qu'ils n'aient pas encore inventé un nouveau truc.

Le téléphone sonna. A huit heures et demie, un samedi matin, cela ne présageait rien de bon. Rosalie alla répondre et revint dans la cuisine le téléphone à la main :

— C'est pour toi, papa, dit-elle en lui tendant l'appareil et en lui faisant au revoir de la main.

Bodenstein soupira. La promenade sur le Taunus et le déjeuner à la maison avec Cosima et Sophia semblaient compromis. Ses craintes se confirmèrent lorsqu'il entendit la voix tendue du commissaire de la Kripo, Pia Kirchhoff.

— Nous avons un mort, je sais que c'est moi qui suis de service mais vous devriez venir, chef. Il s'agit d'un type important, et en plus il est américain.

Le coup lui sembla rude après une semaine bien remplie.

— Où ? coupa-t-il.

— Vous n'êtes pas loin. A Kelkheim, 39, Drosselweg. David Goldberg. Sa gouvernante l'a trouvé ce matin à huit heures.

Bodenstein promit de se dépêcher, puis il apporta le chocolat à Cosima et lui annonça la mauvaise nouvelle.
— Des cadavres en fin de semaine, ça devrait être interdit, murmura Cosima en bâillant de tout son cœur.
Bodenstein sourit. En vingt-quatre ans de mariage, il n'avait jamais vu sa femme réagir avec colère ou mauvaise humeur lorsqu'il devait partir en urgence, ruinant les projets de la journée. Elle s'assit sur le lit et attrapa la chocolatière.
— Merci, dit-elle, où dois-tu aller ?
Bodenstein prit une chemise dans la penderie.
— Drosselweg. Je pourrais y aller à pied. L'homme s'appelle Goldberg et il est américain. Pia Kirchhoff craint que ça ne complique les choses.
— Goldberg, réfléchit Cosima en fronçant les sourcils. J'ai entendu ce nom quelque part. Mais je ne sais plus où.
— Il paraît que c'est un type important.
Bodenstein se décida pour une cravate bleue à motifs et enfila une veste.
— Ah oui, je sais, dit Cosima, c'était chez la fleuriste, Mme Schönermark ! Son mari livre à ce type des fleurs fraîches tous les deux jours. Il ne vit ici que depuis six mois, avant il n'habitait la maison que lorsqu'il venait en Allemagne. Elle a entendu dire qu'il avait été conseiller du président Reagan.
— Alors, il ne devait pas être tout jeune.
Bodenstein se pencha et embrassa sa femme sur la joue. Il ne pensait plus qu'à ce qui l'attendait. Comme chaque fois qu'on avait découvert un cadavre, il ressentait ce mélange d'excitation et d'angoisse qui disparaissait dès qu'il avait vu le corps.
— Oui, il était très âgé, dit Cosima d'un air absent en buvant à petits coups son chocolat brûlant, mais c'était encore…

En dehors de lui et du prêtre avec ses deux enfants de chœur, il n'y avait que quelques vieilles femmes qui, soit par crainte d'une fin prochaine soit par hantise de la solitude, étaient venues entendre de si bon matin la messe à Saint-Léonard. Elles étaient éparpillées dans le premier tiers de la nef et, assises sur les durs bancs de bois, elles écoutaient la voix monotone du prêtre en étouffant de temps en temps un bâillement. Marcus Nowak était au dernier rang, le regard absent. Le hasard l'avait conduit dans cette église du centre de Francfort. Ici, il ne connaissait personne et il avait secrètement espéré que le déroulement familier et consolant de la sainte messe lui ferait retrouver un équilibre spirituel, mais ce n'était pas le cas. Au contraire. Mais à quoi pouvait-il s'attendre, lui qui n'avait pas mis les pieds dans une église depuis des années ? Il lui semblait que quelqu'un avait vu ce qu'il avait fait la nuit dernière. Et ce n'est pas en s'agenouillant dans un confessionnal et en récitant dix Notre Père qu'on pouvait être lavé de ce péché. Il n'était pas digne d'être ici et d'espérer le pardon de Dieu, car ses regrets n'étaient pas sincères. Le sang lui monta au visage et il ferma les yeux : comme il avait aimé cela, comme il avait été enivré de bonheur. Il revoyait sans cesse son visage, sa façon de le regarder et finalement de tomber à genoux devant lui. Mon Dieu. Comment avait-il pu faire cela ? Il posa son front sur ses mains jointes et il sentit les larmes courir sur ses joues pas rasées en prenant conscience de la portée de son acte. Sa vie ne serait plus jamais la même. Il se mordit les lèvres, ouvrit les yeux et observa ses mains avec un sursaut de dégoût. Mille ans ne pourraient pas le blanchir de cette faute. Le pire c'est qu'il le referait si l'occasion se présentait. Si sa femme, ses enfants ou ses parents l'apprenaient, jamais ils ne le lui pardonneraient. Il poussa un soupir si profond que deux vieilles femmes assises loin devant lui se retournèrent et le regardèrent, étonnées. Il replongea sa tête dans ses mains et maudit cette foi qui le rendait prisonnier des représentations morales qu'on lui avait inculquées. Mais on pouvait le tourner et le retourner comme on voulait, il n'y aurait aucune excuse tant qu'il ne regretterait pas son action. Sans repentir, il n'y avait ni expiation, ni pardon.

Le vieil homme était agenouillé sur l'étincelant marbre blanc du hall, à moins de trois mètres de la porte d'entrée. Son buste avait basculé en avant, sa tête baignait dans une flaque de sang coagulé. Bodenstein ne pouvait savoir à quoi ressemblait son visage ou plutôt ce qu'il en restait. La balle mortelle était entrée par l'occiput, le sombre petit orifice était d'une discrétion trompeuse. Elle avait causé des dégâts considérables. Du sang et de la masse cervicale avaient giclé partout, sur la tapisserie de soie aux motifs sobres, sur les boiseries, les tableaux et même sur le grand miroir vénitien suspendu près de la porte d'entrée.

— Bonjour, chef.

Pia Kirchhoff émergea d'une porte au fond du hall. Elle appartenait depuis deux ans à peine à la K11, l'inspection régionale de la Kripo de Hofheim. Bien qu'elle fût une lève-tôt confirmée, elle semblait mal réveillée ce matin. Bodenstein en subodorait la raison, c'est pourquoi il se contenta de la saluer d'un signe de tête :

— Qui l'a trouvé ?

— Sa gouvernante. Elle avait sa soirée de congé et n'est revenue que ce matin vers sept heures et demie.

Les collègues de la police scientifique arrivèrent, jetèrent, du seuil, un bref regard sur le corps, et enfilèrent avant d'entrer des blouses de protection et des surchaussures blanches.

— Monsieur le commissaire, cria un des hommes.

Bodenstein se tourna vers la porte.

— On a trouvé un portable.

L'agent repêcha de sa main droite gantée un téléphone mobile dans un massif de fleurs, près de l'entrée.

— Emballez-le, répliqua Bodenstein, avec un peu de chance il appartient au meurtrier.

Il se retourna. Un rayon de soleil, qui entrait à travers la porte, tomba sur le miroir et le fit étinceler. Bodenstein sursauta.

— Vous avez vu ? dit-il à sa collègue.

— Quoi ?

Pia Kirchhoff s'approcha. Elle avait tressé ses cheveux blonds en deux nattes et n'avait pas maquillé ses yeux, un indice certain que, ce matin, elle s'était dépêchée. Bodenstein lui montra le miroir. Au milieu d'un jet de sang, un nombre avait été inscrit. Pia plissa les yeux et observa les cinq chiffres.

— 1-6-1-4-5. Qu'est-ce que ça peut bien signifier ?

— Je n'en ai pas la moindre idée, avoua Bodenstein qui s'écartait prudemment du corps pour ne pas détruire des empreintes.

Avant d'aller dans la cuisine, il visita les pièces qui s'ouvraient sur le hall et le couloir. La maison était un bungalow mais elle était plus vaste qu'elle ne paraissait de l'extérieur. Le mobilier était ancien, du Jugendstil en noyer et en chêne, massif et ornementé. Sur la moquette beige du salon étaient posés des tapis persans fanés.

— Il a dû avoir de la visite.

Pia montra, sur le plateau en marbre de la table basse, deux verres à pied et une bouteille de vin, à côté d'une coupe de porcelaine blanche qui contenait des olives.

— La porte d'entrée n'a pas été forcée et, à première vue, il n'y a aucune trace d'effraction. Peut-être qu'il a pris un verre avec son meurtrier.

Bodenstein se pencha sur la table basse et plissa les yeux pour lire l'étiquette du vin.

— C'est fou.

Il avait presque les doigts sur la bouteille lorsqu'il réalisa qu'il n'avait pas de gants.

— Quoi donc ? demanda Pia.

— C'est un château-petrus 1993, répondit-il avec un regard plein de respect pour la discrète bouteille verte qui portait sur son étiquette les lettres rouges bien connues des amateurs de vin. Cette bouteille coûte le prix d'une petite voiture.

— Incroyable !

Bodenstein ne savait pas si sa collègue voulait signifier qu'il était insensé de débourser une telle somme pour une bouteille de vin ou que la victime avait bu, juste avant sa mort – et peut-être avec son meurtrier – un cru si noble.

— Que savons-nous sur le mort ? demanda-t-il, après s'être assuré que la bouteille n'avait été bue qu'à moitié.

Il éprouva un pincement au cœur en pensant qu'on allait jeter le reste avant d'envoyer la bouteille au laboratoire.

— Goldberg vivait ici depuis octobre dernier. Il est né en Allemagne mais a vécu plus de soixante ans aux Etats-Unis, et il a dû être un personnage assez important. La gouvernante pense qu'il était d'une famille fortunée.

— Il vivait seul ? Il était pourtant âgé.

— Quatre-vingt-douze ans. Mais il était robuste. La gouvernante a un appartement au sous-sol. Elle a sa soirée de libre deux fois par semaine, pour le sabbat et un jour de son choix.

— Goldberg était juif ?

Le regard de Bodenstein parcourut le salon et s'arrêta sur un chandelier à sept branches en bronze, posé sur une desserte ; les bougies de la ménorah étaient neuves. Ils entrèrent dans la cuisine qui, au contraire du reste de la maison, était claire et moderne.

— Voici Eva Ströbel, dit Pia en désignant la femme assise à la table de la cuisine, qui se leva. C'est la gouvernante de M. Goldberg.

Elle était grande et, malgré ses talons plats, elle aurait pu regarder Bodenstein dans les yeux sans lever la tête. Il lui tendit la main, considérant le visage pâle de la femme. Elle était visiblement sous le choc. Eva Ströbel raconta qu'elle avait été embauchée, il y avait sept mois de cela, par Sal Goldberg, le fils de la victime, pour devenir la gouvernante de son père. Depuis, elle habitait dans l'appartement du sous-sol et s'occupait du vieux monsieur. Goldberg était très indépendant, vif d'esprit et très réglé. Il accordait une grande valeur à un emploi du temps strict et prenait trois repas par jour. Il quittait rarement la maison. Ses rapports avec Goldberg avaient été distants mais corrects.

— Il avait souvent des visites ? voulut savoir Pia.

— Souvent non, mais parfois. Son fils venait chaque mois d'Amérique et restait deux ou trois jours. Sinon, il recevait de temps en temps des amis, surtout le soir. Leurs noms, je ne les connais pas, il ne m'a jamais présenté ses hôtes.

— Attendait-il une visite hier soir ? Dans le salon, deux verres et une bouteille de vin rouge étaient posés sur la table.

— Alors quelqu'un a dû l'apporter, dit la gouvernante. Je n'ai pas acheté de vin et il n'y en a pas dans la maison.

— Avez-vous pu vérifier s'il ne manquait rien ?

— Je n'ai pas encore eu le temps. Je suis entré dans la maison et... j'ai vu M. Goldberg là – elle fit un geste vague de la main –, je veux dire, il y avait du sang partout. Il était évident que je ne pouvais plus rien faire.

— Vous avez très bien agi. Bodenstein lui sourit gentiment. Ne vous inquiétez pas pour ça. Quand avez-vous quitté la maison hier soir ?

— Vers huit heures. J'avais posé son dîner sur un plateau.

— Quand êtes-vous revenue ?

— Ce matin, un peu avant sept heures. M. Goldberg est très à cheval sur la ponctualité.

Bodenstein acquiesça. Puis il se souvint des chiffres sur le miroir.

— Le nombre 16145 vous évoque-t-il quelque chose ?

La gouvernante le regarda avec étonnement, puis secoua la tête.

Dans le hall, on entendit des voix. Bodenstein revint à la porte et constata que le Dr Henning Kirchhoff, le directeur adjoint de l'institut de médecine légale de Francfort, par ailleurs ex-mari de sa collègue, s'était déplacé en personne. Auparavant, quand il appartenait à la K11 de Francfort, il avait souvent travaillé avec Kirchhoff et en gardait un bon souvenir. L'homme était une sommité dans sa spécialité, un scientifique brillant, passionné par son travail et en outre un des rares spécialistes d'anthropologie judiciaire d'Allemagne. S'il se confirmait que Goldberg avait été de son vivant une personnalité importante, les politiques et les pouvoirs publics allaient mettre la pression sur la K11. C'était une chance qu'un spécialiste reconnu comme le Dr Kirchhoff examine le corps et en fasse l'autopsie. Car Bodenstein pourrait se recommander de lui, aussitôt que la cause de la mort serait rendue publique.

— Bonjour Henning, dit la voix de Pia derrière lui. Merci d'être venu si vite.

— Tes désirs sont des ordres. Kirchhoff s'accroupit à côté du corps et l'observa attentivement. Ce vieux type a survécu à la guerre et à Auschwitz pour être exécuté dans sa propre maison.

— Tu le connais ? dit Pia, étonnée.

— Pas personnellement, dit Kirchhoff en levant les yeux. Mais à Francfort, il n'était pas seulement respecté par la communauté juive. Si je me souviens bien, c'était un homme important à Washington, conseiller pendant des décennies à la Maison Blanche et même membre du Conseil de sécurité nationale. Il avait affaire avec l'industrie de l'armement. En outre, il a beaucoup œuvré à la réconciliation de l'Allemagne et d'Israël.

— D'où tu sais ça ? Bodenstein entendit sa collègue demander. Tu as consulté Google avant de venir pour nous impressionner ?

Kirchhoff leva la tête et lui jeta un regard vexé.

— Non, mais je l'ai lu quelque part et je l'ai retenu.

Cela parut plausible à Pia. Son ex-mari avait une mémoire photographique et une intelligence supérieure à la moyenne. Du point de vue humain, il n'était pas parfait, c'était quelqu'un de cynique et de misanthrope.

Le professeur de médecine légale se mit de côté pour que l'agent de la police scientifique puisse prendre ses clichés. Pia lui fit remarquer les chiffres sur le miroir.

— Hum ! dit Kirchhoff en les observant de près.

— Qu'est-ce que ça peut signifier ? demanda Pia. C'est le meurtrier qui a dû l'écrire, non ?

— C'est probable, approuva Kirchhoff. On l'a écrit quand le sang était encore frais. Quant à ce que ça signifie, aucune idée. Il faut enlever le miroir et le faire examiner. Il se retourna vers le corps : Alors, Bodenstein, vous ne me demandez pas l'heure de la mort ?

— Habituellement j'attends dix minutes avant de le faire, dit Bodenstein sèchement. Malgré l'estime que je vous porte, je ne vous prends pas pour un voyant.

— J'affirmerais sans m'engager que la mort est survenue à onze heures vingt.

Bodenstein et Pia se regardèrent, impressionnés.

— Le verre de la montre est brisé, dit Kirchhoff en désignant le poignet du mort, et la montre s'est arrêtée. Ça va faire de sacrées vagues quand on va apprendre que Goldberg a été assassiné.

Bodenstein trouva que c'était peu dire. La perspective que la question de l'antisémitisme puisse être soulevée pendant l'enquête ne lui plaisait guère.

Les moments dans lesquels Thomas Ritter pensait qu'il était un salaud ne duraient pas longtemps. Au bout du compte, la fin justifiait les moyens. Marleen croyait toujours que seul le hasard l'avait conduit dans ce bistrot du Goethepassage, où elle déjeunait chaque jour. La deuxième fois, ils s'étaient encore croisés "par hasard" dans l'Eschersheimer Landstrasse, juste devant le cabinet du physiothérapeute où elle allait chaque jeudi pour soigner le handicap causé par son infirmité. Il s'était préparé à une longue approche mais tout était allé étonnamment vite. Il avait invité Marleen à dîner chez *Erno*, même si cela excédait ses possibilités financières et entamait fortement l'avance accordée par la maison d'édition. Il l'avait sondée avec précaution pour savoir jusqu'à quel point elle était au courant de sa situation actuelle. A son soulagement, elle ne savait rien et semblait simplement contente d'avoir rencontré une vieille connaissance. Elle avait toujours été une solitaire et la perte de sa jambe et la prothèse l'avaient encore plus isolée. Après le champagne, il avait commandé un sensationnel pomerol, château-l'église-clinet 1994, qui coûtait à peu de chose près le montant de son loyer. Il l'avait habilement amenée à parler d'elle-même. Les femmes aiment se raconter, même la solitaire Marleen. Elle lui décrivit son travail d'archiviste dans une grande banque et son immense déception quand elle avait découvert que son mari avait eu deux enfants avec sa maîtresse. Après le deuxième verre de vin, Marleen avait commencé à perdre toute retenue. Si elle avait soupçonné à quel point son corps la trahissait, elle aurait eu honte. Elle était affamée d'amour, d'attention et de tendresse et, au dessert, qu'elle avait à peine touché, il comprit qu'il l'amènerait au lit le soir même. Patiemment, il attendit qu'elle fasse les premiers pas. Et c'est ce qui arriva une heure plus tard. Lorsqu'elle lui souffla d'une voix inaudible qu'elle était amoureuse de lui depuis quinze ans, il ne fut pas étonné. A l'époque où il fréquentait la maison Kaltensee, il avait souvent eu l'occasion de rencontrer la petite-fille préférée de sa grand-mère et lui avait tourné quelques compliments que personne d'autre ne lui adressait. Il avait ainsi gagné son cœur sans se douter qu'il en aurait besoin un jour. La vue de son appartement ancien – cent cinquante mètres carrés meublés avec goût, avec stuc au plafond et parquet, dans la partie huppée du quartier de Westend à Francfort – lui avait douloureusement rappelé ce qu'il avait perdu le jour où il avait été banni par la famille Kaltensee. Il s'était juré de récupérer ce qu'il avait perdu et plus encore.

Il y avait six mois de cela.

Thomas Ritter avait planifié sa vengeance avec beaucoup de patience, pour l'instant c'était le temps des semailles. Il se mit sur le dos et s'étira paresseusement. Dans la salle de bains voisine, retentit pour la troisième fois le bruit de la chasse d'eau. Marleen souffrait de nausées matinales mais, le reste du temps, elle se portait si bien que, jusqu'à présent, personne ne s'était aperçu qu'elle était enceinte.

— Ça va, chérie ? cria-t-il en réprimant un sourire de satisfaction. Pour une femme aussi intelligente, elle s'était fait avoir avec une facilité étonnante. Elle ne se doutait pas que, dès la première nuit, il avait remplacé ses pilules par un placebo sans effet. Il y avait trois mois, quand il était arrivé, elle était assise dans la cuisine, en pleurs, le visage défait, devant un test de grossesse positif. C'était comme gagner au loto. La pensée qu'*elle* serait folle furieuse, si elle découvrait que c'était *lui* qui avait mis exprès sa princesse enceinte, lui était un véritable aphrodisiaque. Il avait assis Marleen sur ses genoux, avec d'abord une certaine consternation puis avec un enthousiasme grandissant, et pour finir il l'avait prise sur la table de la cuisine.

Marleen revint de la salle de bains, pâle mais souriante. Elle se glissa sous la couverture et se blottit contre lui. Sans se soucier de l'odeur de vomi, il la serra dans ses bras.

— Tu es sûre de le vouloir ?

— Naturellement, répondit-elle gravement. Si ça ne te fait rien d'épouser une Kaltensee.

Apparemment, elle n'avait parlé ni de leur relation ni de son état à aucun membre de sa famille. Brave fille ! Après-demain, lundi, à dix heures moins le quart, ils avaient rendez-vous au bureau de l'état civil sur la Römer, et, à dix heures, il ferait officiellement partie de la famille qu'il avait haïe toute sa vie. Comme ce serait délectable le jour où Marleen *le* présenterait comme son époux légitime. Emporté par son rêve favori, il sentit qu'il bandait. Marleen le remarqua avec un petit rire…

— Nous devons nous dépêcher, chuchota-t-elle. Je dois être chez grand-mère au plus tard dans une heure et, avec elle…

Il lui ferma la bouche d'un baiser. Au diable la grand-mère ! Bientôt, bientôt, c'était si loin bientôt, le jour de la vengeance était proche ! Mais ils n'en seraient informés officiellement que lorsque le ventre de Marleen aurait l'arrondi nécessaire.

— Je t'aime, souffla-t-il sans l'ombre d'une mauvaise conscience. Je suis fou de toi.

La Dr Vera Kaltensee, entourée de ses fils Elard et Siegbert, était assise à la place d'honneur au centre de la table somptueusement dressée dans la grande salle du château Bodenstein, et il lui tardait que cette journée d'anniversaire s'achève. Bien entendu toute la famille sans exception avait répondu à son invitation, mais cela lui importait peu, car les deux hommes avec qui elle aurait aimé fêter cette journée manquaient. Et c'était sa faute. Avec l'un, elle s'était disputée la veille pour une vétille – enfantin qu'il lui en ait voulu et ne soit pas venu à cause de cela –, quant à l'autre, elle l'avait banni de sa vie un an auparavant. La blessure causée par la conduite perfide de Thomas Ritter, après dix-huit ans de travail en commun, ne s'était toujours pas refermée. Vera n'était pas femme à s'analyser mais, dans ses rares moments de retour sur soi, elle était prête à reconnaître que cette souffrance ressemblait à un véritable chagrin d'amour. C'était ridicule à son âge mais c'était ainsi. Pendant dix-huit ans, Thomas avait été l'homme en qui elle avait eu le plus confiance, son secrétaire, son confident, son ami mais, hélas, jamais son amant. De toute son existence, aucun homme n'avait manqué à Vera comme ce petit traître. Finalement, il n'était rien d'autre. Au cours de sa longue vie elle avait pu vérifier que le dicton : "Personne n'est irremplaçable" était faux. Certains étaient irremplaçables. Thomas l'était. Vera regardait rarement en arrière. Mais aujourd'hui, pour son quatre-vingt-cinquième anniversaire, il lui paraissait légitime de penser, ne serait-ce que brièvement, à ceux qu'elle avait laissés derrière elle. Elle s'était séparée d'un cœur léger de certains compagnons de route, pour d'autres cela lui avait plus coûté. Elle poussa un profond soupir.

— Ça va, mère ? demanda son fils Siegbert, assis à sa gauche, et qui s'inquiétait vite. Tu n'as presque rien mangé !

— Je vais bien, dit Vera en hochant la tête et en se forçant à sourire. Ne te fais pas de souci, mon garçon.

Siegbert était toujours préoccupé par son bien-être et parfois son empressement lui faisait presque de la peine. Vera tourna la tête et jeta un regard à son fils aîné. Elard paraissait absent, comme souvent ces derniers temps, et il ne semblait pas participer à la conversation. La nuit dernière, il avait une fois de plus découché. Il était venu à l'oreille de Vera, qu'il avait une liaison avec la peintre de talent japonaise qui avait été invitée par sa fondation. La fille avait dans les vingt-cinq ans, presque quarante de moins qu'Elard. Mais au contraire du rond et jovial Siegbert qui à vingt-cinq ans n'avait déjà plus un cheveu sur le crâne, le temps avait été indulgent avec Elard, il paraissait moins que ses soixante-trois ans. Pas étonnant qu'il attire encore des femmes de cet âge ! Il s'était toujours conduit comme un gentleman de la vieille école, éloquent, cultivé et agréablement réservé. Impossible d'imaginer Elard sur la plage en maillot de bain ! Même au plus chaud de l'été, il s'habillait de préférence en noir avec ce mélange de nonchalance et de mélancolie qui, depuis des décennies, en faisait un objet de convoitise pour toute la gent féminine de son entourage. Herta, sa femme, s'était vite résignée et jusqu'à sa mort, quelques années plus tôt, elle avait accepté sans se plaindre de ne pas garder pour elle seule un mari comme Elard. Vera savait cependant que, derrière la belle façade que présentait son fils aîné, les choses étaient bien différentes. Et depuis quelque temps, elle croyait sentir chez lui un changement, une inquiétude qu'elle n'avait jamais perçus auparavant.

Perdue dans ses pensées, elle jouait avec son collier de perles en laissant errer son regard. A gauche d'Elard était assise Jutta, sa fille. Jutta avait quinze ans de moins que Siegbert, une retardataire dont la naissance n'avait pas été prévue. Elle était orgueilleuse et ambitieuse et Vera se retrouvait en elle. Jutta avait fait des études de droit et d'économie et depuis douze ans elle se consacrait à la politique. Elle avait été élue député du land huit ans plus tôt, siégeait au centre de son parti et avait l'intention d'en être la tête de liste aux prochaines élections. Son projet à long terme était de devenir *Ministerpräsidentin* de la Hesse au Bundesstaat. Vera ne doutait pas qu'elle y arrive. Le nom de Kaltensee était pour elle un atout notable.

Oui, finalement Vera pouvait s'estimer satisfaite de sa vie, de sa famille et de ses trois enfants qui avaient tous fait leur chemin. Si seulement il n'y avait pas cette histoire avec Thomas. Depuis qu'elle pouvait penser, Vera Kaltensee avait obéi à la raison et agi avec habileté. Elle avait contrôlé ses émotions, pris des décisions en gardant la tête froide. Toujours. Sauf cette fois. Ivre de colère et de fierté blessée, prise de panique, elle n'avait pas mesuré les conséquences. Vera prit le verre d'eau et but une gorgée. Depuis ce jour, elle éprouvait un sentiment de menace, né de la séparation définitive avec Thomas Ritter, qui planait sur elle comme un nuage noir et ne se laissait pas dissiper.

Grâce à sa prudence et à son courage, elle avait toujours réussi à éviter les écueils. Elle avait affronté des crises, résolu des problèmes, surmonté des échecs mais, à présent, elle se sentait soudain vulnérable et seule. Etre responsable de sa vie, de l'entreprise et de la famille, elle ne le ressentait plus comme un plaisir mais comme un poids oppressant. Etait-ce l'âge qui l'accablait peu à peu ? Combien d'années lui restait-il avant que ses forces ne l'abandonnent entièrement et qu'elle ne perde inévitablement son pouvoir ?

Elle promena son regard sur ses invités, sur les visages souriants, insouciants, joyeux, percevant le brouhaha des voix, le cliquettement des couverts et de la vaisselle, comme de très loin. Vera observa Anita, son amie de jeunesse qui, hélas, ne se déplaçait plus qu'en chaise roulante. Comme elle était devenue faible, l'énergique Anita, pleine de vie, c'était incroyable ! Il semblait à Vera qu'hier encore elles fréquentaient ensemble l'école de danse et plus tard la BDM*, comme presque toutes les jeunes filles d'alors. Maintenant elle était tassée dans sa chaise roulante comme un frêle et pâle fantôme, ses brillants cheveux bruns réduits à un duvet blanc. Anita était la dernière des amies et compagnes de jeunesse de Vera, les autres mangeaient les pissenlits par la racine. Non, ce n'était pas beau de devenir vieux, de se délabrer et de voir mourir les gens autour de soi.

Un doux soleil dans la tonnelle, des pigeons roucoulent. Le lac aussi beau qu'un ciel infini au-dessus des forêts obscures. L'odeur de l'été, de la liberté. De jeunes visages qui suivent les régates, les yeux brillants d'excitation. Les garçons en pullovers blancs passent les premiers la ligne d'arrivée. Rayonnants de fierté, ils saluent. Vera le regarde, il est à la barre, c'est le capitaine. Son cœur bat la chamade quand il saute avec souplesse sur le quai. Je suis ici, pense-t-elle en agitant les mains, je t'ai applaudi, regarde-moi ! Elle croit d'abord qu'il lui sourit, elle crie des félicitations et lui tend déjà les bras. Son cœur fait un bond, car il vient droit vers elle, souriant, radieux. La déception la frappe comme un coup de couteau lorsqu'elle comprend que ce n'est pas à elle qu'il sourit mais à Vicky. La jalousie lui serre la gorge. Il embrasse l'autre, passe son bras autour de ses épaules, disparaît avec elle dans la foule qui les félicite avec enthousiasme lui et son équipe. Les larmes lui montent aux yeux, elle sent en elle un immense vide. Cette humiliation devant tout le monde est plus qu'elle n'en peut supporter. Elle fait volte-face, presse le pas. La déception devient colère, haine. Les poings serrés, elle s'enfuit en courant sur la rive du lac. Fuir, fuir !

Vera sursaute, effrayée. D'où viennent ces pensées soudaines, ces souvenirs inopportuns ? Elle jette un coup d'œil à sa montre. Elle ne voudrait pas paraître ingrate mais cette agitation, cet air confiné et toutes ces voix l'étourdissent. Elle se force à ramener ses pensées à l'ici et maintenant, là où elle vit depuis soixante ans. Elle a toujours vécu au présent, pas de regard

---

* Bund Deutscher Mädel, la Ligue des jeunes filles allemandes : le mouvement des jeunesses hitlériennes pour les filles. *(Toutes les notes sont de la traductrice.)*

nostalgique sur le passé. C'est pour cette raison qu'elle ne s'est jamais embringuée dans une association d'expulsés ou une organisation de réfugiés. La baronne von Zeydlitz-Lauenburg a disparu définitivement le jour où elle a épousé Eugen Kaltensee. Vera n'a jamais revu l'ancienne Prusse-Orientale. Pour quoi faire ? C'était une partie de sa vie qui était finie pour toujours.

Siegbert frappa avec son couteau sur son verre, le tumulte des voix s'éteignit, les enfants revinrent à leur place.

— Qu'est-ce qu'il y a ? demanda Vera troublée à son fils cadet.

— Tu voulais, avant que nous nous séparions, tu voulais dire quelques mots, mère, lui rappela-t-il.

— Ah oui. Vera sourit pour s'excuser. J'étais perdue dans mes pensées.

Elle toussota et se leva. Elle avait passé plusieurs heures à préparer une petite allocution, mais elle écarta ses notes.

— Je suis heureuse, dit-elle d'une voix ferme, en jetant un regard à la ronde, que vous soyez tous là pour fêter mon anniversaire. La plupart des gens, en un jour comme aujourd'hui, jettent un regard en arrière sur leur vie. Mais je préfère vous épargner les souvenirs d'une vieille femme. Au fond vous savez tout ce qu'il y a à savoir sur moi.

Comme on pouvait s'y attendre, des rires brefs éclatèrent. Mais avant que Vera ait pu continuer, la porte s'ouvrit. Un homme entra et s'appuya discrètement sur le mur du fond. Sans ses lunettes, Vera ne pouvait pas voir qui c'était. Elle en conçut un tel dépit qu'elle se mit à transpirer et que ses jambes devinrent molles. Etait-ce Thomas ? Aurait-il l'insolence de venir ici aujourd'hui ?

— Qu'as-tu, mère ? demanda Siegbert à voix basse.

Elle secoua la tête et saisit précipitamment son verre.

— C'est merveilleux que vous soyez tous venus ! dit-elle tout en se demandant quelle attitude adopter s'il s'agissait vraiment de Thomas.

— Santé !

— Un hourra pour maman ! cria Jutta en levant son verre. Joyeux anniversaire !

Tous levèrent leur verre avec des souhaits de longue vie. L'homme était à présent derrière Siegbert et toussotait. Vera tourna la tête, le cœur battant. C'était le propriétaire du château Bodenstein, pas Thomas ! Elle était soulagée et déçue en

même temps, et furieuse de sa réaction. Les portes à deux battants s'ouvrirent et les serviteurs entrèrent pour servir le dessert. Vera entendit l'homme dire à voix basse :
— Excusez-moi de vous déranger, mais j'ai une information à vous communiquer.
— Merci, dit Siegbert.
Il prit le papier et le déplia. Vera le vit pâlir.
— Qu'est-ce qu'il y a, dit-elle, alarmée, qu'est-ce que tu as ?
Siegbert leva les yeux.
— Un message de la gouvernante d'oncle Jossi, dit-il d'une voix blanche. Je suis désolé, mère. Justement aujourd'hui. Oncle Jossi est mort.

Le Dr Heinrich Nierhoff, chef de la Kripo, n'appela pas Bodenstein dans son bureau pour affirmer son autorité, comme il avait l'habitude de le faire, mais surgit dans la salle de réunion de la K11, où le commissaire principal Kai Ostermann et l'inspecteur Kathrin Fachinger préparaient un rapide débriefing. Après l'appel matinal de Pia, tous avaient renoncé à leurs projets de week-end pour venir à la K11. Sur un tableau vierge, Fachinger avait écrit en majuscules GOLDBERG et à côté les mystérieux chiffres 16145.
— De quoi s'agit-il, Bodenstein ? demanda Nierhoff.
A première vue, le chef de la Kripo paraissait insignifiant : un homme trapu au milieu de la cinquantaine avec des tempes grises, une petite moustache et un visage flasque. Mais cette première impression était trompeuse. Nierhoff était d'une intelligence aiguë et possédait un flair politique certain. Depuis quelques mois, le bruit courait qu'il allait troquer son poste de chef de la police régionale contre celui de chef de la police d'Etat à Darmstadt. Bodenstein emmena son chef dans son bureau et en quelques mots lui apprit le meurtre de David Goldberg. Nierhoff écouta en silence et ne fit aucun commentaire quand Bodenstein eut terminé. Au commissariat, le chef de la Kripo était connu pour aimer les feux de la rampe et tenait des conférences de presse avec brio. Depuis le suicide médiatique du procureur général Hardenbach, deux ans plus tôt, il n'y avait pas eu d'homicide de personnalités dans le secteur de Main-Taunus-Kreis. Aussi Bodenstein avait-il cru que Nierhoff serait ravi à l'idée d'une tempête de flashs. L'absence de réaction de son chef l'étonnait.

— Ce pourrait être une affaire sensible. L'amabilité de façade qu'affichait toujours Nierhoff avait fait place à la roublardise du tacticien. Un citoyen américain de religion juive et de surcroît survivant de l'Holocauste tué d'une balle dans la tête, il vaut mieux tenir la presse et les médias à l'écart dans un premier temps.

Bodenstein acquiesça.

— Je subodore une enquête où il faudra marcher sur des œufs, dit-il, au grand agacement de Bodenstein.

Depuis qu'une K11 avait été créée à Hofheim, Bodenstein ne pouvait pas se rappeler une seule enquête où il n'avait pas fallu marcher sur des œufs.

— Elle est comment la gouvernante ?

— Comment pourrait-elle être ? dit Bodenstein sans comprendre. Elle a trouvé le corps et elle est sous le choc.

— Elle a peut-être quelque chose à y voir. Goldberg était riche.

La mauvaise humeur de Bodenstein s'aggrava.

— Pour une infirmière qualifiée, il existe certainement des moyens plus discrets qu'un coup de feu, remarqua-t-il un peu sarcastique.

Depuis vingt-cinq ans, Nierhoff ne s'occupait que de sa carrière et il y avait bien longtemps qu'il n'avait pas dirigé une enquête, mais il se croyait toujours obligé de donner son avis. Ses yeux glissaient çà et là pendant qu'il réfléchissait, pesant les avantages et les inconvénients que pouvait recéler cette affaire.

— Goldberg était un homme très important, dit-il finalement en baissant la voix. Vous devez procéder avec prudence. Renvoyez votre équipe à la maison et veillez à ce qu'aucune information ne filtre.

Bodenstein ne voyait pas bien comme il pouvait adopter cette stratégie. Les soixante-douze premières heures sont cruciales dans une enquête. Les indices se refroidissent vite et, plus le temps passe, plus les souvenirs des témoins deviennent vagues. Mais la seule préoccupation de Nierhoff était ce que le Dr Kirchhoff avait prophétisé : une publicité négative pour son service et des complications diplomatiques. La décision pouvait être valable politiquement, mais pour Bodenstein elle était incompréhensible. Il était enquêteur et devait trouver le meurtrier et l'arrêter. Un vieillard très âgé, qui avait connu des atrocités en Allemagne, avait été sauvagement assassiné dans sa propre maison, il était impensable de gâcher, pour des raisons tactiques, un temps précieux pour la bonne marche de l'enquête. Il était furieux d'avoir mis Nierhoff au courant. Mais le chef de la Kripo connaissait mieux son subordonné que celui-ci ne le pensait.

— Vous n'êtes pas d'accord, Bodenstein, dit Nierhoff d'une voix menaçante. User de votre autorité pourrait avoir une influence préjudiciable sur votre future carrière. Vous ne voulez pourtant pas passer le reste de votre vie à Hofheim à poursuivre les meurtriers et les braqueurs de banque ?

— Pourquoi pas ? C'est pour cela que je suis entré dans la police, répliqua Bodenstein, furieux de la menace cachée de Nierhoff et du manque de considération presque méprisant pour son travail.

Les paroles qui suivirent furent pires même si elles se voulaient conciliantes.

— Un homme avec votre expérience et vos dons devrait prendre des responsabilités et viser un poste de direction, même si c'est inconfortable. Car ça l'est, j'en sais quelque chose.

Bodenstein s'efforça de garder son calme.

— A mon avis, les meilleurs sont ceux qui *enquêtent*, dit-il sur un ton qui frôlait l'insubordination, et pas ceux qui restent derrière un bureau ou perdent leur temps dans des escarmouches politiques.

Le chef de la police fronça les sourcils et parut se demander s'il devait prendre cette remarque pour une insulte.

— Parfois, je me demande si je n'ai pas fait une erreur en proposant votre nom au ministère de l'Intérieur pour ma succession, dit-il froidement. Il me semble que vous manquez singulièrement d'ambition.

Bodenstein resta quelques secondes interdit, mais il était capable d'un sang-froid d'acier et avait l'habitude de cacher ses sentiments derrière un air indifférent.

— Ne commettez aucune erreur, Bodenstein, dit Nierhoff en se dirigeant vers la porte. J'espère que je me suis fait comprendre.

Bodenstein se força à acquiescer poliment et attendit que la porte se referme sur Nierhoff. Puis il attrapa son portable, appela Pia Kirchhoff et l'envoya sur-le-champ à l'institut médico-légal de Francfort. Il n'avait aucune intention d'annuler l'autopsie déjà décidée, peu importe la façon dont Nierhoff réagirait. Avant de prendre lui-même le chemin de Francfort, il jeta un coup d'œil en passant dans la salle de réunion. Ostermann, Fachinger et les commissaires de la Kripo qui les avaient rejoints, Frank Behnke et Andreas Hasse, levèrent des yeux plus ou moins pleins d'attente.

— Vous pouvez rentrer chez vous, dit-il d'un ton bref. Nous nous verrons lundi. S'il y a du changement, je vous préviendrai.

Puis il partit avant que ses collègues étonnés aient pu lui poser une question.

Robert Watkowiak but sa bière et s'essuya la bouche d'un revers de main. Il avait besoin de pisser, mais il n'avait pas envie de passer devant les jeunes voyous qui depuis une heure jouaient aux fléchettes à côté des toilettes. Déjà avant-hier, ils l'avaient rendu cinglé en prétendant lui disputer sa place habituelle au comptoir. Il jeta un regard vers eux. Il aurait certes pu en venir à bout mais il n'était pas d'humeur à se bagarrer.

— Verse-m'en une autre.

Il poussa la chope vide sur le comptoir gluant. Il était quinze heures trente. En ce moment, ils étaient tous là-bas, attifés comme des bêtes de concours, sifflant du champagne et faisant semblant d'être ravis de fêter l'anniversaire de la vieille vipère. Ramassis d'hypocrites ! On ne pouvait pas dire qu'ils étaient tendres les uns envers les autres, mais, dans ce genre d'occasion, ils jouaient à la grande famille heureuse. *Lui*, on ne l'avait pas invité, évidemment. D'ailleurs il n'y serait pas allé. Dans ses rêvasseries, il se voyait avec délectation jeter d'un air méprisant l'invitation à leurs pieds en ricanant de leur air choqué et horrifié. Il n'avait appris qu'hier qu'on l'avait privé de cette satisfaction en ne l'invitant pas.

La serveuse poussa vers lui une nouvelle bière et fit un trait sur le dessous-de-verre. Il attrapa la chope et remarqua avec agacement que sa main tremblait. Merde ! Toute cette racaille de cinglés, qu'est-ce qu'il en avait à foutre ! Ils l'avaient toujours traité comme une merde en lui faisant sentir qu'il n'était pas des leurs, parce qu'il était un bâtard indésirable. Ils auraient bavé sur lui en chuchotant derrière leur main avec des regards entendus et en secouant la tête, ces philistins infatués d'eux-mêmes. Robert le raté. Privé de son permis de conduire pour cause de soûlerie. Pour la troisième fois ? Non, pour la quatrième ! La prochaine fois, ce serait la prison. Ce ne serait que justice. Jeune homme, on lui avait donné toutes ses chances et il n'en avait rien fait. Robert serra la main sur sa chope et remarqua que ses articulations blanchissaient. C'est à cela que ses mains ressembleraient lorsqu'il les poserait sur son cou de poulet ridé et serrerait jusqu'à ce que les yeux lui sortent de la tête.

Il avala une grande gorgée. La première était toujours la meilleure. Le liquide froid courut à travers son œsophage et il l'imagina coulant en lui, grésillant sur ces grumeaux rougeoyants et brûlants de jalousie et d'amertume. Qui prétend que la haine est froide ? Bon Dieu, il fallait qu'il aille aux chiottes. Il tira une cigarette du paquet et l'alluma. Kurti aurait déjà dû être là. Il l'avait promis, hier soir. Au moins, il avait pu payer ses dettes, après avoir un peu mis la pression sur l'oncle Jossi. Après tout c'était son parrain, fallait bien que ça serve à quelque chose.

— Encore une ? demanda le garçon, sur un ton professionnel.

Il acquiesça et se regarda dans le miroir suspendu derrière le comptoir. La vue de son aspect négligé, de ses cheveux gras, de son regard vitreux et de sa barbe de plusieurs jours le mit aussitôt en colère. Et depuis cette bagarre avec ces types de merde à la gare de Höchst, il lui manquait en plus une dent. Il avait vraiment l'air d'un asocial ! La nouvelle bière arriva. La sixième. Il atteignait peu à peu le niveau d'imbibition ambiant. Devait-il persuader Kurti de le conduire au château Bodenstein ? Il ricana, en imaginant la tête qu'ils feraient quand il entrerait nonchalamment, s'assiérait à une table et viderait sa vessie. Il avait vu ça dans un film et ça lui avait plu.

— Tu peux me prêter ton portable ? demanda-t-il au garçon.

Il s'aperçut alors qu'il avait du mal à articuler.

— T'as pas le tien ? répliqua celui-ci d'un air insolent avant de tirer une bière sans le regarder.

Malheureusement, il ne le trouvait plus. Quelle poisse. Il avait dû tomber de sa poche.

— Je l'ai perdu, bredouilla-t-il. Passe-moi le tien. Allez.
— Non.

Il lui tourna le dos et porta en vacillant un plateau lourdement chargé vers les prolos qui jouaient aux fléchettes. Dans le miroir, il vit la porte s'ouvrir. Kurti. Enfin.

— Hé, vieux. Kurti lui frappa sur l'épaule et s'assit sur le tabouret d'à côté.

— Commande quelque chose, je t'invite, dit Robert grand seigneur.

Le fric d'oncle Jossi durerait bien quelques jours, après quoi il lui faudrait trouver une nouvelle source d'approvisionnement. Il avait déjà sa petite idée. Ça faisait longtemps qu'il n'était pas allé voir le cher oncle Herrmann. Il mettrait peut-être Kurti au courant de son plan. Un méchant sourire s'élargit sur le visage de Robert. Il irait chercher ce qui lui revenait.

Bodenstein vérifiait dans le bureau de Henning Kirchhoff le contenu des cartons que Pia avait rapportés de la maison de Goldberg à l'institut médicolégal. Les deux verres utilisés et la bouteille de vin étaient déjà en route pour le laboratoire, de même que le miroir, et toutes les empreintes qui avaient été relevées. Plus bas, dans le sous-sol de l'institut, le Dr Kirchhoff, en présence de Pia et d'un tout jeune procureur qui ressemblait à un étudiant de troisième année, faisait l'autopsie du cadavre de David Josua Goldberg. Bodenstein parcourut des lettres de remerciements de différentes institutions et fondations que Goldberg avait dirigées et partiellement financées. Il regarda brièvement quelques photos dans des cadres d'argent, feuilleta des articles de journaux jaunis, soigneusement perforés et qui tenaient difficilement dans un classeur. Une note de taxi de janvier, une brochure écrite en caractères hébraïques. Pas grand-chose. Apparemment Jossi Goldberg avait détruit la plus grande partie de ses papiers personnels. Parmi toutes les choses qui pouvaient avoir une signification pour son propriétaire, seul un carnet de rendez-vous présentait de l'intérêt pour Bodenstein. Pour son âge, Goldberg avait une écriture très lisible, ni tremblée ni confuse. Bodenstein feuilleta avec curiosité les dernières semaines quotidiennement annotées mais cela ne l'aida guère, comme il le constata, déçu, car les noms étaient sans exception désignés par leurs initiales. Sauf à la date d'aujourd'hui, où le nom était écrit en toutes lettres : Vera 85. Malgré ces maigres informations, Bodenstein demanda à la secrétaire de l'institut d'en faire une copie et commença lui-même à copier toutes les pages depuis janvier. Au moment où il arrivait à la dernière semaine de la vie de Goldberg, son portable sonna.

— Chef. La voix de Pia était un peu déformée car la réception dans le sous-sol de l'institut était mauvaise. Il faut que vous veniez immédiatement. Henning a découvert quelque chose.

— Je n'ai pas d'explication. Mais c'est indubitable. Tout à fait indubitable, disait le Dr Henning Kirchhoff en secouant la tête lorsque Bodenstein entra.
Son flegme professionnel et son cynisme avaient entièrement disparu. Son assistant et Pia paraissaient eux aussi médusés, le procureur mordait sa lèvre inférieure d'excitation.
— Qu'avez-vous trouvé ? demanda Bodenstein.
— Quelque chose d'incroyable, dit Kirchhoff en lui faisant signe d'approcher de la table et en lui tendant une loupe. J'ai remarqué quelque chose à l'intérieur de son bras gauche, un tatouage. Je ne l'avais pas vu à cause des meurtrissures que le cadavre présentait au bras. Il était tombé sur le sol du côté gauche.
— A Auschwitz, tout le monde était tatoué, objecta Bodenstein.
— Mais pas comme ça.
Kirchhoff montra le bras du mort. Bodenstein plissa les yeux et observa l'endroit désigné à travers la loupe.
— On dirait... hum... deux lettres. En gothique. Un A et un B, si je ne me trompe pas.
— Vous ne vous trompez pas, dit Kirchhoff en lui reprenant la loupe.
— Qu'est-ce que ça signifie ?
— Je renonce à mon métier, si je me trompe, répondit Kirchhoff. C'est incroyable, car enfin Goldberg était juif.
Bodenstein ne comprenait pas l'émotion du légiste.
— Vous mettez ma curiosité à rude épreuve, dit-il. Qu'est-ce qu'un tatouage a de si extraordinaire ?
Kirchhoff regarda Bodenstein par-dessus le bord de ses lunettes. Il baissa la voix comme un conspirateur.
— C'est un tatouage indiquant le groupe sanguin. Il est identique à celui qu'avaient les membres de la Waffen-SS. A vingt centimètres au-dessus du coude à l'intérieur du bras gauche. Après la guerre, comme ce tatouage était un signe de reconnaissance, beaucoup d'anciens SS ont essayé de le faire disparaître. Cet homme aussi.

Il respira profondément et se mit à faire le tour de la table de dissection.

— Habituellement, dit Kirchhoff d'un ton doctoral, comme s'il faisait un cours à des étudiants de première année, les tatouages sont constitués de piqûres faites avec une aiguille dans la partie médiane de la peau, le derme. Mais dans notre cas, la couleur a été injectée jusqu'à l'hypoderme. Superficiellement, on ne voit qu'une cicatrice bleutée mais à présent que la couche cutanée supérieure a été retirée, le tatouage est redevenu visible. Groupe sanguin AB.

Bodenstein fixait le corps qui gisait sur la table de dissection, la poitrine ouverte, sous une lumière crue. Il osait à peine penser à ce que signifiait l'incroyable découverte de Kirchhoff et à ce qu'il convenait d'en déduire.

— Si vous ne saviez pas qui est couché sur cette table, dit-il lentement, qu'en concluriez-vous? lâcha brusquement Bodenstein.

— Que l'homme a été membre de la SS dans sa jeunesse. Et sans doute dès le départ. Plus tard, ils n'ont plus tatoué en gothique mais en caractères latins.

— Il ne peut pas s'agir d'un tatouage inoffensif qui se serait… comment dire… transformé au cours des années? demanda Bodenstein sans nourrir beaucoup d'espoir.

Kirchhoff ne se trompait pour ainsi dire jamais, et Bodenstein ne pouvait se rappeler une seule enquête au cours de laquelle le légiste avait dû réviser son diagnostic.

— Non, pas à cet endroit.

Kirchhoff ne se formalisait pas du scepticisme de Bodenstein. Il était aussi conscient de la portée de sa découverte que les autres.

— J'ai déjà eu cette sorte de tatouage sur la table, une fois en Amérique du Sud et plusieurs fois ici. Pour moi, il n'y a aucun doute.

Il était dix-sept heures trente quand Pia ouvrit la porte et retira ses chaussures boueuses dans l'entrée. Elle s'était occupée des chevaux en un temps record et avait hâte d'aller se doucher et de se laver les cheveux. Contrairement à son chef, elle n'était pas fâchée que Nierhoff ait ordonné de n'ouvrir aucune enquête sur le cas Goldberg. Elle avait craint d'avoir à décommander Christoph pour ce soir et elle n'y tenait absolument pas. Depuis un an et demi, elle s'était séparée de Henning, avait acheté le Birkenhof, une ferme à Unterliederbach en vendant son portefeuille d'actions et repris son métier dans la Kripo. La cerise sur le gâteau de son bonheur avait été Christoph Sander. Ils s'étaient connus dix mois plus tôt, à l'occasion d'un meurtre à l'Opel-Zoo de Kronberg. Le regard de ses yeux sombres l'avait frappée au cœur comme la foudre. Elle était si habituée à trouver à tout une explication rationnelle qu'elle avait été profondément perturbée par la force d'attraction que cet homme avait exercée sur elle dès le premier regard. Depuis six mois, Christoph et elle étaient... qu'étaient-ils au juste ? Des amants ? Des amis ? Ils étaient ensemble ? Il passait souvent la nuit chez elle, elle allait chez lui et s'entendait bien avec ses trois filles adultes, mais jusqu'à ce jour ils avaient finalement peu vécu ensemble. Le voir, aller chez lui et coucher avec lui restait toujours aussi excitant.

Au passage, Pia se surprit à faire la grimace à son image dans le miroir. Elle ouvrit le robinet de la douche et attendit que l'eau fût à bonne température. Christoph avait beaucoup de tempérament, il était passionné en amour comme dans tout ce qu'il entreprenait. Il pouvait aussi se montrer impatient et emporté, mais il n'était jamais blessant comme Henning qui adorait remuer le couteau dans la plaie lorsque quelque chose ne lui plaisait pas. Après avoir vécu seize années avec un génie introverti qui pouvait passer des journées sans prononcer un mot, qui n'aimait ni les bêtes, ni les enfants, ni les surprises, Pia était fascinée par l'absence de complications de Christoph. Depuis qu'elle le connaissait, elle avait bien meilleure opinion d'elle-même. Il l'aimait comme elle était, pas maquillée ou mal réveillée, en tenue d'écurie et en bottes de caoutchouc, il n'était dérangé ni par un bouton sur son front ni par quelques kilos de trop autour de sa taille. Et en plus il était vraiment doué au lit, ce qu'il avait dissimulé de façon incroyable depuis quinze ans que sa femme était morte. Pia avait toujours le cœur qui battait lorsqu'elle se souvenait de ce soir, dans le zoo vide, où il lui avait déclaré sa flamme.

Ce soir, ce serait la première fois qu'elle irait à une soirée avec lui de façon tout à fait officielle. Dans la Maison des amis du zoo de Francfort devait avoir lieu un dîner de gala pour célébrer le nouveau bâtiment de l'association. Depuis une semaine,

Pia se demandait comment elle allait s'habiller. Les quelques robes qui lui restaient de l'époque de Henning étaient de taille trente-huit et ne lui allaient plus. Elle n'avait pas envie de rentrer son ventre toute la soirée de peur qu'au moindre mouvement une couture ou une fermeture Eclair n'éclate. C'est pourquoi elle avait passé deux soirées et un samedi matin au Main-Taunus-Zentrum et sur le Zeil* à chercher quelque chose qui lui aille. Mais apparemment, dans les magasins, on ne prenait en considération que des clientes filiformes. Elle avait en vain cherché une vendeuse de son âge capable de comprendre son problème, mais toutes étaient des mineures à la beauté exotique et à la taille de guêpe qui, avec indifférence ou commisération, la forçaient à essayer des robes du soir, en transpirant, dans des cabines trop étroites. Chez *H&M*, elle avait trouvé quelque chose avant de s'apercevoir avec horreur qu'elle était au rayon des femmes enceintes. Finalement elle en avait eu assez, et, se disant que Christoph l'aimait comme elle était, elle avait acheté une petite robe noire de taille 42 et s'était consolée de tous ces efforts avec un menu Maxi Best Of chez *McDonald's*. Plus un McFlurry avec Smarties en dessert.

Quand Bodenstein arriva chez lui ce soir-là, toute la famille s'était envolée, seul le chien lui fit un accueil enthousiaste. Cosima lui avait-elle dit qu'elle sortait ? Il trouva un mot sur la table de la cuisine : *Conférence sur la Nouvelle-Guinée, j'ai emmené Sophia avec moi.* Bodenstein soupira. En raison de sa grossesse, Cosima avait dû annuler un projet de film depuis longtemps programmé dans les forêts de Nouvelle-Guinée. Il avait secrètement espéré qu'après la naissance de Sophia elle renoncerait aux voyages aventureux, mais, apparemment, il s'était trompé. Dans le frigo, il trouva du fromage et une bouteille entamée de château-la-tour-blanche 1996. Il se fit un sandwich au fromage, se versa un verre de vin et gagna son bureau, suivi du chien éternellement affamé. Sans doute Ostermann aurait trouvé cela dix fois plus vite sur Internet, mais il s'en tiendrait aux ordres de Nierhoff et ne demanderait pas à un collaborateur de rechercher des informations sur la personne de David Goldberg. Bodenstein ouvrit son portable,

---

* Principale artère commerçante à Francfort.

mit un CD de la violoncelliste franco-argentine Sol Gabetta et dégusta à petites gorgées son vin bien qu'il fût encore un peu trop froid. Tout en écoutant la musique de Tchaïkovski et de Chopin, il cliqua sur des douzaines de sites du Web, parcourut des archives de journaux et nota tout ce qu'il trouvait d'intéressant sur l'homme qui avait été assassiné la nuit dernière.

David Goldberg était né en 1917 en Prusse-Orientale, de Samuel Goldberg et de sa femme Rebecca, il avait passé le baccalauréat en 1935, puis on perdait sa trace jusqu'en 1947. Dans une courte biographie, on mentionnait, qu'après la libération d'Auschwitz, en 1945, il avait émigré aux Etats-Unis *via* la Suède et l'Angleterre. A New York, il avait épousé Sarah Weinstein, la fille d'un honorable banquier d'origine allemande. Cependant Goldberg n'était pas entré dans la banque mais avait fait carrière chez Lockheed Martin, le géant américain de l'armement. En 1959, il était déjà directeur du département de prospective stratégique. En tant que membre directeur de la puissante National Rifle Association, il faisait partie des lobbyistes des armes à Washington et plusieurs présidents avaient fait appel à lui comme conseiller. Malgré toutes les atrocités que sa famille avait subies durant le Troisième Reich, il avait toujours conservé des liens étroits avec l'Allemagne où il gardait d'innombrables relations, en particulier à Francfort.

Bodenstein soupira et s'appuya sur le dossier de son siège. Qui donc pouvait avoir une raison de tirer sur un nonagénaire ?

Un meurtre crapuleux était à exclure. D'après la gouvernante, rien ne manquait et d'ailleurs Goldberg n'avait pas de vrais objets de valeur chez lui. L'alarme de la maison n'était pas branchée et le répondeur téléphonique intégré paraissait n'avoir jamais été utilisé.

Dans la Maison des amis du zoo s'était retrouvé l'habituel mélange francfortois d'anciennes fortunes et de nouveaux riches, de magnats de la presse et de célébrités de la télévision, du sport et du demi-monde qui avaient contribué à ce que l'association ait un toit au-dessus de sa tête. Le traiteur haut de gamme avait veillé à ce que le délicat palais de ses hôtes ne soit pas déçu, le champagne coulait à flots. Pia se fraya un chemin dans la foule au bras de Christoph. Dans sa petite robe noire, elle se sentait bien finalement. Par chance, elle avait trouvé dans une de ses innombrables caisses de déménagement toujours pas déballées une brosse électrique et avait réussi à dompter sa tignasse récalcitrante ; elle avait passé une demi-heure à se maquiller afin de paraître l'être à peine. Christoph, qui ne la connaissait qu'en jean et en queue de cheval, avait paru vivement impressionné.

— Seigneur, lui avait-il dit quand elle avait ouvert la porte. Qui êtes-vous ? Que faites-vous chez Pia ?

Puis il l'avait prise dans ses bras et lui avait donné un long et tendre baiser – en prenant cependant grand soin de ne pas la décoiffer. Père de trois adolescentes, il savait mieux que quiconque comment s'y prendre avec la gent féminine et éviter les maladresses. Il savait par exemple quelles conséquences catastrophiques peut avoir une remarque étourdie sur l'allure, la coiffure ou une robe et, très sagement, il ne s'y risquait pas. Mais ses compliments ce soir-là n'étaient pas diplomatiques, ils étaient sincères. Sous son regard admiratif, Pia se sentait aussi séduisante qu'une mince jeune fille de vingt ans.

— Je ne connais presque personne, lui souffla Christoph. Qui sont tous ces gens ? Qu'ont-ils à voir avec le zoo ?

— C'est la crème de la société francfortoise, plus ceux qui croient en être, expliqua Pia. En tout cas, ils vont laisser un tas d'argent et c'est tout le sens et le but de la soirée. Là-bas, à la table du coin, sont assises quelques personnes parmi les plus riches et les plus puissantes de la ville.

Comme pour lui répondre, une des dames assise à la table leva la tête et fit un signe de la main à Pia. Elle pouvait avoir quarante ans mais sa silhouette lui permettait probablement de trouver des vêtements à sa taille dans toutes les boutiques de la ville. Pia répondit à son geste et lui sourit poliment sans vraiment la regarder.

— Je suis impressionné, dit Christoph d'un air moqueur. Les riches et les puissants te connaissent. Qui c'est ?

— Incroyable.

Pia lâcha le bras de Christoph. La gracieuse femme brune se faufilait dans la foule et s'arrêta devant eux.

— Puppi ! cria-t-elle en ouvrant les bras.

— Grenouille ! C'est pas vrai ! Qu'est-ce que tu fais à Francfort ? demanda Pia ahurie en l'embrassant tendrement.

Miriam Horowitz avait été sa meilleure amie quelques années auparavant. Elles avaient fait les quatre cents coups ensemble puis elles s'étaient perdues de vue quand Pia avait changé d'école.

— Il y a bien longtemps qu'on ne m'a plus appelée Grenouille, dit la femme en riant. Quelle surprise !

Les deux femmes s'examinèrent avec curiosité et ravissement et Pia affirma que sa vieille amie, à part quelques rides de-ci de-là, n'avait pas changé.

— Christoph, je te présente Miriam, ma plus vieille amie, puis, la bonne éducation reprenant le dessus : Miri, je te présente Christoph Sander.

— Enchantée, dit Miriam en lui serrant la main.

Ils bavardèrent un moment puis Christoph les laissa pour aller parler à des collègues.

Quand Elard Kaltensee se réveilla, il se sentit tout moulu et eut besoin de quelques secondes pour comprendre où il était. Il détestait dormir dans l'après-midi, ça contrariait son biorythme et pourtant c'était la seule possibilité de récupérer le sommeil qui lui manquait. Sa gorge lui faisait mal et il avait un goût amer dans la bouche. Pendant des années, il avait rarement rêvé ou alors sans se souvenir de ses rêves. Mais depuis quelque temps, il s'était mis à faire des cauchemars affreux et oppressants dont il ne pouvait venir à bout qu'avec des comprimés. Sa dose quotidienne de Tavor était de deux milligrammes et chaque fois qu'il l'oubliait, ils revenaient l'assaillir : des souvenirs d'une peur nébuleuse, confuse, de voix, de rires macabres dont il se réveillait baigné de sueur et le cœur battant et dont les ombres le poursuivaient durant plusieurs jours. Elard s'assit, hébété et se massa les tempes où battait une douleur sourde. Ça irait mieux, quand il pourrait revenir à ses occupations quotidiennes. Il était content que, avec la fête d'anniversaire, les innombrables festivités, officielles, semi-officielles et privées pour les quatre-vingt-cinq ans de sa mère, fussent terminées. Bien entendu, le reste de la famille l'avait laissé s'occuper de tout, puisqu'il habitait au Mühlenhof et à leurs yeux n'avait rien à faire. La nouvelle de la mort de Goldberg avait brusquement mis fin à la fête.

Elard Kaltensee sourit avec amertume en jetant ses jambes hors du lit. Il avait quand même quatre-vingt-douze printemps, le vieux saligaud. On ne pouvait pas dire que la vie l'avait maltraité. Elard gagna la salle de bains en vacillant, ôta son pyjama et se planta devant le miroir. Il s'observa d'un œil critique. A soixante-trois ans, il était encore en assez bonne forme. Pas de ventre, pas de bourrelets de graisse, pas de cou de dinde pendant. Il remplit la baignoire, y jeta une poignée de sels et se laissa couler avec un soupir dans l'eau chaude et parfumée. La mort de Goldberg ne l'émouvait pas, il était même content que la fête se fût terminée plus tôt à cause d'elle. Il s'était immédiatement exécuté quand sa mère lui avait dit de la ramener à la maison. Siegbert et Jutta étaient arrivés à Mühlenhof quelques secondes après, et il en avait profité pour se retirer discrètement. Il avait un urgent besoin de calme pour réfléchir aux événements de ces derniers jours.

Elard Kaltensee ferma les yeux et ses pensées le ramenèrent à la soirée de la veille. Le cœur battant, il s'en repassa la séquence, aussi bouleversante qu'angoissante, comme s'il visionnait une vidéo. Comment cela avait-il pu aller si loin ? Toute sa vie, il avait dû affronter des difficultés, qu'elles fussent de nature privée ou professionnelle, mais celle-ci menaçait de bouleverser son existence. Il était perturbé, car il ne comprenait pas ce qui lui arrivait. Il en perdait la tête et il ne pouvait en parler à personne. Comment vivre avec un tel secret ? Que diraient sa mère, ses fils, sa belle-fille s'ils l'apprenaient un jour ? La porte s'ouvrit à la volée. Elard effrayé couvrit sa nudité des deux mains.

— Bon Dieu, mère ! dit-il furieux, tu ne peux pas frapper ? C'est alors qu'il vit le visage bouleversé de Vera.

— Jossi n'est pas simplement mort, dit-elle en se laissant tomber sur le tabouret à côté de la baignoire, il a été assassiné.

— Ah ! Je suis désolé.

Elard ne trouva rien d'autre à dire que cette formule toute faite. Vera le fixa brièvement.

— Tu es vraiment sans cœur, murmura-t-elle d'une voix tremblante, puis elle prit son visage dans ses mains et se mit à sangloter.

— Viens, nous devons célébrer nos retrouvailles !
Miriam entraîna Pia vers le bar et commanda deux coupes de champagne.

— Depuis quand tu es à Francfort ? demanda Pia. La dernière fois que j'ai entendu parler de toi, tu vivais à Varsovie. Il y a quelques années, j'ai rencontré ta mère par hasard et c'est ce qu'elle m'a dit.

— Paris, Oxford, Varsovie, Washington, Tel-Aviv, Berlin, Francfort, compta Miriam dans un style télégraphique, et en riant. Dans chaque ville, j'ai rencontré puis abandonné l'amour de ma vie. Je ne dois pas être faite pour une relation durable. Mais parle-moi de toi ! Qu'est-ce que tu deviens ? Profession, homme, enfants ?
— Après trois semestres de droit, je suis entrée dans la police, dit Pia.
— Wouah ! dit Miriam en ouvrant de grands yeux. Comment ça ?

Pia hésita. Ça lui était toujours difficile d'expliquer pourquoi, même si Christoph affirmait que c'était le seul moyen de surmonter son traumatisme. Pendant presque vingt ans, elle n'avait raconté à personne ce qui avait été la pire expérience de sa vie, même pas à Henning. Elle ne voulait pas revivre son impuissance et son angoisse. Miriam avait plus d'intuition que Pia ne l'avait supposé et elle redevint aussitôt sérieuse.

— Qu'est-ce qui s'est passé ?
— C'était en été, après le bac, répondit Pia. J'ai rencontré un homme en France. Il était gentil, un flirt de vacances. Nous nous amusions bien. Après les vacances, pour moi c'était fini. Mais, malheureusement, pas pour lui. Il m'a suivie, m'a terrorisée avec des lettres et des appels téléphoniques. Il me suivait partout. Puis il s'est introduit dans mon appartement et il m'a violée.

Elle dit cela sur un ton indifférent mais Miriam comprit ce qu'il en coûtait à Pia d'en parler avec tant de calme.

— Mon Dieu, dit-elle en lui prenant la main. C'est effroyable.
— Oui. Pia sourit avec amertume. Je crois que j'ai pensé qu'en étant policière je ne serais plus aussi vulnérable. Je suis entrée à la Kripo.
— Et à part ça ? Qu'est-ce que tu as fait ? demanda Miriam, et Pia comprit ce qu'elle voulait dire.
— Rien. Elle haussa les épaules, étonnée d'avoir pu si facilement avouer à Miriam ce qui avait été une fracture dans l'histoire de sa vie et était resté tabou jusqu'à ce jour. Je ne l'ai même pas raconté à mon mari, je pensais que j'en viendrais à bout toute seule.
— Mais ça n'a pas marché.
— Si. Pendant un certain temps. Ce n'est que l'année dernière que cette histoire a refait surface.

Elle raconta brièvement à Miriam deux crimes perpétrés l'été précédent et l'enquête au cours de laquelle elle avait connu Christoph et s'était retrouvée confrontée à son passé.

— Christoph essaie de me persuader de créer un groupe d'autodéfense pour les victimes de viol. Mais je ne sais pas si je dois le faire.

— Si, absolument ! dit Miriam sur un ton véhément. Un tel traumatisme peut détruire une vie. Crois-moi, je sais de quoi je parle. A l'institut Fritz-Bauer où je travaille et à l'Association contre les expulsions à Wiesbaden, j'ai entendu des récits effroyables de femmes de l'Est sur l'après-Seconde Guerre mondiale. Ce que ces femmes ont vécu est indicible. Et la plupart n'en ont jamais parlé. Ça les a détruites de l'intérieur.

Pia regarda son amie attentivement. Miriam avait vraiment changé. Plus trace de l'insouciante et superficielle jeune fille de bonne famille. Vingt ans, c'était long.

— Dans quel genre d'institut tu travailles ?

— Un centre d'études et de documentation sur l'histoire et les suites de l'Holocauste, en liaison avec l'université. Je fais des conférences, j'organise des expositions, ce genre de choses. C'est fou, non ? Avant j'envisageais d'ouvrir une discothèque ou de me consacrer aux sports hippiques. Miriam pouffa de rire : Tu imagines la tête de nos professeurs s'ils apprenaient combien nous sommes devenues respectables ?

— Ils ont pourtant prophétisé que nous finirions dans le caniveau, dit Pia en riant.

Elles commandèrent deux autres coupes de champagne.

— Et avec Christoph, demanda Miriam, c'est sérieux ?

— Je crois.

— Il est rudement amoureux, dit Miriam avec un clin d'œil, il ne te quitte pas des yeux.

Cette remarque fit un instant voltiger des papillons dans le ventre de Pia. Le champagne arriva, elles trinquèrent. Pia parla du Birkenhof et de ses bêtes.

— Tu habites ici, à Francfort ? demanda-t-elle.

— Oui, chez ma grand-mère.

Pour quelqu'un qui ne connaissait pas la famille de Miriam, cela pouvait paraître modeste, mais Pia savait de quoi il retournait. La grand-mère de Miriam, Charlotte Horowitz, faisait partie du gratin francfortois, et sa maison était une grande villa ancienne, entourée d'un immense jardin, dans le quartier de Holzhausen, qui aurait fait venir des larmes d'envie à d'éventuels acheteurs. Soudain, Pia eut une idée.

— Dis-moi, Miriam, dit-elle en se tournant vers son amie, ce nom, David Josua Goldberg, te dit-il quelque chose ?

Miriam la regarda, étonnée.

— Bien sûr. Jossi Goldberg est une vieille connaissance de grand-mère. Sa famille subventionne depuis des années les projets de l'Association israélite de Francfort. Pourquoi tu me demandes ça ?

— Comme ça, dit évasivement Pia en lisant la curiosité dans les yeux de son amie. Je ne peux pas t'en dire plus pour le moment.

— Secret de l'enquête.

— Oui, en quelque sorte. Désolée.

— Pas grave. Miriam leva son verre en souriant : A nos retrouvailles après si longtemps ! J'en suis vraiment heureuse !

— Moi aussi. Si tu en as envie, viens me voir, nous ferons une promenade à cheval comme avant.

Christoph les rejoignit. Le naturel avec lequel il mit son bras autour de sa taille fit bondir le cœur de Pia. Henning ne l'aurait jamais fait, un geste de tendresse en société lui paraissait de mauvais goût, une fierté primaire de propriétaire à éviter absolument. Mais Pia aimait ça. Tous trois vidèrent une coupe de champagne après l'autre. Pia raconta son excursion chez *H&M* et les fit rire aux larmes. Il fut bientôt deux heures du matin, elle ne s'était pas amusée comme ça depuis longtemps. Avec Henning, c'était : soit on rentre à la maison à dix heures soit je retourne à l'institut ; ou alors il poursuivait dans un coin une conversation importante dont elle était automatiquement exclue. Cette fois c'était différent. Pia donna secrètement à Christoph la meilleure note de son classement dans la catégorie "sortie".

Quand ils partirent, main dans la main, et se mirent à la recherche de leur voiture en riant, Pia se dit qu'elle pourrait difficilement être plus heureuse qu'en cet instant.

Bodenstein sursauta quand Cosima apparut sur le seuil de son bureau.

— Bonjour, dit-il, comment s'est passée ta conférence ?

Elle s'approcha et inclina la tête.

— De façon extrêmement constructive. Elle sourit et l'embrassa sur la joue. N'aie pas peur, je n'ai pas l'intention d'aller crapahuter dans la forêt vierge. Mais j'ai pu imposer Wilfried Dechent comme chef d'expédition.

— Je me demandais si tu avais l'intention d'emmener Sophia ou si je devais demander un congé, répliqua-t-il sans laisser paraître son soulagement. Quelle heure est-il ?

— Presque minuit et demi. Elle se pencha et regarda l'écran de son ordinateur portable : Qu'est-ce que tu fais ?

— Je cherche des informations sur un homme qui vient d'être assassiné.

— Et tu en as trouvé ?

— Pas beaucoup.

Bodenstein résuma ce qu'il avait appris sur Goldberg. Il aimait discuter avec Cosima. Elle avait l'esprit vif et était assez extérieure aux enquêtes pour l'aider lorsque l'arbre finissait par lui cacher la forêt. Quand il lui raconta ce qu'avait révélé l'autopsie, elle ouvrit de grands yeux.

— Je n'arrive pas à le croire, ce n'est pas possible ! dit-elle sidérée.

— Je l'ai vu de mes propres yeux, répliqua Bodenstein. Kirchhoff ne s'est encore jamais trompé. A première vue, ça prouve que le passé de Goldberg était des plus sombres. Mais en soixante ans, on peut évidemment dissimuler bien des choses. Son agenda n'est pas très bavard, quelques prénoms et des abréviations, rien de plus. Sauf à la date d'aujourd'hui, un nom et un nombre. Il bâilla et se frotta la nuque. Vera 85. On croirait un mot de passe. Par exemple, le mien est Cosi.

— Vera 85 ? interrompit Cosima en se levant. Ce matin, quand tu as dit Goldberg, ça m'a rappelé quelque chose.

Elle posa son index sur le nez et fronça les sourcils.

— Oui ? Quoi donc ?

— Vera. Vera Kaltensee. Elle fêtait aujourd'hui ses quatre-vingt-cinq ans chez Quentin et Marie-Louise. Rosalie m'en a parlé et ma mère était invitée.

Bodenstein sentit sa fatigue s'envoler d'un coup. *Vera 85*. Vera Kaltensee, quatre-vingt-cinq ans. Son anniversaire. Ça expliquait la note mystérieuse sur l'agenda du mort ! Bien sûr, il savait qui était Vera Kaltensee. Pour sa réussite en tant que femme d'affaires mais aussi pour son engagement social et culturel. Vera Kaltensee, qui était aussi influente que des femmes telles qu'Aenne Burda ou Friede Springer, avait reçu d'innombrables distinctions et honneurs. Mais que pouvait bien avoir affaire cette dame irréprochable avec un ancien SS ? Lier son nom à cet homme allait donner à l'enquête un caractère explosif auquel Bodenstein préférait ne pas penser.

— Kirchhoff a dû se tromper, était en train de dire Cosima. Vera n'aurait jamais été l'amie d'un ancien nazi, c'est impensable, en 1945 elle a tout perdu à cause des nazis, sa famille, sa patrie, le château en Prusse-Orientale...

— Elle ne le savait peut-être pas, objecta Bodenstein. Goldberg s'était construit une légende sans faille. Si on ne l'avait pas abattu, il n'aurait jamais atterri sur la table de dissection de Kirchhoff et il aurait emporté son secret dans sa tombe.

Cosima se mordait les lèvres d'un air pensif.

— Mon Dieu, c'est vraiment effrayant.

— Surtout effrayant pour ma carrière, comme Nierhoff me l'a clairement fait comprendre aujourd'hui, répliqua Bodenstein avec une pointe de sarcasme.

— Qu'est-ce que tu veux dire ?

Il lui répéta ce que Nierhoff lui avait dit. Cosima, étonnée, fronça les sourcils.

— On le murmure déjà en interne depuis un moment. Bodenstein éteignit la lampe de bureau. Nierhoff craint des problèmes diplomatiques. Dans une enquête comme celle-ci, il n'y a aucune couronne de laurier à récolter, c'est clair.

— Mais il ne peut pas simplement interdire l'enquête ! Ce serait de l'obstruction.

— Non. Bodenstein se leva et posa la main sur l'épaule de Cosima. C'est seulement politique mais peu importe. Allons nous coucher, demain il fera jour. Espérons que notre princesse nous laissera dormir.

DIMANCHE 29 AVRIL 2007

Nierhoff, le chef de la Kripo, était inquiet. Extrêmement inquiet. Ce dimanche, à l'aube, il avait reçu un appel fort peu courtois d'un haut gradé du BKA*, qui lui avait ordonné de suspendre immédiatement l'enquête sur le cas Goldberg. Même si Nierhoff ne tenait pas à se mettre, ni lui ni son service, sous le feu des médias, étant donné les implications politiques de ce crime, il lui déplaisait fort qu'on le lui ordonne. Il avait convoqué Bodenstein au commissariat et lui avait appris, sous le sceau du secret, ce qui se passait.

— Salomon Goldberg est arrivé ce matin de New York par le premier avion, dit-il. Il exige que nous lui remettions immédiatement la dépouille de son père.

— C'est lui qui l'exige ? demanda Bodenstein étonné.

— Non. Nierhoff secoua la tête. Le directeur du BKA. Goldberg paraît avoir l'appui de deux membres de la CIA et du consul général américain. Lequel n'avait, bien entendu, aucune idée de ce dont il s'agissait, c'est pourquoi il s'est mis en liaison avec le ministre de l'Intérieur et le BKA.

Le ministre de l'Intérieur avait pris l'affaire en main. Tous s'étaient retrouvés à l'institut médicolégal : Nierhoff, un secrétaire d'Etat, le directeur de la police de Francfort, le Pr Thomas Kronlage, deux fonctionnaires du BKA, Salomon Goldberg, accompagné par les membres les plus influents de la communauté juive de Francfort, le consul général américain et des agents des services secrets. Il en avait résulté un état de siège diplomatique. La revendication des Américains était sans équivoque. Ils réclamaient le corps, et sans délai. Naturellement

---

* Bundeskriminalamt, l'Office fédéral de police criminelle.

aucune des autorités américano-allemandes n'avait, d'un point de vue juridique, le droit de s'immiscer dans une enquête sur un homicide, mais le ministre de l'Intérieur voulait éviter un scandale, surtout à six mois des élections. Deux heures après l'arrivée de Salomon Goldberg, l'enquête était devenue l'affaire du BKA.

— Je n'y comprends rien, dit Nierhoff, dépassé. Il arpentait son bureau et s'arrêta devant Bodenstein : Qu'est-ce qui se passe ?

Bodenstein ne voyait qu'une explication à cette agitation inhabituelle un dimanche de grand matin.

— Hier, à l'autopsie, on a découvert un tatouage à l'intérieur du bras gauche de Goldberg qui laisserait supposer qu'il a appartenu aux SS.

Nierhoff le regarda, médusé.

— Mais c'est impossible... Goldberg était une victime de l'Holocauste, il était à Auschwitz et il a perdu là-bas toute sa famille.

— C'est du moins ce que dit sa légende, rétorqua Bodenstein en se renversant sur son siège et en croisant les jambes. Mais je fais entièrement confiance au Dr Kirchhoff. Et ça expliquerait que le fils de Goldberg, même pas vingt-quatre heures après que nous avons trouvé le cadavre de son père, surgisse avec toute une armada pour empêcher l'autopsie. Soit Goldberg junior, soit quelqu'un d'autre, a intérêt à ce que la dépouille de son père disparaisse aussi vite que possible : le secret de Goldberg devait rester un secret. Mais voilà, nous avons été plus rapides.

Nierhoff respira profondément, retourna derrière son bureau et s'assit.

— A supposer que vous ayez raison, comment le fils Goldberg a-t-il pu mobiliser si rapidement tous ces gens ?

— Il connaît la bonne personne à la bonne place. Vous savez comment ça se passe.

Nierhoff regarda Bodenstein d'un air méfiant.

— Vous aviez informé la famille hier ?

— Non, c'est sans doute la gouvernante de Goldberg qui l'a fait.

— Ils vont exiger le rapport d'autopsie. Nierhoff se grattait nerveusement le menton. En lui luttaient le policier et le politique. Vous imaginez les conséquences, Bodenstein ?

— Oui, répondit-il en hochant la tête.

Nierhoff se leva d'un bond et se remit à arpenter le bureau en silence.

— Qu'est-ce que je dois faire ? réfléchit-il à haute voix. Je suis fichu, si l'affaire s'ébruite. Je préfère ne pas savoir ce que la presse en ferait si l'information filtrait !

Le visage de Bodenstein se crispa devant ce déploiement d'auto-apitoiement. La résolution du crime était le cadet des soucis de Nierhoff.

— Ça ne se saura pas, répliqua-t-il. Personne n'a intérêt à le crier sur les toits, il ne se passera rien.

— Vous dites ça bien légèrement... Que faire du rapport d'autopsie ?

— Passez-le dans la déchiqueteuse.

Nierhoff alla à la fenêtre, les mains derrière le dos, et regarda un moment dehors. Puis il se retourna d'un coup.

— J'ai donné ma parole que de notre côté il n'y aurait pas d'enquête sur le cas Goldberg, dit-il d'une voix basse. Je compte sur vous pour vous en souvenir.

— Entendu, dit Bodenstein.

Peu lui importait que le chef de la Kripo ait donné sa parole. Il n'avait pas besoin qu'on lui fasse un dessin pour savoir ce que ça signifiait. Le meurtre de Goldberg allait être balayé sous le tapis.

LUNDI 30 AVRIL 2007

— J'ai dansé toute la nuit, toute la nuit, toute la nuit. Que ça ne finisse jamais ! J'aime tellement ça, même si c'est un péché !

Il était un peu plus de sept heures et Bodenstein, debout sur le seuil de la salle de réunion, observait avec ahurissement sa collègue qui dansait en fredonnant, entre le bureau et le tableau de conférences, avec un partenaire imaginaire. Il se racla la gorge.

— Votre directeur de zoo a donc été gentil avec vous ! C'était bien ?

— Eblouissant ! Pia fit une dernière pirouette, laissa tomber les bras et fit une révérence en souriant : Il est toujours gentil avec moi. Voulez-vous que j'aille vous chercher un café, chef ?

— Qu'est-ce qui vous arrive ? Bodenstein haussa les sourcils : Vous avez une demande de congé à me faire signer ?

— Mon Dieu, comme vous êtes méfiant ! Non, je suis simplement de bonne humeur, répliqua Pia. Samedi soir, j'ai rencontré une vieille amie qui a connu personnellement Goldberg et…

— Plus question de Goldberg, interrompit Bodenstein. Pourquoi, je vous l'expliquerai plus tard. Soyez gentille, appelez les autres.

Peu après, toute l'équipe de la K11 de Hofheim était réunie autour de la table de conférences, stupéfaite par la déclaration de Bodenstein : l'affaire Goldberg était close. Le commissaire Andreas Hasse, qui au lieu de son habituel costume brun portait une chemise jaune d'œuf sur un tee-shirt à motifs et un jean, écouta cette annonce sans la moindre émotion. Il manquait d'enthousiasme et, bien qu'il n'eût que la cinquantaine, il comptait déjà les années qui lui restaient jusqu'à la retraite. Behnke continuait de mâcher son chewing-gum avec indifférence, l'esprit apparemment ailleurs. Pour ses collaborateurs, et Bodenstein était d'accord, le plus urgent était d'apporter leur aide aux collègues de la K10 dans leur enquête sur un trafic européen d'automobiles qui se développait depuis des mois dans la région de Rhein-Main. Ostermann et Pia Kirchhoff devaient s'occuper d'un cas d'attaque à main armée non résolu. Bodenstein attendit d'être seul avec eux deux et leur résuma ce qu'il savait sur le passé de Goldberg et les étranges événements du dimanche matin, qui avaient abouti à ce qu'il n'existe plus d'affaire Goldberg pour la K11.

— Ça veut dire qu'on nous l'a vraiment retirée ? demanda Ostermann incrédule.

— Officiellement oui. Ni les Américains ni le BKA ne montrent le moindre intérêt pour sa résolution et Nierhoff est soulagé de ne plus l'avoir sur les bras.

— Qu'ont donné les recherches du laboratoire sur les empreintes ? voulut savoir Pia.

— Ça ne m'étonnerait pas qu'on les ait oubliées, répondit Bodenstein. Ostermann, mettez-vous immédiatement en liaison avec le laboratoire et renseignez-vous discrètement. Il devrait y avoir déjà des résultats, allez les chercher en personne à Wiesbaden.

Ostermann acquiesça.

— La gouvernante m'a dit que Goldberg avait eu jeudi après-midi la visite d'un homme chauve et d'une femme brune, dit Pia. Et mardi, en début de soirée, elle a croisé un homme au moment où elle s'en allait. Il s'était garé juste devant la porte, une voiture de sport avec une plaque minéralogique de Francfort.

— Bon, c'est déjà ça. Avons-nous autre chose ?

— Oui, dit Pia en consultant ses notes. Plusieurs fois par semaine, on livrait des fleurs à Goldberg. Mercredi, ce n'est pas le fleuriste habituel qui les a apportées mais un homme à l'aspect négligé d'environ quarante ans. La gouvernante l'a fait entrer. L'homme s'est dirigé tout droit vers Goldberg et il le tutoyait. Elle n'a pu entendre la conversation parce que l'homme a fermé la porte du salon, mais cette visite a beaucoup énervé le vieux monsieur. Il a ordonné à la gouvernante de réceptionner les fleurs à la porte et de ne plus laisser entrer personne.

— Bon, acquiesça Bodenstein. Je me demande toujours ce que signifient ces chiffres sur le miroir.

— Un numéro de téléphone, proposa Ostermann. Ou d'une boîte postale, d'un passeport, d'un compte suisse ou bien un numéro de membre...

— Un numéro de membre ! l'interrompit Pia. Si le mobile du crime se trouve dans le passé de Goldberg, 16145 pourrait être son numéro d'immatriculation chez les SS.

— Goldberg avait quatre-vingt-douze ans, objecta Ostermann. Quelqu'un qui l'a connu à cette époque doit être presque aussi vieux que lui.

— Pas forcément, répondit Bodenstein pensivement. Il suffit qu'il connaisse son passé.

Il se rappelait des cas de meurtriers qui avaient laissé des messages sur les lieux de crime ou sur leurs victimes, comme de macabres marques commerciales. Ils jouaient à ce petit jeu avec la police pour montrer leur subtilité et leur intelligence. Etait-ce le cas ? Ces chiffres sur le miroir dans le hall de Goldberg, était-ce un signal ? Et si oui, quel sens avait-il ? Etait-il destiné à informer ou à égarer ? Comme ses collègues, Bodenstein n'y comprenait rien et il craignait fort que le crime de David Josua Goldberg ne restât réellement inexpliqué.

Assis à sa table dans son petit bureau, Marcus Nowak rassemblait soigneusement les documents dont il aurait besoin pour sa conférence du surlendemain. Enfin, le projet dans lequel il avait investi tant de temps semblait bouger. La ville de Francfort allait sous peu racheter le Technische Rathaus qui devait être démoli dans le cadre d'un large assainissement de la vieille ville. Pendant l'été 2005, on avait âprement débattu au parlement de Francfort du type d'architecture qui devait remplacer les hideux blocs de béton. La reconstruction d'une partie de la vieille ville entre le Dom et le Römerberg était déjà planifiée ; sept des maisons à colombages d'une signification historique qui avaient été détruites pendant la guerre devaient être reconstruites autant que possible à l'identique. Pour un restaurateur doué mais relativement inconnu comme Marcus Nowak, un tel chantier signifiait un incroyable challenge professionnel et du travail pour sa firme pendant des années. Il lui offrait la chance unique de faire connaître son nom au-delà de la région, car ce projet ambitieux ne manquerait pas d'attirer l'attention sur lui.

La sonnerie de son portable tira Marcus Nowak de ses pensées. Il chercha l'appareil au milieu des plans, des esquisses, des graphiques et des photos et son cœur battit plus vite lorsqu'il reconnut le numéro sur l'écran éraflé. Il avait tellement attendu cet appel ! Ardemment et en même temps avec mauvaise conscience. Il hésita un instant. Il avait promis à Tina de la rejoindre plus tard au stade où le club sportif de Fischbach avait comme chaque année fait édifier une grande tente et organisé une soirée dansante pour la *Tanz in den Mai**. Nowak regardait son portable en se mordant les lèvres d'un air pensif, mais la tentation était trop forte.

— Et puis zut, murmura-t-il et il prit l'appel.

Il n'avait pas bu une goutte d'alcool de toute la journée, enfin, presque. Une heure avant, il avait avalé ses deux Prozac avec une gorgée de vodka. Il avait promis à Kurti de ne plus boire et à présent il se sentait bien et clair dans sa tête. Ses mains ne tremblaient pas. Robert Watkowiak grimaça un sourire à son image dans le miroir. Ce qu'une bonne coupe de cheveux et un costume correct pouvaient faire ! Ce cher oncle Herrmann était un vrai philistin allemand, il accordait une grande valeur à une tenue propre et correcte. Il valait mieux être bien rasé et correctement vêtu quand on allait chez lui, ne pas empester l'alcool ni avoir les yeux rouges. Il aurait de toute façon obtenu l'argent, mais il préférait le lui demander poliment.

C'est par pur hasard qu'il était tombé quelques années plus tôt sur le sombre secret que le vieux cachait soigneusement. Et depuis, ils étaient les meilleurs amis du monde. Qu'aurait dit oncle Jossi et belle-maman, s'ils avaient appris ce que ce cher oncle Herrmann fabriquait dans sa cave ? Watkowiak éclata de rire et se détourna du miroir. Il n'était pas assez bête pour le leur dire car il aurait tari la source de revenus pour toujours. Il fallait espérer que le vieux vivrait encore longtemps ! Il passa un chiffon sur les chaussures noires qu'il avait achetées en même temps que le costume gris et la cravate. Presque la moitié de l'argent de l'oncle Jossi y était passé mais

* Fête lors de laquelle on célèbre l'arrivée du mois de mai en dansant.

cet investissement était rentable. L'humeur joyeuse, Watkowiak se mit en route peu avant huit heures. Kurti devait venir le prendre à la gare à huit heures précises.

Augusta Nowak aimait le crépuscule, l'heure bleue. Elle était assise sur le banc de bois derrière sa petite maison, jouissant de la paix du soir et de l'odeur de résine des bois proches. Bien que la météo ait clairement pronostiqué une baisse des températures et de la pluie, l'air était tiède et les premières étoiles luisaient dans le ciel du soir sans nuage. Dans les rhododendrons, deux merles se querellaient, sur le toit un pigeon roucoulait. Il était dix heures un quart et toute la famille était allée au stade fêter la *Tanz in den Mai*. Sauf Marcus, son petit-fils, qui devait être encore au bureau. Il fallait voir cette jalousie qui leur arrachait la gueule depuis que son entreprise était florissante ! Mais lequel parmi eux était prêt à travailler seize heures par jour, sans week-end ni vacances ?

Augusta Nowak joignit les mains sur sa poitrine et croisa les pieds. Si elle y réfléchissait bien, jamais les choses n'étaient si bien allées après une vie de travail où les soucis n'avaient pas manqué. Helmut, son mari, traumatisé par la guerre, psychiquement instable, qui ne gardait jamais un travail plus de quatre semaines et qui, dans les dernières années de sa vie, ne quittait plus la maison, était mort depuis deux ans. Augusta n'avait pas accepté l'offre de son fils et s'était retirée à Fischbach dans une petite maison sur le terrain de l'entreprise. Depuis la mort de Helmut, elle ne supportait plus de vivre au village, dans le Sauerland. Finalement, elle avait la paix et n'était plus obligée d'endurer la télévision toujours allumée et l'infirmité d'un homme pour qui, même dans les meilleurs moments, elle n'avait ressenti que de l'indifférence. Augusta entendit la porte du jardin grincer, tourna la tête et sourit de joie en reconnaissant son petit-fils.

— Bonjour, grand-mère ! dit Marcus. Je te dérange ?

— Tu ne me déranges jamais, répondit Augusta Nowak. Tu veux manger quelque chose ? J'ai de la goulache et des pâtes dans le frigo.

— Non, merci.

Il paraissait las, tendu et plus vieux que ses trente-quatre ans. Depuis quelques semaines, elle avait l'impression que quelque chose le tourmentait.

— Viens, assieds-toi.

Augusta tapota le coussin à côté d'elle. Elle observait l'expression de son visage. Elle pouvait encore lire en lui comme dans un livre ouvert.

— Les autres sont allés danser, pourquoi tu ne vas pas avec eux ?

— J'y vais. Je partais au stade. Je voulais seulement...

Il s'interrompit, réfléchit un instant et regarda le sol sans rien dire.

— Qu'est-ce qui cloche ? demanda Augusta. C'est au sujet de l'entreprise ? Tu as des soucis d'argent ?

Il secoua la tête et, quand finalement il la regarda, elle ressentit un choc. L'expression torturée et désespérée de ses yeux noirs lui alla droit au cœur. Il hésita encore un moment, puis il s'assit à côté d'elle en poussant un profond soupir. Augusta aimait le garçon comme si c'était son fils. Peut-être parce que ses parents, accablés par l'entreprise et le travail, ne s'étaient jamais occupés de leur cadet et qu'il avait passé une partie de son enfance chez elle. Mais aussi parce qu'il ressemblait tellement à Ulrich, son frère aîné. Ulrich avait été si adroit de ses mains, un véritable artiste. Il serait allé loin si la guerre n'avait pas déjoué ses plans et brisé ses rêves. En juin 1944, il était tombé en France, trois jours avant son vingt-deuxième anniversaire. Physiquement aussi, Marcus lui rappelait son frère bien-aimé. Il avait le même visage expressif aux traits fins, les mêmes cheveux blond foncé et raides qui lui tombaient sur les yeux, et aussi sa jolie bouche aux lèvres pleines. Mais, bien qu'il n'eût que trente-quatre ans, les soucis avaient déjà gravé sur son visage de profondes rides, et Augusta se disait parfois qu'il avait connu trop tôt les soucis de l'âge adulte. Soudain Marcus posa sa tête sur son épaule comme il le faisait, petit garçon, quand il voulait se faire consoler. Augusta lui caressa les cheveux en chantonnant doucement.

— J'ai vraiment, vraiment fait le pire, grand-mère, dit-il d'une voix étouffée. J'irai en enfer pour ça.

Elle le sentait trembler. Le soleil avait disparu derrière les contreforts du Taunus, le froid arrivait. Il fallut encore un moment, mais il finit par lui avouer le sombre secret qui pesait sur son âme, d'abord en hésitant, puis toujours plus précipitamment, heureux de le partager avec elle.

Après le départ de son petit-fils, Augusta Nowak resta encore un moment assise dans le noir, perdue dans ses pensées. Ses aveux l'avaient secouée, mais pas pour des raisons morales. Dans cette famille de petits-bourgeois, Marcus était aussi peu à sa place qu'un aigle parmi les corbeaux et il avait épousé une femme qui ne pouvait comprendre un artiste comme lui. Depuis un certain temps, Augusta ne pensait pas grand bien du mariage de son petit-fils, mais elle ne lui en parlait jamais.

Il venait chaque jour lui raconter ses petits et ses gros soucis, les nouveaux contrats, les succès et les échecs, bref tout ce qui l'agitait et ce dont un mari discute habituellement avec sa femme. Elle-même n'avait pas un grand faible pour la famille qui vivait sous le même toit, non par affection ou respect mais uniquement par confort. Pour Augusta, ils étaient restés des étrangers qui parlaient pour ne rien dire et étaient uniquement soucieux d'afficher en façade une vie familiale harmonieuse.

Une demi-heure après que Marcus fut parti au stade, elle rentra dans la maison, se noua un fichu sur la tête, attrapa un anorak et prit sur l'étagère la clef du bureau de Marcus. Il lui avait répété maintes fois qu'elle n'avait pas à nettoyer elle-même mais régulièrement elle y faisait la poussière. L'oisiveté ne lui convenait pas, et travailler, c'était rester jeune. Son regard tomba sur le miroir, près de la porte d'entrée. Augusta Nowak savait ce que les années avaient fait de son visage, et pourtant elle fut étonnée en voyant sa bouche rentrée à cause des dents manquantes et ses paupières lourdement tombantes. Presque quatre-vingt-cinq ans, pensa-t-elle. Incroyable d'être devenue vieille si vite ! Sincèrement elle n'avait pas l'impression d'avoir plus de trente ans. Elle était endurante et costaude, et plus souple que beaucoup de jeunes femmes. A soixante ans, elle avait passé son permis de conduire, à soixante-dix elle était partie pour la première fois en vacances. Elle jouissait des petits plaisirs sans chercher querelle à son destin. D'ailleurs, elle avait encore quelque chose à accomplir, quelque chose de très important. La mort, qu'elle avait contemplée en face soixante ans plus tôt, devrait attendre qu'elle l'ait accompli. Augusta fit un clin d'œil à son image dans le miroir et quitta la maison. Elle traversa la cour, ferma la porte du bâtiment qui abritait les bureaux, passa dans celui de Marcus et gagna l'atelier qu'il avait construit, quelques années avant, en contrebas de la maisonnette d'Augusta. La pendulette sur le bureau affichait onze heures et demie. Elle devait se dépêcher si elle voulait que personne ne fût au courant de sa petite promenade.

Il entendit les basses étouffées de la musique dès qu'il entra sur le parking comble. Le DJ se colletait avec *Ballermann Hits*, les gens étaient plus ivres que Marcus ne l'aurait pensé à cette heure. Des enfants jouaient au football sur le gazon, parmi eux les siens. Sous la tente s'entassaient à peu près trois cents personnes. Les plus chevronnés s'étaient retirés au bar du centre sportif, à quelques exceptions près. Marcus se sentit mal à l'aise en voyant les deux directeurs sérieusement éméchés suivre les jeunes filles d'un regard libidineux.

— Eh, Nowak !

Une main s'abattit sur son épaule et quelqu'un lui envoya au visage une haleine chargée de schnaps :

— C'est maintenant que tu arrives !

— Salut Stefan, tu as vu Tina ? répondit Marcus.

— Non, désolé. Mais joins-toi à nous. Viens boire un verre, vieux.

Il se sentit tiré par le bras et suivit l'autre à contrecœur vers le fond de la tente, à travers la foule exubérante et en sueur.

— Eh les gars, hurla Stefan, regardez qui je ramène.

Tous se tournèrent vers lui en beuglant et en ricanant. Il vit des visages familiers dont les yeux vitreux laissaient penser que l'alcool coulait à flots depuis un bon moment. Auparavant il avait été l'un d'eux, c'étaient des camarades d'école ou de sport, ils avaient joué ensemble dans l'équipe de foot junior, avaient servi chez les pompiers volontaires et fait la fête d'innombrables fois. Ils se congratulèrent, et il s'assit avec un sourire contraint, forcé de faire bonne figure malgré lui. Quelqu'un lui mit un verre de vin de mai dans la main, tous trinquèrent en son honneur, et il but. Quand cela avait-il commencé à ne plus lui plaire ? Pourquoi n'avait-il plus le moindre goût pour ces plaisirs simples, comme ses anciens camarades ? Pendant que les autres vidaient leur verre en cinq minutes, il s'en tint à son vin de mai. Soudain il sentit la vibration de son portable dans la poche de son pantalon. Il extirpa l'appareil de son jean et son cœur fit un bond quand il vit qui lui avait envoyé un SMS. Le sang lui monta au visage en lisant le contenu.

— Marcus, je vais te donner un bon conseil, lui brama dans l'oreille Chris Wiethölter, un entraîneur des juniors, avec qui il avait joué. Heiko, il serre joliment ta Tina de près. Tu devrais le tenir à l'œil.

— Merci, répondit-il, d'un air absent.

Que devait-il faire de ce SMS ? L'ignorer simplement ? Eteindre le portable et se soûler avec les copains comme avant ? Il était assis sur le banc, comme paralysé, serrant le verre de vin de mai qui entre-temps s'était réchauffé, incapable de rassembler ses pensées.

— Je t'le dis. Parce que t'es un aaami, bredouilla Wiethölter en vidant sa bière d'un trait avant de roter.

— Tu as raison. Nowak se leva. Je vais voir ça.

— Oui, fais-le, vieux...

Jamais de la vie Tina ne se serait laissée aller avec Heiko Schmidt ou avec qui que ce soit, et d'ailleurs ça lui était égal, mais il en profita pour s'enfuir. En essayant d'éviter ces corps transpirants, il salua l'un ou l'autre de la tête en espérant que sa femme ne lui jetterait pas une de ses amies dans les bras. Quand avait-il compris qu'il n'aimait plus Tina ? Il ne savait même pas ce qui avait changé. Ça devait venir de lui, car Tina était toujours la même. Elle se sentait très bien dans cette vie qui pour lui était devenue trop étriquée. Sans se faire remarquer, il s'éclipsa de la tente et prit un raccourci par le bar du club. Il comprit trop tard son erreur. Son père, qui était assis au comptoir avec ses copains, l'avait repéré.

— Eh, Marcus ! dit Manfred Nowak en essuyant d'un revers de main la mousse de sa moustache. Viens un peu par ici !

Marcus Nowak se sentit aussitôt révulsé, mais il obéit. Il vit que son père avait un coup dans l'aile et s'arma de patience. Un rapide regard à l'horloge murale lui apprit qu'il était onze heures et demie.

— Une bière pour mon fils ! ordonna son père d'une voix menaçante, puis il se tourna vers les autres vieux types qui continuaient à s'habiller en survêtement et en chaussures de sport alors que leurs exploits sportifs étaient depuis des années derrière eux.

— Maintenant mon fils voit grand ! Il reconstruit la vieille ville de Francfort, maison par maison ! Ça vous étonne, hein ?

Manfred Nowak tapa sur le dos de Marcus, mais dans ses yeux ne brillaient ni estime ni fierté, seulement de la moquerie.

Il continua à se ficher de lui et l'absence de réaction de Marcus le mettait en verve. Les hommes ricanaient. Ils étaient parfaitement au courant de la faillite de l'entreprise de travaux publics de Nowak et du refus de Marcus de reprendre l'affaire, car dans une petite ville comme Fischbach rien ne pouvait rester secret, surtout pas une faillite aussi grandiose. Le garçon posa la bière sur le comptoir, mais Marcus n'y toucha pas.

— *Prost !* cria son père en levant son verre.

Tous burent sauf Marcus.

— Qu'est-ce qu'il y a ? Tu te crois trop bien pour trinquer avec nous ?

Marcus lut la colère de l'ivresse dans les yeux de son père.

— J'en ai assez de tes remarques imbéciles, dit-il. Raconte à tes amis ce que tu veux. Peut-être qu'il y en aura un pour te croire.

Le long grognement retenu de son père accompagna la tentative d'envoyer une gifle à son fils cadet, comme il l'avait fait si souvent. L'alcool ralentit son geste et Marcus esquiva facilement le coup. Il regarda sans pitié son père perdre l'équilibre et, dans un craquement, s'effondrer par terre avec le tabouret, puis il s'éloigna avant que l'autre ne se remette sur ses pieds. Arrivé à la porte, il respira profondément et traversa le parking presque en courant. Il s'assit au volant et démarra sur les chapeaux de roues. Deux cents mètres plus loin, il fut stoppé par la police.

— Bon, dit le flic en lui éclairant la figure avec une lampe de poche, alors on a bien dansé ?

Le ton était haineux. Il reconnut la voix. Siggi Nitschke avait joué dans la première équipe du club de Ruppertshain alors que Marcus était déjà le meilleur gardien en division nationale.

— Bonjour Siggi, dit-il.

— Mais regarde qui je vois. Nowak. Monsieur *l'entrepreneur.* Permis de conduire et carte grise.

— Je ne les ai pas.

— Ça, c'est pas de bol, se moqua Nitschke. Dans ce cas, descends.

Marcus soupira et obéit. Nitschke n'avait jamais pu le sentir, peut-être parce qu'il avait toujours joué dans une division inférieure à la sienne. Et maintenant il allait le lui faire payer. Sans protester, Marcus se laissa traiter comme s'il était un grand criminel. Il souffla dans l'alcootest et ils furent apparemment déçus quand le marqueur de l'appareil resta à zéro.

— Drogue. Nitschke n'allait pas renoncer si facilement : Qu'est-ce que tu fumes ? Ou alors peut-être que tu sniffes ?

— Ridicule, répliqua Marcus qui ne voulait pas d'ennuis. J'ai jamais rien pris. Tu le sais très bien.

— Pas de familiarités déplacées. Je suis en service. *Officier de police* Nitschke, pour vous servir.

— Ça va, laisse-le partir, dit son collègue à mi-voix.

L'officier de police Nitschke jeta à Marcus un regard furieux, cherchant désespérément quelle nouvelle brimade inventer. Il ne retrouverait plus jamais une occasion pareille.

— A dix heures au plus tard, passez au commissariat de Kelkheim pour présenter à mes collègues votre permis et vos papiers, dit-il finalement. Allez, barre-toi. Tu as de la chance.

Sans répondre, Marcus monta dans sa voiture, démarra, boucla sa ceinture et partit. Toutes ses bonnes résolutions s'étaient envolées. Il attrapa son portable et écrivit. *"J'arrive. A tout de suite."*

MARDI 1ᵉʳ MAI 2007

Les doigts de Bodenstein tambourinaient d'impatience sur le volant. On avait découvert le corps d'un homme à Eppenhain, mais la seule route qui y menait avait été bouclée par la police. Les concurrents de la course cycliste *Rund um den Henninger-Turm* attaquaient pour la deuxième fois de l'après-midi la pente rapide de Schlossborn à Ruppertshain, des centaines de spectateurs s'entassaient au bord de la route ou se pressaient devant un mur de téléviseurs, dans l'étroite courbe de Zauberberg. Les premiers coureurs furent enfin en vue. L'avant-garde passa comme un nuage couleur magenta, suivie par le peloton paré de toutes les couleurs de l'arc-en-ciel. Entre, à côté et derrière se faufilaient les véhicules chargés de la logistique, roues contre roues, et dans les airs tournait l'hélicoptère de la télévision de la Hesse qui retransmettait la manifestation en direct.

— Je n'arrive pas à croire que ce sport soit bon pour la santé, laissa tomber Pia assise à côté de lui. Ils roulent dans les gaz d'échappement des voitures de leurs accompagnateurs.

— Le sport est un meurtre, affirma Bodenstein. Les sportifs de compétition sont presque aussi suspects que l'étaient les fanatiques religieux.

— Le cyclisme en tout cas. Particulièrement pour les hommes. J'ai lu quelque part que les hommes qui font trop de bicyclette deviennent impuissants, dit Pia. Puis elle ajouta sans transition : Notre collègue Behnke accompagne en tout cas le *Jedermänner*. Du moins les cent kilomètres de montagne.

— Qu'est-ce que je dois comprendre ? Auriez-vous une connaissance intime de l'état de santé de Behnke que vous me cachez ? dit Bodenstein sans pouvoir retenir un sourire moqueur.

Les relations entre Pia Kirchhoff et Behnke n'étaient pas excellentes et leur hostilité réciproque avait éclaté l'été dernier aux yeux de tous. Pia réalisa alors ce qu'elle avait dit.

— Mon Dieu non, dit-elle avec un rire gêné. La voie est libre.

Aucun de ceux qui connaissaient le commissaire principal Oliver von Bodenstein n'aurait pu supposer qu'il se délectait en secret de ce genre de cancans. En apparence, le chef de Pia, toujours en costume-cravate, donnait l'impression d'un homme qui se tient avec hauteur au-dessus du commun et ignore avec une politesse aristocratique la vie privée des gens. Mais en réalité, sa curiosité était insatiable et sa mémoire redoutablement précise. C'était peut-être la combinaison de ces deux particularités qui faisait de Bodenstein le brillant limier qu'il était.

— Je vous en prie, ne le dites pas à Behnke, dit Pia. Il pourrait mal le prendre.

— Je vais y réfléchir, dit Bodenstein amusé en engageant sa BMW sur la route d'Eppenhain.

Marcus Nowak attendit dans sa voiture que sa famille ait quitté la maison, d'abord ses parents, puis son frère avec sa famille et enfin Tina et les enfants. Tels qu'il les connaissait, ils iraient voir la course cycliste après la messe, ils seraient donc absents un long moment et ça l'arrangeait. Ils ne manquaient jamais la messe, même lorsqu'ils avaient fait la fête jusqu'à l'aube. Il faut sauver les apparences. Ce matin, il avait déjà couru ses douze kilomètres, son circuit habituel jusqu'au château Bodenstein, en passant par Ruppertshain et en faisant au retour une grande courbe à travers les bois. D'habitude, courir le détendait et lui lavait le cerveau, mais aujourd'hui il n'avait pas réussi à évacuer ses remords ni le sentiment aigu de sa faute. Il l'avait à nouveau fait, tout en sachant que ça lui vaudrait de brûler en enfer. Il sortit de sa voiture, ouvrit la porte d'entrée et monta en courant l'escalier qui menait à son appartement, au deuxième étage. Pendant un instant, il se tint, les bras ballants, au milieu de la salle de séjour. Tout était comme les autres dimanches, le petit-déjeuner n'avait pas été débarrassé, des jouets étaient éparpillés un peu partout. Cette normalité familiale lui fit monter les larmes aux yeux. Ceci n'était plus son monde et ne le serait jamais plus ! D'où lui venait soudain cette sombre pulsion, ce désir de l'interdit ? Tina, les enfants, les amis, la famille, comment osait-il mettre leur monde en péril ? Est-ce que ça ne signifiait vraiment plus rien pour lui ?

Il entra dans la salle de bains et fut effrayé en voyant dans le miroir ses traits tirés et ses yeux cernés. Pourrait-il revenir en arrière, si personne n'apprenait ce qu'il avait fait ? *Souhaitait-il revenir en arrière ?* Il se déshabilla, se mit sous la douche et tourna le robinet. Froid. Glacé. Pour se punir. Il serra les dents jusqu'au grincement quand le jet glacial tomba sur sa peau en sueur. Il ne pouvait pas empêcher les images de la nuit passée de revenir. L'autre se tenait devant lui et le regardait, étonné, non, paniqué ! Sans détourner les yeux, il était lentement tombé devant lui à genoux, lui avait tourné le dos et attendu en tremblant qu'il... Il se cacha le visage dans les mains en sanglotant.

— Marcus ?

Il sursauta, effrayé, lorsqu'il reconnut à travers le verre humide la silhouette de sa grand-mère. Rapidement il arrêta l'eau et noua autour de ses hanches la serviette qu'il avait posée sur la porte de la douche.

— Qu'est-ce que tu as ? demanda Augusta. Ça ne va pas ?

Il sortit de la douche et rencontra son regard attentif.

— Je ne voulais pas le refaire, dit-il avec désespoir, vraiment, grand-mère, mais... mais je...

Il ne trouvait pas ses mots, cherchant vainement à s'expliquer. La vieille femme le prit dans ses bras. D'abord il résista puis il se blottit contre elle, respirant son odeur familière.

— Pourquoi je fais ça ? chuchota-t-il avec désespoir. Je ne sais pas ce qui se passe en moi ! Est-ce que je ne suis pas normal ?

Elle prit son visage dans ses mains calleuses et le regarda de ses yeux soucieux, restés étonnamment jeunes.

— Ne te torture pas, mon garçon, dit-elle doucement.

— Mais je ne me comprends plus moi-même, répondit-il d'une voix oppressée. Et si quelqu'un l'apprend...

— Qui pourrait l'apprendre ? Personne ne t'a vu là-bas, pas vrai ? dit-elle d'une voix de conspiratrice.

— Je... je ne crois pas.

Comment sa grand-mère pouvait-elle admettre ses actes ?

— Eh bien alors, dit-elle en se détachant de lui. Maintenant habille-toi. Viens en bas, je vais te faire un cacao et un vrai petit-déjeuner. Je suis sûre que tu n'as rien mangé.

Marcus sourit malgré lui. Manger, c'était la recette patentée de sa grand-mère pour aller mieux. En la suivant des yeux, il se sentit en effet un peu consolé.

La maison de Herrmann Schneider était typique du bungalow à toit pentu bien conservé. Il donnait directement sur le bois, entouré par un grand jardin assez négligé. Le corps avait été trouvé par une aide à domicile du service social de l'ordre de Malte qui venait chez le vieux monsieur chaque matin. Bodenstein et Pia Kirchhoff eurent immédiatement une impression de déjà-vu. L'homme était à genoux sur le carrelage, dans l'entrée de sa maison ; la balle mortelle avait été tirée de derrière, dans la tête. Cela ressemblait à une exécution, comme pour David Goldberg.

— Il s'agit de Herrmann Schneider, né le 2 mars 1921 à Wuppertal. La jeune agent de police qui était arrivée la première sur les lieux avait eu à cœur de s'informer. Il vit seul depuis la mort de sa femme, survenue il y a quelques années, et, trois fois par jour, l'aide-ménagère du service social vient le voir et lui apporte ses repas.

— Avez-vous déjà interrogé le voisinage ?

— Bien entendu.

La consciencieuse policière jeta à Bodenstein un regard indigné. Comme partout, il existe des tensions au sein de la police. Les simples agents sont persuadés que ceux de la Kripo se croient supérieurs et les regardent de haut. Ils n'ont pas tout à fait tort.

— La voisine a vu deux hommes arriver chez Schneider vers huit heures et demie. Ils sont repartis peu après onze heures en faisant pas mal de raffut.

— Quelqu'un en a après les rentiers, remarqua son collègue, c'est le deuxième en une semaine.

Bodenstein ignora la grossière remarque.

— Il y a des traces d'effraction ?

— A première vue, non. Il semble qu'il ait ouvert lui-même la porte au meurtrier. Il n'y a pas de désordre dans l'appartement, répondit la policière.

— Merci, dit Bodenstein, bon travail.

Pia et lui enfilèrent des gants de latex et se penchèrent sur le corps du vieil homme. A la faible lueur dispensée par l'ampoule de quarante watts qui pendait du plafond, ils virent que le protocole de l'événement ne devait rien au hasard : dans la tache de sang de la moquette, quelqu'un avait écrit cinq chiffres, 16145. Bodenstein regarda sa collègue.

— *Celui-ci*, dit-il d'une voix décidée, je ne me le laisserai pas enlever.

A ce moment le médecin fit son entrée. Pia le reconnut. C'était le nain qui avait constaté le décès d'Isabel Kerstner. Il se souvint apparemment du premier meurtre sur lequel Pia et Bodenstein avaient travaillé ensemble et un sourire acerbe étira un instant ses lèvres.

— Je peux ? dit-il avec grossièreté.

Ou bien c'était sa manière d'être, ou bien il était rancunier. Autrefois Bodenstein, impassible, lui avait dit sans ambages ce qu'il pensait de lui.

— Espérons que vous ne détruirez aucune empreinte, répliqua Bodenstein avec la même grossièreté, ce qui lui valut un regard furieux.

Il fit signe à Pia de le suivre dans la cuisine.

— Qui l'a appelé ? demanda-t-il en baissant la voix.

— Les collègues qui sont arrivés les premiers, je pense.

Le regard de Pia s'arrêta sur un panneau de liège à côté de la table de cuisine. Elle s'approcha et sortit une carte d'apparence luxueuse qui avait été épinglée entre des factures, des ordonnances et quelques cartes postales. *Invitation*, y lisait-on. Pia ouvrit la carte et siffla d'étonnement.

— Regardez, chef, dit-elle en lui tendant le carton d'invitation.

Comme Pia put s'en convaincre en parcourant la maison, le bungalow construit au début des années 1970 reflétait par son mobilier tout le mauvais goût de cette époque. Le chêne rustique dans la salle de séjour et les paysages insipides sur les murs trahissaient les goûts du maître de maison. Le décor floral sur les carreaux de la cuisine blessait les yeux, les toilettes des invités étaient entièrement vieux rose. Pia entra dans la chambre à coucher meublée de manière spartiate. Sur la table de nuit, du côté où Schneider couchait, un livre était ouvert à côté de fioles de médicaments. Un exemplaire fatigué du livre de la comtesse Marion von Dönhoff, *Les Noms que personne ne connaît plus*.

— Alors dit Bodenstein, trouvé quelque chose ?
— Rien, dit Pia en haussant les épaules. Pas de bureau, même pas un secrétaire.

Pendant que le corps de Schneider était transporté à l'institut médicolégal, les spécialistes de la police scientifique plièrent bagage. Le médecin était déjà parti, après avoir mesuré la température rectale du mort et estimé l'heure du crime à environ une heure du matin.

— Il a peut-être un bureau au sous-sol, dit Bodenstein, allons voir.

Pia suivit son chef. Derrière la première porte, ils trouvent une chaudière au fuel moderne. Dans la cave voisine, une étagère supportait des cartons soigneusement étiquetés ; contre l'autre mur s'alignaient des casiers remplis de bouteilles de vin. Bodenstein en prit une et poussa un sifflement d'étonnement.

— Il y a là un vrai trésor.

Pia passa dans la pièce suivante, éclaira et se figea de surprise.

— Chef, cria-t-elle. Venez voir !
— Quoi ?

Bodenstein apparut à la porte.

— On dirait un cinéma.

Pia montra les murs recouverts de velours rouge foncé, les trois rangées de cinq fauteuils confortables et, à l'autre bout de la pièce, le rideau noir d'une taille étonnante. Près de la porte se trouvait un appareil de projection démodé.

— Bon, voyons quel genre de film regardait le vieux crabe dans sa paisible petite salle.

Bodenstein se dirigea vers le projecteur dans lequel était resté un rouleau de pellicule et appuya sur des boutons au petit bonheur. Pia essaya le commutateur près de la porte et soudain le rideau glissa de côté. Ils sursautèrent tous les deux quand retentirent, venant d'un haut-parleur invisible, des coups de feu et une musique militaire. Ils regardèrent l'écran. Des chars roulaient sur un manteau de neige, dans un noir et blanc vacillant, des visages de jeunes soldats, accroupis derrière des canons antiaériens, souriaient. Des avions volaient dans un ciel gris.

— Les actualités, dit Pia étonnée. Il regardait les actualités dans son cinéma privé. De quoi vous rendre malade ?

— C'était sa jeunesse, dit avec un haussement d'épaules Bodenstein qui avait eu peur de découvrir des films pornos. Peut-être qu'il aimait simplement se souvenir de cette époque.

Il farfouilla dans la masse des bobines de films posées sur une étagère et découvrit parmi elles une suite interminable d'actualités allemandes des années 1933 à 1945 : le discours de Goebbels au palais des Sports, des films de Leni Riefenstahl, *Le Triomphe de la volonté*, le film sur le congrès du NSDAP à Nuremberg, *Stürme über dem Montblanc* et d'autres raretés pour lesquelles un collectionneur aurait payé une fortune. Bodenstein arrêta le projecteur.

— Il a certainement dû regarder ces films avec ses invités.

Pia désigna trois verres sales, deux bouteilles de vin vides et un cendrier débordant, posés sur une table entre deux rangées de sièges. Elle leva prudemment un verre pour l'observer. Sa supposition était juste, le reste de vin au fond du verre n'était pas encore sec. Bodenstein revint dans le couloir et appela le policier chargé de relever les empreintes, puis il suivit Pia dans l'autre pièce. Dont la vue lui coupa le souffle.

— Dieu du ciel, dit Pia horrifiée. On croirait les décors d'un film ?

La pièce sans fenêtre, qui paraissait plus basse qu'elle n'était à cause des poutres du plafond et de la moquette rouge foncée, était dominée par un bureau en acajou. Des étagères de livres jusqu'au plafond, des classeurs, un lourd coffre-fort et plusieurs rangées de photos encadrées de Hitler et d'autres dignitaires nazis. A l'inverse de l'autre partie de la maison qui paraissait impersonnelle et presque inhabitée, ici étaient entreposés l'héritage et les témoignages d'une longue vie. Pia observa une des photos de plus près et frissonna.

— Cette photo a été dédicacée par Hitler. C'est comme ça que je me représentais le bunker sous le Reichstag.

— Fouillez le bureau. Si nous devons trouver des renseignements, c'est ici.

— *Jawohl, mein Führer !* dit Pia en redressant le buste.

— Ne plaisantez pas avec ça.

Bodenstein regarda la pièce sombre et encombrée qui lui donnait une sensation de claustrophobie. Pia n'était pas tombée loin en la comparant à un bunker. Pendant que, assise au bureau, elle ouvrait avec la pointe du doigt un tiroir après l'autre, Bodenstein prit au hasard des papiers et des albums de photos sur l'étagère et se mit à les feuilleter.

— Mon Dieu, qu'est-ce que c'est que ça ? s'écria Kröger en entrant.
— Ça donne le frisson, n'est-ce pas ? dit Pia en levant brièvement les yeux. Embarquez tout ce fourbi quand vous aurez tout photographié. Je n'ai pas envie de rester dans ce trou plus longtemps.
— Il va nous falloir un poids lourd.
Le policier regarda autour de lui sans enthousiasme et fit la grimace. Du deuxième tiroir d'en haut, Pia sortit des relevés de compte de différentes banques soigneusement épinglés. Herrmann Schneider touchait une pension de retraite mais il recevait aussi des virements de cinq mille euros d'une banque suisse, versés régulièrement chaque mois. Il y avait actuellement sur son compte deux cent soixante-dix mille euros.
— Chef, on lui versait tous les mois cinq mille euros. KMF. Qu'est-ce que ça signifie ? dit Pia en lui tendant un relevé.
— *Kriegministerium Frankfurt*, proposa Kröger.
— Compte de mon Führer, dit en rigolant son collègue.
Bodenstein sentit redoubler son malaise, car à présent on ne pouvait plus ignorer la liaison. L'invitation là-haut dans la cuisine, les versements du KMF, les chiffres suspects que le meurtrier avait laissés sur les deux lieux de crime. Il était temps d'aller rendre visite à une dame très en vue même si tout cela relevait du simple hasard.
— KMF signifie Kaltensee Maschinenfabrik, dit-il à Pia en baissant la voix. Schneider connaissait Vera Kaltensee. Exactement comme Goldberg.
— Elle choisit vraiment ses amis, remarqua Pia.
— Nous ne savons pas s'ils étaient réellement ses amis, nuança Bodenstein. Vera Kaltensee jouit d'une réputation sans tache, son intégrité ne fait absolument aucun doute.
— La réputation de Goldberg était, elle aussi, sans tache, répondit froidement Pia.
— Que voulez-vous dire ?
— Que les apparences sont trompeuses.
Bodenstein regarda pensivement le relevé de compte.
— Je crains qu'il ne reste encore en Allemagne des milliers de gens qui ont sympathisé dans leur jeunesse avec les nazis ou en ont fait partie eux-mêmes. Tout cela remonte à soixante ans.
— Ce n'est pas une excuse, répliqua Pia en se levant. Et ce Schneider n'était pas un simple sympathisant. C'était un nazi pur et dur. Regardez autour de vous.

— Nous ne pouvons pas automatiquement en conclure que Vera Kaltensee connaît le passé nazi de ses deux amis, dit Bodenstein en soupirant.

Il était envahi par un sombre pressentiment. La réputation de Vera Kaltensee serait entachée dès que la presse apprendrait qu'elle avait un lien quelconque avec la peste brune ; elle traînerait cela jusqu'à la fin de ses jours.

Il descendit du bus sur le parking à Königstein et s'enfonça dans la zone piétonne. C'était une sensation agréable d'avoir de l'argent. Robert Watkowiak regardait avec satisfaction son image dans les vitrines et décida qu'avec le fric de l'oncle Herrmann il se ferait d'abord soigner les dents. Déjà avec une nouvelle coupe de cheveux et un costume, il avait bien meilleure allure. Les passants ne le regardaient plus en secouant la tête. C'était un sentiment agréable. Il devait admettre qu'il en avait assez de la vie qu'on l'avait plus ou moins contraint à mener. Il avait besoin d'un lit, d'une douche et du confort auquel il était habitué et il détestait chercher refuge chez Moni. Hier, elle avait cru qu'il allait la supplier de le laisser dormir chez elle, mais elle se trompait. Bien qu'elle ne fût qu'une traînée qui couchait avec tout le monde pour de l'argent, elle se croyait supérieure à lui. D'ailleurs elle pouvait faire illusion à condition de ne pas ouvrir la bouche, sinon on comprenait que c'était une prolétaire, surtout quand elle avait bu. Une semaine avant, elle l'avait provoqué au *Bremslicht*, devant ses copains, au point qu'il avait été forcé de lui en coller une. Après, elle avait fermé son clapet. Il la battait chaque fois qu'il en avait envie, parfois sans raison. Il aimait cette impression d'avoir du pouvoir sur quelqu'un.

Robert Watkowiak tourna dans le Kurpark en direction de l'hôtel de ville. Il y avait un certain temps que la maison vide à côté du kiosque de loterie lui servait de refuge. Le propriétaire supportait sa présence sans rien dire. Tout était couvert de poussière et de saletés, mais le courant n'avait pas été coupé et les toilettes et la douche fonctionnaient. En tout cas c'était mieux que de dormir sous les ponts.

Arrivé à l'étage, il se laissa tomber en soupirant sur le matelas, délaça ses chaussures et pêcha dans son sac à dos une boîte de bière qu'il but d'un trait. Il rota bruyamment. Puis il plongea à nouveau sa main dans le sac et sourit quand ses doigts touchèrent le métal froid. Le vieux n'avait pas remarqué quand il l'avait mis dans sa poche. Le pistolet avait certainement de la valeur. Un modèle authentique de la Seconde Guerre mondiale, ça devait valoir un prix fou. Et quand l'arme avait déjà tué quelqu'un, on devait en tirer le double ou le triple. Robert sortit le pistolet et l'observa pensivement. Il n'avait pas pu s'en empêcher. Il avait le sentiment que désormais tout irait mieux dans sa vie. Demain il commencerait par encaisser le chèque. Puis il irait chez le dentiste. Ou après-demain. Ce soir, il passerait encore une fois au *Bremslicht*. Peut-être que ce type qui vendait des armes serait là.

Bodenstein tourna dans Fischbach et au croisement prit la B455 en direction d'Eppstein. Il avait décidé d'aller parler à Vera Kaltensee avant que son chef ne le lui interdise pour de quelconques considérations diplomatiques. Pendant le trajet, il pensa à la femme qui était sans conteste la personnalité la plus éminente de la région et qui, par sa simple présence, rehaussait la moindre manifestation. Vera Kaltensee était née von Zeydlitz-Lauenburg. Fuyant la Prusse, elle était arrivée à l'Ouest avec une valise et un enfant sur le bras. Peu de temps après, elle avait épousé l'industriel Eugen Kaltensee et, ensemble, ils avaient fait de Kaltensee Maschinenfabrik une multinationale. A la mort de son mari, elle avait pris la tête du groupe en même temps qu'elle s'était engagée dans différentes organisations caritatives. Elle était connue comme mécène et donatrice bien au-delà des frontières allemandes. Avec sa fondation Eugen-Kaltensee, qu'elle avait en grande partie elle-même créée, elle soutenait l'art, la culture, la défense du patrimoine et de l'environnement et venait en aide aux indigents par le biais d'innombrables projets sociaux.

Mühlenhof, ainsi que se nommait le domaine familial, se cachait dans une vallée entre Eppstein et Lorsbach derrière d'épaisses haies et de hautes grilles noires à pointe dorée. Bodenstein tourna dans l'entrée, la grille à deux battants était ouverte. Le manoir s'élevait au fond du jardin aménagé en parc, à gauche duquel se dressait le moulin historique.

— Oh ! Ça me rend jalouse, s'écria Pia en voyant le gazon vert foncé, les buissons bien taillés et les parterres de fleurs parfaitement entretenus. Comment on arrive à obtenir ça ?

— Avec une armée de jardiniers, répondit sèchement Bodenstein. En outre, je ne pense pas qu'ici il y ait beaucoup d'animaux qui piétinent le gazon.

L'allusion fit sourire Pia. Chez elle, dans sa maison du Birkenhof, on rencontrait toujours un animal là où il n'avait rien à faire : les chiens dans la mare aux canards, les chevaux dans le jardin, les canards et les poules faisant un tour de reconnaissance dans la maison. Pia avait passé tout un après-midi à nettoyer les traces vertes, léguées par ses bestiaux à plumes. Heureusement que Christoph était insensible à ce genre de choses.

Bodenstein stoppa devant le perron du château. Comme ils descendaient en regardant autour d'eux, un homme arriva du coin de la maison. Il avait des cheveux gris et un long visage étroit. Pia lui trouva le regard mélancolique d'un saint-bernard. C'était sans doute un jardinier, car il portait une salopette verte et tenait un sécateur à la main.

— Puis-je vous aider ? murmura-t-il avec méfiance.

Bodenstein sortit sa carte de police.

— Nous sommes de la Kripo de Hofheim et nous aimerions parler avec Mme la Dr Kaltensee.

— Ah, bon.

L'homme pêcha lentement des lunettes dans la poche de poitrine de sa salopette et étudia soigneusement la carte de Bodenstein. Puis il sourit poliment.

— Il se passe ici les choses les plus folles dès que le portail est ouvert. Beaucoup de gens croient que c'est un hôtel ou un club de golf.

— Ça ne m'étonne pas, répliqua Pia avec un regard sur les plates-bandes de rosiers et d'arbustes et les buis artistiquement taillés. Ça y ressemble.

— Ça vous plaît ? dit l'homme visiblement flatté.

— Oh oui, dit Pia. Vous faites ça tout seul ?

— Mon fils m'aide parfois, admit-il modestement, mais l'admiration de Pia le faisait littéralement rayonner de joie.

— Pouvez-vous nous dire où trouver Mme la Dr Kaltensee ? interrompit Bodenstein, avant que son adjointe se lance dans une discussion sur les engrais pour gazon ou l'entretien des rosiers.

— Bien sûr, dit l'homme avec un sourire d'excuse. Je vais la prévenir immédiatement. Redites-moi votre nom ?

Bodenstein lui tendit une carte de visite et l'homme disparut derrière la porte d'entrée.

— Au contraire du parc, la maison n'est pas très bien entretenue, constata Pia.

Vu de près, le bâtiment n'était pas aussi noble et imposant. L'enduit taché était écaillé et on apercevait par endroits la maçonnerie.

— La maison n'a pas l'importance historique des autres bâtiments, expliqua Bodenstein. Le domaine est surtout connu pour le moulin qui date du XIIIe siècle, si je me souviens bien. Il appartenait, jusqu'au début du XXe siècle, à la famille Stolberg-Werningerode, qui possédait aussi le château fort d'Eppstein, avant qu'elle ne le lègue à la ville. Un cousin des Werningerode a épousé une fille de la maison des Zeydlitz et c'est comme ça que les Kaltensee sont entrés en possession de la propriété.

Pia regarda son chef avec ébahissement.

— Qu'est-ce qu'il y a ? demanda-t-il.

— D'où vous savez tout ça ? Et qu'est-ce que les Wernige... trucmuche et les Zeydlitz ont à faire avec les Kaltensee ?

— Vera Kaltensee est née Zeydlitz-Lauenburg, apprit-il à sa collègue. J'ai oublié de vous le dire. Pour le reste, c'est simplement ce qu'on racontait chez moi.

— Bien sûr, acquiesça Pia. Quand on a du sang bleu, on apprend ces détails primordiaux par cœur, en même temps que le gotha.

— Je perçois comme un sarcasme dans votre voix, je me trompe ? répliqua Bodenstein en souriant.

— Pour l'amour de Dieu, pas du tout ! dit Pia en levant les bras. Ah, voilà le serf de la *gnädige Frau**. Comment on la salue ? En faisant la révérence ?

— Vous êtes impossible, madame Kirchhoff.

Marleen Ritter, née Kaltensee, contemplait le modeste anneau d'or au doigt de sa main droite en souriant. Elle avait toujours le vertige en voyant à quelle vitesse sa vie s'était trouvée si heureusement transformée, en l'espace de quelques mois seulement. Après son divorce d'avec Marco, elle s'était résignée à rester seule jusqu'à la fin de sa vie. Elle avait toujours été

---

* Ancienne façon de saluer les dames.

forte, c'était un héritage de son père mais sa jambe amputée mettait en déroute tout admirateur potentiel. Mais pas Thomas Ritter ! Finalement il la connaissait depuis son enfance et il avait vécu tout le drame : la liaison interdite avec Robert, l'accident aux lourdes conséquences, l'horrible esclandre qui avait ébranlé toute la famille. Thomas était venu la voir à la clinique et l'avait conduite à ses rendez-vous chez le médecin ou le physiothérapeute quand ses parents n'avaient pas le temps. Il avait toujours trouvé les mots pour consoler et soutenir la grosse fille malheureuse qu'elle avait été. Oui, elle était sans doute déjà amoureuse de lui.

Quand elle l'avait rencontré par hasard en décembre, cela lui avait semblé un signe de Dieu. Il avait l'air pitoyable, presque au bout du rouleau, mais il s'était montré aussi prévenant et charmant qu'avant. Il n'avait pas eu une parole méchante sur sa grand-mère, alors qu'elle lui avait donné toutes les raisons de la haïr. Marleen ne savait pas très bien ce qui avait provoqué la rupture entre Thomas et celle-ci, là-dessus la famille se perdait en spéculations, mais elle le regrettait car Thomas était quelqu'un d'exceptionnel. Etant donné les relations de sa grand-mère, il n'avait plus aucune chance de trouver à Francfort un travail qui fût digne de ses capacités.

Pourquoi n'avait-il pas quitté la ville et cherché à refaire sa vie ailleurs ? Au lieu de ça, il survivait péniblement comme journaliste free-lance. Son petit appartement dans un immeuble de Francfort-Niederrad était un trou déprimant. Elle lui avait offert d'habiter chez elle, mais il avait répondu qu'il ne voulait pas vivre à ses crochets. Cela l'avait émue. Que lui importait que Thomas ne possède que ce qu'il avait sur le dos. Ce n'était pas sa faute. Elle l'aimait profondément, elle aimait vivre avec lui, elle aimait coucher avec lui. Elle attendait leur futur enfant avec un grand bonheur. Marleen ne doutait pas de réussir à réconcilier Thomas et sa grand-mère. Vera ne lui avait jamais rien refusé. Son portable fit entendre la sonnerie spéciale que Thomas lui avait installée. Il l'appelait au moins dix fois par jour pour lui demander comment elle allait.

— Comment ça va, mon trésor ? demanda-t-il. Qu'est-ce que vous faites tous les deux ?

Marleen sourit à l'allusion au bébé dans son ventre.

— Nous sommes paresseusement allongés sur le canapé et je lis. Et toi, qu'est-ce que tu fais ?

Dans une rédaction, on travaille aussi les jours fériés. Thomas s'était proposé pour travailler le mardi 1er mai, car tous ses collègues avaient une famille, des enfants. Marleen trouvait que c'était typique du caractère de Thomas de se montrer prévenant et désintéressé.

— Je dois encore attendre deux scoops, soupira-t-il. Pardon de te laisser seule toute la journée, mais en revanche je serai libre pendant le week-end.

— Ne t'inquiète pas pour moi. Je vais très bien.

Ils parlèrent encore un peu, puis Thomas dut raccrocher. Heureuse, Marleen contempla à nouveau l'anneau à son doigt. Puis elle s'allongea, ferma les yeux, et pensa à la chance qu'elle avait d'avoir cet homme.

La Dr Vera Kaltensee les attendait dans le hall. C'était une dame soignée à la chevelure neigeuse et aux vifs yeux bleu clair dans un visage bronzé où la vie avait gravé un réseau de profondes rides. Elle se tenait très droite et sa seule concession à l'âge était une canne à pommeau d'argent.

— Entrez, dit-elle avec un grand sourire, d'une voix grave légèrement tremblante.

— Merci, dit Bodenstein en lui serrant la main et en lui rendant son sourire. Oliver von Bodenstein, commissaire de la Kripo de Hofheim, ma collègue Pia Kirchhoff.

— Vous êtes donc le brillant gendre de ma chère amie Gabriela, répondit-elle avec un regard scrutateur. Elle parle toujours de vous avec enthousiasme. J'espère que mon cadeau pour la naissance de votre petite fille vous a plu ?

— Mais bien entendu, chère madame.

Malgré la meilleure volonté, Bodenstein ne pouvait se souvenir d'un cadeau de Vera Kaltensee à la naissance de Sophia, mais il supposait que Cosima n'avait pas manqué d'envoyer une lettre de remerciement.

— Bonjour, madame Kirchhoff, dit Vera Kaltensee en se tournant vers celle-ci et en lui tendant la main. Enchantée de vous connaître. Elle se pencha légèrement vers elle : Je n'ai encore jamais rencontré une policière aussi jolie. Vous avez de très beaux yeux bleus, ma chère !

Pia, qui d'habitude recevait ce genre de compliments avec méfiance, se sentit flattée malgré elle et eut un rire gêné. Elle s'était attendue à être traitée de haut ou ignorée par la vieille dame richissime et elle était agréablement surprise que Vera l'accueille avec simplicité.

— Mais je vous en prie, entrez !

La vieille dame prit le bras de Pia comme si elles se connaissaient depuis toujours et la conduisit dans un salon dont les murs étaient couverts de tapisseries flamandes. Devant l'imposante cheminée de marbre se trouvaient trois fauteuils et une petite table qui malgré leur discrétion avaient sans doute plus de valeur que l'ensemble du mobilier du Birkenhof. Elle désigna un des fauteuils.

— Je vous en prie, dit-elle aimablement. Asseyez-vous. Puis-je vous proposer un café ou un rafraîchissement ?

— Non merci, dit Bodenstein poliment.

Annoncer la mort d'un homme était plus facile debout qu'avec une tasse de café à la main.

— Qu'est-ce qui vous amène ? Ce n'est pas une simple visite de courtoisie, n'est-ce pas ?

Elle souriait toujours mais son regard était soucieux.

— Malheureusement non, répondit Bodenstein.

Le sourire disparut du visage de la vieille dame. Elle parut soudain, d'une façon touchante, désemparée. Elle s'assit dans un fauteuil et fixa sur Bodenstein un regard plein d'attente comme un écolier regarde son maître.

— Nous avons découvert aujourd'hui le cadavre de Herrmann Schneider. A son domicile nous avons appris qu'il vous connaissait, c'est la raison de notre présence ici.

— Mon Dieu, gémit Vera Kaltensee en blêmissant.

Sa canne lui glissa des mains, les doigts de sa main droite se refermèrent autour du médaillon qu'elle portait au bout d'une chaîne.

— Comment est-il… je veux dire… qu'est-ce qui s'est passé ?

— Il a été tué chez lui.

Bodenstein releva la canne et voulut la lui tendre mais elle n'y prêta pas attention.

— Nous pensons que c'est le même meurtrier que celui qui a tué David Goldberg.

— Oh non !

Vera Kaltensee éclata en sanglots et pressa une main sur sa bouche. Ses yeux se remplirent de larmes qui coulèrent sur ses joues ridées. Pia jeta à son chef un regard de reproche auquel celui-ci répondit par un bref froncement de sourcils. Elle s'agenouilla devant Vera Kaltensee et posa une main compatissante sur la vieille dame.

— Voulez-vous que j'aille vous chercher un verre d'eau ?

Vera Kaltensee parvint à se dominer et sourit dans ses larmes.

— Merci, ma chère. Ce serait très gentil. Il doit y avoir une carafe sur la desserte.

Pia se leva et alla vers un meuble où se trouvaient diverses boissons et des verres. Vera Kaltensee eut un sourire de reconnaissance quand Pia lui tendit un verre d'eau. Elle en avala une gorgée.

— Pouvons-nous vous poser quelques questions ou préférez-vous que nous revenions plus tard ? demanda Pia.

— Non, non. C'est déjà... Je vais mieux. Elle fit jaillir un mouchoir immaculé de sa veste de cachemire, se tapota les yeux et se moucha. Cette nouvelle m'a causé un choc. Herrmann est... je veux dire, était... depuis tant d'années un ami intime de notre famille. Et qu'il soit mort d'une façon si cruelle !

A nouveau ses yeux se remplirent de larmes.

— Nous avons trouvé chez M. Schneider une invitation à votre fête d'anniversaire. Par ailleurs, nous avons découvert que la KMF lui virait régulièrement de l'argent depuis un compte en Suisse.

Vera Kaltensee acquiesça. Elle s'était reprise et parlait d'une voix basse mais ferme.

— Herrmann était un ami de mon défunt mari, expliqua-t-elle. Depuis qu'il était à la retraite, il était conseiller pour notre filiale suisse. Herrmann avait été inspecteur des finances. Son expérience et ses conseils étaient précieux.

— Que savez-vous sur M. Schneider et sur son passé ? demanda Bodenstein qui tenait toujours la canne dans sa main.

— Professionnel ou privé ?

— Les deux. Nous recherchons quelqu'un qui pourrait avoir eu une raison de tuer M. Schneider.

— Avec la meilleure volonté du monde, je ne peux imaginer personne, dit-elle en secouant vigoureusement la tête. Depuis la mort de sa femme, il vivait seul, bien qu'il ne fût pas en bonne santé. Mais il refusait d'aller dans une maison de retraite.

Pia se dit qu'elle savait pourquoi. Il n'aurait pas pu y regarder les actualités ni accrocher la photo d'Adolf Hitler au mur. Mais elle ne dit rien.

— Depuis combien de temps connaissez-vous M. Schneider ?

— Depuis très longtemps. C'était un grand ami d'Eugen, mon défunt époux.

— Il connaissait aussi M. Goldberg ?

— Oui, naturellement, dit Vera Kaltensee sur un ton un peu agacé. Pourquoi me demandez-vous cela ?

— Nous avons trouvé une série de chiffres sur les deux lieux de crime, dit Bodenstein. 16145. Ecrits avec le sang des victimes. Cela pourrait indiquer un rapport entre les deux crimes.

Vera Kaltensee ne répondit pas tout de suite. Ses mains serraient les bras de son fauteuil. Pendant une fraction de seconde son visage prit une expression qui étonna Pia.

— 16145, dit la vieille dame pensivement. Qu'est-ce que ça peut signifier ?

Avant que Bodenstein ait le temps de répondre, un homme entra dans le salon. Il était grand et svelte, presque maigre. Avec son costume, son écharpe de soie, sa barbe de trois jours et sa chevelure grisonnante longue jusqu'aux épaules, il ressemblait à un vieil acteur. D'un air étonné, il regarda Bodenstein puis Pia. Pia était sûre de l'avoir vu quelque part.

— J'ignorais que tu avais de la visite, maman, dit-il en faisant mine de sortir. Excuse-moi de t'avoir dérangée.

— Reste !

La voix de Vera Kaltensee était impérieuse, mais, quand elle se tourna vers Bodenstein et Pia, elle souriait.

— C'est Elard, mon fils aîné. Il habite ici. Puis, en regardant son fils : Elard, voici le commissaire von Bodenstein de la Kripo de Hofheim, le gendre de Gabriela. Et sa collègue... excusez-moi, je n'ai pas retenu votre nom.

Avant que Pia ait pu répondre, Elard la prit de vitesse. Sa voix avait des intonations mélodieuses.

— Madame Kirchhoff. Pia fut bluffée par sa mémoire des noms. Il y a un moment que nous ne nous sommes vus. Comment va votre époux ?

Le Pr Elard Kaltensee, se dit Pia. Bien sûr, je le connais. Il est historien de l'art et occupe une chaire à l'université de Francfort. Comme Henning appartenait aussi au corps professoral de l'université, elle avait assisté à des festivités auxquelles Elard participait. Pia se souvint qu'on racontait qu'il aimait la chair fraîche et qu'il avait eu une aventure avec une jeune enseignante. Il devait avoir dépassé soixante ans mais, quoiqu'un peu décati, il était encore séduisant.

— Merci, il va bien.

Pia omit de dire que Henning et elle étaient divorcés depuis deux mois.

— Herrmann a été assassiné, laissa tomber Vera. Sa voix tremblait à nouveau. C'est pour cela que la police est là.

— Ah. Elard Kaltensee haussa les sourcils. Quand ?

— La nuit dernière, répondit Bodenstein. Il a été tué dans le couloir de sa maison.

— C'est affreux.

Le Pr Kaltensee prenait cette nouvelle sans émoi apparent et Pia se demanda s'il n'était pas au courant du passé nazi de Schneider. Mais elle pouvait difficilement le lui demander. Pas maintenant et pas ici.

— Votre mère nous a dit que M. Schneider était un grand ami de votre père, dit Bodenstein.

Pia remarqua le bref regard qu'Elard Kaltensee jetait à sa mère. Elle y perçut une lueur d'amusement.

— Alors c'est vrai, dit-il.

— Nous y voyons un parallèle avec le meurtre de David Goldberg, continua Bodenstein. Sur les deux lieux de crime nous avons trouvé des chiffres qui pour nous restent une énigme. Quelqu'un a écrit le nombre 16145 avec le sang des victimes.

Vera Kaltensee poussa un cri étouffé.

— 16145, répéta son fils pensivement. Cela pourrait…

— Oh c'est affreux ! C'est trop pour moi !

Vera se leva soudain en se couvrant les yeux de sa main droite. Ses épaules étroites tressaillaient, elle sanglotait. Bodenstein lui prit la main gauche et dit doucement qu'ils pourraient reprendre cette conversation plus tard. Pia ne l'observait pas elle mais son fils. Elard Kaltensee ne faisait pas mine de consoler sa mère, dont les sanglots viraient à la crise de nerfs. Au lieu de cela, il alla à la desserte et se versa un cognac. Son visage était impassible, mais dans ses yeux Pia ne lisait que du mépris.

Son cœur battit et il eut un mouvement de recul en entendant des pas de l'autre côté de la porte. Puis la porte s'ouvrit. La vision de Katharina lui coupa le souffle une fois de plus. Elle portait une robe de laine rose et une veste blanche, ses cheveux noirs et brillants lui tombaient en grosses boucles sur les épaules, ses longues jambes étaient bronzées.

— Bonjour trésor. Comment ça va ?

Thomas Ritter se fendit d'un sourire et entra. Elle le toisa froidement de haut en bas.

— *Trésor*, répéta-t-elle d'un air moqueur, mon cul.

Comme pouvait-elle être si jolie et en même temps si vulgaire ? Mais cela faisait sans doute partie de son charme. Et si Katharina avait appris pour lui et Marleen, se dit-il avec effroi, mais il repoussa cette pensée. Depuis des semaines, elle était soit à Zurich, où était la maison d'édition, soit à Majorque.

— Entre.

Elle fit demi-tour et il la suivit à travers le vaste appartement jusqu'à la terrasse. L'idée l'effleura que Katharina serait follement amusée d'apprendre ce qu'il avait fait. Tout ce qui portait un coup à la famille Kaltensee les unissait dans un même besoin de vengeance. Mais il ne pouvait pas se résoudre à se moquer de Marleen avec Katharina.

— Alors, où tu en es ? Katharina restait debout sans lui proposer de s'asseoir. Mon chef des ventes devient chaque jour plus impatient.

Ritter hésita.

— Je ne suis pas encore satisfait du premier chapitre, dit-il. C'est comme si, en 1945, Vera avait surgi à Francfort de nulle part. Il n'y a aucune photo d'elle avant, pas de papiers de famille – absolument rien ! Jusqu'à présent le manuscrit se lit comme la biographie professionnelle d'une personne lambda.

— Tu m'as dit que tu avais une source chaude ! dit Katharina furieuse en fronçant les sourcils. Pourquoi ai-je l'impression que tu veux gagner du temps ?

— Pas du tout, répondit Ritter tristement. Vraiment pas ! Mais Elard se dérobe chaque fois et fait marche arrière.

L'éclatant ciel bleu s'étendait sur la vieille ville de Königstein mais Ritter n'eut pas un regard pour la vue spectaculaire qu'on avait de la terrasse de Katharina sur les ruines du château d'un côté et la villa Andrea de l'autre.

— C'est Elard, ta source ? Katharina secoua la tête. Tu aurais pu me le dire plus tôt.

— A quoi ça aurait servi ? Tu penses qu'il t'en dirait plus qu'à moi ?

Katharina le mesura du regard.

— Comme toujours, dit-elle finalement. Tiens-t'en à ce que je t'ai raconté. Il y a déjà de quoi faire !

Ritter acquiesça et se mordit les lèvres.

— J'ai encore un problème, dit-il, embarrassé.

— Combien il te faut ? demanda Katharina Ehrmann, le visage impassible.

Thomas Ritter hésita puis il soupira.

— Cinq mille me permettraient de boucher les plus gros trous.

— Tu auras l'argent, mais à une condition.

— Laquelle ?

Katharina Ehrmann eut un sourire sardonique.

— Tu finis le livre dans trois semaines. Il doit paraître au plus tard début septembre quand ma chère amie Jutta briguera la position de tête de liste.

Trois semaines ! Thomas Ritter s'avança vers le parapet de la terrasse. Comment avait-il pu s'embarquer dans cette galère ? Sa vie commençait à s'arranger jusqu'à ce qu'il perde la raison dans un accès de vanité. Lorsqu'il avait confié à Katharina son idée d'écrire la biographie intime de Vera, il était loin de prévoir l'enthousiasme que ce projet éveillerait chez celle qui avait été la meilleure amie de Jutta Kaltensee.

Katharina n'avait jamais pardonné à Jutta de l'avoir autrefois froidement snobée. Elle brûlait de se venger, même s'il n'y avait aucune raison. Son bref mariage avec l'éditeur suisse Beat Ehrmann avait été sur le plan financier plus que payant. Le vieil homme avait grandement surestimé ses capacités physiques et, deux ans après avoir épousé sa meilleure collaboratrice, il avait fait un infarctus. Katharina avait hérité de tout : sa fortune, ses biens immobiliers, les éditions. Mais l'aiguillon de l'affront, au-delà de la jalousie envers Jutta, était apparemment très profondément fiché. Katharina avait mis l'eau à la bouche de Thomas Ritter en lui faisant miroiter les millions qu'une biographie scandaleuse sur une des femmes allemandes les plus en vue pourrait rapporter. Et à cause de ça, il avait tout perdu : son travail, sa réputation, son avenir. Vera avait eu vent de son projet et l'avait chassé. Depuis il était devenu un paria, vivant plus ou moins des subsides de Katharina, faisant un travail qu'il méprisait du fond du cœur, mais sans avoir la force de se tirer de cette situation. L'idée d'un mariage secret avec Marleen, qui lui avait paru brillante dans un accès de rage aveugle, lui semblait à présent un piège qui s'était refermé sur lui. Il ne savait plus à qui en parler. Katharina s'approcha de lui.

— Je dois chaque jour inventer une nouvelle excuse pour expliquer pourquoi tu n'as toujours pas rendu ce foutu manuscrit, dit-elle avec une dureté qu'il ne lui connaissait pas. Ils voudraient enfin toucher le bénéfice de ce fric avec lequel nous t'engraissons depuis des mois.

— Dans trois semaines, tu auras le manuscrit terminé, s'empressa de promettre Thomas. Je dois encore récrire le début, car je n'ai pas trouvé ce que j'avais espéré. Mais le passage sur Eugen Kaltensee est assez croustillant.

— Je l'espère pour toi. Katharina inclina la tête. Et pour moi. Même si c'est ma maison d'édition, je dois rendre des comptes à mes associés.

Thomas Ritter eut un sourire désarmant. Il avait confiance dans son physique et il savait l'effet qu'il faisait. L'expérience lui avait enseigné qu'il y avait en lui quelque chose qui mettait les femmes à ses pieds. La jolie Katharina ne faisait pas exception.

— Viens trésor, dit-il en s'appuyant contre la balustrade et en l'attirant à lui. Nous parlerons affaires plus tard. Je t'ai manqué ?

Elle resta encore un instant revêche, puis elle cessa de résister et sourit à son tour.

— Il s'agit de millions, lui rappela-t-elle avec une voix plus basse. Nos juristes ont trouvé un moyen pour empêcher une interdiction, on fera paraître le livre en Suisse.

Ritter fit courir ses lèvres sur le cou mince et sentit monter son excitation quand elle se pressa contre lui. Après l'ennui du sexe fleur bleue avec Marleen, l'absence de complexe de Katharina le poussait hors de ses limites physiques.

— D'ailleurs, murmura-t-elle en dégrafant sa ceinture, je vais moi-même en parler à Elard. Il n'a jamais rien pu me refuser.

— Avez-vous remarqué comment elle a réagi quand vous avez mentionné les chiffres ? demanda Pia pendant le trajet qui les ramenait au commissariat. Elle n'avait cessé de ruminer ce qu'elle avait cru lire pendant une fraction de seconde sur le visage de Vera Kaltensee. De la peur ? De la haine ? De l'effroi ? Et cette façon de parler à son fils, si… autoritaire.

— Ça ne m'a pas frappé. Bodenstein secoua la tête. Mais même si elle a réagi bizarrement, c'est très compréhensible. Nous lui avons appris qu'un vieil ami de la famille venait d'être assassiné. D'où connaissez-vous le fils de Mme Kaltensee ?

Pia le lui expliqua.

— La nouvelle de la mort de Schneider l'a laissé de glace, remarqua-t-elle. Il ne semblait pas particulièrement affecté.

— Et qu'est-ce que vous en concluez ?

— Rien, dit Pia en haussant les épaules. Au plus qu'il n'aimait pas particulièrement Schneider ni Goldberg. Il n'a pas eu un mot de consolation pour sa mère.

— Il considérait peut-être qu'elle avait trouvé un soutien suffisant, dit Bodenstein en haussant les sourcils d'un air moqueur. J'ai cru que vous alliez fondre en larmes.

— Oui, ce n'était pas très professionnel, je sais, répondit-elle contrite. Elle était agacée de s'être laissé entortiller par la vieille dame. En général elle gardait ses distances et les larmes ne l'attendrissaient pas. Les grands-mères à cheveux blancs qui sanglotent sont mon talon d'Achille.

— Ah bon, dit Bodenstein en lui jetant un regard amusé. Jusqu'à présent je croyais que votre talon d'Achille, c'étaient les jeunes gens de bonne famille psychiquement instables et soupçonnés de meurtre.

Pia comprit l'allusion à Lukas van den Berg, mais elle avait aussi bonne mémoire que Bodenstein.

— Celui qui est dans une serre ne doit pas jeter des pierres, chef, répliqua-t-elle en ricanant. Puisque nous en sommes à évoquer nos faiblesses, je me souviens d'une vétérinaire et de sa jolie fille qui…

— Ça va, la coupa Bodenstein, vous ne comprenez vraiment pas la plaisanterie.

— Vous non plus.

Le téléphone de la voiture sonna. C'était Ostermann. Il leur apprit qu'il avait l'autorisation de procéder à l'autopsie de Schneider. Par ailleurs le laboratoire de police scientifique de Wiesbaden avait des nouvelles intéressantes. En effet, les collègues du BKA, dans leur précipitation, avaient oublié de demander les résultats des relevés d'empreintes que le laboratoire devait examiner.

— Les empreintes sur le portable trouvé dans la plate-bande près de la porte d'entrée de Goldberg sont celles d'un certain Robert Watkowiak, dit Ostermann. Il est connu des services de police, fiché aux empreintes digitales et tout le bataclan. Une vieille connaissance dont l'ambition semble être d'enfreindre chaque paragraphe du Code pénal. Jusqu'à présent, il lui manquait le meurtre. Sinon tout y est : vol à l'étalage, coups et blessures, agression à main armée, infractions à la loi sur les stupéfiants, conduite sans permis, conduite en état d'ivresse, tentative de viol, etc.

— Vous l'avez fait conduire au commissariat ?

— Ce n'est pas si simple. Il est sans domicile fixe depuis qu'il a été libéré de prison, il y a six mois.

— Et sa dernière adresse ? Que dit-elle ?

— C'est là que ça devient intéressant, dit Ostermann. Il est toujours domicilié au Mühlenhof chez les Kaltensee.

— Comment ça ? dit Pia ébahie.

— Peut-être parce qu'il est un enfant illégitime du vieux Kaltensee, dit Ostermann.

Pia jeta un bref coup d'œil à Bodenstein. Est-ce que ça pouvait être un hasard si le nom de Kaltensee surgissait à nouveau ? Son téléphone portable sonna. Elle ne connaissait pas le numéro qui apparaissait sur l'écran, mais prit tout de même l'appel.

— Bonjour, Pia. Elle reconnut la voix de son amie Miriam. Je te dérange ?

— Non, dit Pia. Qu'est-ce qu'il y a ?

— Tu savais samedi soir que Goldberg était mort ?

— Oui, dit Pia. Je ne pouvais pas en parler.

— Mon Dieu. Qui a pu tuer un vieil homme comme lui ?

— C'est une bonne question, mais nous n'avons pas la réponse, répliqua Pia. Malheureusement, nous avons été forcés d'interrompre l'enquête. Le fils de Goldberg s'est pointé avec le renfort du consulat américain et du ministère de l'Intérieur et il a emporté le cadavre de son père. Ça nous a étonnés d'ailleurs.

— C'est parce que vous ne connaissez pas notre rite d'inhumation, dit Miriam après une courte pause. Sal, le fils de Goldberg, est un juif orthodoxe. D'après le rite juif, le mort doit être enterré le jour même.

— Ah !

Pia regarda Bodenstein, qui avait fini de téléphoner avec Ostermann, en posant le doigt sur ses lèvres.

— Il a donc été déjà enterré.
— Oui, lundi. Au cimetière juif de Francfort. Après l'expiration de la *shiva*, il y aura encore une réception officielle de deuil.
— *Shiva* ? demanda Pia sans comprendre. Pour elle, ce nom était celui d'un dieu hindou.
— C'est de l'hébreu, ça signifie "sept", expliqua Miriam. La *shiva* est le septième jour de la période de deuil qui suit l'enterrement. Sal Goldberg et sa famille resteront jusque-là à Francfort.
Pia eut soudain une idée.
— Où es-tu ? demanda-t-elle à son amie.
— A la maison. Pourquoi ?
— Je peux venir te voir ? J'ai quelque chose à te raconter.

D'une fenêtre du premier étage de la grande maison, Elard Kaltensee vit la voiture de son frère franchir le portail et s'arrêter devant le perron. Il se détourna de la fenêtre avec un sourire amer. Vera mettait tout en œuvre pour garder la situation en main, car les points d'impact se rapprochaient et lui-même n'y était pas tout à fait étranger. Il ignorait quelle signification avaient ces chiffres, mais il soupçonnait que sa mère le savait. Grâce à sa crise de larmes, si inhabituelle chez elle, elle avait adroitement évité les autres questions du policier et repris aussitôt la situation en main. Les policiers avaient à peine tourné le dos, que déjà Vera appelait Siegbert qui, bien entendu, avait tout laissé pour accourir immédiatement vers sa maman. Elard se débarrassa de ses chaussures, ôta sa veste et la suspendit sur le valet de nuit.
Pourquoi cette policière, la femme de Kirchhoff, l'avait-elle regardé avec tant d'insistance ? Il s'assit sur le bord du lit en soupirant, plongea sa tête dans ses mains et essaya de se remémorer chaque détail de la conversation. Avait-il parlé imprudemment, avait-il attiré son attention ou sa méfiance par son attitude ? La policière le soupçonnait-elle ? Et si c'était le cas, pourquoi ? Il se sentait mal. Une autre voiture arrivait. Bien sûr, Vera avait aussi prévenu Jutta. Il n'allait pas tarder à être appelé en bas pour un conseil de famille. Il prenait peu à peu conscience de son imprudence et de l'erreur monumentale qu'il avait commise. La pensée de ce qui allait se passer quand il descendrait lui donnait des douleurs dans la région

du cœur. Mais il serait idiot de se dérober. Il devait continuer à vivre comme d'habitude et se comporter comme s'il n'y voyait que du bleu. Il sursauta, effrayé, quand brusquement son portable retentit. A son étonnement c'était Katharina Ehrmann, l'amie de Jutta.

— Bonjour, Elard. Katharina paraissait d'excellente humeur. Comment vas-tu ?

— Katharina ! dit Elard en feignant le calme. Ça fait un bout de temps que tu n'as pas appelé. Que me vaut l'honneur ?

Katharina ne lui déplaisait pas, ils se rencontraient à l'occasion de manifestations culturelles ou de diverses mondanités.

— Je suis presque à ta porte, dit-elle. J'ai besoin de ton aide. On peut se voir ?

La pointe d'insistance dans sa voix renforça son mauvais pressentiment.

— Le moment est mal choisi, répondit-il évasif. Nous sommes dans une situation de crise, ici.

— Le vieux Goldberg a été tué, j'ai entendu dire.

— Ah oui ?

Elard se demanda où elle l'avait appris. Le meurtre de l'oncle Jossi n'avait pas été mentionné dans la presse. Jutta l'avait peut-être prévenue.

— Tu sais sans doute que Thomas écrit un livre sur ta mère.

Elard ne répondit pas, mais son mauvais pressentiment se renforça. Bien sûr, il connaissait cette idée saugrenue de livre qui avait provoqué une véritable conflagration dans la famille. Il avait envie de raccrocher mais ça n'aurait servi à rien. Katharina Ehrmann était connue pour son obstination. Elle ne lui ficherait pas la paix tant qu'elle n'aurait pas obtenu ce qu'elle voulait.

— Tu sais certainement que Siegbert est contre.

— Oui. En quoi ça t'intéresse ?

— Le livre doit paraître dans ma maison d'édition.

La nouvelle laissa un instant Elard sans voix.

— Jutta est au courant ?

Katharina se mit à rire.

— Aucune idée. Je n'ai pas à tenir compte de son avis. Il s'agit d'affaires. Une biographie sur ta mère vaut des millions. Nous avons l'intention de sortir le livre en octobre pour la Foire du livre, mais il nous manque encore quelques éléments de fond importants que tu pourrais, je pense, éclaircir.

Elard se figea. Sa bouche devint soudain sèche, ses mains moites de transpiration.

— Je ne vois pas ce que tu veux dire, répondit-il d'une voix lasse.

Comment Katharina pouvait-elle savoir ? Par Ritter ? Et s'il le lui avait raconté à elle, à qui d'autre en avait-elle parlé ? S'il avait pu imaginer tout ce que cela entraînerait, il ne s'en serait pas mêlé.

— Mais si, tu comprends très bien ce que je veux dire. La froideur dans la voix de Katharina baissa de quelques degrés. Allons, Elard. Personne ne saura jamais que tu nous as aidés. Penses-y ! Tu peux m'appeler quand tu voudras.

— Je dois raccrocher.

Il pressa le bouton sans même lui dire au revoir. Son cœur battait si fort que c'était douloureux. Il tenta désespérément de mettre de l'ordre dans ses idées. Ritter avait dû tout raconter à Katharina, alors qu'il avait juré de tenir sa langue ! Il entendit des pas approcher dans le couloir, un claquement énergique de talons hauts, comme seule Jutta en portait. Il était trop tard pour quitter la maison sans se faire voir. Cela faisait des années qu'il était trop tard.

Pia et Miriam s'étaient donné rendez-vous dans un bistrot de la Schillerstrasse qui n'avait ouvert que depuis six mois et était considéré comme le nouveau secret le mieux gardé de la scène gastronomique francfortoise. Elles commandèrent les spécialités de la maison, des burgers grillés sans graisse provenant de vaches heureuses. Miriam brûlait de curiosité, aussi Pia en vint-elle d'emblée à l'essentiel.

— Ecoute, Miri. Tout ce dont nous allons nous entretenir est absolument confidentiel. Tu ne dois en parler à personne, ou je piquerai la colère du siècle.

— Je n'en soufflerai mot à âme qui vive, dit-elle en levant la main comme pour prêter serment. Je le jure.

— Bon, dit Pia en se rapprochant d'elle et en baissant la voix. Pourquoi connais-tu si bien Goldberg ?

— Je l'ai rencontré plusieurs fois. Aussi loin que je me souvienne, il venait nous voir chaque fois qu'il était à Francfort, répondit Miriam après un instant de réflexion. Grand-mère était très amie avec Sarah, sa femme, et naturellement avec lui. Qui a pu le tuer, vous avez une idée ?

— Non, dit Pia. Ce n'est plus notre affaire. Et pour être honnête, je ne pense pas que l'irruption du fils Goldberg accompagné du consul américain, des membres du BKA, de la CIA et du ministère de l'Intérieur, ait quelque chose à voir avec les rites juifs d'enterrement.

— CIA ? BKA ? s'étonna Miriam. C'est incroyable !

— Oui. On nous a retiré l'enquête. Et nous croyons en connaître la vraie raison. Goldberg cachait un terrible secret et il n'était pas question pour son fils ni pour ses amis qu'il soit découvert.

— Raconte, dit Miriam. Quel secret ? J'ai entendu dire qu'il avait fait au début des affaires louches, mais c'est le cas de beaucoup de gens. Il n'a tout de même pas tué Kennedy ?

— Non, dit Pia en secouant la tête. Il était membre de la SS.

Miriam la regarda, sidérée, puis elle éclata de rire.

— On ne plaisante pas avec ça, dit-elle. Maintenant dis-moi la vérité.

— Mais c'*est* la vérité. A l'autopsie, on a découvert son groupe sanguin tatoué sur son bras gauche, comme le portaient les membres de la SS.

Le rire mourut sur le visage de Miriam.

— C'est un fait, dit Pia sobrement. Il a essayé de faire disparaître le tatouage mais il était clairement lisible dans le derme. Groupe sanguin AB, or c'était son groupe sanguin.

— Mais enfin, ce n'est pas possible, Pia ! Grand-mère le connaît depuis soixante ans, tout le monde ici le connaît ! Il a subventionné une foule d'associations juives et beaucoup œuvré pour la réconciliation entre Allemands et juifs, c'est impossible qu'il ait été un *nazi*.

— Et pourtant c'est le cas. Il n'était pas celui qu'il prétendait être.

Miriam la regardait en silence et se mordait les lèvres.

— Tu peux m'aider, continua Pia. Dans l'institut où tu travailles, tu as certainement accès aux actes et aux documents relatifs à la population juive de Prusse-Orientale. Tu pourrais en découvrir plus sur son passé.

Pia regarda son amie et crut littéralement voir les rouages de son cerveau travailler. L'idée qu'un homme comme David Goldberg ait pu cacher pendant des décennies un secret aussi incroyable était si affreuse qu'elle devait d'abord s'y habituer.

— Ce matin, on a trouvé le corps d'un homme nommé Herrmann Schneider, dit Pia en baissant la voix. Il a été tué chez lui, exactement comme Goldberg, d'un coup de revolver. Il avait plus de quatre-vingts ans et vivait seul. Son bureau au sous-sol ressemblait à celui de Hitler à la chancellerie, avec drapeau à croix gammée et photo du Führer dédicacée de sa main, à donner le frisson, je t'assure. Et nous avons découvert que ce Schneider était un ami de Vera Kaltensee, comme Goldberg.

— De Vera Kaltensee ? s'écria Miriam en ouvrant de grands yeux. Elle, je la connais bien ! Elle subventionne depuis des années l'Association contre les expulsions. Tout le monde sait qu'elle hait Hitler et le Troisième Reich. Elle ne va pas se laisser faire si on essaie de présenter ses amis comme d'anciens nazis.

— Ce n'est pas notre intention, affirma Pia. Personne ne prétend qu'elle était au courant du passé de Goldberg ou de Schneider. Mais tous les trois se connaissaient très bien et depuis très longtemps.

— Insensé, murmura Miriam. Totalement insensé !

— A côté des deux cadavres, nous avons trouvé des chiffres que le meurtrier a écrits avec le sang de sa victime : 16145. Nous ne savons pas ce que ça signifie mais nous pensons que Goldberg et Schneider ont été tués par la même personne. J'ai l'intuition que le mobile du meurtre se trouve dans le passé des deux hommes. C'est pour ça que je voulais te demander de m'aider.

Miriam ne tourna pas son regard vers Pia. Elle avait les yeux brillants et les joues rouges.

— Ça pourrait être une date, dit-elle au bout d'un moment. Le 16 janvier 1945.

Pia sentit l'adrénaline fuser dans son corps, elle redressa brusquement la tête. Bien sûr ! Pourquoi n'y avait-elle pas pensé ! Un numéro de membre, de compte ou de téléphone, c'était idiot ! Mais que s'était-il passé le 16 janvier 1945 ? Comment relier cette date avec Goldberg et Schneider. Et surtout, qui pouvait le faire ?

— Comment en savoir plus là-dessus ? demanda Pia. Goldberg est originaire de Prusse-Orientale comme Vera Kaltensee, Schneider de la Ruhr. Il existe peut-être encore des archives où on pourrait trouver des renseignements.

Miriam acquiesça.

— Les archives les plus importantes pour la Prusse-Orientale sont dans les archives d'Etat classées PK à Berlin, on trouve aussi beaucoup d'anciens documents allemands sur la banque des données Online. En outre il y a le bureau d'état civil n° 1 à Berlin où sont rassemblés tous les documents d'état civil qui ont pu être sauvés de Prusse-Orientale, et surtout ceux concernant la population juive, car en 1939 on avait procédé à un recensement assez détaillé.

— C'est vraiment une chance ! dit Pia enthousiasmée par cette idée. Comment fait-on pour les consulter ?

— Pour la police, ça ne devrait poser aucun problème.

— Officiellement, nous ne pouvons pas enquêter sur le meurtre de Goldberg, dit-elle déçue. Mais je peux demander à mon chef de m'accorder des vacances pour que je puisse aller à Berlin.

— Je peux le faire, proposa Miriam. Actuellement je suis libre. Le projet sur lequel je travaillais depuis des mois est terminé.

— Tu le ferais ? Vraiment ? Ce serait super !

Miriam eut un sourire moqueur puis elle redevint sérieuse.

— Je vais essayer de prouver que Goldberg ne pouvait pas être un nazi, dit-elle en prenant les mains de Pia.

— A mon avis, aucune chance, dit Pia en souriant. Mais le principal c'est d'apprendre quelque chose sur ces chiffres.

MERCREDI 2 MAI 2007

Frank Behnke était de mauvaise humeur. L'euphorie provoquée la veille par une exceptionnelle huitième place dans le classement de la course cycliste *Rund um den Henninger-Turm* s'était depuis longtemps dissipée. Il était à nouveau plongé dans la grisaille quotidienne et dans une nouvelle enquête criminelle. Il avait espéré un peu de calme et pouvoir, chaque soir, continuer à quitter le bureau à l'heure. Ses collègues s'étaient plongés dans le travail avec ardeur, comme s'ils étaient ravis de faire des heures supplémentaires et de travailler pendant le week-end. Fachinger et Ostermann n'avaient pas de famille, le chef avait une femme qui s'occupait de tout. La femme de Hasse était ravie quand son mari n'était pas à la maison et Pia Kirchhoff paraissait avoir dépassé la première phase d'un amour incandescent avec son nouveau type et retrouvé son agressivité. Aucun d'entre eux n'avait la moindre idée de ce qu'il s'était mis sur le dos ! Quand il quittait le service pile à l'heure, il lui fallait ignorer les regards en coin.

Behnke s'assit derrière le volant de sa minable voiture de service et attendit en faisant tourner le moteur que Kirchhoff se pointe et s'asseye à côté de lui. Il aurait pu se débrouiller tout seul, mais le chef avait décidé qu'elle devait l'accompagner. Les empreintes de Robert Watkowiak avaient été trouvées sur un des verres, dans le sous-sol de Herrmann Schneider et sur son portable découvert près de la porte d'entrée de Goldberg. Ça ne pouvait pas être un hasard et Bodenstein voulait interroger le type. Ostermann s'était renseigné et avait appris que Watkowiak habitait depuis quelques mois chez une femme, dans un immeuble de Niederhöchstadt.

Behnke, caché derrière ses lunettes de soleil, n'ouvrit pas la bouche de tout le trajet. Pia ne fit aucun effort pour engager la conversation. Le vilain immeuble paraissait un corps étranger dans ce quartier de villas et d'immeubles au gazon soigné. A cette heure, la plupart des places de parking étaient vides, et les habitants au travail. Ou devant les guichets des services sociaux, pensa Behnke, amer. Presque tous ces gens vivaient sur le dos de l'Etat, et en particulier du service de l'immigration qui payait la plupart des loyers. Ce n'était pas sorcier à comprendre, il suffisait de lire les noms sous les sonnettes.

— M. Krämer, déchiffra Pia sur une des cartes, ça doit être là.

Robert Watkowiak somnolait. La soirée de la veille s'était bien passée. Moni ne lui en voulait plus et, vers une heure et demie, ils étaient arrivés en chancelant à l'appartement. Son argent liquide était à présent épuisé et le type ne s'était pas manifesté pour le pistolet, mais il allait se bouger et récolter le fric des trois chèques d'oncle Herrmann.

— Eh, regarde ça.

Monika sortit de la chambre à coucher et lui tendit son portable.

— J'ai reçu hier un SMS complètement dingue. T'y piges quelque chose ?

Il plissa ses yeux ensommeillés et s'efforça de déchiffrer sur l'écran : MA MIGNONNE, NOUS SOMMES RICHES ! J'AI FAIT PASSER L'ARME À GAUCHE À L'AUTRE VIEUX ! MAINTENANT À NOUS LE SUD !

Robert ne comprenait rien, lui non plus, à ce message. Il haussa les épaules et referma les yeux, pendant que Moni continuait à se demander à haute voix qui avait pu lui envoyer un truc pareil et pourquoi. Il avait des bourdonnements dans le crâne, un goût dégoûtant dans la bouche, et la voix stridente de Moni l'énervait.

— Rappelle si tu veux savoir qui a écrit ça, murmura-t-il. Et laisse-moi roupiller.

— Pas question, dit-elle en tirant sur la couverture. Faut que tu déguerpisses avant dix heures.

— Tu vas avoir de la visite ?

Il se fichait de la façon dont elle gagnait sa vie mais ça le dérangeait d'aller traîner jusqu'à ce que sa "visite" soit partie. Ce matin, il n'avait vraiment pas envie de se lever.

— J'ai besoin de fric. De toi, y a rien à tirer.

On sonna à la porte, les chiens se mirent à aboyer. Moni releva brutalement le rideau roulant.

— Grouille-toi de sortir du lit, chuchota-t-elle énergiquement en quittant la chambre.

Behnke gardait le doigt sur le bouton et il fut étonné d'entendre une voix lui dire : "Hello." En arrière-fond des chiens jappaient.

— Police, dit Behnke. Nous voulons parler à Robert Watkowiak.

— L'est pas là, répondit la voix de femme.

— Ouvrez quand même, s'il vous plaît.

Il fallut un moment avant que l'ouvre-porte ne bourdonne et qu'ils puissent pénétrer dans l'immeuble. A chaque étage ça sentait différemment, mais ce n'était jamais une odeur agréable. L'appartement de Monika Krämer se trouvait au cinquième, au bout d'un couloir obscur. Apparemment, les ampoules étaient grillées. Behnke sonna et la mince porte éraflée s'ouvrit. Une femme brune les regarda avec méfiance. Elle tenait sur le bras deux chiens minuscules, dans sa main libre une cigarette se consumait et derrière elle la télévision marchait.

— Robert est pas là, dit-elle après un coup d'œil à l'insigne de Behnke. Je l'ai pas vu depuis une éternité.

Behnke la repoussa, passa devant elle et regarda autour de lui. Le deux-pièces était meublé avec des meubles bon marché mais avec goût. Un joli canapé blanc, un coffre indien en guise de table basse. Aux murs, des tableaux montrant des vues du Midi comme on en vend au marché aux puces, dans un coin un grand palmier. Sur le sol, un tapis aux couleurs vives.

— Etes-vous la compagne de M. Watkowiak ? demanda Pia à la femme qui n'avait même pas la trentaine.

Elle avait les sourcils épilés et dessinés par un trait de crayon trop épais, ce qui lui donnait une expression sceptique. Ses bras et ses jambes étaient aussi minces que ceux d'une enfant de douze ans, et là-dessus une poitrine impressionnante qu'elle exhibait sans fausse honte dans la profonde échancrure de la chemisette.

— Compagne ? non, répliqua la femme. Il crèche ici de temps à autre, pas plus.

— Et où est-il à présent ?

Haussement d'épaules. Nouvelle cigarette mentholée. Elle posa les deux chiens tout tremblants sur le canapé immaculé. Behnke alla dans l'autre pièce. Un lit à deux places, une armoire à glace et un chiffonnier avec d'innombrables tiroirs. Le lit avait été utilisé des deux côtés. Behnke posa la main sur le drap. Il était encore chaud.

— Quand vous êtes-vous levée ? dit-il en se tournant vers Monika Krämer qui, sur le seuil, les bras croisés, ne le quittait pas des yeux.

— Qu'est-ce que ça peut vous foutre ?

Elle réagissait avec l'agressivité de quelqu'un qui est pris la main dans le sac.

— Contentez-vous de répondre à ma question.

Behnke sentait qu'il n'allait pas tarder à perdre patience. Cette femme l'exaspérait.

— Y a une heure quoi. Qu'est-ce que j'en sais.

— Et qui a dormi sur le côté droit du lit ? Les draps sont encore chauds.

Pia enfila une paire de gants et ouvrit une porte de l'armoire.

— Eh là ! cria la femme, vous avez pas le droit sans mandat de perquisition.

— Vous semblez avoir de l'expérience en la matière.

Behnke la toisa de la tête aux pieds. Avec sa jupe en jean trop courte et ses bottes laquées bon marché aux talons tordus, elle n'aurait pas détonné au coin d'une rue près de la gare.

— Tirez vos pattes de mon armoire !

Elle repoussa Pia et se plaça entre elle et l'armoire. A cet instant Behnke perçut un mouvement dans l'autre pièce. Pendant un quart de seconde il vit la silhouette d'un homme, puis la porte d'entrée claqua.

— Merde ! jura-t-il.

Il voulut s'élancer derrière l'homme, mais Monika Krämer lui fit un croc-en-jambe. Il trébucha, se cogna la tête contre l'encadrement de la porte et s'affala sur une batterie de bouteilles de champagne vides posées par terre. Une bouteille se cassa et un éclat de verre lui lacéra l'avant-bras. D'un bond il se remit sur ses pieds, mais la pute lui tomba dessus comme une furie. Alors la colère qui s'accumulait en lui depuis le matin déborda. La force de la gifle projeta la créature filiforme contre le mur. Il la frappa encore une fois, l'empoigna et lui tordit un bras derrière le dos. Elle se défendait avec une force étonnante, elle lui donna un coup de pied dans les tibias et lui cracha à la figure. Ce faisant, elle lui débitait un chapelet d'injures comme il n'en avait plus entendu depuis qu'il avait quitté la brigade mondaine et le milieu de Francfort.

Vert de rage, il aurait assommé cette furie, si Pia ne s'était pas interposée et ne la lui avait pas arrachée des mains. Tout ce tumulte était accompagné par les aboiements hystériques des petits roquets. En respirant lourdement, Behnke se redressa et considéra la blessure sanglante à son avant-bras.

— Qui était l'homme qui s'est enfui ? demanda Pia à la femme toujours assise le dos contre le mur, le nez en sang. C'était Robert Watkowiak ?

— Je parle pas avec la flicaille ! éructa-t-elle en repoussant les petits chiens qui, paniqués, voulaient grimper sur ses genoux. Je vais porter plainte ! J'exige des avocats !

— Ecoutez, madame Krämer. La voix de Pia était étonnamment calme. Nous cherchons Robert Watkowiak dans le cadre d'un meurtre. Vous lui rendriez service, et à vous aussi, en cessant de mentir. Vous avez agressé mon collègue et ça ne va pas arranger votre cas devant un tribunal, vos avocats vous le diront.

La femme réfléchit un instant. Elle parut comprendre le sérieux de la situation, et finit par admettre que c'était bien Watkowiak qui s'était enfui.

— On baisait. Il a rien à voir avec un meurtre.
— Ah oui, alors pourquoi il s'est enfui ?
— Parce qu'il peut pas piffer les flics.
— Vous savez, vous, où était M. Watkowiak lundi soir ?
— Aucune idée. Il s'est pointé ici que ce matin.
— Et la semaine dernière, vendredi après-midi, il était où ?
— Je sais pas. Je suis pas sa nounou.
— Bien, acquiesça Pia. Merci pour votre aide. Dans votre propre intérêt, il vaudrait mieux que vous nous appeliez dans le cas où il reviendrait.

Elle tendit sa carte de visite à Mme Krämer. Qui la fourra dans son décolleté sans la regarder.

Pia emmena Behnke aux urgences et attendit pendant qu'on recousait sa profonde blessure au bras et sa plaie à la tête. Elle était appuyée sur le garde-boue de la voiture de service et fumait une cigarette quand son collègue surgit de la porte tournante, la mine sombre, un pansement sur le front et une bande d'un blanc éclatant autour du bras droit.

— Alors ?
— Je suis en arrêt maladie, répondit-il sans la regarder.

Il s'assit sur le siège passager et chaussa ses lunettes noires. Pia détourna les yeux et jeta sa cigarette. Depuis quelques semaines, Behnke était de nouveau imbuvable. Pendant le court trajet jusqu'au commissariat, il n'ouvrit pas la bouche et Pia se demanda si elle devait raconter son esclandre à Bodenstein. Elle n'aimait pas rapporter, mais même si Behnke était connu pour son caractère emporté, elle avait été surprise par sa perte de contrôle dans l'appartement de Monika Krämer. Un policier doit savoir supporter la provocation et se dominer. Arrivé au parking du commissariat, Behnke descendit sans un mot de remerciement.

— Je rentre chez moi, se contenta-t-il de dire.

Il attrapa l'étui d'épaule avec son arme de service et sa veste de cuir, tira de la poche de son jean le certificat de l'hôpital et le tendit à Pia :

— Tu peux remettre ça à Bodenstein ?
— Je veux bien avertir le chef à ta place, dit Pia en prenant le papier. Mais il vaudrait mieux que ce soit toi qui fasses le rapport.
— Tu peux aussi bien le faire, grommela-t-il. Tu étais là.

Il se retourna et se dirigea vers sa voiture, stationnée sur son emplacement. Pia le regarda partir, dépitée. Et puis zut, qu'il aille se faire voir. Elle en avait par-dessus la tête de son caractère grincheux et de sa désinvolture envers ses collègues et son travail. Pourtant, elle n'avait pas envie de pourrir l'ambiance de l'équipe. Bodenstein était un chef libéral qui faisait rarement preuve d'autorité, mais il voudrait certainement connaître l'origine des blessures de Behnke.

— Frank, cria Pia en descendant de voiture. Attends !

Il se retourna à contrecœur et attendit.

— Qu'est-ce qui s'est passé ?
— Tu étais là, répondit-il.
— Non, je ne parle pas de ça. Il y a quelque chose qui ne va pas chez toi, depuis quelque temps. Est-ce que je peux t'aider ?

— Je n'ai rien, dit-il d'une voix cassante. Tout va bien.
— Ça, je ne le crois pas. C'est avec ta famille ?
Ce fut comme s'il baissait un rideau de fer sur son intimité. Ne va pas plus loin, disait l'expression de son visage.
— Ma vie privée ne regarde personne, répliqua-t-il.
Pia trouva qu'elle avait fait son devoir de bonne collègue et haussa les épaules. Behnke était et restait têtu comme un âne.
— Si tu veux qu'on parle, tu sais où me joindre, lui cria-t-elle.
Il arracha ses lunettes noires de son nez et fonça sur elle. Un instant Pia crut qu'il allait se jeter sur elle comme tout à l'heure sur Monika Krämer.
— Pourquoi, vous les femmes, vous voulez toujours jouer les mères Teresa et vous mêler de tout ? Vous vous croyez meilleures ou quoi ?
— Idiot ! dit Pia avec amertume. Je veux t'aider parce que tu es un collègue et parce que je vois bien que quelque chose ne tourne pas rond. Mais si tu n'as pas besoin d'aide, à ton aise !
Elle claqua la portière de la voiture et tourna le dos à son collègue. Frank Behnke et elle ne seraient jamais amis.

Allongé dans l'eau chaude de sa baignoire, les yeux fermés, Thomas Ritter sentait la douleur s'évanouir dans ses muscles. Il n'était plus habitué à ce genre d'effort et, de toute façon, il devait reconnaître qu'il n'aimait pas particulièrement ça. La sexualité agressive de Katharina, qui lui avait fait presque perdre la tête, le révulsait à présent. Sa mauvaise conscience l'avait surpris, lorsque, le soir, il avait retrouvé Marleen. Devant son aimable candeur, il avait eu honte de sa conduite et en même temps ça l'avait mis en colère. Elle était une Kaltensee, donc une ennemie. Il s'était lié à elle uniquement pour blesser et humilier Vera Kaltensee, son amour était feint, il faisait partie du plan. Quand il aurait atteint son but, il se débarrasserait de Marleen d'un coup de pied au derrière. C'est ainsi qu'il s'était peint la scène pendant ses nuits d'insomnie, sur le lit branlant de son misérable appartement. Mais voilà que les sentiments entraient en jeu. C'était une chose qu'il n'avait pas prévue.

Quand sa femme avait obtenu le divorce et que sa déchéance sociale était devenue publique, il s'était juré de ne plus faire confiance à une femme. Entre Katharina et lui, il s'agissait d'affaires. Elle était l'éditrice qui le payait – d'ailleurs pas mal du tout – pour écrire la biographie de Vera Kaltensee, et il était son amant préféré quand elle était à Francfort. Ce qu'elle faisait quand elle était hors de sa vue lui était complètement égal. Ritter poussa un soupir. Il s'était vraiment mis dans une situation inextricable. Si Katharina apprenait pour Marleen, il perdrait son bailleur de fonds. Si Marleen apprenait qu'il avait trahi sa confiance et qu'il lui avait raconté des mensonges, elle ne le lui pardonnerait pas et il les perdrait, elle et l'enfant. Quel que fût le point de vue qu'on prenait, il était dans le pétrin. Le téléphone sonna. Ritter ouvrit les yeux et tendit la main vers l'appareil. La voix de Katharina retentit dans son oreille.

— C'est moi. Tu as appris la nouvelle ? Le vieux Schneider a été tué lui aussi.

— Quoi ? Quand ?

Ritter jaillit de l'eau, provoquant une vague qui déborda de la baignoire et se répandit sur le parquet de la salle de bains.

— Dans la nuit de lundi à mardi. D'un coup de revolver, comme Goldberg.

— Comment tu le sais ?

— Je le sais.

— Qui a bien pu tuer ce vieux barbon ? dit Ritter en s'efforçant de prendre un ton indifférent.

Il sortit de l'eau et considéra les dégâts qu'il venait de faire.

— Aucune idée, dit Katharina au bout du fil. Mon premier soupçon s'est porté sur toi. Tu es bien allé chez lui et aussi chez Goldberg, non ?

Ritter en eut le souffle coupé. Il se sentit glacé. Comment avait-elle pu savoir ?

— Ridicule, réussit-il à sortir en espérant que son ton parût désinvolte. Pour quoi faire ?

— Les faire taire ? dit Katharina. Après tout, tu les mettais plutôt sous pression.

Le cœur de Ritter s'accéléra. Il n'avait parlé de cette visite à personne, absolument personne. Katharina était difficile à percer à jour et ne jouait jamais carte sur table. Ritter n'aurait pas pu dire avec certitude de quel côté elle était et il avait de plus en plus l'impression désagréable qu'elle ne voyait en lui qu'un simple instrument pour assouvir sa propre vengeance contre la famille Kaltensee.

— Je n'ai jamais mis personne sous pression, dit-il froidement. A l'inverse de toi, ma chère. Tu es allée chez Goldberg à cause de ses parts dans l'entreprise et vous vous disputiez depuis une éternité. Tu es peut-être allée chez Schneider pour voir quelques films et boire une bouteille de bordeaux avec lui. Tu ferais n'importe quoi pour détruire les Kaltensee.

— N'en parlons plus, répliqua Katharina après un court silence. En tout cas, la police a Robert dans le collimateur. Je ne serais pas surprise que ce soit lui, il a toujours besoin de fric. Mais continue à écrire. Ça va peut-être nous permettre d'ajouter un chapitre d'une actualité brûlante sur la chère famille Kaltensee.

Ritter posa le portable sur le bord du lavabo, prit plusieurs mouchoirs en papier et épongea l'eau avant qu'elle n'abîmât le parquet. Les informations tournoyaient dans sa tête. Le vieux Goldberg, tué. Schneider, tué. Il savait qu'Elard les détestait tous les deux pour des raisons différentes. Robert était toujours à court d'argent et Siegbert était sans doute derrière ces fichues parts. Mais l'un d'eux était-il capable de commettre un meurtre et même deux ? La réponse était claire : oui ! Ritter ricana. Finalement il n'avait qu'à rester tranquille et attendre.

— *Time is on my side*, chantonna-t-il sans savoir à quel point il se trompait.

Monika Krämer tremblait de tout son corps tout en essayant d'arrêter son saignement de nez à l'aide d'un mouchoir mouillé et de glaçons. Ce putain de flic lui avait vraiment fait mal. Dommage que ce ne soit pas son cou qui soit tombé sur les débris de verre. Elle se toucha le nez précautionneusement, il ne semblait pas cassé. Elle examina son visage dans le miroir de la salle de bains. Et tout ça à cause de Robert ! Cet abruti avait l'air de s'être fichu dans un sacré pétrin et, bien entendu, il ne lui avait rien dit. Quand elle avait découvert le revolver dans son sac à dos, il avait juré qu'il l'avait trouvé. Un meurtre, avaient dit les flics ! C'était pas une plaisanterie ! Monika n'avait pas envie d'avoir la police sur le dos et c'était enfin l'occasion de se débarrasser de Robert. La vraie raison c'est qu'elle en avait marre de lui. Elle avait de plus en plus de mal à le foutre dehors. Aussi, elle était trop bête de ne pas savoir dire non. Elle avait toujours pitié de lui et le recueillait chaque fois, alors qu'elle s'était juré de ne pas le faire. Il n'avait jamais d'argent et il était jaloux.

Elle alla dans sa chambre et fourra les draps sales dans l'armoire. Du tiroir du lit, elle tira une paire de draps de soie qu'elle utilisait lorsqu'elle avait une "visite". Depuis deux ans, elle mettait une annonce dans le journal : "Manu, dix-neuf ans, très discrète – craquante et sans tabou." Ça plaisait beaucoup aux hommes et, quand ils arrivaient, ils ne se demandaient pas si elle s'appelait Manu et avait dix-neuf ans. Beaucoup venaient régulièrement : un chauffeur de bus, quelques retraités, le facteur et le caissier de la banque pendant sa pause déjeuner. Elle prenait trente euros pour le programme normal, cinquante euros pour le français et cent euros pour le programme avec extras que jamais personne n'avait encore demandé. En ajoutant l'aide sociale, elle arrivait à vivre très bien et s'accordait même parfois quelques douceurs. Encore deux ou trois ans et elle pourrait réaliser son rêve : une petite maison au bord d'un lac au Canada. C'est pour ça qu'elle apprenait l'anglais.

On sonna. Elle jeta un coup d'œil à la pendule de la cuisine. Dix heures moins le quart. Son client du matin était ponctuel. Il était éboueur et venait une fois par semaine passer sa pause casse-croûte chez elle. C'était le cas aujourd'hui. Les cinquante euros furent promptement gagnés, un quart d'heure plus tard, il était parti. Cinq minutes après, on frappa à la porte. Ça ne pouvait être que Robert, car Monika n'attendait son prochain client qu'à midi. A quoi il pensait, cet abruti, de venir chez elle ? Les flics devaient l'attendre en bas dans leur voiture. Furieuse, elle alla à la porte et l'ouvrit.

— Qu'est-ce que tu… commença-t-elle, mais elle s'arrêta en voyant devant elle un étranger aux cheveux gris.

— Bonjour, dit l'homme.

Il avait une moustache, portait des lunettes démodées aux verres teintés et appartenait manifestement à la catégorie "passable". Pas un gros tas avec des poils sur le dos, pas un crade qui ne s'était pas douché de la semaine et pas du genre à mégoter sur le fric.

— Entre, dit-elle en le laissant passer.

Elle jeta au passage un coup d'œil dans le miroir. Elle n'avait pas l'air d'avoir dix-neuf ans, mais vingt-trois, pourquoi pas. En tout cas, jusqu'à présent aucun n'avait encore tourné casaque.

— C'est par là, dit Monika en montrant la chambre.

L'homme était toujours sur le seuil du salon et elle s'aperçut qu'il portait des gants. Son cœur se mit à battre. C'était peut-être un pervers ?

— C'est pas aux mains que t'auras besoin de caoutchouc, dit-elle en essayant de plaisanter, envahie par un mauvais pressentiment.

— Où est Robert ? demanda-t-il.

Merde ! C'était encore un flic.

— Aucune idée, répondit-elle. Je l'ai déjà dit à ton collègue !

Sans la quitter des yeux, il alla à la porte et tourna la clef dans la serrure. Soudain elle eut peur. Il n'était pas de la police ! Avec qui Robert s'était-il encore acoquiné ? Devait-il de l'argent à quelqu'un ?

— Tu dois bien savoir où il se planque, s'il n'est pas chez toi, dit l'étranger.

Monika réfléchit brièvement et arriva à la conclusion que Robert ne valait pas la peine qu'elle se retrouve impliquée dans quoi que ce soit.

— Il squatte quelquefois dans cette piaule vide à Königstein. Dans la vieille ville, au bout de la zone piétonne. Il y est peut-être allé pour se cacher des flics. Ils le cherchent.

— OK, acquiesça l'homme en la toisant. Merci.

Quelque part, il avait l'air triste avec sa moustache et ses verres épais. Un peu comme le type de la banque. Monika se détendit et sourit. Elle pourrait peut-être lui soutirer un petit billet.

— Alors ? Elle sourit avec coquetterie. Pour vingt euros, je te suce.

L'homme s'approcha et s'arrêta en face d'elle. Son visage était calme, presque indifférent. Il fit un rapide geste de la main droite et Monika sentit une douleur brûlante à son cou. Elle agrippa sa gorge dans un réflexe et regarda avec incrédulité le sang sur sa main. Il lui fallut quelques secondes pour comprendre que c'était le sien. Sa bouche se remplit d'un liquide chaud à goût de cuivre et elle sentit le picotement de la vraie panique dans sa nuque. C'était quoi ? Qu'est-ce que cet homme lui avait fait ? Elle recula, buta contre un des chiens et perdit l'équilibre. Partout, il y avait du sang. Son sang.

— Non, non, je vous en prie, croassa-t-elle.

Elle leva un bras pour se protéger quand elle vit le couteau dans sa main. Les chiens aboyaient sauvagement. Elle frappait et donnait des coups de pied, se défendant avec la force du désespoir.

A la K11, personne ne fut étonné que le Dr Kirchhoff ait trouvé, en autopsiant le cadavre de Schneider, le même tatouage de groupe sanguin qu'il avait découvert sur Goldberg. Plus surprenant était que Schneider ait signé, le jour de sa mort, un chèque au porteur de dix mille euros que quelqu'un avait essayé d'encaisser, à onze heures et demie, à la Caisse d'épargne de Taunus à Schwalbach. Le caissier avait refusé de payer cette somme inhabituellement élevée. Sur la bande de la caméra de surveillance, on reconnaissait l'homme contre lequel avait été lancé un mandat d'arrêt depuis sa fuite de ce matin. Mais dès que Robert Watkowiak avait compris qu'il y avait un problème, il était parti en courant en abandonnant le chèque, pour se présenter peu après à la Caisse d'épargne de Nassau, toujours à Schwalbach, où il avait en vain tenté sa chance avec un autre chèque de cinq mille euros. Bodenstein avait les deux chèques devant lui. Une expertise graphologique dirait s'il s'agissait bien de la signature de Schneider. Les soupçons contre Watkowiak étaient accablants, ses empreintes avaient été trouvées sur le lieu des deux crimes.

On frappa à la porte et Pia Kirchhoff entra.

— Un voisin de Schneider s'est manifesté, dit-elle. Pendant qu'il promenait son chien, il dit avoir vu, dans la nuit de lundi, vers minuit et demi, un véhicule suspect dans l'entrée du jardin de Schneider. C'était un 4x4 de couleur claire avec une marque commerciale. Quand il est revenu un quart d'heure après, le véhicule avait disparu et il n'y avait plus de lumière dans la maison.

— Il a relevé le numéro d'immatriculation ?

— Un numéro qui commençait par MTK. Il faisait sombre et la voiture était au moins à vingt mètres. Il a d'abord pensé que c'était le véhicule des employés du service social. Puis il a vu le logo d'une firme.

— Watkowiak n'était certainement pas seul avec Schneider, les nombreuses traces de doigts et les déclarations de la voisine le prouvent. L'autre type avait peut-être un véhicule commercial et il est revenu plus tard.

— Malheureusement, la banque de données des empreintes ne fournit aucun autre nom à part Watkowiak. Et l'examen ADN est toujours en cours.

— Il faut retrouver Watkowiak. Behnke doit retourner à l'appartement et demander à la femme quel bistrot il a l'habitude de fréquenter.

Bodenstein remarqua une courte hésitation chez sa collègue et la regarda d'un air interrogateur.

— Frank est rentré chez lui, dit Pia. Il est malade.

— Comment ça ?

Bodenstein parut étonné par le comportement de l'homme avec qui il travaillait depuis dix ans. Quand il avait pris la direction de la K11 nouvellement créée, Behnke était le seul de l'équipe qui était venu avec lui à Hofheim.

— Je croyais qu'il vous avait téléphoné, dit Pia prudemment. Mme Krämer a voulu empêcher Behnke de poursuivre Watkowiak. Il est tombé sur une bouteille et il a été blessé au bras.

— Ah, dit Bodenstein. Alors les collègues d'Eschborn doivent visiter tous les bistrots du coin et interroger les tenanciers.

Pia s'attendait à ce qu'il lui pose d'autres questions sur Behnke. Au lieu de ça, il attrapa sa veste.

— Retournons au Mühlenhof parler avec Vera Kaltensee. J'aimerais savoir ce qu'elle peut nous dire sur Watkowiak. Elle saura peut-être où il peut se trouver.

Le grand portail de la propriété était ouvert mais un homme en uniforme sombre, muni d'une oreillette, fit signe à Pia de s'arrêter et de baisser la vitre. Un autre homme, en uniforme lui aussi, se tenait à proximité. Elle lui tendit sa carte de police en disant qu'ils voulaient parler à Vera Kaltensee.

— Un instant.

L'agent de sécurité se plaça devant le capot et dit quelques mots dans le micro qu'il portait au revers de sa veste. Puis il acquiesça, se mit sur le côté et fit signe à Pia qu'elle pouvait passer. Trois voitures étaient garées devant le château. Un clone du premier gardien les arrêta. Nouveau contrôle de la carte, nouvelles questions.

— Qu'est-ce qui se passe ici ? murmura Pia.

Elle s'était fermement promis qu'à la prochaine conversation avec Vera Kaltensee elle ne montrerait aucune émotion, même si la vieille dame tombait à ses pieds en pleurant.

Un dernier contrôle eut lieu à la porte d'entrée et Pia se fâcha.

— C'est quoi, ce cirque ? dit-elle à l'homme aux cheveux gris qui les escortait dans la maison.

C'était celui qui leur avait ouvert quelques jours plus tôt. Moormann, si elle se souvenait bien. Aujourd'hui il portait un pull à col roulé foncé et un jean noir.

— Il y a eu un cambriolage. Hier soir, dit-il l'air soucieux. C'est pour ça qu'on a fait venir des agents de sécurité. Madame est souvent seule à la maison.

Pia se souvenait combien, l'été passé, elle avait eu peur de rester chez elle après un cambriolage. Elle comprenait l'angoisse de Vera. La vieille dame était millionnaire et assez connue. Il y avait sans doute dans cette maison des œuvres d'art et des bijoux d'une valeur inestimable, de quoi tenter les voleurs d'œuvres d'art et les cambrioleurs.

— Attendez ici, je vous prie.

Moormann s'arrêta devant une autre porte comme la première fois. Etouffées, des voix excitées sortaient de la pièce, elles s'arrêtèrent quand Moormann frappa. Il entra et referma la porte. Bodenstein s'assit, l'air impassible, sur un fauteuil recouvert d'un brocart poussiéreux. Pia regarda avec curiosité autour d'elle. Les rayons de soleil, qui à travers des vitraux en ogive tombaient sur la balustre de l'escalier, dessinaient des dessins colorés sur le sol de marbre noir et blanc. Aux murs, dans des cadres dorés étaient accrochés des portraits à côté de trois trophées de chasse exceptionnels : une massive tête d'élan empaillée, le crâne d'un ours, et une énorme ramure de cerf. En regardant de plus près, Pia remarqua de nouveau que la maison était mal entretenue. Le sol était terne et la tapisserie fanée. Des toiles d'araignées enlaidissaient les trophées, des barreaux manquaient à la rampe de l'escalier. Tout paraissait légèrement déchu, ce qui donnait à la maison un charme morbide, comme si le temps s'était arrêté dans les années 1960.

Soudain la porte, derrière laquelle Moormann avait disparu, s'ouvrit et un homme d'environ quarante ans en costume-cravate apparut. Il ne semblait pas particulièrement de bonne humeur, mais il fit un signe de tête poli à Pia et à Bodenstein avant de disparaître derrière la porte d'entrée. Environ trois minutes après, deux autres hommes sortirent. Pia en reconnut un aussitôt. C'était Manuel Rosenblatt, un célèbre avocat de Francfort, que les grands patrons appelaient lorsqu'ils étaient dans l'embarras. Moormann apparut dans l'ouverture de la porte et Bodenstein se leva.

— Madame vous prie d'entrer, dit-il.
— Merci, répondit Pia.

Elle suivit son chef dans une grande pièce au plafond orné de stucs dont les murs recouverts d'oppressantes boiseries foncées avaient bien cinq mètres de haut. Au fond, la cheminée de marbre était aussi grande qu'une porte de garage. Au centre une lourde table, du même bois foncé que les murs, était entourée par dix chaises d'apparence inconfortable. Vera Kaltensee était assise très droite au bout de la table qui était couverte de papiers et de classeurs ouverts. Bien que pâle et abattue, elle gardait toujours la tête haute.

— Madame Kirchhoff ! Cher monsieur Bodenstein ! Que puis-je faire pour vous ?

Bodenstein, en homme bien élevé, s'inclina poliment, très vieille école. Il ne manquait que le baisemain.

— M. Moormann nous a dit qu'hier vous avez été cambriolée, dit-il d'un air préoccupé. Pourquoi ne nous avez-vous pas appelés, chère madame.

— Mon Dieu, je ne voulais pas vous déranger pour une telle vétille, dit Vera Kaltensee en secouant légèrement la tête mais d'une voix ferme. Vous avez certainement mieux à faire.

— Que s'est-il passé ?

— Cela ne vaut pas la peine d'en parler. Mon fils m'a envoyé quelques gardes du corps, dit-elle avec un sourire tremblant. A présent je me sens en sécurité.

Un homme trapu d'une soixantaine d'années entra dans la pièce. Vera Kaltensee le présenta comme son fils cadet, Siegbert, le PDG de KMF. Siegbert Kaltensee, avec son teint rose un peu porcin, ses bajoues et sa calvitie, paraissait amical et sociable, au contraire de son frère Elard, à la maigreur aristocratique. Il serra la main de Pia et de Bodenstein en souriant, puis se plaça derrière la chaise de sa mère. Son costume gris, sa chemise immaculée et sa cravate aux motifs discrets tombaient aussi parfaitement que le permettait son embonpoint. Siegbert Kaltensee semblait accorder une grande valeur au bon ton, dans son allure comme dans son habillement.

— Nous ne vous dérangerons pas longtemps, dit Bodenstein. Mais nous sommes à la recherche de Robert Watkowiak. Il y a des indices qui prouvent qu'il s'est trouvé chaque fois sur le lieu des crimes.

— Robert ? Vera ouvrit de grands yeux bouleversés. Vous ne pensez pas qu'il a quelque chose... à voir avec *tout ça*.

— A l'heure qu'il est, si. C'est notre piste principale. Nous aimerions l'interroger. Nous sommes allés hier dans l'appartement où il vivait jusqu'ici et il s'est enfui à l'arrivée de mes hommes.

— Il est toujours officiellement domicilié au Mühlenhof, dit Pia.

— Je ne voulais pas lui fermer la dernière porte, dit Vera Kaltensee. Ce garçon m'a causé des soucis dès qu'il a mis les pieds dans cette maison.

Bodenstein acquiesça.

— Je connais son casier judiciaire.

Siegbert Kaltensee ne disait rien. Son regard se posait alternativement sur Pia et sur Bodenstein.

— Vous savez, dit Vera Kaltensee en soupirant, Eugen, mon défunt mari, m'a caché pendant de longues années l'existence de Robert. Le pauvre garçon vivait chez sa mère dans des conditions misérables jusqu'à ce qu'elle meure d'alcoolisme. Il avait douze ans quand Eugen m'a appris la vérité sur son fils illégitime. Après avoir surmonté le choc de son infidélité, j'ai insisté pour que Robert soit élevé chez nous. Il n'y était pour rien. Mais c'était trop tard pour lui, je le crains.

Siegbert Kaltensee posa la main sur l'épaule de sa mère et elle la serra. Un geste plein de confiance et d'affection.

— Robert était déjà un enfant endurci, continua-t-elle. Je n'ai jamais réussi à me rapprocher de lui et pourtant j'ai tout essayé. A quatorze ans, il a commis son premier vol à l'étalage. Puis a commencé sa carrière mouvementée.

Vera Kaltensee leva les yeux d'un air accablé.

— Mes enfants affirment que je l'ai trop protégé et que ça l'aurait secoué s'il était allé en prison plus tôt. Mais ce garçon me faisait pitié.

— Le croyez-vous capable de tuer quelqu'un ?

Vera Kaltensee réfléchit un instant, tandis que son fils gardait la même attitude polie et silencieuse.

— Je ne pourrais pas dire non de façon affirmative, dit-elle finalement. Robert nous a trop déçus. Il y a environ deux ans qu'il est venu ici pour la dernière fois. Il voulait de l'argent comme d'habitude. Siegbert l'a mis à la porte.

Pia vit les larmes monter aux yeux de Vera Kaltensee, mais comme elle était prévenue, elle observa la vieille dame d'un œil objectif.

— Nous avons vraiment donné sa chance à Robert et il l'a gâchée, dit alors Siegbert Kaltensee d'une voix aiguë qui contrastait avec son apparence massive. Il a passé son temps à mendier de l'argent à ma mère, tout en volant comme une pie. Ma mère était trop bonne pour l'envoyer promener, mais pour moi il avait dépassé les bornes. Je l'ai menacé de déposer une plainte pour effraction s'il remettait les pieds dans cette maison.

— Connaissait-il M. Goldberg et M. Schneider ? voulut savoir Pia.

— Naturellement, acquiesça Siegbert Kaltensee. Il les connaissait bien tous les deux.

Le visage de Vera Kaltensee s'assombrit comme si elle était en proie à d'amères pensées.

— Je sais qu'il les tapait régulièrement tous les deux, dit Siegbert Kaltensee avec un petit rire sans joie. Il n'a vraiment aucun complexe.

— Siegbert, tu es injuste, dit Vera Kaltensee en hochant la tête. Je me fais parfois le reproche de t'avoir écouté. J'aurais dû assumer mes responsabilités et garder un œil sur Robert. Peut-être ces idées absurdes ne lui seraient-elles pas venues.

— Nous en avons parlé mille fois, maman. Robert a quarante-quatre ans. Combien de temps tu aurais pu le protéger contre lui-même ? Il ne voulait pas de ton aide, il en voulait seulement à ton argent.

— Quelles idées absurdes sont venues à Robert ? demanda Bodenstein pour couper court à la discussion entre Vera et Siegbert Kaltensee.

Vera Kaltensee eut un sourire figé.

— Vous savez ce qu'il a fait, dit-elle. Robert n'a pas des dispositions foncièrement mauvaises. Il est simplement trop confiant et il fréquente toujours des gens douteux.

Pia vit Siegbert Kaltensee lever les yeux à ces paroles, avec une résignation muette. Il devait penser la même chose qu'elle. C'était toujours cette phrase qu'elle entendait dans la bouche des proches. C'était toujours la faute des autres si un fils, une sœur, un époux ou un partenaire devenaient des criminels. C'était trop facile d'invoquer une mauvaise influence pour justifier leur vie ratée. Vera Kaltensee ne faisait pas exception. Bodenstein la pria de les avertir si Robert Watkowiak se manifestait.

Robert Watkowiak suivait avec mauvaise humeur le chemin goudronné qui allait de Kelkheim à Fischbach. Il injuriait Herrmann Schneider à voix basse, toutes les insultes qu'il connaissait y passaient. Rien ne l'énervait plus que de se faire avoir par un vieux fumier. Les chèques au porteur étaient aussi valables que l'argent liquide, avait-il dit en lui montrant son portefeuille vide. Tu parles ! Ces connards de la banque, après avoir fait tout un foin, avaient voulu téléphoner, vraisemblablement aux flics. Il avait préféré se tirer. Mais maintenant il n'avait plus de portable et pas même de quoi prendre le bus. Il fallait donc qu'il se tape tout le chemin à pinces ! Il marchait depuis une heure et demie sans savoir où il allait. La frousse de ce matin, quand les flics s'étaient pointés chez Moni, l'avait dessoûlé et la marche à l'air frais lui montrait avec clarté sa situation : il était foutu. Il avait faim et soif et même pas un toit au-dessus de la tête. Chez Kurti ce n'était pas la peine de se montrer, quant à sa grand-mère maternelle, elle l'aurait injurié et fichu à la porte. D'autres amis, il n'en avait pas. Son unique possibilité, c'était Vera. Il fallait qu'il trouve le moyen de parler seul avec elle. Se glisser au Mühlenhof sans être vu, il savait le faire. Quand il serait en face d'elle, il lui exposerait objectivement sa situation. Elle lui donnerait peut-être quelque chose de son plein gré. Sinon il sortirait son revolver et le pointerait sur son front. Il n'était jamais allé si loin. D'ailleurs ce n'était pas Vera qui lui avait interdit de mettre les pieds dans la maison, c'était Siegbert, ce gros porc prétentieux qui n'avait jamais pu le blairer, surtout pas après l'accident qu'on lui avait mis sur le dos. Pourtant c'était Marleen qui était au volant, mais personne n'avait voulu le croire, après tout elle n'avait que quatorze ans, une jeune fille si gentille et si sage ! C'est elle qui avait eu l'idée de prendre la Porsche d'oncle Elard, de chiper la clef et en voiture ! Lui s'était contenté de monter dans l'auto pour l'empêcher de faire cette idiotie. Mais bien entendu, la famille avait été convaincue qu'il avait fait ça pour en imposer à la jeune fille ! Robert Watkowiak passa devant la station d'essence Aral et traversa la rue. En se grouillant, il pouvait être au Mühlenhof dans une heure. Soudain, un bruyant coup de klaxon le tira de ses pensées. Une Mercedes noire s'arrêta près de lui. Le conducteur baissa la vitre et se pencha à l'extérieur.

— Eh, Robert ! Tu veux que je te dépose quelque part ? demanda-t-il. Monte.

Robert hésita un instant puis il haussa les épaules. Tout valait mieux que marcher.

— Ses roquets aboient toute la journée. J'ai reçu aujourd'hui je ne sais pas combien de plaintes, gémit le concierge de l'immeuble du Rotdornweg, dans l'étroit ascenseur qui les menait, Pia, Bodenstein et lui, au dernier étage. Mais la plupart du temps ils ne sont pas là de toute la journée et ils laissent leurs chiens aboyer et faire leurs merdes dans l'appartement.

Ostermann avait fait valoir au juge qu'il y avait péril en la demeure et il avait obtenu, dans un rapide délai, un mandat de perquisition pour l'appartement de Monika Krämer. L'ascenseur s'arrêta en sursaut et le concierge ouvrit la porte fendue et barbouillée tout en continuant son bavardage.

— Y a pas beaucoup de gens convenables dans cette maison. La plupart parlent même pas allemand ! C'est les services sociaux qui paient le loyer. Et, en plus, ils rouspètent. Je devrais gagner le double avec tout ce tracas que j'ai toute la journée.

Pia détourna nerveusement les yeux. Devant l'appartement, au bout du couloir attendaient deux policiers en uniforme, trois agents du service des empreintes et un serrurier. Bodenstein frappa à la porte.

— Ouvrez, police !

Le concierge le poussa de côté et frappa du poing contre le battant.

— Ouvre la porte ! Et tout de suite ! cria-t-il. Je sais que tu es là, espèce de traînée.

— Assez, baissez la voix, dit Bodenstein pour freiner l'homme.

— Elle comprend pas d'autre langage, grommela le concierge.

La porte de l'appartement d'en face s'entrouvrit et se referma immédiatement. Une descente de police ne devait pas être inhabituelle dans l'immeuble.

— Ouvrez la porte, dit Bodenstein au concierge qui acquiesça hâtivement.

Il essaya avec son passe, mais en vain. Le serrurier força la serrure en quelques secondes, mais malgré cela impossible d'ouvrir la porte.

— Ils ont placé un truc à l'intérieur, murmura le serrurier et il fit un pas en arrière.

Deux policiers se jetèrent de tout leur poids contre la porte de contreplaqué et furent propulsés dans l'appartement. Les chiens aboyaient comme des fous.

— Merde, murmura un des deux en voyant ce qui avait bloqué la porte ; derrière elle gisait le corps sans vie et ensanglanté de la locataire, Monika Krämer.

— Je crois que je vais vomir, dit un policier en écartant Pia et en se précipitant dans le couloir.

Sans répondre, Pia enfila des gants de caoutchouc et se pencha sur le corps de la jeune femme, dont les jambes et le visage étaient appuyés contre la porte. La rigidité cadavérique ne s'était pas encore produite. Pia attrapa la femme par les épaules et la retourna sur le dos. Depuis des années à la Kripo, elle avait vu beaucoup d'images effrayantes, mais la brutalité avec laquelle le corps de la jeune femme avait été mutilé témoignait d'une violence bestiale. On l'avait éventrée dans les règles, l'entaille allait de la gorge au pubis, même le slip avait été fendu. Ses intestins se répandaient hors du ventre ouvert.

— Seigneur ! dit la voix étouffée de Bodenstein derrière son dos.

Elle lui jeta un regard rapide. Bodenstein pouvait en supporter beaucoup mais cette fois il était blanc comme la paroi. Pia se détourna du cadavre et regarda ce qui avait tellement choqué Bodenstein. Son estomac se retourna et elle combattit une nausée montante. Le meurtrier ne s'était pas contenté de tuer la jeune femme, il lui avait aussi crevé les yeux.

— Je vais conduire, chef, dit Pia en tendant la main à Bodenstein qui lui donna les clefs de la voiture sans protester.

Ils avaient fait leur travail dans l'appartement, avaient interrogé tous les voisins et même ceux d'en dessous. Plusieurs avaient entendu une violente dispute et des coups étouffés vers onze heures, mais tous disaient d'une seule voix que les altercations musclées et bruyantes étaient monnaie courante chez Monika Krämer. Watkowiak était-il retourné dans l'appartement après le départ de Pia et de Bodenstein ? Avait-il tué la jeune femme avec une telle bestialité ? Elle n'était pas morte sur le coup, malgré ses atroces blessures, elle s'était traînée jusqu'à la porte pour essayer d'atteindre le couloir. Bodenstein se frotta le visage des deux mains. Pia ne l'avait jamais vu si éprouvé.

— Parfois j'aimerais être garde forestier ou représentant en aspirateurs, dit-il d'une voix sourde, après un moment. Cette fille avait à peine quelques années de plus que Rosalie. Je ne m'habituerai jamais à ce genre de chose.

Pia lui jeta un coup d'œil de côté. Elle eut envie de prendre la main de son chef ou d'avoir un geste de consolation, mais elle ne le fit pas. Même si elle travaillait tous les jours avec lui depuis deux ans, il y avait entre eux une distance qui l'en empêchait. Bodenstein n'était pas impulsif, il gardait toujours son sang-froid. Parfois Pia se demandait comment il y arrivait : toutes ces images effroyables et cette pression qu'il subissait sans se répandre en injures ou éclater de colère. Elle supposait que son éducation stricte lui avait inculqué cette maîtrise de soi hors du commun. C'était ce qu'on appelait savoir se tenir. A tout prix et dans n'importe quelle situation.

— Moi aussi, répondit-elle finalement.

Elle aimait donner l'impression que tout ça ne la touchait pas, mais au fond d'elle-même c'était bien différent. Malgré les innombrables heures qu'elle avait passées à la morgue, le destin et la tragédie de ces êtres qu'elle ne connaissait qu'en tant que cadavres ne la laissaient pas indifférente. Ce n'est pas pour rien que ceux qui arrivent les premiers sur les lieux des catastrophes ont besoin d'aller consulter un psychologue. La vision d'un corps mutilé se grave dans le cerveau et devient impossible à chasser. Aussi, comme Pia, Bodenstein cherchait son salut dans la routine.

— Cet appel sur son portable, dit-il d'une voix professionnelle, semble prouver que Watkowiak est derrière les meurtres de Goldberg et de Schneider.

Le service des empreintes avait trouvé sur le portable de Monika Krämer un SMS de Robert Watkowiak envoyé la veille à treize heures trente-quatre. MA MIGNONNE, NOUS SOMMES RICHES ! J'AI FAIT PASSER L'ARME À GAUCHE À L'AUTRE VIEUX ! MAINTENANT À NOUS LE SUD !

— Donc nos meurtres sont résolus, dit Pia sans conviction. C'est par cupidité que Watkowiak a tué Goldberg et Schneider. Ils le connaissaient comme beau-fils de Vera Kaltensee et l'ont donc laissé entrer sans méfiance. Puis il a tué Monika Krämer parce qu'elle en savait trop.

— Qu'en pensez-vous ? demanda Bodenstein.

Pia réfléchit un instant. Elle souhaitait que les trois meurtres trouvent une explication simple, mais secrètement elle nourrissait des doutes.

— Je ne sais pas, répliqua-t-elle. Mais j'ai l'impression que tout ça cache autre chose.

Le fumier humide dans le box des chevaux était lourd comme du plomb, l'odeur d'ammoniaque coupait le souffle mais Pia y prêtait aussi peu d'attention qu'à son mal au dos et aux tiraillements dans ses bras. Elle avait besoin de se changer les idées et pour ça il n'y avait rien de mieux que l'effort physique. Certains collègues cherchaient à oublier ce genre de situation dans l'alcool et Pia pouvait le comprendre. Les dents serrées, elle évacua à la fourche le tas le fumier qu'elle avait accumulé devant l'écurie, jusqu'à ce que le fer racle le sol bétonné. Le reste, elle le gratta avec la pelle puis elle s'arrêta, hors d'haleine, et essuya la sueur de son front avec sa manche.

Arrivés au commissariat, Bodenstein et elle avaient fait leur rapport aux collègues. Un avis de recherche avait été lancé contre Robert Watkowiak, il avait même été question de faire participer la population en lançant un appel sur la radio locale. Pia venait de terminer son travail quand ses chiens, qui avaient suivi ses mouvements avec attention, dressèrent l'oreille et se mirent à courir en aboyant joyeusement. Quelques secondes plus tard, le pick-up vert du zoo s'arrêta à côté du tracteur et Christoph en descendit. Il avait l'air préoccupé et s'approcha de Pia d'un pas rapide.

— Alors, ma douce, dit-il doucement en l'enlaçant.

Elle se blottit contre lui et sentit les larmes lui monter aux yeux et couler sur ses joues. C'était un soulagement de pouvoir se montrer faible un instant. Avec Henning, elle ne se l'était jamais permis.

— Je suis heureuse que tu sois là, murmura-t-elle.

— Qu'est-ce qu'il y a ?

Elle sentit sa bouche dans ses cheveux et hocha la tête. Christoph la serra un moment contre lui en lui caressant le dos.

— Va te faire couler un bain, dit-il. Je vais rentrer les chevaux et les nourrir. En plus j'ai apporté à manger. Ta pizza préférée.

— Avec du thon et des anchois ? Elle leva la tête et dit avec un sourire tremblant : Tu es un amour.

— Je sais, dit-il avec un clin d'œil tout en l'embrassant. Et maintenant file dans ton bain.

Quand, une demi-heure plus tard, elle sortit de la salle de bains enveloppée dans une serviette et les cheveux humides, elle se sentait toujours sale malgré l'eau brûlante. La brutalité du meurtre était trop épouvantable. Qu'elle ait parlé avec la jeune femme deux heures plus tôt rendait la situation encore pire. Monika Krämer était-elle morte parce que la police avait fait irruption chez elle ?

Christoph avait donné à manger aux chiens et ouvert une bouteille de vin. L'odeur tentante de la pizza rappela à Pia qu'elle n'avait rien mangé de toute la journée.

— Tu as envie d'en parler ? demanda Christoph quand ils furent assis à la table de la cuisine, mangeant la pizza brûlante avec les doigts. Ça te ferait peut-être du bien.

Pia le regarda. Sa sensibilité était incroyable. Evidemment ça lui faisait du bien d'en parler. Ça soulageait. Partager une expérience est l'unique moyen de la digérer.

— Je n'avais jamais vu quelque chose de si horrible, dit-elle en soupirant.

Christoph lui versa encore un peu de vin et comprit que Pia revivait ce qui s'était passé. Elle parla de leur irruption chez Monika Krämer, de la fuite de Watkowiak et de la blessure de Behnke.

— Tu sais, dit-elle en buvant une gorgée de vin, d'une certaine façon, on peut tout supporter, même si c'est horrible. Mais cette brutalité démente, la cruauté avec laquelle cette fille a été assassinée, c'était trop pour moi.

Pia mangea un morceau de pizza et essuya ses doigts gras avec un morceau de sopalin. Elle se sentait lessivée et en même temps tendue comme un ressort. Christoph se leva pour jeter les boîtes de pizza vides dans la poubelle. Puis il se mit derrière Pia, posa ses mains sur ses épaules et lui massa la nuque.

— Le bon côté, c'est que ça donne vraiment un sens à mon travail, dit Pia en fermant les yeux. Le porc qui a fait ça, je veux le trouver et l'envoyer pour toute sa vie derrière les barreaux.

Christoph se pencha et l'embrassa sur la joue.

— Tu es vraiment à bout, dit-il doucement. Je regrette mais il faut que je parte.

Pia se tourna vers lui. Le lendemain, il devait s'envoler pour l'Afrique du Sud. Son voyage d'une semaine à Kapstadt pour le congrès de la WAZA, la World Association of Zoos and Aquariums, était prévu depuis des mois. Il allait manquer à Pia de toutes les fibres de son être.

— Ce n'est que pour huit jours, dit-elle en la jouant plus cool qu'elle n'était. Et puis je peux t'appeler.

— Appelle-moi vraiment s'il y a quelque chose. Tu me le promets ?

— Croix de bois, croix de fer, dit Pia en lui jetant les bras autour du cou. Mais tu es encore là. Et nous devons en profiter.

— Tu crois ?

Elle lui donna un baiser en guise de réponse. Elle aurait voulu ne jamais le lâcher. Henning partait souvent en voyage et parfois elle ne pouvait pas l'atteindre pendant des jours mais ça ne la dérangeait pas. Il en allait tout autrement avec Christoph. Depuis qu'ils se connaissaient, ils n'avaient jamais été séparés plus de vingt-quatre heures et, à l'idée que, les jours prochains, elle ne pourrait pas l'atteindre au zoo, elle éprouvait un douloureux sentiment d'abandon.

Le désir impérieux qu'elle ressentait parut le frapper comme un aiguillon. Même si ce n'était pas la première fois qu'elle couchait avec lui, son cœur battait la chamade quand elle le suivit dans la chambre et le regarda enlever rapidement ses vêtements. Un homme comme Christoph, elle n'en avait jamais eu – un homme à qui elle pouvait tout demander et tout donner, avec qui elle atteignait l'orgasme sans fausse honte, sans être embarrassée et sans simuler. Pia était accro à la violence avec laquelle son corps s'accordait au sien. Pour la tendresse, on verrait plus tard, pour l'heure la seule chose qu'elle souhaitait c'était oublier dans ses bras l'horreur de la journée.

JEUDI 3 MAI 2007

Peu avant huit heures ce matin-là, Bodenstein se sentait rompu de fatigue en grimpant l'escalier qui conduisait au premier étage, là où se trouvaient les bureaux de la K11. Le bébé avait crié la moitié de la nuit. Cosima, pleine d'attention, l'avait emporté dans la chambre d'amis, mais il n'était pas arrivé à se rendormir. Puis il y avait eu cet accident sur la ligne B519, le train était resté immobilisé une demi-heure, peu avant la station de Hofheim et, pour comble de malheur, Nierhoff, le directeur de la Kripo, était sorti de son bureau au moment où il atteignait la dernière marche.

— Bonjour, bonjour, dit Nierhoff tout sourire en se frottant les mains. Félicitations. Ça avance très vite. Bon travail, Bodenstein.

Bodenstein regarda son chef avec irritation et comprit que Nierhoff l'avait guetté. Il détestait qu'on lui tombe dessus, avant même qu'il ait eu le temps de boire un café.

— Bonjour, dit-il. De quoi parlez-vous ?

— Nous allons en informer tout de suite la presse, continua Nierhoff sans se laisser troubler. J'en ai déjà parlé à notre porte-parole et...

— De quoi voulez-vous informer la presse, dit Bodenstein en interrompant le flot de paroles du directeur. J'ai raté quelque chose ?

— Les meurtres sont élucidés, exulta Nierhoff. Vous avez identifié le meurtrier. L'affaire est dans le sac.

— Qui vous a dit ça ? dit Bodenstein en saluant de la tête deux collègues qui passaient devant lui.

— Votre collègue Fachinger, elle m'a dit...

— Un moment, dit Bodenstein, sans se soucier de politesses. Nous avons trouvé hier le corps de l'amie d'un homme qui est soupçonné de deux meurtres, mais jusqu'à présent il nous manque l'arme du crime ainsi que la preuve matérielle qu'il a commis ces meurtres. Nous n'avons pas du tout élucidé les cas.

— Pourquoi voulez-vous à tout prix compliquer les choses, Bodenstein ? L'homme a tué par cupidité, tous les indices le prouvent. Puis il a tué sa complice. Nous l'attraperons tôt ou tard et ensuite nous le ferons avouer.

Pour Nierhoff, la situation était limpide.

— La conférence de presse est à onze heures. J'aimerais que vous y assistiez.

Bodenstein n'arrivait pas à y croire. La journée continuait de façon encore pire qu'elle n'avait commencé.

— A onze heures précises dans la grande salle de conférences, dit le directeur sur un ton rédhibitoire. Après, j'aimerais vous parler dans mon bureau.

Puis il disparut avec un sourire satisfait.

Bodenstein ouvrit à la volée la porte du bureau de Hasse et de Fachinger. Ils étaient déjà là, assis à leur table. Hasse ferma à la hâte ce qui était ouvert sur son ordinateur mais en ce moment Bodenstein se fichait bien qu'il surfe sur Internet à la recherche du pays du Sud où passer sa retraite.

— Madame Fachinger, dit Bodenstein sans même saluer sa jeune collaboratrice, venez dans mon bureau.

Il était si énervé qu'il préférait ne pas lui parler en présence d'un collègue.

Elle entra quelques instants après dans son bureau, l'air angoissé, et ferma soigneusement la porte derrière elle. Bodenstein s'assit à sa table sans l'inviter à prendre un siège.

— Pourquoi êtes-vous allée raconter au directeur que nous avions résolu les deux homicides ? demanda-t-il sèchement en la toisant. Vous êtes jeune et très capable mais vous manquez de confiance en vous, ce qui vous a empêchée jusqu'à ce jour de faire une faute par excès de zèle.

— *Moi ?* Kathrin Fachinger devint écarlate. Qu'est-ce que je lui ai donc raconté ?

— C'est ce que j'aimerais savoir.

— Il… est venu hier soir dans… dans la salle de réunion, bégaya Fachinger nerveusement. Il vous cherchait et voulait savoir où en était l'enquête. Je lui ai dit que Pia et vous aviez trouvé le cadavre de l'amie de l'homme qui avait laissé des empreintes sur les lieux des crimes.

Bodenstein regarda sa collaboratrice. Sa colère mourut aussi vite qu'elle était née.

— Je n'ai rien dit de plus, affirma Kathrin Fachinger, vraiment, chef. Je vous assure.

Bodenstein la croyait. Si Nierhoff avait été si empressé à croire les cas résolus, c'est qu'avec les résultats de l'enquête il fabriquait un puzzle qui lui convenait. C'était énorme – et bizarre.

— Je vous crois, dit Bodenstein, excusez mon ton mais j'étais énervé. Est-ce que Behnke est là ?

— Non, dit Fachinger apparemment gênée. Il est en… en arrêt maladie.

— Ah oui. Et Mme Kirchhoff ?

— Elle a conduit ce matin son ami à l'aéroport puis elle est allée à l'institut médicolégal. L'autopsie de Monika Krämer commençait à huit heures.

— Tu as vu ta tête ?

C'est ainsi que le Dr Henning Kirchhoff salua son ex-femme, peu après neuf heures, dans la salle d'autopsie 2 de l'institut médicolégal. Pia jeta un rapide coup d'œil dans le miroir placé au-dessus d'un lavabo. Finalement elle ne se trouvait pas mal, si l'on tenait compte du fait qu'elle n'avait pas dormi de la nuit et qu'elle venait de pleurnicher dans sa voiture pendant au moins dix minutes. Dans le chaos de l'aéroport, les adieux de Christoph avaient été des plus brefs. Deux collègues de Berlin et de Wuppertal qui allaient aussi au congrès l'attendaient devant le hall B et Pia avait été prise d'un accès de jalousie en constatant que le collègue de Berlin était une collègue et des plus séduisantes. Une dernière étreinte, un furtif baiser d'adieu, et il avait disparu dans le hall avec les deux autres. Pia l'avait suivi du regard, envahie par un terrible sentiment de vide.

— Tu te souviens de mon amie Miriam ? demanda-t-elle à Henning.

— Je n'ai eu le plaisir de rencontrer Mlle Horowitz qu'une seule fois, il y a des années de cela.

Il dit cela sur un ton acerbe et Pia se souvint que Miriam l'avait traité autrefois de "Dr Frankenstein sans humour" après qu'il l'eut qualifiée de "stupide fille à papa". Pia eut envie de lui dire que Miriam avait fait une belle carrière, mais elle laissa tomber.

— Peu importe, dit-elle. Je l'ai revue par hasard. Elle travaille à l'institut Fritz-Bauer.

— Papa a dû lui procurer le job.

Henning se montrait rancunier à son habitude, mais Pia n'en tint pas compte.

— Je lui ai demandé de chercher des renseignements sur Goldberg. D'abord, elle a refusé de croire qu'il ait été un nazi mais ensuite, dans les archives de l'institut, elle est tombée sur des documents qui concernaient Goldberg et sa famille. Les nazis avaient tout méticuleusement classé.

L'assistant Ronnie Böhme vint se mettre à côté de Pia près de la table où gisait le corps déjà dévêtu et lavé de Monika Krämer, mais ici, dans cet environnement clinique, tout effroi avait disparu. Pia raconta que Goldberg, sa famille et tous les habitants juifs d'Angerburg avaient été déportés en janvier 1942 au camp de concentration de Plaszow. Mais alors que sa famille avait été exterminée, Goldberg avait survécu jusqu'à ce que le camp soit évacué en janvier 1945. On avait transféré tous les prisonniers à Auschwitz où Goldberg avait été gazé en janvier 1945. Il y eut un silence dans la pièce. Pia regarda les deux hommes d'un air triomphant.

— Et alors ? demanda Henning avec condescendance. Qu'est-ce que ça a de sensationnel ?

— Tu ne comprends pas ? C'est la preuve que celui qui était ici sur la table n'était certainement pas David Josua Goldberg.

— Oui, c'est incroyable ! Henning haussa les épaules sans s'émouvoir. Que fait ce procureur ? Je déteste les gens qui ne sont pas ponctuels !

— Me voilà, dit une voix féminine. Bonjour à tout le monde.

La procureur Valerie Löblich entra fièrement en levant le menton, salua Ronnie Böhme d'un signe de tête et toisa Pia qui enregistra avec intérêt le soudain embarras de Henning.

— Bonjour, madame Löblich, dit-il d'un ton sec.

— Bonjour, docteur Kirchhoff, répondit froidement Mme la procureur.

Ces saluts formalistes arrachèrent un sourire à Pia. Elle pensa à sa dernière rencontre avec Mme la procureur Löblich dans l'appartement de Henning, qui pouvait être considérée comme plus que compromettante. Valerie Löblich et Henning avaient beaucoup moins de vêtements sur le corps qu'aujourd'hui.

— Bon, nous pouvons commencer.

Evitant de croiser le regard de la procureur Löblich ou de Pia, Kirchhoff se mit fébrilement à la tâche. Il avait juré jadis à Pia que, malgré les efforts de Löblich, ce n'était qu'une aventure et elle savait que celle-ci l'en rendait responsable. Elle se tenait derrière Henning pendant qu'il procédait à un examen du cadavre et dictait ses commentaires dans un microphone pendu à son cou.

— Elle s'est maintenant trouvé un juge, dit Ronnie à Pia en montrant d'un mouvement de tête la procureur qui se tenait les bras croisés près de la table de dissection.

Pia haussa les épaules. Cela lui était parfaitement indifférent. Un léger tiraillement dans le dos et les cuisses lui rappelait sa nuit passionnée et elle calculait quand Christoph atterrirait à Kapstadt. Il avait promis de lui envoyer immédiatement un SMS. Mais est-ce qu'il y penserait ? Les pensées de Pia vagabondaient. Elle regardait à peine ce que faisait Henning. Il décrivit le brutal coup de couteau que le meurtrier avait infligé à la fille, préleva les organes puis ouvrit le cœur. Ronnie avait apporté le contenu de l'estomac au laboratoire à l'étage au-dessus. Pendant tout ce temps personne ne dit un mot, excepté Henning, qui commentait l'autopsie à mi-voix dans son micro.

— Pia, cria-t-il sèchement, tu dors ?

Tirée brutalement de ses pensées, elle fit un pas en avant. En même temps la procureur se rapprocha aussi de la table.

— Vous devez rechercher une lame de Hawkbill d'à peu près dix centimètres. Le meurtrier a porté le coup avec une grande force, sans hésiter. Le couteau a endommagé les organes internes et laissé des traces de coupure sur les côtes.

— Qu'est-ce que c'est une lame de Hawkbill ? demanda la procureur.

— Je ne suis pas votre répétiteur. Apprenez vos leçons, répliqua Kirchhoff et Pia eut soudain pitié d'elle.

— Ce sont des couteaux avec des lames recourbées en demi-lune, expliqua-t-elle. Ces couteaux viennent d'Indonésie, ils sont utilisés surtout par les pêcheurs. Ces lames ne sont pas pratiques pour tailler, elles servent surtout comme armes de combat.

— Merci, dit la procureur en faisant un signe de tête à Pia.

— On n'achète pas ce genre de couteau au supermarché, dit Kirchhoff dont la mauvaise humeur s'était brusquement réveillée pour des raisons inconnues. Les dernières blessures de ce genre que j'ai vues, c'était sur des victimes de l'UÇK* au Kosovo.

— Et ses yeux ?

Pia s'efforçait d'être professionnelle, mais elle frissonnait à la pensée de ce que cette femme avait dû endurer avant sa mort.

— Quoi, ses yeux ? Je n'y suis pas encore.

Pia et la procureur échangèrent un regard complice dans le dos de Kirchhoff. Il disséquait le bas-ventre, prenait des échantillons et murmurait pour lui-même des mots incompréhensibles. Pia plaignait la secrétaire qui allait devoir écrire le rapport d'autopsie. Vingt minutes plus tard, Kirchhoff observa les lèvres bleuies de la morte avec une loupe puis il s'attaqua à la cavité buccale.

— Qu'est-ce qu'il y a ? demanda Valerie Löblich, ne nous faites pas bouillir inutilement.

— Un peu de patience, Votre Honneur, répliqua Kirchhoff, ironique.

Il saisit un scalpel, ouvrit l'œsophage et le larynx. Puis, l'air concentré, il préleva plusieurs échantillons avec des cotons-tiges et les tendit l'un après l'autre à un assistant. Enfin il prit une lampe à UV et éclaira l'intérieur de la bouche et l'œsophage mis à nu de la morte.

— Oh, fit-il en se redressant. Voulez-vous voir ça, madame la procureur ?

Valerie Löblich s'empressa d'acquiescer et s'approcha.

— Il faut venir plus près, dit Kirchhoff.

Pia se doutait de ce qu'il y avait à voir et secoua la tête. Henning allait vraiment trop loin ! Ronnie, qui le savait aussi, esquissa un sourire.

— Je ne vois rien, dit Valerie Löblich.

— Vous ne voyez pas les endroits qui ont une lueur bleutée ?

— Si, dit-elle en levant la tête et en fronçant les sourcils. Elle a été empoisonnée ?

— Oui, si le sperme était empoisonné, je ne peux pas juger pour l'instant, dit Kirchhoff avec un sourire moqueur. Le laboratoire nous le dira.

* UÇK, armée de libération du Kosovo.

La procureur rougit quand elle comprit qu'il s'était moqué d'elle.

— Tu sais ce que tu es, Henning, un vrai con ! siffla-t-elle furieuse. Si tu continues, le jour où tu seras toi-même allongé sur cette table viendra plus vite que tu ne crois !

Elle tourna les talons et quitta la pièce. Kirchhoff la regarda sortir en haussant les épaules et se tourna vers Pia.

— Tu as entendu, dit-il en prenant un air innocent, une menace de mort. Elle n'a vraiment aucun humour cette procureur.

— C'était pas très malin, dit Pia. Elle a été violée ?

— Qui ? La Löblich ?

— Tu n'es pas drôle, Henning. Alors ?

— Bon Dieu, s'écria-t-il d'une voix anormalement forte, après avoir vérifié que son assistant n'était plus dans la pièce. Elle m'énerve ! Elle ne me laisse jamais en paix, m'appelle sans arrêt et susurre des idioties !

— *Tu* lui as peut-être donné de faux espoirs, lança-t-elle. En me forçant à divorcer !

— Je crois que tu es cinglée.

Pia secoua la tête.

— Mais après ton intermède d'aujourd'hui, je crois que tu l'as perdue.

— Je n'aurai pas cette chance. Elle va se repointer d'ici une heure.

Pia regarda son ex-mari d'un air sévère.

— Je parie que tu m'as menti, dit-elle.

— Que veux-tu dire ? demanda-t-il sur un ton indifférent.

— L'intermezzo de l'été dernier sur la table du salon n'était pas la première fois, comme tu as voulu me le faire croire.

Kirchhoff prit un air pincé. Mais avant qu'il puisse dire quelque chose, Ronnie Böhme rentra et son attitude redevint immédiatement professionnelle.

— Elle n'a pas été violée mais elle a eu un rapport oral avant sa mort, expliqua-t-il. Les autres blessures qui lui ont été infligées après ont entraîné sa mort. Elle est morte d'hémorragie.

— Monika Krämer est morte d'hémorragie à la suite de graves blessures qui lui ont été faites par un couteau Hawkbill, expliqua Pia à ses collègues, une heure plus tard, dans la salle de réunion. On a trouvé des traces de sperme dans la cavité buccale et l'œsophage. Comme nous avons l'ADN de Watkowiak, nous saurons dans quelques jours s'il s'agit de lui. Est-ce que parmi les indices, les fibres, les poils et aussi l'ADN se trouvent ceux d'une troisième personne, nous devons attendre. Les collègues de la police scientifique travaillent d'arrache-pied.

Bodenstein jeta au Dr Nierhoff un regard vengeur en espérant que son chef comprendrait que la charge de preuves était mince. En bas attendaient en grand nombre les journalistes qu'il avait conviés pour se faire mousser avec l'élucidation express des meurtres de Goldberg et de Schneider.

— L'homme s'est débarrassé de sa complice avant qu'elle parle des meurtres perpétrés, dit Nierhoff en se levant. Une preuve évidente de sa violence. Bon travail. Bodenstein, vous vous rappelez ? A midi dans mon bureau.

Il avait déjà quitté la pièce et se dirigeait à grands pas vers la salle de conférences sans insister pour que Bodenstein l'accompagne. Pendant un moment le silence régna.

— Qu'est-ce qu'il peut bien raconter en bas ? demanda Ostermann.

— Aucune idée, dit Bodenstein, résigné. En tout cas, une fausse déclaration à ce point de l'enquête ne peut pas faire de mal.

— Vous ne pensez pas que Watkowiak est le meurtrier de Goldberg et de Schneider ? demanda Kathrin Fachinger.

— Non, répondit Bodenstein. C'est un délinquant ordinaire, pas un meurtrier. Et je ne crois pas qu'il ait tué Mme Krämer.

Fachinger et Ostermann regardèrent leur chef, étonné.

— Je crains qu'on ne nous ait jeté ce troisième crime dans les pattes pour que nous n'allions pas chercher plus loin. Il fallait trouver rapidement un meurtrier auquel on puisse faire endosser les meurtres de Goldberg et de Schneider.

— Vous pensez que le meurtre de Monika Krämer pourrait être un contrat ?

— Quelque chose de ce genre, je suppose, affirma Bodenstein. La manière professionnelle d'agir et le poignard de combat vont dans ce sens. La question est : la famille de Goldberg serait-elle prête à aller si loin ? Après tout, en vingt-quatre heures, ils ont mobilisé le BKA, le ministère de l'Intérieur, le consul général américain, le chef de la police de Francfort et la CIA pour empêcher qu'on ne découvre que le Goldberg assassiné n'avait rien à voir avec un survivant de l'Holocauste. Une chose est claire : quelqu'un a beaucoup à perdre et ne recule devant rien. C'est pourquoi nous devons mener l'enquête avec beaucoup de prudence, pour ne pas mettre un innocent en danger.

— Donc, c'est tant mieux si Nierhoff est en train de déclarer que nous avons trouvé le coupable, remarqua Ostermann, et Bodenstein acquiesça.

— Exact. C'est pour ça que je ne l'ai pas retenu. L'éventuel commanditaire du meurtre de Monika Krämer se sentira en sécurité.

— Sur son portable, on a découvert plusieurs vieux SMS de Watkowiak, dit Pia. Aussi bien en capitales qu'en minuscules et jamais il ne lui dit "ma mignonne". Le SMS que nous avons trouvé ne venait pas de lui. Quelqu'un a acheté un portable sous un faux nom, vraisemblablement un Prepaid-Mobil et a envoyé le message à Monika Krämer pour nous faire soupçonner Watkowiak.

Tout le monde comprenait la portée de cette conclusion et pendant un instant le silence régna dans la salle. Watkowiak, avec ses innombrables condamnations, était le coupable idéal.

— Qui savait que nous avions Watkowiak dans le collimateur ? demanda Kathrin Fachinger.

Bodenstein et Pia échangèrent un rapide coup d'œil. C'était une bonne question. Oui, c'était la question à laquelle il s'agissait de répondre, dans le cas où effectivement Watkowiak n'était pas celui qui avait aveuglé Monika Krämer avant de l'éventrer.

— Vera Kaltensee et son fils Siegbert, en tout cas, dit Pia dans le silence général, et elle revit les hommes dans leurs martiaux uniformes noirs au Mühlenhof. Et vraisemblablement le reste de la famille Kaltensee.

— Je ne pense pas que Vera Kaltensee ait quelque chose à voir là-dedans, objecta Bodenstein, ça ne cadre pas avec elle.

— Ce n'est pas parce qu'elle est une grande bienfaitrice qu'elle est un ange pour autant, répliqua Pia qui savait pourquoi son chef n'avait pas envie de voir la vieille dame sur la sellette. Bodenstein, qui connaissait par son travail toutes les couches de la société, des bas-fonds aux classes supérieures, était encore prisonnier de ses préjugés de classe. Sa famille appartenait à la même aristocratie que la baronne von Zeydlitz-Lauenburg.

— Quelqu'un est-il intéressé par les résultats de laboratoire ? dit Ostermann en frappant du doigt le dossier qu'il avait devant lui.

— Naturellement, dit Bodenstein. Il y a quelque chose sur l'arme du crime ?

— Oui, dit Ostermann en ouvrant le dossier. Il s'agit de la même arme dans les deux cas. Le modèle est très particulier, il s'agit en effet d'un parabellum 9 x 19, fabriqué entre 1939 et 1942. Les gars du laboratoire l'affirment en s'appuyant sur le type de métal qui après n'a plus été employé dans cet alliage.

— Notre meurtrier utilise donc une arme et des munitions datant de la Seconde Guerre mondiale, répéta Pia. Où peut-on s'en procurer ?

— On peut les commander sur Internet, affirma Hasse. Sinon dans les ventes aux enchères, ce n'est pas aussi inhabituel qu'on pourrait le croire.

— OK, OK, dit Bodenstein pour clore la discussion. Il y a encore autre chose ?

— La signature de Schneider sur les chèques est authentique. Et d'après le graphologue, les chiffres mystérieux ont été tracés par la même personne. L'ADN sur les verres de vin dans le salon de Goldberg appartient à une femme, la comparaison de l'ADN et des empreintes n'a rien donné. Le rouge à lèvres est banal – un produit commercialisé par la marque Maybelline Jade. En plus du rouge à lèvres on a aussi trouvé des traces d'aciclovir.

— Qu'est-ce que c'est ? demanda Kathrin Fachinger.

— Un agent contre l'herpès labial. Il est contenu par exemple dans le Zovirax.

— En voilà une nouvelle, grogna Hasse. Le meurtrier est confondu par son herpès. Je vois déjà les gros titres.

Bodenstein ne put retenir un sourire, mais celui-ci s'effaça après les paroles de Pia.

— Vera Kaltensee avait un pansement sur la lèvre. Elle l'avait camouflé avec du rouge à lèvres mais je l'ai vu. Vous vous souvenez, chef ?

Bodenstein fronça les sourcils et jeta à Pia un regard dubitatif.

— Possible. Mais je ne pourrais pas le jurer.

On frappa à la porte et la secrétaire du directeur de la Kripo passa la tête.

— Le chef est revenu de la conférence, il vous attend, monsieur le commissaire. Immédiatement.

L'ordre était incompréhensible. La caisse, y compris son contenu, devait *absolument* être retrouvée. Mais il s'en fichait. Il n'était pas payé pour se faire des idées sur un quelconque mobile. Il n'avait jamais eu de scrupules à suivre un ordre. C'était son job. Il attendit une demi-heure avant que Ritter quitte le vilain immeuble peint en jaune où il vivait depuis qu'il était dans la débine. L'homme regarda avec une satisfaction mauvaise Ritter traverser la rue, son ordinateur portable en bandoulière et le téléphone mobile à l'oreille, pour se diriger vers la station Schwarzwaldstrasse du S-Bahn. Finie, l'époque où il se faisait snober par ce type arrogant.

Il attendit que Ritter ait disparu de son champ de vision, puis il descendit de voiture et pénétra dans la maison. L'appartement de Ritter était situé au troisième étage. L'homme eut besoin d'exactement vingt-deux secondes pour venir à bout du ridicule système de sécurité de la porte, un jeu d'enfant. Il enfila ses gants et regarda autour de lui. Comment un homme comme Thomas Ritter, habitué au luxe, pouvait-il vivre dans un tel taudis ? Une chambre qui donnait sur le bâtiment d'en face, une salle de bains avec douche et un cabinet sans lumière, un minuscule couloir et une cuisine qui défiait cette définition. Il ouvrit les portes de l'unique armoire et passa systématiquement en revue la pile de vêtements propres et moins propres, les sous-vêtements, les chaussettes et les chaussures. Rien. Aucune indication sur une caisse ou sur la famille. Le lit ne paraissait pas avoir été utilisé depuis un certain temps, il n'était même pas fait. Il se tourna alors vers le bureau. Il n'y avait pas de ligne fixe donc pas de répondeur qui aurait pu trahir quelque chose. A sa déception, tout ce qui était sur le bureau était sans intérêt, de vieux journaux, des magazines pornos bon marché. Il en empocha quelques-uns. Une lecture un peu excitante pour les longues heures de planque ne pouvait pas faire de mal.

Il feuilleta brièvement le tas de notes manuscrites et trouva que le style de Ritter ne s'améliorait pas : *"des draps bruissants, des chattes en chaleur et des orgasmes haletants"*, il ne put s'empêcher de rire. Il était tombé bien bas, M. le docteur. Avant il parlait comme un intellectuel, aujourd'hui il écrivait de courtes histoires pornographiques. L'homme continua à feuilleter. Il sursauta quand il lut sur un post-it jaune une suite de noms griffonnés et un numéro de portable qui l'électrisa immédiatement. Avec un appareil numérique, il photographia la note et la reposa par-dessus les autres papiers. La visite à l'appartement de Ritter n'avait pas été une perte de temps.

Katharina Ehrmann se tenait, en slip et soutien-gorge, devant son armoire, réfléchissant à ce qu'elle allait mettre. Elle n'avait jamais été particulièrement coquette, jusqu'à jouer, après la mort soudaine de son mari, les veuves affligées et renoncer un certain temps au maquillage. Se regarder dans son miroir lui causait chaque fois un choc. Un choc qu'elle décida de s'épargner, d'autant qu'à présent elle n'avait plus à vivre avec un minable salaire d'employée. Elle avait commencé à lutter contre l'âge, juste avant son quarantième anniversaire. Avec des heures dans un centre de fitness, des lympho-drainages, des nettoyages de peau, sans compter les injections de Botox tous les trois mois, et les piqûres de collagène et d'acide hyaluronique. Mais c'était payant. Comparée aux femmes de son âge, elle faisait dix ans de moins. Katharina sourit à son image dans le miroir. A Königstein vivaient beaucoup de gens fortunés, et les discrètes cliniques privées spécialisées dans l'anti-vieillissement poussaient comme des champignons.

Mais ce n'était pas pour cela qu'elle était retournée dans la "petite ville" à Taunus. La raison de son retour était d'ordre pratique. Plutôt qu'à Francfort, elle avait besoin de vivre dans une maison proche de l'aéroport, car elle passait beaucoup de temps à Zurich ou dans sa *finca* de Majorque. L'achat de la grande maison dans la vieille ville de Königstein, qui n'était qu'à quelques centaines de mètres de la baraque où elle avait grandi dans l'auberge de son père, avait été pour elle une victoire. Dans cette maison avait habité celui qui avait poussé son père à la faillite. A présent, il avait lui-même fait faillite et elle avait acheté sa maison pour une bouchée de pain. Elle sourit. On se retrouve toujours dans la vie, pensa-t-elle.

Un frisson la parcourut en repensant au jour où Thomas Ritter lui avait confié son idée d'écrire une biographie de Vera Kaltensee. Dans une surestimation de soi insensée, il avait cru que Vera serait enthousiasmée par cette idée, mais ça n'avait pas été le cas. Vera n'avait fait ni une ni deux, elle l'avait licencié sans préavis après dix-huit années. Quand ils s'étaient rencontrés par hasard, Ritter s'était répandu en gémissements sur cette injustice et Katharina avait trouvé là l'occasion de se venger de Vera et de toute la tribu des Kaltensee. Ritter s'était jeté avec avidité sur la proposition qu'elle lui avait faite.

Maintenant, une année et demie plus tard, Ritter avait reçu une avance à cinq chiffres mais n'avait toujours pas accouché du sulfureux best-seller. Ce n'est pas parce que Katharina couchait avec lui à l'occasion, qu'elle se laissait aveugler par ses belles paroles et ses promesses. Après avoir froidement analysé ce que Ritter lui avait livré jusqu'à ce jour, elle savait que ses griffonnages étaient à mille lieues des révélations scandaleuses qu'il lui promettait depuis des mois. Elles s'étaient évanouies entre-temps.

Elle était très bien informée sur la famille Kaltensee car elle entretenait son amitié avec Jutta, même si celle-ci n'avait jamais existé, mais Jutta dans son orgueil ne mettait pas en doute la sincérité de Katharina. Par Ritter, Katharina connaissait les circonstances qui avaient conduit à son renvoi sans préavis. Une conversation riche d'enseignement avec la gouvernante, pas vraiment loyale avec Vera, l'avait finalement décidée à contacter Elard. Elle ne savait pas au juste de quelle utilité pouvait lui être le frère aîné de Jutta mais, l'été dernier, il l'avait été, du moins en faisant un éclat. Tandis que Katharina réfléchissait, son portable sonna.

— Bonjour Elard, dit-elle. C'est de la transmission de pensée.

Elard Kaltensee s'épargna cette fois les politesses et alla droit au fait.

— Comment tu as prévu la livraison ?

— J'en conclus que tu as quelque chose pour moi, dit Katharina.

Elle était curieuse de savoir ce qu'Elard allait lui donner.

— Et comment, dit Elard, je préfère m'en débarrasser. Donc ?

— Rencontrons-nous chez moi, proposa Katharina.

— Non. Je te l'envoie. Demain à midi.

— Entendu. Où ?

— Je te le dirai. Au revoir.

Il avait déjà raccroché. Katharina sourit de plaisir. Tout était réglé.

Bodenstein boutonna sa veste et frappa à la porte de son chef avant d'entrer. Il vit avec étonnement que Nierhoff était en compagnie d'une dame rousse et fit mine de se retirer mais celui-ci se leva et vint vers lui. On lisait encore dans ses yeux l'ivresse d'avoir tenu avec succès la conférence de presse.

— Entrez, Bodenstein, s'écria-t-il avec affabilité. Entrez. Ce sera pour vous une surprise, mais je voudrais vous présenter celle qui va me succéder dans le service.

A ce moment, la femme se tourna et regarda Bodenstein. Cette journée funestement commencée fonça à la vitesse d'un TGV vers le point absolu de la noirceur.

— Bonjour Oliver.

Sa voix rauque n'avait pas changé, pas plus que le malaise que faisait naître le froid regard calculateur de ses yeux bleus.

— Bonjour Nicole.

Il espérait qu'elle n'avait pas remarqué que pendant une seconde son visage s'était décomposé.

— Comment ! Nierhoff parut étonné : Vous vous connaissez ?
— En effet.

Nicole Engel se leva et tendit la main à Bodenstein, qui la serra brièvement. Devant son œil intérieur se déroula le film de souvenirs désagréables et il lut dans ses yeux qu'elle non plus n'avait rien oublié.

— Nous étions ensemble à l'école de police, expliqua-t-elle au directeur ébahi.

— Ah, bien, dit-il. Asseyez-vous, Bodenstein.

Bodenstein obéit. Il essayait de se rappeler la dernière rencontre avec la femme qui désormais serait son supérieur hiérarchique.

— ... votre nom a été plusieurs fois évoqué, insistait la voix du directeur dans son oreille. Mais du ministère de l'Intérieur est venue la proposition de nommer quelqu'un qui n'appartienne pas à la direction de la RKI. Je pense que vous n'êtes pas très désireux de monter en grade et de devenir directeur administratif. La politique n'est pas votre tasse de thé.

A ces paroles, Bodenstein crut percevoir dans les yeux de Nicole une lueur moqueuse, avant qu'ils ne retrouvent leur indifférence. Il y avait environ dix ans, ils avaient été mêlés à une enquête désespérément bloquée sur une série de crimes violents dans le milieu, qui jusqu'à aujourd'hui n'avaient pas été élucidés. Toute l'équipe de la K11 de Francfort avait été sous pression. Une taupe infiltrée dans une des bandes rivales avait été démasquée par un ancien indic du milieu et abattue en pleine rue.

Bodenstein était sûr aujourd'hui que si l'homme avait été démasqué, la faute en incombait à Nicole qui dirigeait alors une autre section de la K11. Nicole, ambitieuse et sans scrupules, en avait fait porter la responsabilité à Bodenstein. Une ferme intervention du vice-président de la police de Francfort avait mis fin à la lutte. Nicole avait été mutée à Würzburg où elle passait pour compétente et incorruptible. Soutenue par la vice-présidente du présidium de la police, elle était devenue conseillère judiciaire, avait appris Bodenstein, et, en juin 2007, elle serait son nouveau directeur. Il ne savait pas qu'en penser.

— La Dr Engel a déjà été libérée par Würzburg et je vais la mettre immédiatement au courant du travail ici, dit en conclusion Nierhoff que Bodenstein s'était gardé d'interrompre. Je la présenterai officiellement lundi à tous les membres du service.

Il leva vers son collaborateur un regard encourageant mais Bodenstein ne dit rien et ne posa aucune question.

— C'est tout ? dit-il seulement en se levant. Je dois retourner à la réunion.

Nierhoff acquiesça, déconcerté.

— Notre K11 vient d'élucider deux homicides, expliqua-t-il fièrement à celle qui allait lui succéder, dans l'espoir que Bodenstein en dirait quelque chose.

Nicole Engel se leva et tendit la main à Bodenstein.

— Je me réjouis de travailler avec vous, dit-elle mais ses yeux disaient le contraire.

A partir de maintenant un autre vent allait souffler à l'inspection régionale de la Kripo, c'était évident pour Bodenstein. Dans quelle mesure la Dr Nicole Engel se mêlerait de son travail, cela restait à voir.

— Moi aussi, répondit-il en lui serrant la main.

La réunion avec l'architecte et les autres corps de métier s'était bien passée. Après un an de planification, le travail dans la tour d'Idstein allait enfin commencer la semaine prochaine. Marcus Nowak était de bonne humeur quand il revint à son bureau en début d'après-midi. C'était excitant quand un projet entrait dans sa phase de réalisation et que tout se déroulait bien. Il s'assit à son bureau, ouvrit son ordinateur puis examina son courrier. Au milieu des factures, soumissions et catalogues, se cachait une enveloppe en papier recyclé qui ne lui fit pas une bonne impression.

Il déchira l'enveloppe, parcourut le contenu et eut le souffle coupé par l'incrédulité. Une convocation de la police de Kelkheim ! Il était poursuivi pour coups et blessures. Il n'arrivait pas à y croire ! Il était si furieux qu'il froissa la lettre dans un accès de colère et la jeta dans la corbeille à papier. A ce moment le téléphone sonna. Tina ! Elle l'avait certainement vu entrer par la fenêtre de la cuisine. Il souleva l'écouteur à contrecœur. Comme prévu, il dut se justifier de ne pas aller au concert en plein air à la piscine de Kelkheim. Tina n'arrivait pas à comprendre qu'il n'en ait pas envie. Elle était vexée et, pendant qu'elle déroulait les reproches habituels sur un ton geignard, le portable de Marcus sonna.

— La prochaine fois, je viendrai, promit-il à sa femme sans le penser et il ouvrit son portable.

— Vraiment, ne sois pas méchant…

Quand il lut le court message sur le portable, un sourire illumina son visage. Tina continuait à l'injurier et à le supplier pendant qu'il tapait la réponse avec le pouce de la main droite.

"D'accord, écrivit-il. *Je serai chez toi au plus tard à midi. J'ai quelque chose à faire avant. A tout de suite."*

Une joie anticipée l'envahit. Il le ferait de nouveau, cette nuit. La mauvaise conscience et la culpabilité, qui l'avaient torturé, n'étaient plus à présent qu'un écho de plus en plus faible enfoui à l'intérieur de lui.

VENDREDI 4 MAI 2007

— Nous devons prévenir la police, dit la surveillante Parveen Multani, sérieusement préoccupée. Il a dû lui arriver quelque chose. Tous ses médicaments sont là. Madame Kohlhaas, j'ai un mauvais pressentiment.

Elle avait constaté à sept heures et demie qu'une pensionnaire manquait, or c'était inexplicable. Renate Kohlhaas, la directrice de la luxueuse maison de retraite Le Taunusblick, était furieuse. Il fallait que ça arrive un jour comme aujourd'hui ! A onze heures, une délégation de la maison mère américaine de la société devait venir faire un contrôle de qualité. Il n'était pas question, même pas en rêve, d'appeler la police, car elle savait très bien l'image désastreuse que la disparition d'une pensionnaire donnerait de sa responsabilité de chef d'entreprise.

— Je m'en occupe, dit-elle avec un sourire rassurant à la surveillante. Faites votre travail et n'en parlez à personne. Nous allons retrouver très vite Mme Frings.

— Mais ne vaudrait-il pas mieux... insista Parveen Multani, mais la directrice lui coupa la parole d'un geste.

— Je prends moi-même l'affaire en main.

Elle accompagna la surveillante inquiète à la porte, s'assit devant son ordinateur et ouvrit la fiche de la pensionnaire disparue. Anita Frings vivait au Taunusblick depuis presque quinze ans. Elle avait quatre-vingt-huit ans, souffrait d'arthrite et était plus ou moins clouée sur son fauteuil roulant. Elle n'avait pas de famille qui pouvait causer des problèmes, mais une sonnette d'alarme retentit dans la tête de la directrice quand elle lut le nom de la personne que l'on devait prévenir en cas de maladie ou de décès. C'est de là que viendraient les problèmes si la grand-mère ne regagnait pas bientôt son appartement du troisième étage.

— Il ne manquait plus que ça, murmura-t-elle en attrapant le téléphone.

Il lui restait juste deux heures pour retrouver Anita Frings. Pour l'heure, la police n'était pas une bonne idée.

Bodenstein se tenait les bras croisés devant le grand tableau de la salle de réunion de la K11. David Goldberg. Herrmann Schneider. Monika Krämer. Et malgré l'appel à la radio qu'il avait décidé de lancer la veille, toujours aucune trace de Robert Watkowiak. Ses yeux suivaient les flèches et les cercles que Fachinger avait tracés au feutre sur le tableau. Des points communs, il y en avait. Par exemple Goldberg et Schneider avaient eu des relations étroites avec la famille Kaltensee, ils avaient été tués par la même arme et ils avaient fait partie de la SS dans leur jeunesse. Mais à quoi ça l'avançait ? Bodenstein poussa un soupir. C'était à devenir fou. Par où devait-il commencer ? Quelle raison invoquer pour demander un autre entretien à Vera Kaltensee ? L'enquête sur le meurtre de Goldberg était officiellement close et il ne devait révéler à personne les résultats de l'autopsie et les traces d'ADN sur le verre. L'amie de Watkowiak n'avait certainement pas été assassinée par le meurtrier qui avait exécuté Goldberg et Schneider d'un coup de revolver. Il n'y avait aucun témoin, pas d'empreintes, pas d'indices – à l'exception de ceux de Robert Watkowiak. C'était le coupable idéal. Il avait laissé des empreintes sur chaque lieu de crime, il avait connu les victimes et il avait un pressant besoin d'argent. Il aurait pu tuer Goldberg parce qu'il ne lui avait pas donné d'argent, Schneider parce qu'il l'avait menacé de porter plainte, et Monika Krämer parce qu'elle représentait un risque. Au premier regard, ça semblait parfait. Il ne manquait que les armes des crimes.

La porte s'ouvrit. Bodenstein ne fut pas surpris de voir entrer sa future chef.

— Bonjour, docteur Engel, dit-il poliment.

— Je reconnais ton goût pour les salamalecs, dit-elle en fronçant les sourcils. Donc, bonjour, monsieur von Bodenstein.

— Vous pouvez laisser tomber le von. Que puis-je faire pour vous ?

Le regard de Nicole Engel se posa sur le tableau. Elle ouvrit de grands yeux.

— Je croyais que les cas de Goldberg et de Schneider étaient élucidés.

— Je crains que non.

— Le directeur Nierhoff dit que les preuves contre l'homme qui a tué sa compagne sont accablantes.

— Watkowiak a laissé des empreintes, c'est tout, corrigea Bodenstein ; mais le fait qu'il ait été à un moment sur le lieu du crime n'en fait pas automatiquement un meurtrier.

— Mais c'était ce matin dans les journaux.

— Si on écoutait la presse !

Bodenstein et Nicole Engel se regardèrent. Puis elle détourna les yeux, croisa les bras et s'appuya à la table.

— Vous avez donc laissé votre supérieur donner de fausses informations à la presse. Il y a une raison particulière ou bien c'est la coutume ici ?

Bodenstein ne réagit pas à cette provocation.

— Les informations n'étaient pas fausses, répondit-il. Mais malheureusement, M. le directeur se laisse souvent emporter, surtout quand il pense qu'une conclusion rapide de l'enquête est souhaitable.

— Oliver ! En tant que futur patron de ce service, je veux savoir ce qui se passe ici. Et d'abord, pourquoi y a-t-il eu hier une conférence de presse si les cas ne sont pas résolus ?

Sa voix sèche rappela désagréablement à Bodenstein une autre enquête et un autre endroit. Malgré cela, il n'avait aucune envie de se coucher devant elle, serait-elle cent fois sa chef.

— Parce que Nierhoff le souhaitait et ne m'a pas écouté, répondit-il tout aussi sèchement.

Il gardait un visage calme, presque indifférent. Ils se regardèrent dans les yeux quelques secondes. Elle fit marche arrière, s'efforçant de parler sur un ton plus conciliant.

— Ainsi, tu ne penses pas que les trois victimes ont été tuées par la même personne ?

Bodenstein ignora la familiarité du tutoiement. En tant que policier expérimenté, il connaissait la tactique de l'interrogatoire et ne se laissait pas intimider par un ton tour à tour agressif et conciliant.

— Goldberg et Schneider ont été tués par la même personne. Ma théorie est que quelqu'un ne souhaite pas qu'on poursuive l'enquête et veut diriger nos soupçons sur Watkowiak. Mais c'est pure spéculation.

Nicole Engel se planta devant le tableau.

— Pourquoi nous a-t-on retiré le cas Goldberg ?

Elle était petite et mignonne, et elle pouvait donner une impression de timidité quand elle le voulait. Bodenstein se demandait comment ses collègues, en particulier Behnke, s'arrangeraient de cette nouvelle patronne. Il était clair pour lui qu'elle ne se contenterait pas de rapports écrits comme Nierhoff, il la connaissait trop bien. C'était une perfectionniste qui voulait tout contrôler, être informée de la moindre des choses et qui adorait les intrigues.

— Quelqu'un qui a beaucoup d'influence craint que la lumière ne soit faite sur quelque chose qui doit rester dans l'ombre.

— Et quoi ?

— Le fait que Goldberg n'était pas un juif survivant de l'Holocauste mais un ancien membre de la SS, comme le prouve son groupe sanguin tatoué sur le bras. Avant que le corps nous ait été enlevé, j'ai pu faire faire une autopsie.

Nicole Engel laissa cette explication sans commentaire. Elle fit le tour de la table et s'assit au bout.

— Tu as dit à Cosima que j'étais devenue ta chef ? demanda-t-elle comme en passant.

Bodenstein ne fut pas étonné qu'elle change de sujet. Il savait que, tôt ou tard, il serait confronté au passé.

— Oui, répondit-il.

— Et ? Qu'est-ce qu'elle a dit ?

Il fut tenté un instant de lui répondre la peu flatteuse vérité, mais il n'aurait pas été intelligent de se faire une ennemie de Nicole. Elle interpréta faussement son hésitation.

— Tu ne lui as pas dit, lança-t-elle avec un éclair de triomphe dans les yeux. Je le savais ! La couardise a toujours été ton point faible. Tu n'as vraiment pas changé.

L'émotion cachée derrière ces mots l'étonna et l'alarma en même temps. Travailler avec elle ne serait pas facile. Avant qu'il ait pu la détromper, Ostermann apparut sur le seuil. Il jeta un regard sur la Dr Engel, mais comme Bodenstein ne semblait pas disposé à la lui présenter, il se contenta de la saluer en inclinant poliment la tête.

— C'est urgent, dit-il à Bodenstein.

— J'arrive, répondit celui-ci.

— Ne vous mettez pas en retard, monsieur Bodenstein, dit Nicole Engel avec un sourire ravi de chatte. Nous nous reverrons.

La vieille femme était ensanglantée et nue comme un ver. On lui avait lié les mains et fourré une chaussette dans la bouche en guise de bâillon.

— Un coup de feu dans la nuque, expliqua le légiste que les deux agents de police avaient appelé, dès qu'ils étaient arrivés sur le lieu du crime. La mort remonte à environ dix heures. Il montra les jambes nues de la femme : En plus on lui a tiré dans les genoux.

— Merci, dit Bodenstein avec une grimace. Le meurtrier de Goldberg et de Schneider avait frappé une troisième fois, cela ne faisait aucun doute, les chiffres 16145 étaient tracés avec le sang de la victime sur son dos nu. Il n'avait pas pris la peine d'enterrer le cadavre, il voulait qu'on le trouve rapidement.

— Cette fois, il a tué sa victime en plein air, dit Pia, qui enfila des gants, s'accroupit et observa attentivement le corps. Pourquoi ?

— Elle vit dans la maison de retraite Le Taunusblick, intervint un des policiers en uniforme. Il ne voulait pas courir le risque que quelqu'un entende les coups de feu.

— D'où vous savez ça ? demanda Pia, étonnée.

— Regardez, dit-il en montrant à quelques mètres une chaise roulante dans un buisson.

Bodenstein observa le cadavre que le chien d'un promeneur avait trouvé, envahi par un mélange de profonde pitié et de colère impuissante devant ce qu'avait subi la vieille femme dans les dernières minutes de sa longue vie. Quelle angoisse et quelle humiliation elle avait dû ressentir ! L'idée qu'un meurtrier capable d'un tel sadisme fût en liberté était effrayante. Cette fois, il avait pris le risque d'être surpris. Bodenstein ressentit de nouveau le sentiment irritant de son impuissance. Il n'avait pas la moindre lueur pour le guider. Et quatre crimes avaient été commis en une semaine.

— Il semble que nous ayons affaire à un tueur en série, dit Pia. La presse va nous massacrer si ça continue comme ça.

Un policier se glissa sous le ruban de sécurité et fit signe à Bodenstein.

— Aucune disparition n'a été déclarée, dit-il. Le service des empreintes est en route.

— Merci, acquiesça Bodenstein. Allons poser quelques questions dans cette maison de retraite. Peut-être qu'ils ne se sont même pas aperçus que la femme manquait.

Peu après, ils entraient dans le large hall et Pia fut étonnée en voyant le sol de marbre brillant et le tapis bordeaux. La seule maison de retraite qu'elle connaissait était celle où sa grand-mère avait passé ses dernières années. Elle se souvenait du sol en fausse pierre, de la bande de protection en bois contre les murs et de l'odeur d'urine et de désinfectant. Le Taunusblick en revanche ressemblait à un grand hôtel avec son long comptoir de réception en acajou poli, ses somptueux bouquets arrangés avec goût, ses tableaux indicateurs en cuivre et sa discrète musique d'ambiance. La jeune femme de la réception leur fit un sourire éclatant et demanda ce qu'ils voulaient.

— Nous aimerions parler avec le directeur, dit Bodenstein en présentant sa carte de police.

La jeune femme cessa de sourire et attrapa le téléphone.

— J'avertis immédiatement Mme Kohlhaas. Un moment, je vous prie.

— Ici, ce ne doit pas être la caisse de maladie qui paie, souffla Pia à son chef. C'est incroyable.

— Le Taunusblick est très cher, confirma Bodenstein. Il y a des gens qui économisent dès l'âge de vingt ans pour pouvoir y entrer. Un appartement doit coûter au bas mot trois mille euros par mois.

Pia pensa à sa grand-mère et se sentit mauvaise conscience. La maison de retraite où, après une vie de travail et en pleine possession de ses moyens, elle avait dû passer trois ans au milieu de gens qui avaient perdu la raison ou étaient lourdement handicapés, était la seule que la famille pouvait lui offrir. Pia se sentit honteuse, car elle était rarement allée voir sa grand-mère, mais la vue de ces vieux hommes en peignoir, errant le regard vide, comme perdus, la déprimait trop. La nourriture préparée sans amour, la perte de l'individualité, les soins insuffisants prodigués par un personnel de mauvaise humeur et trop surmené pour être en mesure d'écouter des confidences, non une vie n'aurait pas dû s'achever ainsi. Ceux qui avaient les moyens de finir leurs jours au Taunusblick auront donc été des privilégiés toute leur vie. Encore une injustice de plus.

Avant que Pia ait pu faire part de ses remarques à son chef, la directrice apparut dans le hall. Renate Kohlhaas était une personne sèche d'environ quarante ans avec des lunettes modernes anguleuses, un élégant ensemble pantalon et des cheveux grisonnants coupés à la garçonne. Ses vêtements dégageaient une odeur de fumée de cigarette et son sourire semblait nerveux.

— En quoi puis-je vous aider ?

— Il y a une heure, un promeneur a trouvé le cadavre d'une vieille dame dans le bois. A proximité se trouvait un fauteuil roulant du Taunusblick. Nous aimerions savoir si la morte est une pensionnaire de votre établissement.

Pia perçut un éclair d'effroi dans les yeux de la directrice.

— En effet, il nous manque une pensionnaire, dit-elle après une courte hésitation. J'allais justement appeler la police, j'ai cherché en vain dans toute la maison.

— Quel est le nom de cette dame ? demanda Pia.

— Anita Frings. Que s'est-il passé ?

— Nous pensons qu'elle a été victime d'un acte criminel, dit Bodenstein d'un air évasif. Pouvez-vous nous aider à l'identifier.

— Je regrette mais...

La directrice comprit ce que son refus avait d'étrange et s'interrompit. Son regard se dérobait et sa nervosité ne faisait que croître.

— Ah, madame Multani ! s'écria-t-elle soudain en faisant signe à une femme qui sortait de l'ascenseur. Mme Multani est notre gouvernante, ce qui en fait la confidente de tous les pensionnaires. Elle va vous aider.

Le regard dur que la directrice lança à sa subalterne, avant de disparaître dans un claquement de talons, n'échappa pas à Pia. Elle se présenta, présenta son chef et tendit la main à la gouvernante. Mme Multani était une beauté asiatique, à la longue chevelure noire lustrée, aux dents d'une blancheur de neige et aux yeux de velours soucieux. Sa vue seule devait suffire à adoucir l'automne de la vie des pensionnaires masculins. Dans son simple tailleur bleu marine et sa blouse blanche, elle ressemblait à une hôtesse de l'air de Cathay Pacific.

— Avez-vous retrouvé Mme Frings ? demanda-t-elle dans un allemand sans accent. Nous la cherchons depuis ce matin.

— Ah oui ? Pourquoi n'avez-vous pas appelé la police ? demanda Pia.

La gouvernante parut troublée puis elle se tourna en direction de l'endroit où la directrice avait disparu.

— Mais... Mme Kohlhass m'a pourtant dit... je pensais qu'elle allait immédiatement appeler la police.

— Elle a dû oublier. Apparemment elle avait plus important à faire.

Mme Multani hésita, mais elle se montra loyale.

— Nous avons aujourd'hui la visite de notre PDG, dit-elle pour essayer d'excuser le comportement de sa supérieure. Mais je suis à votre disposition.

— Mon Dieu. A la vue du cadavre, la gouvernante épouvantée pressa ses deux mains sur sa bouche. Oui, c'est Mme Frings. Quelle horreur !

— Venez.

Bodenstein prit la femme, en état de choc, par le coude et la ramena sur le chemin forestier. Le policier en uniforme avait raison : le meurtrier avait perpétré son crime dans le bois parce que, dans la résidence pour seniors, trop de gens auraient entendu le coup de feu. Bodenstein et Pia revinrent au Taunusblick avec Mme Multani et la suivirent au troisième étage, où se trouvait l'appartement d'Anita Frings. Ils essayaient de se représenter comment le meurtrier avait pu procéder. Comment il avait réussi à faire sortir du bâtiment une vieille dame fragile sans que personne ne les voie.

— Y a-t-il un système de surveillance ? demanda Pia. Des caméras ?

— Non, répliqua Mme Multani après une courte hésitation. Beaucoup de pensionnaires le réclament mais la direction ne s'est pas encore décidée.

Elle leur raconta qu'une grande fête avait eu lieu la veille au soir, une représentation théâtrale dans le parc suivie d'un feu d'artifice, et qu'il était venu beaucoup de visiteurs.

— Quand a eu lieu le feu d'artifice ? demanda Pia.

— Vers onze heures et quart, répondit Mme Multani.

Bodenstein et Pia échangèrent un regard. L'heure correspondait. Le meurtrier avait donc profité de l'obscurité pour amener la vieille dame dans le bois et il avait dû tirer les trois coups de feu pendant le feu d'artifice.

— Quand vous êtes-vous aperçue que Mme Frings avait disparu ? voulut savoir Pia.

Mme Multani s'arrêta devant la porte de l'appartement.

— Au petit-déjeuner. Mme Frings était toujours une des premières. Elle avait besoin d'une chaise roulante mais elle mettait sa fierté à rester indépendante. J'ai appelé chez elle et, comme elle ne répondait pas, je suis montée voir.

— Quelle heure était-il à peu près ?

— Pour être honnête, je ne sais pas au juste – le visage de la gouvernante devint grisâtre –, il devait être sept heures et demie, huit heures. J'ai cherché partout puis j'ai prévenu la directrice.

Pia jeta un coup d'œil à sa montre. Il était onze heures. Vers dix heures, ils avaient été prévenus de la découverte du corps. Que s'était-il passé depuis huit heures ? Il était inutile d'interroger Mme Multani. Elle était trop bouleversée. Elle ouvrit la porte de la chambre et laissa passer Bodenstein et Pia. Pia resta sur le seuil et regarda la pièce. Une moquette claire, un tapis persan au centre, un lit moelleux avec des oreillers de dentelles, un fauteuil de télévision, une armoire massive, un buffet richement sculpté.

— Il y a quelque chose qui ne va pas, dit la voix de la gouvernante derrière son dos. Elle montra le buffet. Il y avait des photos dessus et il manque aussi celles qui étaient encadrées sur les murs. Et dans l'étagère à livres, elle rangeait son album de photos et un classeur. Tout cela a disparu. Que s'est-il passé ? Quand je suis venue ce matin, tout était comme d'habitude.

Pia se souvint comment le cas Goldberg leur avait été retiré. Quelqu'un voulait-il de nouveau dissimuler quelque chose ? Mais qui avait pu apprendre si vite la mort de la vieille dame ?

— Pourquoi croyez-vous que la directrice n'a pas aussitôt appelé la police après avoir appris qu'il manquait une pensionnaire ? demanda Pia.

La gouvernante haussa les épaules.

— J'ai cru qu'elle allait le faire. Elle m'a dit qu'elle… elle s'interrompit et secoua la tête d'un air accablé.

— Il y a souvent des cambriolages dans la maison ?

La question de Pia déplut manifestement à Mme Multani.

— Le Taunusblick est une maison ouverte, dit-elle d'un air évasif. Les pensionnaires vont et viennent comme ils l'entendent. Nous n'avons rien contre les visiteurs et notre restaurant et les festivités sont publics. Un véritable contrôle est donc difficile.

Pia comprit. Le luxe de la liberté avait son prix. Il ne pouvait être question d'une atmosphère de maison de retraite et le caractère hôtelier de la maison ouvrait la porte à des individus criminels. Elle se promit de chercher des renseignements sur les effractions et les vols au Taunusblick.

Bodenstein téléphona pour qu'on envoie le service des empreintes. Puis Pia et lui sortirent, toujours accompagnés de Mme Multani, reprirent l'ascenseur et regagnèrent le rez-de-chaussée. La gouvernante raconta qu'Anita Frings était chez eux depuis quinze ans.

— Avant, elle recevait des amis et passait parfois la nuit dehors, dit-elle. Mais elle ne pouvait plus le faire depuis longtemps.

— Avait-elle des amis ici ? demanda Pia.

— Non, non, pas vraiment, répondit Mme Multani après une courte réflexion. Elle était réservée et préférait se tenir en retrait.

L'ascenseur s'arrêta avec douceur. Dans le hall, ils trouvèrent la directrice en conversation avec un groupe d'hommes d'affaires. Renate Kohlhaas ne parut pas ravie de cette nouvelle rencontre avec la Kripo, mais elle s'excusa auprès de ses interlocuteurs et s'avança vers Bodenstein et Pia.

— Excusez-moi mais j'ai peu de temps, dit-elle. Nous avons la visite de notre direction. Une fois par an, il y a un contrôle pour conserver la certification de la qualité du management.

— Nous ne vous dérangerons pas longtemps, assura Pia. Le corps qui a été découvert est celui de votre pensionnaire Anita Frings.

— Oui, je le sais. C'est affreux.

La directrice s'efforça de prendre un air consterné mais elle était surtout contrariée qu'il s'agisse du meurtre d'une pensionnaire. Elle craignait sans doute que celui-ci ne nuise à l'image de la résidence si les détails étaient rendus publics. Elle conduisit Bodenstein et Pia dans une petite pièce derrière l'accueil.

— Que puis-je faire pour vous ? demanda-t-elle.

— Pourquoi avez-vous mis si longtemps à prévenir la police ? demanda Pia.

Mme Kohlhaas lui jeta un regard irrité.

— Je n'ai pas attendu, dit-elle. Quand Mme Multani m'a avertie, j'ai immédiatement appelé la police.

— Votre gouvernante dit qu'elle vous a signalé l'absence de Mme Frings entre sept heures et demie et huit heures, intervint Bodenstein. Et nous n'avons été prévenus que vers dix heures.

— Ce n'était pas sept heures et demie ou huit heures, contredit la directrice. Mme Multani m'a informée vers neuf heures et quart.

— Vous êtes sûre ? dit Pia méfiante.
— Naturellement, je suis sûre, répondit la directrice.
— Les proches de Mme Frings ont-ils été prévenus ?
— Mme Frings n'avait aucun parent.
— Vraiment personne ? insista Pia. Il doit bien y avoir quelqu'un qui doit être averti en cas de décès. Un avocat ou une relation.
— J'ai demandé aussitôt à ma secrétaire de rechercher un numéro de téléphone. Mais il n'y en avait pas. Désolée.

Pia préféra changer de sujet.

— Dans l'appartement de Mme Frings, certains objets manquent, d'après la gouvernante. Qui peut les avoir dérobés ?
— Ce n'est pas possible ! dit la directrice d'un air indigné. On ne vole rien chez nous.
— Qui a la clef des appartements d'un pensionnaire ?
— Le pensionnaire lui-même et éventuellement ses parents, répondit la directrice visiblement embarrassée. J'espère que vous n'allez pas mettre en cause Mme Multani. Elle était la seule qui savait que Mme Frings avait disparu.
— Vous le saviez aussi, répliqua Pia impassible.

Renate Kohlhaas devint rouge puis blême.

— C'est une pure spéculation, dit-elle froidement. Je vous prie de m'excuser. Je dois m'occuper de mes visiteurs.

Dans l'appartement d'Anita Frings, il ne restait plus aucun témoignage sur la femme qui avait passé quinze ans de sa vie entre ces quatre murs : pas de photos, pas de lettres, pas de journal intime. Bodenstein et Pia ne comprenaient pas. Qui pouvait s'intéresser à ce qu'une femme de quatre-vingt-huit ans laissait derrière elle ?

— Nous devons savoir si Mme Frings a connu Goldberg et Schneider, dit Bodenstein. Ces chiffres ont une signification, même si elle nous échappe pour l'instant. Et il est possible qu'elle aussi ait connu Vera Kaltensee.
— Pourquoi la directrice a-t-elle prévenu la police si tard ? dit Pia en réfléchissant à voix haute. C'est bizarre et je ne crois pas que ce soit à cause de cette importante visite.
— Je ne vois pas quel intérêt elle pourrait avoir dans la mort de Mme Frings ?
— Un héritage important au profit de la maison ? suggéra Pia. Elle a peut-être vidé l'appartement pour que l'on ne trouve pas de renseignements sur de possibles héritiers.

— Mais elle ne pouvait pas savoir que Mme Frings était morte, objecta Bodenstein.

Ils se dirigèrent vers le bureau de la directrice. Dans l'antichambre trônait une grosse petite femme qui avait largement dépassé la cinquantaine. Avec ses cheveux décolorés et sa mise en plis laquée, elle ressemblait à l'une des joyeuses Jacob Sisters*, mais elle se révéla un véritable cerbère.

— Je regrette, dit-elle dignement. La directrice n'est pas dans son bureau et je n'ai pas le droit de fournir des informations sur une pensionnaire.

— Alors appelez Mme Kohlhaas et demandez-lui la permission de nous les fournir ! répliqua brutalement Pia, dont la patience était à bout. Nous n'allons pas y passer la journée !

La secrétaire, peu impressionnée, toisa Pia par-dessus le bord de ses demi-lunettes suspendues à une chaîne dorée démodée.

— Nous avons la visite de la direction, dit-elle froidement. Mme Kohlhaas est quelque part dans le bâtiment et je ne peux pas l'atteindre.

— Quand reviendra-t-elle ?

— Vers quinze heures, dit la secrétaire intraitable.

Bodenstein intervint avec un sourire engageant.

— Je sais que nous tombons mal, juste le jour où vous avez une visite importante, dit-il pour essayer de dompter le dragon domestique. Mais, cette nuit, une pensionnaire a été sauvagement assassinée. Nous avons besoin de l'adresse ou du numéro de téléphone des parents pour les prévenir. Si vous nous aidez, nous n'aurons pas besoin de déranger Mme Kohlhaas.

La courtoisie de Bodenstein réussit là où le ton cassant de Pia avait échoué. Le vieux grognard s'adoucit.

— Je peux sortir pour vous une copie des papiers de Mme Frings, dit-elle d'une voix flûtée.

— Cela nous serait une aide précieuse, dit Bodenstein en faisant les yeux doux. Et si vous avez une photo actuelle de Mme Frings, nous vous débarrasserons aussitôt de notre présence.

— Flagorneur, murmura Pia à Bodenstein qui lui fit une grimace à la dérobée.

* Trio de chanteuses allemandes populaires.

La secrétaire tapota sur le clavier de son ordinateur et quelques secondes plus tard deux feuilles sortirent de l'imprimante.

— Voici, dit-elle rayonnante à Bodenstein en lui tendant une des feuilles. Cela devrait vous aider.

— Qu'y a-t-il sur la deuxième feuille ? demanda Pia.

— Ce sont des informations internes, dit la secrétaire avec hauteur.

Quand Pia tendit la main, elle fit faire à sa chaise un élégant tour vers la gauche et glissa la feuille dans la déchiqueteuse avec un sourire méprisant.

— J'ai des ordres.

— Et moi je reviens dans une heure avec un mandat de perquisition, dit Pia rouge de colère.

Finalement, ce n'était peut-être pas si formidable que cela, de passer la fin de sa vie dans cet asile pour seniors.

— La chose est partie, annonça Elard. Vers midi, devant l'ancienne maison de tes parents. Ça te va ?

Katharina regarda sa montre.

— Formidable. Merci beaucoup. J'appelle immédiatement Thomas pour qu'il vienne aussi. Tu crois que c'est quelque chose d'utilisable ?

— J'en suis sûr. Entre autres, le journal intime de Vera.

— Vraiment ? La rumeur est juste alors.

— Je serai content d'en être débarrassé. Mais je te souhaite...

— Attends, dit Katharina avant qu'Elard raccroche. Qui, selon toi, a tué les deux vieux ?

— Depuis, ils sont trois, rectifia Elard.

— Trois ? s'étonna Katharina.

— Ah, tu ne sais pas ? dit Elard sur un ton presque joyeux, comme s'il rapportait une anecdote amusante. La nuit dernière, la chère Anita a été tuée. Une balle dans la nuque. Comme les deux autres.

— Ça ne paraît pas te fendre le cœur, constata Katharina.

— Non. Je ne pouvais souffrir aucun des trois.

— Moi non plus. Mais tu le sais déjà.

— Goldberg, Schneider et la chère Anita, dit Elard rêveusement. Il ne manque plus que Vera.

Son ton fit dresser l'oreille à Katharina. Ce ne pouvait quand même pas être Elard qui avait tué les plus vieux et les plus proches amis de sa mère ? Pourtant il aurait eu des raisons ! Il avait toujours été un outsider dans la famille et sa mère le supportait plus qu'elle ne l'aimait.

— Tu soupçonnes qui a pu faire le coup ?

— Malheureusement non, dit Elard avec insouciance. Et je m'en fiche. Mais quel que soit celui qui l'a fait, il aurait dû le faire trente ans plus tôt.

En début d'après-midi, Pia avait interrogé une vingtaine de pensionnaires du Taunusblick qui, selon Mme Multani, avaient été liés à Mme Frings, plus quelques membres du personnel soignant. Tout cela avait été bien décevant et la photocopie des papiers que le chef avait soutirée à la dame de l'antichambre aussi. Anita Frings n'avait ni enfants ni petits-enfants et semblait avoir été arrachée à une vie où elle n'avait pas laissé la moindre trace. L'idée qu'elle ne manquerait à personne, et qu'aucun parent ne regretterait sa mort, ne pouvait qu'attrister. Une vie humaine s'était simplement éteinte, elle était déjà oubliée, son appartement au Taunusblick allait être rénové et reloué au candidat suivant sur la liste d'attente. Mais Pia était fermement décidée à en découvrir davantage sur la vieille dame sans se laisser arrêter par une secrétaire qui faisait l'importante et une directrice peu coopérative. Elle s'assit dans le hall, les yeux fixés sur la porte de l'antichambre de la directrice, s'exhortant à la patience. Au bout de trois quarts d'heure, elle fut récompensée : le cerbère, obéissant apparemment à un besoin naturel, abandonna son bureau sans le fermer.

Pia savait que la saisie non autorisée de matériaux pouvant servir de preuves était contraire à toutes les règles de la police, mais ça lui était égal. Elle vérifia qu'elle n'était pas observée, traversa le couloir et pénétra dans le bureau. En quelques pas, elle fut derrière la table et ouvrit le broyeur. La vieille sorcière ne l'avait pas encore vidé. Pia sortit la masse de feuilles déchiquetées de l'appareil et la glissa sous son pull. Moins de soixante secondes après, elle était sortie du bureau. Elle traversa le hall le cœur battant, et émergea enfin à l'air libre. Elle longea le bois jusqu'à sa voiture qu'elle avait garée à proximité du lieu du crime.

Quand elle eut refermé la portière et tiré le paquet de feuilles de son pull, elle prit conscience qu'elle n'était qu'à quelques centaines de mètres de la maison de Christoph. Il n'était parti que depuis vingt-quatre heures et déjà il lui manquait. Un manque douloureux. Elle était heureuse en cet instant d'être accaparée par son travail, au moins elle n'avait pas le temps de se demander comment Christoph passait ses soirées en Afrique du Sud. Le bourdonnement de son portable la fit sursauter en la tirant de ses pensées. Bien que Bodenstein lui ait interdit de téléphoner en conduisant, elle répondit.

— Pia, c'est Miriam. Son amie paraissait toute retournée. Tu as le temps ?

— Oui. Qu'est-ce qu'il t'arrive ?

— Je ne sais pas encore, répondit Miriam. Ecoute, j'ai raconté à grand-mère ce que j'ai découvert à l'institut et que je soupçonnais Goldberg d'avoir falsifié l'histoire de sa vie. Elle m'a regardée d'un drôle d'air, j'ai cru d'abord qu'elle était furieuse contre moi, mais elle m'a seulement demandé pourquoi je fouillais dans le passé de Goldberg. J'espère que tu n'es pas mécontente de ce que j'ai fait.

— Si ça apporte quelque chose, certainement pas.

Pia coinça le portable entre son cou et son épaule pour avoir les mains libres pour conduire.

— Alors grand-mère m'a raconté qu'à Berlin elle allait à la même école que Sarah, la femme de Goldberg. Elles étaient très amies. La famille de Sarah a émigré en Amérique en 1936, après une horrible aventure arrivée à Sarah avec trois types ivres. Grand-mère m'a dit que Sarah ne ressemblait pas à une juive, qu'elle était grande et blonde et que tous les garçons en étaient fous. Un soir, elles étaient allées au cinéma et en rentrant Sarah a été agressée par trois types. Ça aurait pu mal tourner si un jeune SS n'était pas arrivé. Il l'a ramenée chez elle, et elle lui a offert son médaillon pour le remercier de l'avoir sauvée. Elle l'a rencontré plusieurs fois en secret mais ensuite sa famille a quitté Berlin. Onze ans plus tard elle a revu ce médaillon. Sur un juif appelé David Josua Goldberg, qui a brusquement surgi devant elle, dans la banque de son père à New York ! Sarah a aussitôt reconnu son sauveur et elle l'a épousé peu de temps après. Elle n'a raconté qu'à ma grand-mère qu'elle était au courant de la véritable identité de son mari !

Pia avait écouté l'histoire en silence et avec une incrédulité croissante. C'était la preuve que la vie de David Goldberg était bâtie sur un mensonge, un mensonge qui avait pris au fil des décennies des proportions gigantesques.

— Ta grand-mère ne se souvient pas de son vrai nom ? demanda-t-elle tout excitée.

— Pas vraiment, dit Miriam. Elle pense que c'est Otto ou Oskar. Mais elle sait qu'il a suivi la SS-Junkerschule à Bad Tölz et qu'il appartenait à la division Leibstandarte*. Je suis sûre qu'on doit pouvoir retrouver quelque chose là-dessus.

— Ma vieille Miri, tu es une perle. Qu'est-ce que ta grand-mère t'a raconté d'autre ?

— Elle n'a jamais pu souffrir Goldberg, continua Miriam d'une voix tremblante. Mais elle avait juré à Sarah, et pour elle c'était sacré, de ne jamais la trahir. Sarah ne voulait pas que ses fils apprennent le passé de leur père.

— Mais apparemment ils le connaissaient, dit Pia. Sinon comment expliquer qu'un fils ait débarqué un jour après la mort de Goldberg avec de tels renforts ?

— C'est peut-être pour des raisons religieuses, suggéra Miriam. Ou bien parce que Goldberg était quelqu'un de haut placé. Grand-mère se souvient qu'il possédait un nombre incroyable de passeports et qu'à l'époque la plus dure de la guerre froide il pouvait voyager dans le bloc de l'Est sans aucun obstacle. Elle marqua une pause. Tu sais ce qui me choque vraiment dans tout ça, demanda-t-elle, en répondant aussitôt à sa propre question. Ce n'est pas qu'il ne soit pas juif ou qu'il soit un ancien nazi. Qui sait ce que j'aurais fait moi-même dans sa situation. Survivre, c'est humain. Ce qui me choque, c'est qu'on puisse vivre pendant soixante ans avec un tel mensonge...

Jusqu'à ce qu'on atterrisse sur la table de dissection de Henning Kirchhoff, pensa Pia, mais elle ne le dit pas.

— ... et qu'il n'y ait sur terre qu'une personne qui connaisse la vérité.

Ça, Pia en doutait. Il y avait au moins deux autres personnes qui connaissaient cette vérité. D'abord le meurtrier de Goldberg, de Schneider et d'Anita Frings, ensuite celui qui voulait empêcher que toute la lumière ne soit faite.

---

* Division chargée de la garde personnelle d'Adolf Hitler.

Thomas Ritter tira sur sa cigarette et regarda sa montre avec mauvaise humeur. Midi et quart. Katharina l'avait appelé pour lui dire d'être à onze heures à Königstein sur le parking du château de Luxembourg. Quelqu'un devait lui remettre quelque chose. Il avait été ponctuel et attendait depuis déjà un quart d'heure avec un agacement grandissant. Ritter connaissait lui-même les faiblesses du manuscrit, mais il était vexé qu'elle ait qualifié son travail de billevesées. Pas de révélations scandaleuses, pas de best-seller. Bon Dieu ! Katharina avait promis de lui procurer de nouveaux éléments, mais il ne voyait pas comment elle pourrait les sortir de son chapeau, comme par magie. Avait-elle la preuve que la mort d'Eugen Kaltensee avait été un meurtre ? En tout cas, le chef des ventes de Katharina avait prévu un tirage de cent cinquante mille exemplaires, les attachés de presse de la maison d'édition avaient déjà alerté la presse et promis les bonnes feuilles au *Bild-Zeitung*. Tout cela mettait terriblement Ritter sous pression.

Il jeta par la portière son mégot de cigarette sur les précédents, et rencontra le regard de reproche d'une grand-mère qui traînait derrière elle un caniche cacochyme. Un camion Mercedes entra dans le parking et s'arrêta. Le conducteur descendit et chercha du regard autour de lui. Etonné, Ritter reconnut Marcus Nowak, l'homme qui, deux ans plus tôt, avait restauré le vieux moulin dans la propriété des Kaltensee et qui, en guise de remerciements, avait été traîné dans la boue et dupé. En fin de compte c'était à cause de lui qu'était venue la dispute avec Vera qui avait d'un jour à l'autre détruit l'existence de Ritter et fait de lui un hors-la-loi. Nowak l'aperçut et s'avança vers lui.

— Bonjour, dit-il en s'arrêtant près de la voiture de Ritter.

— Qu'est-ce que vous voulez ? dit Ritter en le regardant d'un air méfiant et sans faire mine de descendre.

Il n'avait pas envie de se retrouver de nouveau mêlé aux affaires de Nowak.

— J'ai quelque chose à vous remettre, répondit Nowak, visiblement nerveux. Par ailleurs, je connais quelqu'un qui en sait beaucoup sur Vera Kaltensee. Suivez-moi.

Ritter hésita. Il savait que Nowak avait été comme lui victime de la famille Kaltensee mais, malgré tout, il ne lui faisait pas confiance. Qu'est-ce que cet homme avait à voir avec les informations promises par Katharina ? Il ne pouvait se permettre aucune erreur, pas dans cette phase ultra délicate de son plan. Cependant il était curieux. Il respira profondément et vit que ses mains tremblaient. Peu importe, il avait besoin de ce matériau que Katharina avait qualifié de sensationnel. Marleen ne reviendrait à la maison que dans quelques heures et il n'avait rien de mieux à faire. Une conversation avec quelqu'un qui connaissait Vera Kaltensee ne pouvait pas être inutile.

La belle-sœur de Bodenstein plissa les yeux et regarda la photo floue en noir et blanc que leur avait donnée la secrétaire de Mme Kohlhaas.

— Qui est-ce ? demanda-t-elle.

— Est-ce que cette femme était samedi dernier à l'anniversaire de Vera Kaltensee ? demanda Bodenstein.

C'est Pia qui lui avait donné l'idée d'aller voir le personnel du *Schlosshotel*. Elle était persuadée que le meurtrier n'avait pas tué au hasard et qu'il existait un lien entre Anita Frings et Vera Kaltensee.

— Je n'en suis pas sûre, répondit Marie-Louise. Pourquoi tu veux le savoir ?

— Cette femme a été trouvée morte ce matin.

Sa belle-sœur ne serait pas satisfaite avant d'avoir appris pourquoi il était venu.

— Mais ça ne peut pas avoir de rapport avec ce que nous avons servi.

— Bien sûr que non. Alors qu'est-ce que tu en penses ?

Marie-Louise observa encore une fois avec attention et haussa les épaules.

— Si tu permets, je vais demander au personnel qui a servi. Viens. Tu veux manger un morceau ?

Bodenstein connaissait cette offre alléchante, à laquelle il lui était impossible de résister. Lorsqu'il s'agissait de nourriture, il oubliait toute discipline. Il suivit volontiers sa belle-sœur dans l'immense cuisine du restaurant où régnait déjà la fièvre des préparatifs. Les exceptionnelles créations culinaires du maître Jean-Yves Saint-Clair demandaient plusieurs heures de travail, mais le résultat en valait la peine.

— Bonjour papa.

Rosalie était au côté du grand maître – trop près et avec des joues trop rouges au goût de Bodenstein – qui d'ailleurs aurait bien pu tailler ses légumes lui-même. Saint-Clair le regarda et grimaça un sourire.

— Eh bien, Oliver ! La Kripo contrôle maintenant la gastronomie ?

Normal quand une star de la cuisine de trente-cinq ans tourne la tête à son apprentie de dix-neuf ans, pensa Bodenstein, mais il ne dit rien. A sa connaissance, Saint-Clair se conduisait correctement avec Rosalie – ce que celle-ci regrettait profondément. Il dit quelques mots au Français et demanda si Rosalie faisait des progrès. Marie-Louise lui avait pendant ce temps donné une assiette remplie de choses alléchantes et pendant qu'il mangeait une incroyable "Variation" à base de homard, de ris de veau et de boudin, elle montrait la photo au personnel.

— Oui, elle était là samedi, se souvint une jeune femme. Elle était dans une chaise roulante.

Rosalie jeta un regard curieux sur la photo.

— Exact, confirma-t-elle. Tu aurais dû demander à grand-mère, elle était assise à côté d'elle.

— Effectivement, dit Bodenstein en reprenant la photo.

— Qu'est-ce qui lui est arrivé ?

— Rosalie ! Est-ce que je dois éplucher les légumes moi-même ? brailla Saint-Clair du fond de la cuisine et la jeune fille fila comme l'éclair.

Bodenstein et sa belle-sœur se regardèrent.

— Les années d'apprentissage ne sont pas des années de maître, dit Marie-Louise qui se permit un sourire malicieux, avant de froncer les sourcils en se rappelant tout ce qu'elle avait à faire avant le coup de feu.

Bodenstein la remercia pour l'en-cas et quitta le château, réconforté.

Le Pr Elard Kaltensee excusa sa mère lorsque Bodenstein apparut en début d'après-midi au Mühlenhof. La nouvelle de la mort de son amie l'avait tellement affectée qu'elle s'était fait donner un calmant par son médecin et dormait.

— Entrez, dit Kaltensee qui était sur le point de sortir mais ne semblait pas pressé. Puis-je vous offrir quelque chose à boire ?

Bodenstein le suivit au salon en refusant poliment son offre. Son regard se tourna vers les fenêtres d'où l'on pouvait voir les agents de sécurité armés patrouiller par deux.

— Vous avez renforcé votre service de sécurité, remarqua-t-il. Il y a une raison ?

Elard Kaltensee s'offrit un cognac et resta debout, l'air absent, derrière un fauteuil. La mort d'Anita Frings l'émouvait aussi peu que celle de Goldberg et de Schneider, mais il avait l'air préoccupé. Sa main, qui tenait le verre de cognac, tremblait, et on aurait cru qu'il n'avait pas dormi de la nuit.

— Ma mère a toujours souffert du délire de persécution. Maintenant, elle croit qu'elle sera la prochaine à recevoir une balle dans la nuque. C'est pour cela que mon frère a fait venir toute cette armada.

Bodenstein était surpris par le cynisme du discours de Kaltensee.

— Que pouvez-vous me dire sur Anita Frings ? demanda-t-il.

— Pas grand-chose, dit Kaltensee en le regardant pensivement de ses yeux rougis. Autrefois, en Prusse-Orientale, elle était une amie de jeunesse de ma mère, ensuite elle a vécu en RDA. Après la mort de son mari, un peu avant la chute du Mur, elle s'est retirée au Taunusblick.

— Quand l'avez-vous vue pour la dernière fois ?

— Samedi, à l'anniversaire de ma mère. Je ne lui ai jamais beaucoup parlé, il serait exagéré de dire que je la connaissais.

Elard Kaltensee but une gorgée de cognac.

— Nous ne savons pas dans quelle direction nous devons enquêter pour les meurtres de Schneider et d'Anita Frings, avoua Bodenstein. Cela nous serait très utile si vous pouviez nous en dire plus sur les amis de votre mère. Qui pouvait avoir un intérêt à tuer ces trois personnes ?

— Je regrette, je ne sais vraiment pas, répondit Kaltensee avec une indifférence polie.

— Goldberg et Schneider ont été tués avec la même arme. Les munitions datent de la Seconde Guerre mondiale. Et dans les trois cas, on a retrouvé les chiffres 16145. Nous supposons qu'il s'agit d'une date mais nous ne savons pas à quoi elle correspond. Est-ce que le 16 janvier 1945 vous dit quelque chose ?

Bodenstein observa l'air inexpressif de son vis-à-vis et attendit en vain un signe d'émotion.

— Le 16 janvier 1945, Magdebourg a été bombardé par les Alliés, dit Kaltensee redevenu historien. Le même jour, Hitler a quitté son quartier général dans la Wetterau et s'est retiré avec son état-major dans le bunker sous la chancellerie, qu'il n'a plus quittée. Il fit une pause comme pour réfléchir. En janvier 1945, ma mère et moi avons fui la Prusse-Orientale. Etait-ce le 16, je ne sais pas.

— Vous vous en souvenez ?

— Très vaguement. Je n'ai pas de souvenirs visuels, j'étais trop jeune. Parfois, je me dis que ce que je prends pour un souvenir sont des images vues à la télévision ou au cinéma.

— Quel âge aviez-vous, si je peux me permettre ?

— Vous pouvez, dit Kaltensee en tournant le verre vide entre ses doigts. Je suis né le 23 août 1943.

— Alors vous pouvez difficilement vous en souvenir, répliqua Bodenstein, vous n'aviez même pas deux ans.

— Curieux, n'est-ce pas. Je suis allé plusieurs fois dans mon ancienne patrie. Peut-être que j'imagine tout ça.

Bodenstein se demandait si Elard Kaltensee connaissait le secret de Goldberg. Il lui était difficile d'évaluer l'homme. Soudain il eut une illumination.

— Savez-vous qui est votre vrai père ? demanda-t-il et l'étonnement qui brilla un instant dans les yeux de Kaltensee ne lui échappa pas.

— Où voulez-vous en venir ?

— Vous ne pouvez pas être le fils d'Eugen Kaltensee.

— C'est vrai. Mais ma mère n'a pas jugé nécessaire de me révéler l'identité de mon géniteur. J'ai été adopté par mon beau-père quand j'avais cinq ans.

— Comment vous appeliez-vous jusque-là ?

— Zeydlitz-Lauenburg. Comme ma mère. Elle n'était pas mariée.

Quelque part dans la maison une pendule annonça l'heure par sept coups harmonieux.

— Goldberg pouvait-il être votre père ? suggéra Bodenstein. Kaltensee sourit d'un air horrifié.

— Seigneur ! Pour moi, l'idée même est effrayante.

— Pourquoi ?

Elard Kaltensee se tourna vers la console et s'offrit un autre cognac.

— Goldberg ne pouvait pas me souffrir, expliqua-t-il. Et moi non plus.

Bodenstein attendit la suite. Mais elle ne vint pas.

— Où votre mère l'a-t-elle connu ?

— Il venait du même endroit, il a passé le bac, d'après ce que je sais, avec le frère de ma mère.

— Bizarre, dit Bodenstein. Dans ce cas votre mère devait le savoir.

— Savoir quoi ?

— Que Goldberg n'était pas juif.

— Pardon ?

L'étonnement de Kaltensee paraissait sincère.

— A l'autopsie on a trouvé son groupe sanguin tatoué sur le bras gauche, comme seuls les SS en portaient.

Kaltensee fixa Bodenstein, une veine battait à sa tempe.

— Encore heureux qu'il n'ait pas été mon père, dit-il sans une trace de sourire.

— Nous pensons que l'enquête sur le meurtre de Goldberg nous a été retirée à cause de cela, continua Bodenstein. Quelqu'un a intérêt à ce que la véritable identité de Goldberg reste secrète. Mais qui ?

Elard Kaltensee ne répondit pas. Les ombres sous ses yeux rougis s'étaient approfondies, il paraissait vraiment aller mal. Il se laissa lourdement tomber dans un fauteuil et se cacha le visage dans les mains.

— Pensez-vous que votre mère connaissait le secret de Goldberg ?

Kaltensee réfléchit un instant à cette possibilité.

— Qui sait, dit-il d'une voix amère. Une femme qui ne veut pas avouer à son fils qui est son vrai père est capable de jouer la comédie pendant soixante ans au monde entier.

Elard Kaltensee n'aimait pas sa mère. Alors pour quelles raisons vivait-il sous le même toit qu'elle ? Caressait-il l'espoir qu'elle lui dévoilerait un jour sa véritable ascendance ? Ou bien cela cachait-il autre chose ? Et si oui : quoi ?

— Schneider faisait aussi partie de la SS, dit Bodenstein. La cave de sa maison est un véritable musée du nazisme. Et il porte lui aussi le tatouage.

Elard Kaltensee regardait silencieusement devant lui et Bodenstein aurait donné cher pour connaître ses pensées.

Pia étala son butin volé au secrétariat sur la table de la cuisine et se mit au travail. Méthodiquement, elle lissa les étroites bandes de papier, les posa côte à côte, mais ces maudits fragments s'enroulaient dès qu'elle les lâchait et se refusaient obstinément à livrer leur secret. Elle était baignée de sueur. La patience n'avait jamais été son fort, et après un moment elle comprit que ce qu'elle avait entrepris n'avait pas de sens. Elle se gratta pensivement la tête en se demandant comment faciliter son travail. Son regard tomba sur ses quatre chiens puis sur la pendule. Il valait mieux qu'elle s'occupe des bêtes avant de céder à la colère et de jeter la montagne de papiers à la poubelle. Elle avait prévu ce soir de débarrasser l'entrée d'un fouillis de souliers sales, de seaux et de licous. Mais ça attendrait.

Elle se rendit à l'écurie, balaya les box et répandit de la paille propre. Puis elle alla chercher les chevaux dans le pré. Il serait bientôt temps de faire les foins si la météo ne contrariait pas ce projet. Depuis longtemps, les bas-côtés du chemin auraient dû être fauchés. Quand elle ouvrit la porte de la grange, les deux chats qui avaient décidé de s'installer au Birkenhof surgirent de nulle part. Le chat noir sauta de l'étagère sur la table de travail sur laquelle Pia était en train de mélanger le fourrage. Avant qu'elle ait pu intervenir, il avait balayé une rangée de bouteilles et de boîtes et d'un bond s'était mis à l'abri.

— Espèce de vaurien, cria Pia au chat.

Elle se pencha et soudain, en ramassant le spray à crinières, elle eut une inspiration. Elle nourrit rapidement les chiens, les chats, la volaille et les chevaux et revint en courant à la maison. Elle vida le flacon de spray dans un baquet qu'elle remplit avec de l'eau. Puis elle posa les bandes de papier sur un torchon, les peigna avec les doigts et les vaporisa avec cette eau. Enfin elle les recouvrit d'un second torchon. Sa peine serait peut-être récompensée, peut-être pas. En tout cas, les cachotteries de la dame du secrétariat avaient éveillé sa méfiance. Avait-elle remarqué qu'on avait vidé sa déchiqueteuse ? Pia rit sous cape et se mit à la recherche de son fer à repasser.

Avant, chez Henning, cet appareil se trouvait toujours à sa place, car les placards étaient impeccablement rangés. Au Birkenhof, c'était le principe du hasard qui prévalait. Après deux années, Pia n'avait toujours pas déballé tous les cartons de son déménagement. Quelque chose se mettait chaque fois en travers. Elle finit cependant par trouver le fer à repasser dans l'armoire de sa chambre et se mit à lisser les papiers humides. Ce faisant, elle avala des lasagnes aux légumes sorties du micro-ondes et une salade toute prête, simple illusion d'une nourriture riche en vitamines mais mieux qu'un kebab ou un hamburger. Pour rassembler les bandes, Pia eut besoin de toute sa patience et de tout son doigté. Elle ne cessait de pester contre sa maladresse et ses doigts fébriles, mais finalement elle y arriva.

— Merci gros chat noir, murmura-t-elle en souriant.

La feuille contenait les renseignements confidentiels sur Anita Frings née Willumat. Il indiquait sa dernière adresse à Potsdam avant qu'elle n'entre au Taunusblick. D'abord, Pia ne comprit pas pourquoi la secrétaire ne leur avait pas simplement donné la feuille lorsqu'un nom lui sauta aux yeux. Elle jeta un œil sur la pendule de la cuisine. Un peu moins de neuf heures. Pas trop tard pour prévenir Bodenstein.

Bodenstein sentit son portable vibrer dans la poche intérieure de sa veste. Il l'ouvrit et reconnut le nom de sa collaboratrice. Elard Kaltensee était toujours silencieux, le verre de cognac vide à la main, le regard perdu dans le vide.

— Oui, dit Bodenstein à mi-voix.

— Chef, j'ai trouvé quelque chose, dit Pia d'une voix excitée. Vous êtes chez Vera Kaltensee ?

— Oui.

— Demandez-lui comment et quand elle a appris la mort d'Anita Frings. J'aimerais savoir ce qu'elle répondra. Vera Kaltensee apparaît dans l'ordinateur du Taunusblick comme la personne à avertir en cas de nécessité. Elle a la tutelle d'Anita Frings et c'est elle qui paie la maison de retraite. Vous vous souvenez de l'étonnement de la gouvernante en apprenant qu'on ne nous avait pas encore prévenus ? Certainement la direction a d'abord appelé Vera Kaltensee pour lui demander des instructions.

Bodenstein écoutait intensément. D'où sa collègue tirait-elle ses renseignements ?

— Peut-être qu'on ne nous a pas appelés avant que la Kaltensee ait pu mettre en sécurité ce qui était dans l'appartement de Mme Frings ?

Une voiture passa devant les fenêtres puis les pneus d'une autre crissèrent sur le gravier.

— Je dois raccrocher, dit Bodenstein en interrompant le flot de paroles de sa collègue. Je vous rappelle tout de suite.

Quelques secondes plus tard, la porte du salon s'ouvrit et une grande femme brune entra, suivie par Siegbert Kaltensee. Elard ne se leva pas de son fauteuil et ne tourna même pas la tête vers eux.

— Bonsoir, commissaire, dit Siegbert Kaltensee en tendant la main avec un mince sourire. Je vous présente ma sœur Jutta.

Elle paraissait tout autre que la femme politique coriace qu'il n'avait vue jusqu'ici qu'à la télévision : plus féminine, plus jolie, oui de façon inattendue plus séduisante. Même si elle ne correspondait pas du tout à son genre de femme, il se sentit dès le premier regard attiré par elle. Avant même qu'elle lui tende la main, Bodenstein l'avait déshabillée des yeux et imaginée nue ! Ces pensées inopportunes lui furent désagréables et il rougit presque sous le regard scrutateur des yeux bleus qui, de son côté, l'examinaient. Ce qu'elle voyait semblait lui plaire.

— Ma mère m'a beaucoup parlé de vous. Je suis heureuse de vous rencontrer en personne, dit-elle en souriant avec un sérieux de circonstance et en gardant la main de Bodenstein un peu plus que nécessaire. Même si c'est à une triste occasion.

— A vrai dire, je désirais avoir un court entretien avec votre mère, dit Bodenstein en s'efforçant de combattre le trouble que sa vue avait fait naître en lui. Mais votre frère m'a dit qu'elle n'allait pas bien.

— Anita était la plus vieille amie de maman, dit Jutta Kaltensee en lui lâchant la main et en poussant un profond soupir. Les événements de ces derniers jours l'ont terriblement affectée. Je me fais vraiment du souci. Maman n'est pas aussi robuste qu'elle paraît. Qui a pu faire ça ?

— Pour le retrouver, j'ai besoin de votre aide, dit Bodenstein. Si vous avez un instant, j'aimerais vous poser quelques questions ?

— Bien entendu, dirent Siegbert et Jutta en même temps.

Soudain la voix de son frère tira Elard de son état de prostration. Il se leva, posa le verre vide sur la console et tourna ses yeux injectés de sang vers sa sœur et vers son frère qu'il dépassait d'une tête.

— Vous saviez que Goldberg et Schneider étaient des SS ?

Siegbert Kaltensee ne réagit qu'en fronçant les sourcils mais, sur le visage de sa sœur, Bodenstein crut lire une expression d'effroi.

— Oncle Jossi, un nazi ? Ridicule ! s'écria-t-elle en secouant la tête avec un rire d'incrédulité. De quoi tu parles, Elard ? Tu es ivre ?

— Je n'ai pas été aussi sobre depuis des années, dit Kaltensee en jetant à sa sœur puis à son frère un regard de haine. C'est pour ça que je parle si franchement. Mais comment supporter cette famille de menteurs, sinon en se soûlant !

Le comportement de son frère aîné mettait visiblement Jutta mal à l'aise, elle jeta à Bodenstein un regard gêné en faisant un sourire d'excuse.

— Ils avaient le tatouage du groupe sanguin que portaient habituellement les SS, continua Elard la mine sombre. Je n'ai pas à réfléchir longtemps pour savoir que c'est la vérité. Justement Goldberg, qui...

— C'est vrai ? dit Jutta en interrompant son frère et en regardant Bodenstein.

— Oui, confirma celui-ci. On a découvert le tatouage à l'autopsie.

— Mais ce n'est pas possible – elle se tourna vers Siegbert et lui prit la main comme pour chercher sa protection –, de Herrmann, ça ne m'étonnerait pas. Mais pas oncle Jossi !

Elard ouvrait la bouche pour répliquer quand son frère lui coupa la parole.

— Avez-vous retrouvé Robert ? demanda-t-il à Bodenstein.

— Non, jusqu'à présent nous ne l'avons pas retrouvé.

Une intuition poussa Bodenstein à taire le meurtre brutal de Monika Krämer. Il s'aperçut qu'Elard ne l'avait pas interrogé sur Watkowiak.

— Monsieur Kaltensee, dit-il en se tournant vers le professeur. Quand et par qui avez-vous appris la mort d'Anita Frings ?

— Ma mère a reçu un appel ce matin. Vers huit heures et demie. On lui a dit qu'Anita avait disparu de sa chambre. La nouvelle de sa mort est arrivée quelques heures plus tard.

Bodenstein fut étonné par cette réponse honnête. Soit le professeur n'avait pas assez de présence d'esprit pour mentir, soit il était effectivement de bonne foi. Peut-être que Pia se trompait et que les Kaltensee n'avaient rien à voir avec le cambriolage de l'appartement de la vieille dame.

— Comment votre mère a-t-elle réagi ?

Le portable de Kaltensee sonna. Il jeta un coup d'œil à l'écran, son air indifférent disparut.

— Je vous prie de m'excuser, dit-il brusquement. Il faut que j'aille en ville. Un rendez-vous important.

Et il disparut sans saluer et sans serrer les mains. Jutta le regarda en secouant la tête.

— Ses liaisons avec des filles qui n'ont même pas la moitié de son âge le travaillent de plus en plus, remarqua-t-elle moqueuse. Il n'est pourtant plus si jeune.

— En ce moment, Elard traverse une crise existentielle, expliqua Siegbert Kaltensee. Excusez sa conduite. Depuis six mois qu'il est à la retraite, il est en pleine dépression.

Bodenstein observa le frère et la sœur qui, malgré leur différence d'âge, paraissaient très proches. Siegbert était difficile à percer. D'une politesse presque exagérée, il ne laissait pas deviner ce qu'il pensait de son frère aîné.

— Quand avez-vous appris la mort de Mme Frings ? demanda Bodenstein.

— Elard m'a téléphoné vers onze heures et demie, dit Siegbert en fronçant les sourcils à ce souvenir. J'étais en voyage d'affaires à Stockholm et j'ai pris aussitôt le premier avion pour Francfort.

Sa sœur tomba sur une chaise, prit un paquet de cigarettes dans la poche de son blazer, en alluma une et aspira une profonde bouffée.

— Mauvaise habitude, dit-elle en faisant un clin d'œil à Bodenstein. Vous ne me trahirez pas auprès de mes électeurs. Ni de ma mère.

— Promis, dit Bodenstein en souriant.

Siegbert Kaltensee se versa un bourbon et proposa un drink à Bodenstein que celui-ci refusa.

— A moi, Elard a envoyé un SMS, dit Jutta. J'étais en séance et j'avais coupé le son de mon portable.

Bodenstein alla nonchalamment vers un bahut sur lequel étaient posées des photos de la famille dans des cadres d'argent.

— Soupçonnez-vous quelqu'un qui pourrait avoir perpétré ces trois meurtres ? demanda Siegbert Kaltensee.

Bodenstein secoua la tête.

— Malheureusement non, dit-il. Vous les connaissiez tous les trois. Qui pourrait avoir un intérêt à leur mort ?

— Absolument personne, affirma Jutta Kaltensee en tirant sur sa cigarette. Ils n'ont pas fait de mal à âme qui vive. Je n'ai connu oncle Jossi que déjà vieux mais il a toujours été gentil avec moi. Il n'oubliait jamais de m'apporter un cadeau. Elle sourit, rêveuse : Berti, tu te souviens de la selle de gaucho ? demanda-t-elle à son frère qui marqua sa réprobation en entendant ce diminutif enfantin. Je crois que j'avais huit ou neuf ans et je pouvais à peine la soulever. Et mon poney devait croire…

— Tu avais dix ans, corrigea Kaltensee affectueusement. Et le premier qui t'a porté sur la selle à travers le salon, c'est moi.

— C'est vrai. Mon grand frère faisait toujours tout ce que je voulais.

L'accent était mis sur "tout". Elle souffla la fumée de sa cigarette par le nez et adressa à Bodenstein un sourire où il lut plus que de la curiosité. Cela réveilla malgré lui son désir.

— En général, ajouta-t-elle, c'est l'effet que je fais sur les hommes.

— Jossi Goldberg était un homme très gentil, dit à son tour Siegbert qui, son verre de bourbon à la main, se rapprocha de sa sœur.

La sœur et le frère se mirent à parler de Goldberg et de Schneider et à les décrire tout autrement qu'Elard ne l'avait fait. Tout paraissait très naturel et cependant Bodenstein avait l'impression d'assister à une pièce de théâtre.

— Herrmann et sa femme étaient des gens très affectueux, dit Jutta Kaltensee en écrasant sa cigarette dans un cendrier. Vraiment. Je les aimais beaucoup. Anita je ne l'ai connue qu'à la fin des années 1980. J'ai été très étonnée quand mon père lui a offert des parts de la société. Mais à part ça, je n'ai pas grand-chose à dire sur elle.

Elle se leva.

— Anita était la plus vieille amie de ma mère, reprit Siegbert Kaltensee. Elles se connaissaient déjà petites filles et elles sont toujours restées en contact, même quand Anita vivait à l'Est, avant la chute du Mur.

— Ah, dit Bodenstein en prenant une des photos encadrées et en l'observant pensivement.

— La photo de mariage de mes parents, dit Jutta qui s'était approchée et qui avait pris un autre cadre. Et là… Berti, tu savais que maman avait fait encadrer cette photo ?

Elle eut un sourire amusé et son frère le lui rendit.

— C'était après le bac d'Elard, expliqua-t-il. Je déteste cette photo.

Bodenstein comprenait pourquoi. Sur ce cliché, Elard Kaltensee avait environ dix-huit ans. Il était grand, mince et très beau dans le genre ombrageux. Son jeune frère, avec ses cheveux filasse et ses grosses joues, ressemblait à un gros porcelet.

— Là, c'est à mon seizième anniversaire, dit Jutta en tapotant une autre photo et en jetant à Bodenstein un regard en coin. Mince et frêle. Maman m'a traînée une fois chez le médecin, car elle croyait que j'étais anorexique. Maintenant je ne risque plus de l'être.

Elle se passa les deux mains sur les hanches auxquelles Bodenstein ne trouvait rien à redire et éclata de rire. Il comprit, décontenancé, qu'elle avait fait ce geste, apparemment anodin, pour attirer son attention sur son corps, comme si elle savait ce qu'il imaginait en la regardant. Pendant que Bodenstein se demandait si elle l'avait fait exprès, elle lui montra une autre photo : Jutta et une jeune femme aux cheveux noirs, toutes deux la vingtaine, rayonnantes devant l'appareil.

— Ma meilleure amie, Katharina, expliqua-t-elle. Kati et moi étions à Rome. Tout le monde nous appelait les jumelles parce que nous étions inséparables.

Bodenstein observa le cliché. L'amie de Jutta ressemblait à un mannequin. A côté d'elle, Jutta n'était qu'une souris grise. Bodenstein indiqua une autre photo où l'on voyait Jutta avec un homme à peu près du même âge.

— Qui est-ce à côté de vous ?

— Robert, répondit Jutta qui était si proche de lui qu'il pouvait sentir son parfum mêlé à un soupçon de fumée de cigarette. Nous avons exactement le même âge. Ça vexait beaucoup maman.

— Pourquoi ?

— Réfléchissez, dit-elle et son visage était si proche qu'il pouvait distinguer les mouchetures noires de ses yeux bleus. Ma mère et l'autre femme sont tombées enceintes presque le même jour.

La révélation crue de ces faits pourtant intimes embarrassa Bodenstein. Elle parut le remarquer et sourit méchamment.

— J'attribue au moins le premier des crimes à Robert, laissa tomber Siegbert du fond de la pièce. Je sais qu'il a continué à taper maman et ses amis, même après qu'il a été jeté à la porte.

Jutta reposa la photo.

— Il est complètement dans la débine, confirma-t-elle d'un air navré. Il n'a même pas un toit sur la tête depuis qu'il est sorti de prison. C'est si triste que ce soit allé si loin avec lui, il avait pourtant toutes ses chances.

— Quand lui avez-vous parlé pour la dernière fois ? demanda Bodenstein.

Le frère et la sœur se regardèrent d'un air pensif.

— Il y a pas mal de temps, répondit enfin Jutta. Je crois que c'était pendant ma dernière campagne électorale. Nous avions un stand dans la zone piétonne de Bad Soden et il a surgi soudain devant moi. D'abord je ne l'ai pas reconnu.

— Il devait vouloir de l'argent ? dit Siegbert avec un reniflement méprisant. Avec lui, c'était toujours de l'argent, de l'argent, de l'argent. Je ne l'ai plus jamais vu depuis qu'il a été jeté dehors. Je pense qu'il a compris qu'il n'y avait rien à tirer de moi.

— On nous a retiré l'enquête sur le meurtre de Goldberg, dit alors Bodenstein. Et aujourd'hui l'appartement de Mme Frings a été littéralement vidé avant que nous ayons eu le temps de l'inspecter.

Les deux Kaltensee se regardèrent, visiblement déstabilisés par le changement de sujet.

— Pourquoi l'aurait-on vidé ? demanda Siegbert.

— J'ai l'impression que quelqu'un essaie d'entraver notre enquête.

— Mais pourquoi ?

— C'est toute la question. Je ne sais pas.

— Hum, fit Jutta d'un air pensif. Anita n'était pas riche, mais elle avait des bijoux. C'est peut-être les gens de la maison de retraite. Anita n'avait pas d'enfant et ils le savaient certainement.

Bodenstein y avait déjà pensé. Mais on avait tout enlevé, sauf les meubles.

— Ce ne peut pas être un hasard qu'ils aient été tués tous les trois de la même façon, dit Jutta en poursuivant sa réflexion. Oncle Jossi avait certainement un passé mouvementé durant lequel il ne s'était pas fait que des amis. Mais oncle Herrmann ? Anita ? Je ne comprends pas.

— Que doit-on penser de ces chiffres que le meurtrier a laissés sur les trois lieux de crime : 1-6-1-4-5. Cela paraît être une indication. Mais laquelle ?

A cet instant la porte s'ouvrit, Jutta sursauta, effrayée, quand Moormann apparut sur le seuil.

— Vous ne pouvez pas frapper ? reprocha-t-elle avec hauteur à l'homme.

— Je vous prie de m'excuser, dit Moormann en saluant poliment Bodenstein de la tête, sa face chevaline toujours aussi inexpressive. Madame va plus mal. Je voulais prévenir Monsieur et Madame avant d'appeler les urgences.

— Merci Moormann, dit Siegbert. Nous montons immédiatement.

Moormann s'inclina et disparut.

— Excusez-moi, je vous prie.

Siegbert parut soudain très soucieux. Il sortit une carte de visite de la poche intérieure de sa veste et la tendit à Bodenstein.

— Si vous avez d'autres questions, appelez-moi.

— Transmettez à votre mère mes vœux de prompt rétablissement.

— Merci. Tu viens Jutta ?

— Oui, tout de suite.

Elle attendit que son frère soit sorti puis elle tira avec des doigts fébriles une cigarette de son paquet.

— Il est affreux, ce Moormann ! dit-elle le visage très pâle en tirant une profonde bouffée. Il se glisse partout sans bruit et me fait chaque fois une peur bleue, ce vieil espion !

Bodenstein fut étonné. Jutta avait été élevée dans cette maison et depuis son enfance elle aurait dû être habituée à la discrétion du personnel. Ils traversèrent le hall vers la porte d'entrée.

— Il y a quelqu'un que vous devriez interroger, dit-elle en baissant la voix. Thomas Ritter, l'ancien assistant de ma mère. Je le crois capable de tout.

Bodenstein regagna sa voiture, pensif. Elard Kaltensee n'aimait ni sa mère ni ses frère et sœur qui opposaient tous les deux de la condescendance à son aversion. Pourquoi vivait-il au Mühlenhof ? Siegbert et Jutta s'étaient montrés polis et coopératifs et avaient répondu à ses questions sans hésitation, mais ils paraissaient peu surpris par le brutal assassinat des trois vieux que soi-disant ils aimaient tant. Bodenstein s'arrêta à côté de sa voiture. Il avait laissé passer quelque chose pendant la conversation, mais quoi ? Le crépuscule descendait, avec un sifflement l'arrosage automatique, auquel le gazon devait son vert velouté, se mit en marche. Et soudain cela lui revint. C'était quelque chose que Jutta avait dit incidemment mais qui pouvait être important.

SAMEDI 5 MAI 2007

Bodenstein regardait les bandes de papier collées que Pia venait de lui mettre dans les mains et écoutait, incrédule, les révélations de sa collègue. Ils étaient restés devant la porte de sa maison, derrière laquelle régnait une grande activité. Il ne pouvait pas se permettre un jour de congé dans cette phase de l'enquête, mais il aurait déclenché une grave crise familiale s'il était allé au commissariat le jour du baptême de sa fille.

— Nous devons absolument parler avec Vera Kaltensee, insista Pia. Elle doit nous en dire plus sur les trois morts. Est-ce que ça va continuer ?

Bodenstein acquiesça. Il se souvint qu'Elard Kaltensee avait dit : *Ma mère croit qu'elle pourrait être la prochaine.*

— Par ailleurs, je suis certaine que c'est elle qui a fait vider l'appartement de Mme Frings. J'aimerais savoir pourquoi.

— Peut-être que Mme Frings avait un secret comme Goldberg et Schneider, suggéra Bodenstein. Malheureusement nous pouvons oublier une conversation avec elle. J'ai téléphoné à sa fille et elle m'a dit que le médecin avait envoyé Vera dans une clinique. Elle souffre de dépression nerveuse et se trouve dans un service fermé.

— Foutaises. Ce n'est pas une femme à avoir une dépression nerveuse. Elle disparaît parce que ça devient trop chaud pour elle.

— Je ne suis pas sûr que Vera soit derrière tout ça, dit Bodenstein en se grattant pensivement la tête.

— Qui sinon ? Dans le cas de Goldberg, c'est peut-être son fils ou bien les services secrets américains qui ne voulaient pas que quelque chose soit rendu public. Mais pour cette vieille femme ? Qu'est-ce qu'elle pouvait bien avoir à cacher ?

— Peut-être que nous nous fourvoyons. Peut-être que la solution est beaucoup plus banale que ce que nous ne supposons. Ces chiffres, par exemple, sont peut-être une fausse piste, le meurtrier a pu les laisser pour nous égarer. Ostermann doit en trouver plus sur la KMF, la société des Kaltensee. Jutta a mentionné hier le fait que son père avait offert des parts à Anita Frings.

Après sa visite, il avait appelé Pia et lui avait résumé ce qu'il avait appris de contradictoire sur Goldberg et Schneider des Kaltensee. Cependant, il ne lui avait pas dit que Jutta l'avait appelé dans la soirée. Il ne savait que penser de ce coup de téléphone.

— Vous croyez qu'il s'agit d'argent ?

— Au sens large, peut-être, dit Bodenstein en haussant les épaules. Pour conclure, Jutta m'a conseillé de parler avec l'ancien assistant de sa mère. Nous devons en tenir compte, ne serait-ce que pour avoir un autre point de vue sur la famille Kaltensee.

— D'accord, acquiesça Pia. Je vais examiner ce qu'a laissé Schneider. Je trouverai peut-être quelque chose.

Elle allait s'en aller quand elle parut soudain se rappeler quelque chose. Elle sortit un petit paquet de sa poche et le tendit à Bodenstein.

— Pour Sophia, dit-elle en souriant. Avec les meilleurs vœux de la K11.

Toute la matinée, Pia se plongea dans la montagne de papiers et de documents qui avaient été rapportés de la maison de Schneider. Pendant ce temps, Ostermann, aidé par toutes les ressources de l'informatique, se penchait sur la société des Kaltensee, la KMF.

Il était presque midi quand Pia abandonna, frustrée.

— Ce type a archivé la moitié de l'administration des finances dans sa cave. Je me demande vraiment pourquoi !

— Possible que ces documents lui aient valu la fidèle amitié des Kaltensee et autres, murmura Ostermann.

— A quoi tu penses ? A du chantage ?

— Par exemple, dit Ostermann en enlevant ses lunettes et en se frottant les yeux. Ça pouvait être un moyen de pression. Pense seulement aux sommes versées par la KMF sur le compte en banque de Schneider.

— Je ne sais pas, dit Pia. En tout cas, je ne crois pas que ces documents aient été le mobile du crime.

Elle ferma brutalement un classeur et le jeta sur la pile des autres à ses pieds.

— Tu as trouvé quelque chose ?

— Une foule de choses, dit Ostermann en coinçant une branche de lunettes entre ses dents et en fouillant dans une montagne de papiers jusqu'à ce qu'il ait trouvé la bonne feuille. La KFM est une société mondialisée avec trois mille salariés, présente dans cent soixante-trois pays et comportant environ trente usines. Le PDG en est Siegbert Kaltensee. Dans le consortium, il détient quarante pour cent du capital propre.

— Qu'est-ce qu'ils produisent ?

— Des boudineuses pour l'industrie de l'aluminium. Le fondateur de la firme a inventé cette presse dans laquelle on profile l'aluminium. La KFM a le brevet pour cette machine et toutes les nouvelles découvertes afférentes. Environ une centaine. Ça semble être une affaire prospère. Il se leva : J'ai faim. Tu veux que je t'apporte un kebab ?

— Oui, ce serait super.

Pia s'attaqua au carton suivant. Les collègues des empreintes l'avaient étiqueté "contenu de l'armoire, bas, gauche" et il contenait quelques boîtes à chaussures qui avaient été liées avec une ficelle. Dans la première se trouvaient des souvenirs de voyage, des cartes d'embarquement pour une croisière, des cartes postales aux sujets exotiques, un billet pour un spectacle de danse, des menus, des invitations à des baptêmes, des mariages, des anniversaires, des enterrements et autres souvenirs qui n'avaient de valeur que pour Schneider. Le deuxième carton contenait des lettres manuscrites soigneusement liées. Pia coupa la bande et en sortit une. Elle avait été écrite le 14 mars 1941. *Cher fils* – Pia avait du mal à déchiffrer l'écriture démodée –, *nous espérons et prions chaque jour que tu ailles bien, que tu restes en bonne santé et que tu nous écrives. Ici tout est aussi paisible qu'avant, tout suit son cours habituel et on pourrait à peine croire que c'est la guerre !* Suivaient des nouvelles sur les amis et les voisins et des incidents qui pouvaient intéresser le destinataire de la lettre. Elle était signée, *maman*. Pia tira au hasard des lettres du tas. La mère de Schneider avait été une correspondante assidue. Une des lettres était encore dans son enveloppe. L'expéditrice était une Käthe Kallweit de Steinort, canton d'Angerburg. Pia regarda l'enveloppe. Elle était adressée à Hans Kallweit. Les lettres ne venaient donc pas de la mère de Schneider ! Mais alors pourquoi les avait-il conservées ? Un souvenir confus effleura son esprit, sans qu'elle parvienne à le retrouver. Elle se remit à lire. Ostermann revint avec un kebab à la viande et au fromage de chèvre qu'il posa sur le bureau de Pia sans la déranger. Puis il se mit à manger et bientôt la pièce devint aussi odorante qu'un restaurant turc.

Le 26 janvier 1941, Käthe Kallweit écrivait à son fils... *l'intendant du château a dit à ton père qu'une aile tout entière avait été réquisitionnée pour Ribbentrop et ses gens. Il a dit que ça avait à voir avec le chantier d'Askania à Görlitz...* Suivait un passage barré par la censure... *ton ami Oskar est venu nous voir et t'envoie son salut. Il a dit qu'à présent il aurait à faire dans la région et qu'il viendrait nous voir plus souvent...*

Pia s'arrêta. Vera Kaltensee avait affirmé que Schneider était un vieil ami de son défunt mari, mais Elard Kaltensee avait dit : "Alors c'est vrai", et sa mère lui avait jeté un drôle de regard. Et la grand-mère de Miriam croyait se souvenir que le faux Goldberg s'appelait avant Otto ou Oskar.

— Alors ces lettres ? s'informa Ostermann tout en mastiquant.

Pia s'attaqua à une des dernières lettres.

... *ton ami Oskar est venu nous voir*, lut-elle. Son cœur se mit à battre. Approchait-elle du secret ?

— Herrmann Schneider a récupéré aux moins deux cents lettres d'une Käthe Kallweit de Prusse-Orientale et je me demande pourquoi, dit-elle en se frottant pensivement le nez. Il est soi-disant né à Wuppertal et c'est là qu'il est allé à l'école, mais ces lettres viennent de Prusse.

— Qu'est-ce que tu en penses ?

Ostermann s'essuya la bouche d'un revers de main tout en cherchant un rouleau de sopalin dans le tiroir de son bureau.

— Que Schneider vivait lui aussi sous une fausse identité. Le faux Goldberg s'appelait en réalité Oskar et était élève à la SS-Junkerschule de Bad Tölz. Et cet Oskar était ami avec Hans Kallweit, né à Steinort, en Prusse-Orientale, dont nous avons trouvé la correspondance dans l'armoire de Schneider.

Elle ouvrit son ordinateur. Elle entra dans Google les mots qu'elle avait trouvés dans les lettres : Prusse-Orientale et Steinort,

Ribbentrop et Askania et trouva une page d'information sur l'ancienne Prusse-Orientale. Pendant presque une heure, elle se plongea dans l'histoire et la géographie d'un pays perdu pour l'Allemagne et constata avec honte combien ses connaissances sur le récent passé allemand étaient rudimentaires. Le chantier de la Wolfsschanze, le quartier général de Hitler à l'Est avait comme nom de camouflage "Chemische Werke Askania", et aucun habitant ne pouvait imaginer ce qui se déroulait dans l'épaisse forêt de Mazurie peu éloignée du village de Görlitz. En effet, pendant l'été 1941, lorsque Hitler s'était installé à la Wolfsschanze, le ministre de l'Intérieur von Ribbentrop avait réquisitionné une aile du château de la famille Lehndorff pour lui et ses hommes. Käthe Kallweit avait eu des relations avec le château – il est possible qu'elle y ait travaillé comme femme de chambre – et, dans ses lettres, elle racontait à son fils les nouvelles et les commérages du jour. Involontairement, Pia frissonna en imaginant, il y avait soixante-cinq ans de cela, la femme assise à la table de sa cuisine en train d'écrire à son fils au front. Elle nota quelques mots clefs et ses sources d'informations sur Internet puis elle prit son téléphone et appela Miriam sur son portable.

— Comment je peux me procurer les noms de soldats tombés pendant la dernière guerre ? demanda-t-elle après avoir brièvement salué son amie.

— Par exemple par les cimetières militaires, répondit Miriam. Qu'est-ce que tu cherches exactement ? Mais je dois t'avertir. Notre appel pourrait te coûter cher. Depuis hier soir, je suis en Pologne.

— Comment ça ? Qu'est-ce que tu fais là-bas ?

— Cette histoire de Goldberg a éveillé ma curiosité. J'ai eu envie de fouiller un peu dans un certain endroit.

Pia resta sans voix.

— Et il s'appelle comment ?

— Je suis à Wegorzewo, dit Miriam, l'ancien Angerburg, au bord du lac Mauer. Le vrai Goldberg est né ici. C'est l'avantage de parler polonais. Le bourgmestre m'a ouvert lui-même les archives.

— Tu es folle, dit Pia en retenant un sourire. Tous ces efforts. Et merci pour le tuyau.

Elle navigua sur Internet jusqu'à une page ayant pour titre "Les victimes de la Seconde Guerre mondiale". Elle trouva une entrée pour "Recherche de tombes". Elle entra le nom de Herrmann Schneider ainsi que le lieu et la date de sa naissance. Quelques secondes plus tard, elle lut avec stupéfaction que Herrmann Ludwig Schneider, né le 2 mars 1921 à Wuppertal, croix de guerre, lieutenant et capitaine de la 6ᵉ escadre de chasse, était tombé le 24 décembre 1944 dans le combat aérien de Hausen-Oberaula. Il pilotait un Focke-Wulf FW 190A-8 et sa dépouille mortelle reposait dans le cimetière de Wuppertal.

— Ce n'est pas croyable, s'écria-t-elle et elle raconta à Ostermann ce qu'elle venait de trouver. Le vrai Herrmann Schneider est mort depuis cinquante-trois ans.

— Herrmann Schneider est un pseudonyme idéal. Un nom courant, dit Ostermann en fronçant les sourcils. Si je voulais me fabriquer une fausse identité, je chercherais un nom aussi peu voyant que possible.

— Bien sûr, mais comment notre Schneider est-il tombé sur les dates du vrai Schneider ?

— Peut-être qu'ils se sont connus, qu'ils servaient dans la même unité. Quand notre Schneider a eu besoin après la guerre d'une nouvelle identité, il s'est souvenu de son ami tombé au combat et il a pris sa place.

— Et la famille du vrai Schneider ?

— Ils avaient depuis longtemps enterré leur Schneider et pour eux c'était terminé.

— Mais c'est si facile de le découvrir. Je l'ai découvert en quelques secondes.

— Il faut te reporter à cette époque, répondit Ostermann. La guerre était finie et le chaos régnait. Un homme en civil se présente sans papier au bureau des troupes d'occupation en affirmant qu'il s'appelle Herrmann Schneider. Peut-être même qu'il s'était procuré le livret militaire du vrai Herrmann. Qui sait ? Il y a soixante ans, on ne pouvait pas prévoir qu'on pourrait un jour trouver sur un ordinateur en quelques secondes des choses qui auraient nécessité auparavant un détective, beaucoup de chance, de temps et d'argent. Moi aussi, j'aurais pris l'identité de quelqu'un que je connaissais, sur lequel je savais quelque chose. Pour éviter un piège. D'ailleurs, j'aurais fait attention de me tenir éloigné de la vie publique. C'était le cas de Schneider. Il s'est efforcé de passer inaperçu toute sa vie.

— Incroyable. Pia revint à ses notes. Maintenant, il faut chercher un Hans Kallweit de Steinort en Prusse-Orientale. Steinort est tout près d'Angerburg, d'où est originaire Goldberg. Et si notre théorie est bonne, le faux Goldberg – Oskar – devait connaître le vrai.

— Juste, dit Ostermann en jetant un regard oblique sur le kebab froid. Tu ne le manges pas ?

— Non. Tu le veux ?

Ostermann ne se le fit pas dire deux fois. Pia s'était déjà replongée dans Internet. Anita et Vera avaient été amies, le faux Schneider – Hans Kallweit – et le faux Goldberg – Oskar – aussi, trois minutes plus tard elle avait sur l'écran une courte biographie de Vera Kaltensee.

Née le 14 juillet 1922 à Lauenburg am Dobensee, canton d'Angerburg, lut-elle. *Parents : le comte Heinrich Elard von Zeydlitz-Lauenburg et son épouse Hertha née von Pape. Sœur de Heinrich (1898-1917), Meinhard (1899-1917) et Elard (1917) disparu depuis 1945. En janvier 1945, elle s'enfuit. Les autres membres de la famille sont morts lors d'une offensive russe en fuyant Lauenburg.*

Elle ouvrit de nouveau la page sur la Prusse-Orientale, cliqua sur Lauenburg et trouva un renvoi sur un minuscule endroit du nom de Doba am Dobensee, dans la proximité duquel se trouvaient les ruines de l'ancien château de la famille Zeydlitz-Lauenburg.

— Vera Kaltensee et Anita Frings viennent du même coin de Prusse-Orientale que le faux Goldberg et le faux Schneider. A mon avis, tous se connaissaient d'avant.

— Possible, dit Ostermann en s'accoudant sur le bureau et en regardant Pia, mais pourquoi en auraient-ils fait un secret ?

— Bonne question, dit Pia en mordillant son stylo-bille.

Elle réfléchit puis attrapa de nouveau son portable et rappela Miriam. L'amie répondit quelques secondes plus tard.

— Tu as quelque chose pour écrire ? demanda Pia. Puisque tu es sur place, cherche aussi un Hans Kallweit de Steinort et une Anita Maria Willumat.

La Maison des arts, un des lieux éminents de l'art contemporain national et international, se trouve dans le centre historique de Francfort, directement sur la Römerberg. Pia constatait combien son 4x4 était incommode en ville, un samedi après-midi. Les parkings qui entouraient la Römer étaient pleins et trouver un créneau pour garer une grosse Nissan était hors de question. Finalement elle s'arrêta devant l'hôtel de ville. Il ne fallut qu'une minute pour que deux femmes agents de police zélées surgissent et lui ordonnent de partir. Pia descendit et leur montra sa carte d'identité et son insigne de la Kripo.

— Il est authentique ? demanda l'une des deux avec méfiance.

Pia crut qu'elle allait mordre dans l'insigne pour vérifier s'il n'était pas en chocolat.

— Naturellement qu'il est authentique, dit-elle avec impatience.

— Vous croyez qu'ici vous pouvez tout vous permettre ! dit l'agent de police en lui rendant sa carte et son insigne. Avec tous ceux que nous avons confisqués, nous pourrions ouvrir un musée.

— Je ne resterai pas longtemps, promit Pia en se dirigeant vers la Maison des arts qui bien entendu, un samedi après-midi, était ouverte.

Personnellement, elle n'appréciait pas beaucoup l'art contemporain et elle était étonnée du nombre de gens, qui se pressaient dans le foyer, les salles d'exposition et l'escalier, pour admirer un peintre chilien dont elle n'avait jamais entendu parler. La cafétéria du rez-de-chaussée était bondée, elle aussi. Pia regarda autour d'elle et eut l'impression d'être une vraie béotienne. Aucun des artistes qui figuraient sur les prospectus ou les affiches ne lui était connu et elle se demanda ce que tous ces gens pouvaient bien voir dans toutes ces taches et ces raies.

Elle demanda à la jeune femme de l'accueil d'informer le Pr Kaltensee qu'elle était là et patienta en feuilletant le programme du musée. Hormis le prétendu "art contemporain" sous toutes ses formes, la fondation Eugen-Kaltensee soutenait et encourageait du moins de jeunes et talentueux comédiens et musiciens. A l'étage, se trouvaient une salle de concert, des ateliers et des studios où des artistes locaux et étrangers pouvaient résider un certain temps. Etant donné la réputation du Pr Kaltensee, il s'agissait surtout de jeunes artistes féminines dont le physique plaisait au directeur de la Maison des arts de Francfort. Alors qu'elle se disait cela, elle vit Elard Kaltensee descendre l'escalier. Au Mühlenhof, l'homme ne lui avait pas fait d'impression particulière, mais aujourd'hui il paraissait entièrement différent. Tout de noir vêtu, comme un prêtre ou un magicien, il avait une silhouette austère et impressionnante devant laquelle la foule s'écartait avec respect.

— Bonjour, madame Kirchhoff, dit-il en lui tendant la main sans sourire. Pardon de vous avoir fait attendre.

— Cela ne fait rien. Merci d'avoir trouvé un moment pour moi, répondit Pia.

Vu de près, Elard Kaltensee paraissait épuisé. Ses yeux rougis étaient bordés de cernes sombres et sa barbe de trois jours couvrait des joues creuses. Pia eut l'impression qu'il s'était habillé pour un rôle qui ne lui convenait plus.

— Venez, dit-il, allons chez moi.

Pleine de curiosité, elle monta derrière lui les marches grinçantes jusqu'au quatrième étage. Dans la bonne société de Francfort, les rumeurs les plus débridées couraient depuis des années sur cet appartement sous les toits. Ici avaient lieu des soirées de débauche, se chuchotait-on à l'oreille, des orgies d'alcool et de coke avec les célébrités de l'art et de la politique de la ville. Kaltensee ouvrit la porte et laissa poliment passer Pia. A ce moment, son portable sonna.

— Excusez-moi, dit-il en reculant dans l'escalier. J'arrive tout de suite.

Dans l'appartement régnait un demi-jour. Pia observa la grande pièce avec ses poutres et son parquet patiné. Devant les baies se trouvait un bureau d'acajou sombre très encombré. Sur toutes les surfaces disponibles s'amoncelaient des livres et des catalogues. Dans un coin, une cheminée ouvrait une gueule noircie par la suie devant laquelle étaient placés un canapé de cuir et une table basse en bois. Les murs paraissaient récemment repeints, ils étaient gris pâle et vides à l'exception de deux photos surdimensionnées dont l'une montrait le dos assez appétissant d'un homme nu et l'autre un œil et une bouche, un nez et un menton entre des doigts écartés.

Pia fit le tour de la pièce. Le parquet en chêne massif craquait sous ses pas. La porte vitrée de la cuisine donnait sur un balcon. La salle de bains était toute blanche, des traces de pas humide se voyaient sur le sol. Une serviette utilisée était posée à côté de la douche, un jean avait été jeté à terre, près d'un flacon d'après-rasage. Pia se demanda si elle avait dérangé la petite sieste d'Elard Kaltensee avec une étudiante en art, car le jean n'était pas à sa taille.

Elle ne put résister à la tentation et jeta un regard curieux dans la pièce attenante qui n'était séparée que par un lourd rideau de velours. Elle vit un large lit bouleversé, et une tringle où étaient suspendus des vêtements exclusivement noirs. Un bouddha servait de pied à une table de verre sur laquelle un bouquet de roses se fanait dans un rafraîchissoir à champagne en argent. Leur parfum lourd et suave planait dans l'air. A côté du lit, un chandelier de bronze à plusieurs bras était posé sur une vieille cantine. Les bougies, en fondant, avaient dessiné une grotesque figure de cire sur le parquet. Pas vraiment le nid d'amour auquel s'attendait Pia. Elle eut une poussée d'adrénaline quand son regard tomba sur un pistolet posé sur la table de nuit. Retenant son souffle, elle osa s'avancer et se pencher sur le lit. Au moment où elle allait saisir le pistolet, elle perçut un mouvement derrière elle. De frayeur, elle perdit l'équilibre et tomba sur le lit. Devant elle, se tenait Elard Kaltensee qui la toisait avec une lueur singulière dans les yeux.

Elle sentit qu'il avait bu, et pas qu'un peu. Mais avant que Marleen ait pu dire quoi que ce soit, il prit son visage dans ses mains et lui ferma la bouche d'un baiser si passionné que ses genoux flageolèrent. Ses mains se glissèrent sous sa blouse, dégrafèrent son soutien-gorge et lui empoignèrent les seins.
— Seigneur, je suis fou de toi, lui souffla Thomas d'une voix rauque.
Il la poussa vers le lit, le cœur lui battait jusque dans le cou. Tout en plongeant son regard dans ses yeux, il ouvrit la fermeture Eclair et laissa tomber son pantalon puis il se jeta sur elle, l'écrasant de tout son poids. Il pressa son sexe sur elle et immédiatement elle réagit à son désir. Des ondes d'excitation la parcoururent et, même si dans l'après-midi elle avait imaginé quelque chose de tout autre, cela commençait à lui plaire. Marleen Ritter envoya promener ses chaussures et s'extirpa impatiemment de son jean sans interrompre le baiser. Il lui traversa l'esprit qu'elle avait mis justement aujourd'hui un de ces hideux pyjamas tue-l'amour, mais son mari ne parut même pas le remarquer. Elle gémit et ferma les yeux quand il la pénétra sans tendresse. Ça ne pouvait pas toujours être du pur romantisme avec dîner aux chandelles et vin rouge…

— Déçue ?

Elard Kaltensee se dirigea vers un petit bar dans un coin de la pièce et prit deux verres sur une étagère. Pia se tourna vers lui. Elle était contente qu'il l'ait tirée sans commentaire de sa situation ridicule et qu'il ne se soit pas offusqué de son furetage indiscret. Le vieux pistolet de duel qu'il lui avait mis dans la main était vraiment une belle pièce et un vrai objet de collection. Mais il ne s'agissait certainement pas d'une arme qui aurait pu tuer trois hommes récemment.

— Pourquoi je serais déçue ? demanda Pia.

— Je sais tout ce qu'on raconte sur cet appartement, répliqua-t-il en lui indiquant de la main le canapé de cuir. Vous voulez boire quelque chose ?

— Qu'est-ce que vous buvez ?

— Du Coca-Cola light.

— Alors la même chose pour moi.

Il ouvrit un petit réfrigérateur, sortit une bouteille de Coca et remplit deux verres qu'il posa sur la table basse. Il s'assit en face d'elle.

— Ces légendaires soirées ont vraiment existé ?

— Il y a eu beaucoup de soirées mais pas du tout les orgies qu'on colporte. La dernière a eu lieu à la fin des années 1980, répondit-il. Ensuite tout cela m'a ennuyé. Finalement je suis un petit-bourgeois qui aime passer ses soirées devant la télévision avec un verre de vin rouge et aller au lit à dix heures.

— Je croyais que vous habitiez au Mühlenhof.

— Vivre ici n'était plus possible, dit Kaltensee en contemplant pensivement ses mains. Tous ceux qui pensent appartenir au milieu des arts à Francfort se croient autorisés à m'assiéger. J'en ai eu assez de tout ce cirque, de ces gens qui me harcèlent. Soudain je les ai pris en horreur, ces collectionneurs ignares qui font les importants, ces experts autoproclamés qui achètent comme des possédés ce dont on parle et déboursent pour cela des sommes indécentes. Mais je trouve encore pire les artistes hâbleurs, sans talent, incapables de vivre, avec leur ego surdimensionné, leur vision du monde démente et une compréhension de l'art diffuse, et qui me poursuivent nuit et jour pour me persuader qu'eux seuls sont dignes d'une subvention ou d'une bourse. Il y en a un sur mille qui mérite vraiment d'être soutenu. Il émit un bruit qui pouvait aussi bien être un soupir qu'un rire : Ils s'imaginent que je suis disposé à discuter jusqu'à l'aube avec eux, mais au contraire de cette engeance je dois faire mon cours à l'université à huit heures. C'est pour cela que je me suis réfugié au Mühlenhof depuis trois ans.

Il y eut un silence. Kaltensee toussota.

— Mais vous n'êtes pas venue pour entendre cela, dit-il sur un ton officiel. Comment puis-je vous aider ?

— Il s'agit de Herrmann Schneider, dit Pia en tirant son bloc-notes. Nous sommes en train d'examiner les papiers qu'il a laissés et nous sommes tombés sur des choses troublantes. Il semblerait que Goldberg n'ait pas été le seul à avoir changé d'identité après la guerre, Schneider aussi. En réalité il n'est pas originaire de Wuppertal mais de Steinort, en Prusse-Orientale.

— Ah oui.

Si Kaltensee était étonné il n'en laissait rien paraître.

— Quand votre mère nous a raconté que Schneider était un ami de son défunt mari, vous avez réagi en disant : "Alors c'est vrai." Mais j'ai eu l'impression que vous vouliez dire autre chose.

Elard Kaltensee fronça les sourcils.

— Vous êtes une bonne observatrice.

— C'est une qualité indispensable dans mon métier.

Kaltensee but une gorgée de Coca.

— Dans la famille, il y a beaucoup de secrets. Ma mère les garde pour elle. Par exemple, elle refuse de me dire le nom de mon véritable père et, ce qui m'irrite parfois, ma véritable date de naissance.

— Pourquoi croyez-vous qu'elle fasse ça ? dit Pia étonnée.

Kaltensee se pencha et posa les coudes sur ses genoux.

— J'arrive à me rappeler des choses, des endroits et des gens dont je ne devrais pas me souvenir. Et ce n'est pas parce que j'ai des capacités suprasensibles mais parce que j'avais plus de seize mois quand nous avons dû quitter la Prusse.

Il se frotta pensivement les joues, les yeux dans le vague. Pia ne dit rien, attentive à ne pas l'interrompre.

— Pendant cinquante ans, je ne me suis pas beaucoup soucié de mes origines, dit-il après un moment. Je m'étais résigné à n'avoir ni père ni patrie. C'est le cas pour beaucoup d'hommes et de femmes de ma génération. Les pères sont morts à la guerre, les familles ont été séparées et obligées de fuir. Mon sort n'était pas unique. Mais, un jour, j'ai reçu une invitation pour un séminaire de l'université de Cracovie qui est jumelée avec la nôtre. Je n'avais rien contre et j'y suis allé. Pendant un week-end, avec un collègue je suis allé à Olsztyn, l'ancien Allenstein, pour visiter une université récemment créée. Jusqu'ici je m'étais senti en Pologne comme un touriste mais soudain... soudain j'ai eu comme la certitude d'avoir déjà vu ce pont et cette église. Je me souvenais que cela avait dû être en hiver. J'ai décidé alors de louer une voiture et, d'Olsztyn, j'ai pris la direction de l'Est. C'était... Il s'interrompit, secoua la tête et reprit sa respiration : Comme si je ne l'avais jamais quitté.

— Pourquoi ?

Elard Kaltensee se leva et alla à la fenêtre. Quand il se remit à parler, sa voix était amère.

— A cette époque de ma vie j'étais un homme comblé, j'avais deux enfants bien élevés, des liaisons occasionnelles et un métier absorbant. Je croyais savoir qui j'étais et à quel milieu j'appartenais. Mais après ce voyage, rien n'a plus été comme avant. J'avais l'impression, dans les domaines importants de ma vie, de me cogner à l'obscurité. Malgré cela, je ne me suis jamais risqué à chercher sérieusement. Aujourd'hui je pense que j'avais simplement peur d'apprendre des choses qui me détruiraient.

— Quoi par exemple ? demanda Pia.

Kaltensee se tourna vers elle et, sans y être préparée, elle fut frappée de lire sur son visage l'expression cachée d'une âme torturée. Il était plus fragile qu'il ne paraissait à l'extérieur.

— Je présume que vous savez qui sont vos parents et vos grands-parents, dit-il. Vous avez souvent entendu la phrase : Elle tient de son père, ou de sa mère, ou de sa grand-mère ou de son grand-père. Je n'ai pas raison ?

Pia acquiesça, étonnée par cette soudaine familiarité.

— *Moi*, je ne l'ai jamais entendue. Pourquoi ? Ma première hypothèse fut que ma mère avait peut-être été violée comme beaucoup de femmes à cette époque. Mais ce n'était pas une raison de ne pas me parler de mes origines. Ensuite j'ai eu un soupçon pire. Peut-être que mon géniteur était un nazi qui avait des crimes épouvantables sur la conscience. Ma mère avait peut-être couché avec un type en uniforme noir de SS qui, une heure avant, avait torturé des innocents avant de les exécuter.

Elard Kaltensee parlait rageusement, presque en criant, et Pia commença à s'alarmer, car maintenant il était debout devant elle. Elle s'était trouvée une fois seule avec un homme qui s'était révélé être un psychopathe. La façade de politesse distante avait craqué, les yeux de Kaltensee brillaient comme s'il avait de la fièvre et il serrait les poings.

— Il n'y a pour moi aucune autre explication à son silence ! Comprenez-vous, ne serait-ce qu'un instant, combien cette pensée, cette incertitude sur mes origines me ronge jour et nuit ? Plus je réfléchis et plus je sens clairement cette... cette zone d'ombre en moi, qui me force à faire des choses qu'un homme équilibré ne ferait pas ! Et je me demande pourquoi. D'où viennent cette exigence, cette nostalgie ? Quels gènes je possède donc ? Ceux d'un *serial killer* ou d'un violeur ? Serait-ce différent si j'avais été élevé dans une vraie famille, par un père et une mère qui m'auraient aimé avec mes forces et mes faiblesses ? Je ne comprends que maintenant ce qui m'a manqué. Je sens cet inguérissable déchirement, cette ombre qui traverse toute ma vie ! Ils m'ont volé mes racines et ils ont fait de moi un lâche qui n'a pas osé se poser des questions.

Il pressa ses doigts sur sa bouche, retourna à la fenêtre, s'agrippa au rebord et posa son front sur la vitre. Pia se tenait raide comme un bâton sur son siège, muette. On percevait un tel dégoût de soi, un tel désespoir dans chacun de ces mots !

— Je les *hais* pour ce qu'ils m'ont fait, continua-t-il d'une voix oppressée. Oui, parfois je les hais tellement que je pourrais les tuer !

Ces mots firent retentir en Pia une sonnette d'alarme. Kaltensee se comportait plus que bizarrement. Etait-il possible qu'il fût psychopathe ? Sinon, un homme pouvait-il se laisser aller au point d'avouer ouvertement à une policière des désirs de meurtre ?

— A qui faites-vous allusion ? demanda-t-elle.

Elle avait remarqué qu'il avait employé le pluriel. Kaltensee se retourna et la regarda comme s'il la voyait pour la première fois. Le regard fixe de ses yeux injectés de sang avait quelque chose de fou. Que faire s'il se jetait sur elle pour l'étrangler ? Par légèreté, elle avait laissé son arme de service chez elle et personne ne savait qu'elle était ici.

— A ceux qui sont au courant, répliqua-t-il.

— Et c'est qui ?

Il alla s'asseoir sur le divan. Il paraissait soudain avoir retrouvé la raison et il souriait comme si rien ne s'était passé.

— Vous n'avez pas bu votre Coca, remarqua-t-il en s'asseyant et en croisant les jambes. Voulez-vous des glaçons ?

Pia ne se laissa pas détourner.

— C'est qui, répéta-t-elle, bien que son cœur, persuadé qu'elle était assise en face d'un triple meurtrier, battît comme un fou.

— Quelle importance, répondit-il tranquillement en buvant son Coca. Maintenant, ils sont tous morts. Sauf ma mère.

Ce n'est que lorsqu'elle fut assise dans sa voiture que Pia s'aperçut qu'elle avait oublié de demander à Kaltensee la signification des chiffres suspects et qu'elle ne l'avait pas interrogé sur Robert Watkowiak. Elle s'était toujours vantée de connaître les hommes, mais avec Kaltensee elle s'était totalement fourvoyée. Elle l'avait pris pour un homme cultivé, désinvolte et charmant, en paix avec lui-même et avec le monde. Et elle n'était absolument pas préparée à affronter le sombre abîme de son déchirement intérieur. Pia ne savait pas ce qui l'avait le plus effrayée : la violence de sa sortie, la haine derrière ses paroles ou le brutal retour à une normalité sereine.

— Voulez-vous des glaçons ? murmura-t-elle. Je t'en foutrais !

Elle remarqua avec agacement, en passant les vitesses, que sa jambe tremblait. Elle alluma une cigarette et prit le Vieux Pont qui menait à Sachsenhausen. Peu à peu, elle retrouva son calme. Objectivement considéré, il était plausible qu'Elard Kaltensee ait tué les amis de sa mère, parce qu'ils refusaient de lui dire la vérité sur ses origines et qu'il les rendait responsables de son malheur. Après cette scène, elle en croyait l'homme capable. Il leur avait d'abord parlé calmement et objectivement puis il s'était déchaîné en comprenant qu'ils ne lui diraient rien. Anita Frings le connaissait bien, elle ne s'était pas méfiée quand il lui avait proposé de la pousser dans son fauteuil roulant en dehors de l'établissement. Goldberg et Schneider l'avaient eux aussi laissé entrer sans problème. Les chiffres 16145 avaient une signification aussi bien pour Elard Kaltensee que pour les trois autres. Il s'agissait probablement de la date de la fuite ! Oui, plus Pia réfléchissait, plus tout cela lui paraissait évident.

Elle revint à la Kripo en avançant au pas et gagna la Schweizer Platz par l'Oppenheimer-Landstrasse. Il s'était mis à pleuvoir, les essuie-glaces crissaient sur le pare-brise. Son portable sonna.

— Kirchhoff, dit-elle brièvement.
— Nous avons trouvé Robert Watkowiak dit la voix d'Ostermann. Ou plutôt son cadavre.

Marleen Ritter roula sur le côté, posa sa tête sur sa main et observa pensivement le visage de son mari endormi. Elle aurait dû être furieuse contre lui : il ne lui donnait aucun signe de vie pendant presque vingt-quatre heures puis il arrivait en empestant l'alcool, sans lui fournir la moindre explication. Mais elle n'arrivait pas à être furieuse contre lui, en tout cas pas maintenant qu'il était là, couché sur son lit, en train de ronfler de façon si attendrissante.

Elle observa tendrement la ligne pure de son profil, ses épais cheveux emmêlés et s'étonna une fois encore qu'un homme aussi beau et intelligent ait pu tomber amoureux d'elle. Thomas aurait pu avoir toutes les femmes qu'il voulait. Et pourtant c'est elle qu'il avait choisie, et cela la remplissait d'un chaud et profond sentiment de bonheur. Dans quelques mois le bébé serait là, ils formeraient une vraie famille et plus tard – elle en était sûre – grand-mère pardonnerait à Thomas. Ce qui s'était passé entre lui et sa grand-mère était la seule ombre à son bonheur, mais il ferait certainement en sorte que tout rentre dans l'ordre et il ne garderait pas rancune à Vera. Il remuait dans son sommeil et Marleen se pencha pour tirer la couverture sur son corps nu.

— Ne t'en va pas.

Il tendit la main vers elle, les yeux fermés. Marleen sourit. Elle se blottit contre lui et caressa ses joues râpeuses. Il se tourna avec un grognement et posa sur elle un bras lourd.

— Pardon de ne pas t'avoir prévenue, murmura-t-il d'une voix indistincte. Mais ces dernières vingt-quatre heures, j'ai appris des choses si incroyables que je vais devoir récrire tout mon manuscrit.

— Quel manuscrit ? demanda Marleen, étonnée.

Il resta muet un instant puis il ouvrit les yeux et la regarda.

— Je n'ai pas été très honnête avec toi, dit-il avec un sourire contrit. Peut-être parce que j'avais honte. Quand Vera m'a mis à la porte, il a été difficile pour moi de trouver un nouveau job. Et pour gagner un peu d'argent, je me suis mis à écrire des romans.

— Mais il n'y a rien de honteux là-dedans, répondit-elle.

Quand il souriait ainsi, il était simplement à croquer.

— Oui, bon, soupira-t-il en se grattant l'oreille, ce que j'ai publié ne mérite vraiment pas le Nobel. Juste six cents euros par manuscrit. J'ai pondu des romans de gare, des romans avec des médecins, des romans à l'eau de rose. Tu vois le genre.

Sur le moment, cela coupa la parole à Marleen, puis elle se mit à rire.

— Tu te moques de moi, dit Thomas vexé.

— Mais non ! dit-elle en l'enlaçant et en pouffant de rire. J'aime le Dr Stefan Frank ! Je l'ai peut-être déjà lu.

— Possible, dit-il en souriant jaune. J'écris sous pseudonyme.

— Tu me confieras lequel.

— Seulement si tu me mitonnes quelque chose. Je meurs de faim.

— Pia, tu peux t'en occuper ? dit Ostermann. Le chef est de baptême aujourd'hui.

— Bien sûr. Où ça s'est passé ? Qui l'a trouvé ?

Pia n'avait pas utilisé son gyrophare depuis une éternité, mais ces abrutis, derrière elle, ne la laissaient pas déboîter. Elle put enfin se dégager et appuya à fond sur l'accélérateur, forçant celui qui la suivait à freiner. Un concert de klaxons répondit à sa brutale manœuvre.

— Tu ne vas pas le croire, un agent immobilier ! Il voulait montrer une maison à un couple et il est tombé sur Watkowiak, mort. Pas vraiment un argument de vente.

— Très drôle. Après son aventure avec Elard Kaltensee, elle n'était pas d'humeur à plaisanter.

— L'agent immobilier dit que la maison était vide depuis des années. Watkowiak avait dû y pénétrer par effraction et l'utiliser comme abri. Elle est dans le vieux Königstein, 75 Hauptstrasse.

— Je suis déjà en route.

Quand elle eut dépassé la gare de Francfort, la circulation devint plus fluide. Pia mit un CD de Robbie Williams à propos duquel ses collègues faisaient des gorges chaudes, et aux sons de *Feel* elle dépassa le parc des expositions et prit l'autoroute. Ses goûts musicaux dépendaient fortement de son humeur. Excepté le jazz et le rap, elle aimait presque tout et sa collection de CD allait d'Abba, Beatles, Madonna, Meat Loaf, Shania Twain jusqu'à U2 et ZZ Top. Aujourd'hui, son humeur la portait vers Robbie. A Main-Taunus-Zentrum, elle prit la B8 et un quart d'heure après elle était à Königstein. Elle connaissait les ruelles tortueuses de la vieille ville de ses années d'école et elle n'eut pas besoin de demander son chemin. Dès qu'elle déboucha sur la Kirchstrasse, elle aperçut au bout de la rue deux voitures de police et une ambulance. La maison était au numéro 75, entre une boutique de mode et un kiosque de loterie. Elle était vide depuis des années. Avec ses fenêtres et sa porte condamnées, son crépi écaillé et son toit en mauvais état, elle faisait tache au cœur de Königstein. L'agent immobilier, la trentaine bronzée, cheveux coiffés au gel et souliers vernis, incarnait de façon presque caricaturale le cliché de sa profession. Il s'était mis à pleuvoir et Pia rabattit la capuche de son sweat.

— J'avais trouvé des gens intéressés, mais maintenant ! La femme s'est presque évanouie quand elle a vu le cadavre !

— Vous auriez peut-être pu venir voir avant. A qui appartient la maison ?

— A une cliente d'ici, de Königstein.

— J'aimerais avoir son nom et son adresse. Mais vous préférez peut-être informer vous-même votre cliente de l'échec de la visite.

L'agent immobilier perçut le sarcasme dans sa voix et lui jeta un regard noir. Il sortit de sa sacoche un portable, tapota sur son clavier et nota le nom et l'adresse de la propriétaire au dos d'une carte de visite. Pia empocha la carte et examina la cour autour d'elle. Le terrain était plus grand qu'il n'y paraissait à première vue, et dans le fond il était mitoyen du parc de cure. La clôture pourrie était bien incapable d'empêcher les maraudeurs d'entrer. Devant la porte du jardin se tenait un collègue en uniforme. Pia le salua de la tête et entra dans la maison après avoir renvoyé l'agent immobilier. A l'intérieur, la maison était en meilleur état qu'à l'extérieur.

— Bonjour, madame Kirchhoff, dit le légiste qui remballait déjà ses affaires. A première vue, un suicide par inadvertance. Il a avalé la moitié d'une pharmacie et au moins une bouteille de vodka, dit-il en le montrant de la tête.

— Merci.

Pia passa devant lui et salua les policiers présents. La pièce aux lattes de parquet rompues était obscure à cause des volets cloués – et entièrement vide. Elle sentait l'urine, le vomi et la putréfaction. A la vue du mort, Pia sentit monter une nausée. L'homme était appuyé contre le mur, entouré par un essaim de mouches, la bouche et les yeux largement ouverts. Une substance blanchâtre couvrait son menton, et sa chemise était mouchetée de vomissures séchées. Il portait des chaussettes de tennis sales, une chemise blanche tachée de sang et un jean noir. Ses chaussures – en cuir, flambant neuves et d'apparence coûteuse – étaient posées à côté de lui. Grâce à l'agent immobilier, le corps avait été trouvé avant que des passants soient alertés par l'odeur de putréfaction, et l'on avait pu établir l'heure de sa mort avec l'aide d'un entomologue. Le regard de Pia tomba sur un nombre imposant de bouteilles de bière et de vodka. A côté étaient posés un sac à dos ouvert, des boîtes de médicaments et un tas de billets de banque. Quelque chose ne va pas dans ce tableau, se dit Pia.

— Depuis quand est-il mort ? demanda-t-elle en enfilant des gants.

— En gros depuis vingt-quatre heures, répondit le légiste.

Pia recula. Ça concordait, Watkowiak pouvait avoir commis le meurtre d'Anita Frings. Les collègues des empreintes entrèrent, saluèrent Pia de la tête et attendirent ses instructions.

— En tout cas, le sang de la chemise n'est vraisemblablement pas le sien, dit le légiste derrière elle. Il n'a aucune blessure corporelle, pour autant que je puisse en juger pour l'instant.

Pia acquiesça et essaya d'imaginer ce qui s'était passé. Watkowiak s'était introduit dans la maison à un moment quelconque, chargé d'un sac à dos qui contenait sept bouteilles de bière, trois bouteilles de vodka et un sac plastique plein de médicaments. Il s'était assis par terre, avait ingurgité une quantité impressionnante de bière et de vodka tout en avalant des comprimés. Quand l'alcool et les antidépresseurs avaient fait leur effet, il avait perdu connaissance. Mais alors pourquoi avait-il les yeux ouverts ? Pourquoi était-il assis tout droit contre le mur et n'avait-il pas roulé sur le côté ?

Elle demanda à ses collègues de faire en sorte qu'il y ait plus de lumière et partit explorer le reste de la maison. Au premier étage, elle trouva des signes qui prouvaient qu'une des chambres et la salle de bains avaient été utilisées. Un matelas avec des draps sales était posé dans un coin, il y avait aussi un vieux canapé, une table basse et même une petite télé et un réfrigérateur. Des vêtements étaient accrochés à une chaise, et la salle de bains contenait des ustensiles de toilette et une serviette de bain. Au rez-de-chaussée, en revanche, tout était recouvert d'une couche de poussière datant de plusieurs années. Pourquoi Watkowiak s'était-il assis par terre pour boire et pas en haut sur le canapé ? Pia comprit soudain ce qui l'avait frappé : le parquet sur lequel reposait le cadavre de Watkowiak était étincelant de propreté ! Watkowiak avait-il lui-même balayé le sol avant de se supprimer ? Quand elle revint près du corps, elle trouva une mince femme rousse qui regardait partout avec curiosité. Dans son élégant tailleur de lainage blanc et avec ses talons démesurés, elle ne paraissait pas à sa place.

— Je peux vous demander qui vous êtes et ce que vous faites ici ? demanda Pia sur un ton peu amène. C'est une scène de crime.

Elle ne pouvait pas souffrir la curiosité malsaine.

— Cela ne m'a pas échappé, répliqua la femme. Je m'appelle Nicole Engel. C'est moi qui vais succéder au directeur Nierhoff.

Pia la regarda d'un air ébahi. Personne ne lui avait parlé d'un successeur de Nierhoff.

— Ah bon, dit-elle plus grossière qu'elle n'était d'habitude. Et pourquoi êtes-vous ici ? Vous vouliez me parler ?

— Pour vérifier votre travail, dit la rousse en souriant aimablement. J'ai appris par hasard que vous étiez toute seule. Et comme je n'avais rien de mieux à faire, j'ai eu l'idée de venir voir.

— Vous pouvez me montrer votre carte de police ? dit Pia, méfiante.

Elle se demandait si Bodenstein était au courant de l'arrivée d'un nouveau directeur ou s'il s'agissait de la grossière combine d'une journaliste culottée pour voir un cadavre. Le sourire de la femme resta amical. Elle ouvrit son sac et tendit une carte de police à Pia. *Conseillère judiciaire Dr Nicole Engel*, lut Pia, *présidium de la police d'Aschaffenburg.*

— Si vous voulez regarder, je n'ai rien contre, dit Pia en lui rendant sa carte avec un sourire forcé. Je suis Pia Kirchhoff de la K11 de Hofheim.

— Pas de problème, dit la Dr Engel toujours avec le sourire. Faites votre travail.

Pia acquiesça et se tourna de nouveau vers le mort. Le photographe avait pris le cadavre sous tous les angles, de même que les chaussures, les bouteilles et le sac à dos. Les gens des empreintes commencèrent à badigeonner partout où cela pouvait avoir un intérêt. Pia demanda à un collègue de tourner le cadavre sur le côté. Ce fut un peu difficile à cause de la rigidité cadavérique mais il finit par y arriver. Pia s'accroupit auprès du corps et observa attentivement le dos, le derrière et les paumes des mains du mort. Tout était couvert de poussière. Cela signifiait que quelqu'un avait nettoyé *après* que Watkowiak eut été enlevé. Et cela signifiait aussi qu'il ne s'agissait pas d'un suicide réussi mais d'un meurtre non moins réussi. Elle ne s'ouvrit pas à la Dr Engel de ses suppositions et se mit à examiner le contenu du sac à dos qui parut confirmer la théorie de Nierhoff d'un Watkowiak meurtrier : un couteau avec une lame courbe et un pistolet s'y trouvaient. Etaient-ce les armes avec lesquelles Monika Krämer et les trois vieillards avaient été tués ? Pia continua à fouiller et trouva une chaînette en or avec un médaillon démodé et un bracelet en or massif. Ces objets de valeur avaient tout à fait pu appartenir à Frings.

— Trois mille quatre cent soixante euros, annonça la Dr Engel qui avait compté l'argent et le glissa dans un sachet en plastique. Qu'est-ce que c'est ?

— Il semble que ce soit le couteau avec lequel Monika Krämer a été tuée, répondit sobrement Pia. Et ça, l'arme avec laquelle les trois personnes ont été abattues. C'est un 08.

— Donc cet homme serait le meurtrier recherché.

— Il semblerait, dit Pia d'un air pensif.

— Vous en doutez ? demanda la conseillère judiciaire qui avait abandonné son sourire bienveillant et paraissait attentive et concentrée. Pourquoi ?

— Parce que tout ça me paraît trop simple. Et parce que ici quelque chose ne colle pas.

Pia ne se demanda pas longtemps si elle pouvait déranger son chef et décida de l'appeler. Elle ne se sentait pas d'humeur à faire des politesses. Le fils de Bodenstein prit l'appel et lui passa son père. En quelques phrases, elle décrivit sa visite à Elard Kaltensee, la découverte du cadavre et ses doutes sur le suicide de Watkowiak.

— D'où m'appelez-vous ? demanda-t-il.

Pia eut peur qu'il ne l'invite au repas de baptême.

— De ma voiture, dit-elle.

En arrière-fond, éclata un rire qui s'éloigna, puis elle entendit une porte qui se fermait et tout devint tranquille.

— J'ai appris des choses intéressantes de ma belle-mère, dit Bodenstein. Elle connaît Vera Kaltensee depuis des années, elles appartiennent au même milieu d'affaires. Et elle était aussi à son anniversaire samedi, bien qu'elles ne soient pas intimes. Mais le nom de ma belle-mère fait bien sur une liste d'invitations.

Le sang de Cosima von Bodenstein était encore plus bleu que celui de son époux, Pia le savait. Ses grands-parents paternels avaient connu personnellement le Kaiser, quant au père de sa mère, c'était un prince italien qui aurait eu des prétentions au trône.

— Ma belle-mère porte un jugement assez critique sur le défunt mari de Vera, continua Bodenstein. Eugen Kaltensee a fait fortune sous le Troisième Reich, sa firme fournissait la Wehrmacht. Plus tard, les Alliés l'ont classé parmi les "suiveurs", les simples sympathisants et, après 1945, il a recommencé à faire de très bonnes affaires. Pendant la guerre, il avait transféré son argent en Suisse comme l'avait fait la famille de Vera. Quand il est mort au début de 1981, on a soupçonné son fils adoptif, Elard Kaltensee, de l'avoir tué. L'enquête s'est perdue dans les sables et on a conclu finalement à un accident.

Pia frissonna involontairement au nom d'Elard Kaltensee.

— Après un scandale au sein de la famille, Siegbert Kaltensee est allé faire ses études aux Etats-Unis en 1964. Il n'est revenu qu'en 1973 avec femme et enfants. Il est l'unique patron de la KMF. Et Jutta Kaltensee a eu, dit-on, une aventure lesbienne pendant ses études, à laquelle elle a mis fin, bien entendu, avec un employé de sa mère.

— Avez-vous appris autre chose que des racontars familiaux ? demanda Pia avec impatience. Je dois téléphoner à la procureur pour l'autopsie de Watkowiak.

— Ma belle-mère ne pouvait pas souffrir Goldberg ni Schneider, continua Bodenstein sans se troubler. Elle décrit Goldberg comme un être désagréable et brutal, le traite de sordide marchand d'armes et de crâneur. On disait qu'il possédait plusieurs passeports et, même pendant la guerre froide, il pouvait voyager derrière le rideau de fer.

— Et qu'est-ce qu'elle pense d'Elard Kaltensee ?

Pia était arrivée au parking du commissariat et avait coupé le moteur. Elle baissa un peu la vitre et alluma une de ses cigarettes de secours. Elle en avait bien fumé douze aujourd'hui.

— J'ai fait des recherches sur le véritable Schneider. Il était pilote de chasse et il a été tué pendant un combat aérien en 1944. Notre Herrmann Schneider à nous est né en réalité en Prusse-Orientale et il s'appelle vraisemblablement Hans Kallweit.

— C'est intéressant, dit Bodenstein, un peu étonné. Ma belle-mère est persuadée que tous les quatre se connaissaient depuis longtemps. A la fin des soirées, Vera avait l'habitude d'appeler son amie Anita "Mia", par ailleurs ils faisaient sans arrêt des remarques sur leurs soirées au pays et remuaient de plus en plus souvent leurs souvenirs.

— Quelqu'un devait le savoir, réfléchit Pia. Elard Kaltensee, je présume. Il pourrait être le meurtrier, car il souffre beaucoup de ne pas connaître ses origines. Peut-être qu'il a tué les trois amis de sa mère parce qu'il était furieux contre elle.

— Ça me paraît un peu tiré par les cheveux, dit Bodenstein. Anita Frings vivait en RDA. Selon ma belle-mère, elle et son mari faisaient tous les deux partie de la Stasi. M. Frings occupait même un poste important. Et contrairement aux allégations de la directrice, ils avaient un fils.

— Il est peut-être mort, suggéra Pia.

Son portable sonna, indiquant qu'elle avait un autre appel. Elle jeta un regard rapide : Miriam.

— J'ai un autre appel, dit-elle à son chef.

— D'Afrique du Sud ?

— Pourquoi ? dit Pia sur le moment perplexe.

— Votre directeur de zoo n'est pas en Afrique du Sud ?

— Comment le savez-vous ?

— Il n'y est pas ?

— Si. Mais ce n'est pas lui qui essaie de me joindre, dit Pia, pas vraiment étonnée que son chef fût mieux informé qu'il n'y paraissait. C'est un appel de mon amie Miriam qui est en Pologne. Elle est en train de faire des recherches dans les archives de Wegorzewo, l'ancien Angerburg. Elle a peut-être trouvé les traces du vrai Goldberg et du vrai Schneider.

— Pourquoi votre amie s'intéresse-t-elle à Goldberg ? demanda Bodenstein.

Pia lui expliqua son intérêt pour l'affaire. Puis elle lui promit d'assister à l'autopsie de Watkowiak, si celle-ci avait lieu le lendemain, et elle rappela Miriam.

DIMANCHE 6 MAI 2007

La sonnerie du téléphone posé près de son lit tira Pia de son profond sommeil. Il faisait noir et étouffant dans la chambre. Elle pressa, mal réveillée, le bouton de la lampe de chevet et décrocha.

— Où tu es ? tonna la voix de son ex-mari. Nous t'attendons ! C'est pas toi qui étais pressée qu'on le dissèque ?

— Henning, bon Dieu, mais on est au milieu de la nuit !

— Il est neuf heures et quart, alors si tu veux bien te dépêcher...

Il avait déjà raccroché. Pia se frotta les yeux et regarda le réveil. Effectivement, neuf heures et quart ! Elle rejeta les couvertures, se leva d'un bond et courut à la fenêtre. Hier soir, elle avait dû par erreur baisser le volet roulant, c'est la raison pour laquelle il faisait aussi sombre que dans une tombe. Une douche rapide la réveilla mais elle avait l'impression d'avoir été renversée par un bus.

Après que Pia lui eut plus ou moins forcé la main, la procureur avait donné l'autorisation pour une rapide autopsie du corps de Robert Watkowiak. L'argument qu'elle avait avancé était que les drogues avec lesquelles il s'était, intentionnellement ou non, ôté la vie ne seraient plus décelables si on attendait trop longtemps. Henning avait réagi vertement quand Pia l'avait appelé pour lui demander de faire l'autopsie le lendemain. Et quand enfin, à neuf heures passées, elle était arrivée chez elle, les deux yearlings avaient quitté leur enclos, attirés par les pommes vertes du verger des voisins. Après une poursuite épuisante, elle avait finalement réussi à ramener les deux aventuriers à l'écurie et s'était traînée à la maison épuisée. Dans le réfrigérateur, elle n'avait trouvé qu'un yaourt périmé et un demi-camembert. L'unique lueur de joie avait été un appel de Christoph, avant qu'elle ne tombe sur son lit, morte de fatigue. Et maintenant elle allait rater le début de l'autopsie. Un regard à sa garde-robe lui apprit que sa réserve de sous-vêtements propres était sur le point de s'épuiser et elle programma en vitesse une machine à soixante degrés. Pas le temps de déjeuner et les chevaux devraient rester dans leur box jusqu'à ce qu'elle revienne de Francfort.

Il était presque dix heures lorsque Pia entra dans l'institut médicolégal et, une fois de plus, elle tomba sur Löblich, qui représentait la procureur. Cette fois, elle ne portait pas un tailleur chic mais un jean et un grand tee-shirt que Pia identifia comme appartenant à Henning. Cette constatation fut un coup de grâce pour la psyché de Pia.

— Alors on arrive enfin ? fut le seul commentaire de Henning.

Pia se sentit soudain étrangère dans cette pièce où elle avait passé tant d'heures avec Henning. Pour la première fois, elle prit conscience qu'elle n'avait plus de place dans sa vie. D'ailleurs, c'est elle qui l'avait abandonné et si, comme elle, il s'était trouvé une autre partenaire, elle devait l'accepter. Pourtant cela lui avait fait un choc qu'elle n'arrivait pas à encaisser.

— Excuse-moi, murmura-t-elle. Je reviens.

— Reste ici ! intima Henning, mais elle était déjà dans la pièce à côté.

Dorit, la laborantine qui était venue spécialement pour que l'analyse fût immédiate, avait fait du café comme d'habitude. Pia prit un bol de porcelaine et s'en versa généreusement. Il était amer comme du fiel. Elle reposa le bol, ferma les yeux et se massa les paupières pour faire baisser la pression dans sa tête. Elle avait rarement été aussi épuisée et démoralisée que ce matin, en plus elle avait ses règles, ce qui n'arrangeait rien. Agacée, elle sentit les larmes lui brûler les paupières. Si seulement Christoph avait été là, si elle avait pu lui parler et rire avec lui ! Elle pressa ses yeux avec les paumes de ses mains pour combattre les larmes qui revenaient.

— Tout est OK pour toi ?

La voix de Henning la fit sursauter. Elle entendit qu'il fermait la porte.

— Oui, répondit-elle sans se retourner. Ça a été… un peu trop ces derniers jours.

— Tu veux qu'on repousse l'autopsie à cet après-midi ? proposa-t-il.

Comment pouvait-il coucher encore avec cette Löblich alors qu'elle était toute seule ?

— Non, dit-elle d'une voix cassante, ça va aller.

— Regarde-moi.

Le ton était si compatissant que les larmes qu'elle avait presque refoulées se mirent à couler. Elle secoua la tête comme une petite fille têtue. Alors Henning fit quelque chose qu'il n'avait jamais fait pendant toutes ces années où ils avaient été mariés. Il la prit dans ses bras et la pressa contre lui. Pia se raidit. Elle ne voulait pas lui montrer son désarroi. Surtout à l'idée qu'il pourrait le raconter à sa bien-aimée.

— Je ne peux pas supporter de te voir malheureuse. Pourquoi ton directeur de zoo ne s'occupe-t-il pas mieux de toi ?

— Parce qu'il est en Afrique du Sud, murmura-t-elle pendant qu'il la prenait par l'épaule, la retournait et lui levait le menton.

— Ouvre les yeux, commanda-t-il.

Elle obéit, et fut étonnée de le voir vraiment inquiet.

— Les poulains se sont échappés hier soir, Neuville s'est blessé. J'ai dû les poursuivre pendant deux heures, chuchota-t-elle comme si c'était l'explication de son état pitoyable.

Alors les larmes se mirent vraiment à couler. Henning la serra dans ses bras et lui caressa le dos.

— Ton amie va être furieuse si elle nous voit, dit-elle d'une voix étouffée par l'étoffe de sa blouse verte.

— Ce n'est pas mon amie. Tu ne serais tout de même pas jalouse ?

— Je n'en ai pas le droit. Je le sais. Et pourtant.

Il resta silencieux un instant et quand il recommença à parler, sa voix était changée.

— Tu sais quoi ? dit-il tout bas, on va laisser tomber tout ça et aller prendre un bon petit-déjeuner tous les deux, et si tu veux je t'accompagnerai au Birkenhof et j'examinerai Neuville.

Cette offre était purement amicale, ce n'était pas une maladroite tentative de rapprochement. Henning avait assisté à la naissance des poulains et il aimait les chevaux. La perspective de ne pas passer la journée seule était séduisante mais Pia repoussa la tentation. En réalité, elle ne voulait pas de la pitié de Henning et cela n'aurait pas été fair-play de lui donner un espoir uniquement parce qu'elle s'était sentie trahie et seule. Il ne méritait pas ça. Elle respira profondément et reprit ses esprits.

— Merci Henning, dit-elle en essuyant ses larmes d'un revers de main. C'est très gentil de ta part. Je suis heureuse que nous nous entendions toujours aussi bien. Mais après, je dois aller au bureau.

Ce n'était pas vrai mais ainsi elle n'avait pas l'air de le repousser.

— OK.

Henning la laissa. Ses yeux avaient une expression dubitative.

— Bois tranquillement ton café. Prends ton temps. Je t'attendrai.

Pia acquiesça en se demandant s'il avait conscience du double sens de ce mot.

LUNDI 7 MAI 2007

— Robert Watkowiak a été tué, annonça Pia à ses collègues à la réunion du matin. L'absorption de l'alcool et des comprimés n'était pas volontaire.

Devant elle étaient posés les résultats provisoires de l'autopsie qui, hier, n'avaient pas étonné qu'elle. Une analyse rapide du sang et des urines du mort avait révélé un haut degré d'intoxication. Les causes de la mort étaient sans doute la grande concentration d'antidépresseurs tricycliques combinée à une brutale montée d'alcoolémie, 3,9 grammes dans le sang, qui avait conduit à un arrêt cardiaque et à la mort. Par ailleurs, Henning avait constaté aux épaules et aux poignets du cadavre de légers saignements et des ecchymoses qui laissaient supposer que Watkowiak avait été attaché et ligoté. De fines coupures ensanglantées dans le tissu de l'œsophage et des traces de vaseline semblaient prouver qu'on lui avait administré le cocktail mortel au moyen d'un tube. D'autres examens allaient être pratiqués dans le laboratoire de techniques criminelles de Wiesbaden, mais Henning avait clairement qualifié la mort d'homicide.

— Par ailleurs, l'endroit où le corps a été trouvé n'était pas le lieu du crime, dit-elle en tendant des photos que les collègues des empreintes avaient prises. Quelqu'un a été assez intelligent pour nettoyer le sol afin de ne pas laisser d'empreintes. Pourtant pas si intelligent que ça, car il ne l'a fait qu'après avoir déposé Watkowiak. Ses vêtements étaient pleins de poussière.

— A présent nous avons cinq meurtres, constata Bodenstein.

— Et nous repartons de nouveau de zéro, renchérit Pia, déprimée.

Elle était rompue de fatigue. Elle sentait toujours dans ses os les cauchemars de la nuit dernière dans lesquels apparaissaient Elard Kaltensee et un 08.

— D'autant que nous n'avions pas tellement avancé.

Ils étaient d'accord que le meurtrier de Goldberg, de Schneider et de Frings n'était pas celui de Monika Krämer. Mais, à la déception de Pia, personne dans l'équipe ne la suivit lorsqu'elle dit qu'Elard Kaltensee pourrait être le triple meurtrier. Elle devait reconnaître que ses arguments, qui samedi lui paraissaient décisifs, ne tenaient pas vraiment la route.

— C'est évident, dit Behnke qui était arrivé ponctuellement à sept heures et montrait un air maussade et des yeux gonflés. Watkowiak a tué les trois vieux pour l'argent. Il l'a raconté à Krämer. Elle a menacé de le dénoncer et il l'a tuée.

— Et après ? demanda Pia. Qui l'a tué lui ?

— Aucune idée, dit Behnke d'un air grognon.

Bodenstein se leva et alla vers le tableau entièrement rempli, où étaient collées les photos des divers lieux de crime. Il croisa les mains derrière son dos et observa d'un air critique le désordre de lignes et de cercles.

— Effacez-moi tout ça, dit-il à Kathrin Fachinger. Nous devons tout reprendre de zéro. Nous avons laissé passer quelque chose.

On frappa à la porte. Une policière du poste de garde entra.

— Du travail pour vous. La nuit dernière à Fischbach, il y a eu un grave cas de coups et blessures, dit-elle en tendant un mince dossier à Bodenstein. La victime a reçu plusieurs coups de couteau dans le torse. Il est à l'hôpital de Hofheim.

— Encore, grogna Bodenstein, comme si nous n'en avions pas assez avec cinq meurtres.

Sa protestation était inutile. Ça relevait de la compétence de la K11, peu importait le nombre de crimes qui attendaient d'être résolus.

— Désolée, dit la policière, sans la moindre compassion et elle sortit.

Pia tendit la main vers le dossier. On ne progressait dans aucun des cinq meurtres, il fallait attendre les résultats du laboratoire et cela pouvait prendre des jours, voire des semaines. La stratégie de Bodenstein, de tenir la presse loin de l'enquête, avait un grave inconvénient : ils ne pouvaient attendre d'informations de la population dont ils auraient pu tirer profit, qu'elles fussent absurdes ou utiles. Pia parcourut le rapport des collègues qui avaient reçu un appel anonyme à deux heures quarante-huit et avaient trouvé un homme gravement blessé du nom de Marcus Nowak dans ses bureaux déserts.

— Si personne n'a rien contre, je m'en occupe.

Elle n'avait pas vraiment envie de passer la journée devant son bureau à attendre les résultats du laboratoire, en proie aux ondes négatives de Behnke. Elle préférait lutter contre ses idées noires par l'activité.

Une heure plus tard, Pia écoutait la médecin-chef de chirurgie plastique de l'hôpital de Hofheim. La Dr Heidrun van Dijk semblait ne pas avoir dormi de la nuit et elle avait des cernes sous les yeux. Pia savait que les médecins qui étaient de garde pendant les week-ends pouvaient rarement échapper à soixante-douze heures de travail inhumaines.

— Malheureusement, je ne peux vous donner aucun détail, dit la docteur en sortant le compte rendu d'examen de Nowak. Sinon que ce n'était pas une bagarre d'ivrognes. Les types qui l'ont agressé savaient ce qu'ils faisaient.

— Que voulez-vous dire ?

— On ne l'a pas seulement passé à tabac. Sa main droite a été écrasée. Nous l'avons opéré en urgence, mais je ne peux garantir qu'on ne sera pas obligés de l'amputer.

— Un acte de vengeance ? dit Pia en fronçant les sourcils.

— Plutôt de torture, dit la médecin en haussant les épaules. C'étaient des professionnels.

— Sa vie est en danger ?

— Son état est stabilisé. Il a bien supporté l'opération.

Elles suivirent un couloir jusqu'à ce que la Dr van Dijk s'arrête devant une porte, derrière laquelle on entendait une voix de femme en colère.

— ... qu'est-ce que tu faisais au bureau à cette heure-là ? Où tu étais ? Tu vas me le dire enfin !

La voix s'interrompit quand le médecin ouvrit la porte et entra. Dans la grande pièce, il n'y avait qu'un lit. Sur une chaise, tournant le dos à la fenêtre, était assise une vieille femme. Une d'au moins cinquante ans plus jeune se tenait debout devant elle. Pia se présenta.

— Christina Nowak, dit la plus jeune.

Pia lui donna environ trente ans. Dans d'autres circonstances, elle aurait été très jolie avec son visage bien dessiné, ses cheveux d'un brun brillant et sa silhouette de sportive. Mais à présent, elle était blême, les yeux rougis par les larmes.

— Je dois parler avec votre mari, dit Pia. Seule.

— Je vous souhaite beaucoup de chance. Il n'est pas en état de parler, dit Christina Nowak en luttant contre de nouvelles larmes.

— Pouvez-vous m'attendre dehors un moment ?

Christina regarda sa montre et dit :

— Je dois aller travailler. Je suis assistante maternelle dans une crèche et nous devons aller au zoo aujourd'hui, les enfants attendent ça depuis une semaine.

La mention du zoo donna un coup au cœur à Pia. Que ferait-elle si Christoph était couché sur un lit d'hôpital, gravement blessé et incapable de parler ?

— Nous pouvons vous interroger plus tard.

Elle fouilla dans sa poche, en sortit une carte de visite et la tendit à Christina Nowak, qui jeta un regard dessus.

— Vous êtes agent immobilier ? demanda celle-ci avec méfiance. Vous aviez dit pourtant que vous étiez de la Kripo.

Pia lui prit la carte des mains et vit qu'il s'agissait de la carte que lui avait donnée l'agent immobilier, samedi.

— Excusez-moi, dit-elle en tirant de sa poche une bonne carte. Pouvez-vous venir cet après-midi vers trois heures au commissariat ?

— Naturellement, dit Christina avec un sourire tremblant.

Elle se pencha sur son mari muet, l'embrassa sur la bouche et sortit. La vieille femme, qui pendant tout ce temps n'avait pas ouvert la bouche, la suivit. Alors Pia se tourna vers le blessé. Marcus Nowak gisait sur le dos, une sonde dans le nez, une perfusion à un bras. Son visage enflé était couvert d'hématomes. On lui avait recousu l'œil gauche et l'oreille droite presque jusqu'au menton. Son bras droit était posé sur une gouttière, son torse et sa main blessée étaient entièrement bandés. Pia s'assit sur la chaise, où était auparavant la vieille femme, en la rapprochant du lit.

— Bonjour, monsieur Nowak, dit-elle. Je m'appelle Pia Kirchhoff de la Kripo de Hofheim. Je ne vous importunerai pas longtemps mais je dois savoir ce qui s'est passé la nuit dernière. Vous souvenez-vous de l'agression ?

L'homme ouvrit péniblement les yeux, ses paupières battirent. Il secoua légèrement la tête.

— On vous a gravement blessé, avec un peu moins de chance vous ne seriez pas dans ce lit aujourd'hui mais dans un tiroir de la morgue.

Silence.

— Avez-vous reconnu quelqu'un ? Pourquoi avez-vous été agressé ?

— Je… je n'arrive pas à m'en souvenir, murmura Nowak peu distinctement.

C'était toujours une bonne excuse. Pia pensait qu'il savait très bien qui et pourquoi il avait été battu à mort. Avait-il peur ? Il n'y avait sans doute pas d'autre raison à son silence.

— Je ne veux pas porter plainte, dit-il très bas.

— Ce n'est pas nécessaire. Le délit pour coups et blessures graves est poursuivi d'office par la procureur. Cependant cela nous aiderait beaucoup si vous pouviez vous souvenir de quelque chose ?

Il ne répondit pas et détourna la tête.

— Réfléchissez tranquillement, dit Pia en se levant. Je repasserai. Guérissez vite.

Il était neuf heures quand Nierhoff, le directeur de la Kripo, surgit dans le bureau de Bodenstein avec un air de mauvais augure, suivi de près par Nicole Engel.

— Qu'est-ce… que c'est… que ça ! dit Nierhoff en lançant le nouveau numéro du *Bild-Zeitung* sur le bureau de Bodenstein et en frappant du doigt un article d'une demi-page comme s'il voulait percer le papier. J'attends votre explication, Bodenstein.

"Meurtre affreux d'une retraitée", proclamait la manchette en gras.

Sans un mot, Bodenstein prit le journal et parcourut le reste de l'article à la formulation tapageuse.

Quatre cadavres en une semaine, la police désemparée et sans piste, après une déclaration des autorités mensongère. Robert W., neveu de la femme d'affaires bien connue Vera Kaltensee et meurtrier présumé du retraité David G. (quatre-vingt-douze ans) et de Herrmann S. (quatre-vingt-huit ans) ainsi que de sa compagne Monika K. (vingt-six ans), est toujours porté disparu. Vendredi, le meurtrier en série a fait une quatrième victime en tuant d'un coup de revolver une retraitée infirme, Anita F. (quatre-vingt-huit ans). La police tâtonne et se refuse à toute information. Seule chose en commun : toutes les victimes étaient en étroite relation avec la millionnaire de Hofheim, Vera Kaltensee, qui à présent doit craindre aussi pour sa vie...

Les caractères tremblaient devant ses yeux, mais Bodenstein se força à lire l'article jusqu'au bout. Le sang battait à ses tempes et il n'arrivait pas à réfléchir. Qui avait livré cette histoire dénaturée à la presse ? Il regarda droit dans les yeux gris de Nicole Engel, qui le toisait d'un air moqueur, curieuse de ce qui allait suivre. Avait-elle informé la presse pour faire augmenter la pression qui pesait déjà sur lui ?

— Je veux savoir comment cette histoire est arrivée jusqu'à ce journal !

Le directeur de la Kripo mettait à chaque mot une majuscule, jamais Bodenstein ne l'avait vu si furieux. Avait-il peur de perdre la face devant celle qui allait lui succéder ou bien redoutait-il d'autres conséquences ? Après tout, il avait accepté par complaisance d'étouffer le cas Goldberg sans se douter que deux meurtres semblables à celui-ci allaient suivre.

— Je ne sais pas, répondit Bodenstein, c'est vous qui avez parlé aux journalistes.

Nierhoff faillit s'étouffer.

— J'ai communiqué à la presse quelque chose de tout à fait différent. A vrai dire quelque chose de faux ! Je m'en suis remis à vous !

Bodenstein jeta un rapide regard à Nicole Engel et ne fut pas surpris de son air satisfait. Visiblement elle cachait quelque chose.

— Vous ne m'avez pas écouté, répliqua Bodenstein à son chef. J'étais contre une conférence de presse, mais vous étiez impatient d'annoncer que le cas était résolu.

Nierhoff harponna le journal. Sa figure virait au cramoisi.

— Je ne m'attendais pas à cela venant de vous, Bodenstein, éructa-t-il en lui brandissant le journal sous le nez. Je vais appeler la rédaction et je saurais bien d'où viennent ces informations. Et si vous ou quelqu'un de votre équipe est derrière ça, Bodenstein, je lancerai contre vous une procédure disciplinaire et j'obtiendrai votre suspension.

Sans attendre Nicole Engel, il disparut en emportant le journal. Bodenstein tremblait de tous ses membres tant il était en colère. Plus que l'article du journal, ce qui le mettait hors de lui c'était l'injuste l'accusation de Nierhoff d'avoir abusé de sa bonne foi pour le couvrir publiquement de ridicule.

— Et maintenant ? demanda Nicole Engel.

Bodenstein reçut cette question posée avec sympathie comme le comble de l'hypocrisie. Il fut tenté un instant de la jeter dehors.

— Si tu crois pouvoir saboter mon enquête de cette façon, dit-il en s'efforçant de baisser la voix, je t'assure que tu t'en repentiras.

— Qu'est-ce que tu veux dire ? dit Engel en souriant innocemment.

— Que tu as donné ces informations à la presse, répondit-il. Je me souviens très bien d'une autre enquête où, à cause d'informations prématurément livrées aux médias, un de nos collègues a été identifié et tué.

Il regretta ces accusations dès qu'il les eut prononcées. Il n'y avait eu aucune procédure disciplinaire, pas d'enquête interne, même pas un rapport. Mais Nicole avait été retirée de l'enquête et cela avait suffi pour convaincre Bodenstein. Son sourire devint glacial.

— Fais attention à ce que tu dis, siffla-t-elle à voix basse.

Bodenstein avait conscience qu'il s'aventurait sur un terrain dangereux, mais il était trop indigné et trop en colère pour écouter la voix de la raison. D'ailleurs il avait ça sur le cœur depuis trop longtemps.

— Je ne vais pas me laisser intimider, Nicole, dit-il en la regardant du haut de son mètre quatre-vingt-un. Et je ne permettrai pas que tu surveilles mes collaborateurs sans m'en avertir. Je sais mieux que personne de quoi tu es capable quand il s'agit d'atteindre ton but. N'oublie pas que nous nous connaissons depuis longtemps.

De façon inattendue, elle céda devant lui. Brusquement, il sentit que le rapport de force penchait de son côté et visiblement elle aussi s'en aperçut. Elle se retourna et quitta la pièce sans un mot.

La grand-mère de Nowak se leva de sa chaise lorsque Pia poussa la porte de verre de la salle d'attente. Elle devait avoir le même âge que Vera Kaltensee, mais quelle différence entre l'élégante dame bien conservée, et cette femme trapue aux cheveux gris coupés court, dont les mains, abîmées par le travail, montraient clairement des signes d'arthrite. Sans doute qu'Augusta Nowak, dans sa longue vie, avait connu et vu beaucoup de choses.

— Asseyons-nous là, dit Pia en montrant un groupe de sièges près de la fenêtre. Merci de m'avoir attendue.

— Je n'allais pas laisser le garçon tout seul, répondit la vieille femme.

Son visage rond montrait son inquiétude. Pia lui demanda quelques renseignements sur son identité et prit des notes. C'est Augusta Nowak qui avait appelé la police dans la nuit. Sa chambre donnait sur la cour, où se trouvaient l'atelier et les bureaux de l'entreprise de son petit-fils. Vers deux heures du matin, elle avait entendu du bruit et elle était allée regarder par la fenêtre.

— Depuis des années, je ne dors plus, expliqua-t-elle. En regardant par la fenêtre, j'ai vu qu'il y avait de la lumière dans le bureau de Marcus et que le portail était ouvert. Devant le bureau était arrêtée une voiture noire, une utilitaire. J'ai eu un mauvais pressentiment et je suis allée voir.

— C'était imprudent de votre part, remarqua Pia. Vous n'aviez pas peur ?

La vieille femme évacua la question d'un geste de la main.

— J'ai allumé dans le couloir, continua-t-elle, et quand je suis sortie de la maison, ils remontaient dans la voiture. Ils étaient trois. La voiture a foncé sur moi comme s'ils voulaient m'écraser, mais ils ont été arrêtés par une jardinière de béton qui protège le jardin. J'ai voulu relever leur numéro d'immatriculation mais ils n'en avaient pas sur leur voiture, ces criminels.

— Pas de numéro d'immatriculation ?

Pia, qui prenait des notes, leva les yeux, étonnée.

La vieille femme secoua la tête.

— Quel est le métier de votre petit-fils ?

— Il est restaurateur, répondit Augusta Nowak. Il assainit et restaure les vieux bâtiments. Son entreprise a très bonne réputation et il a beaucoup de travail. Mais depuis qu'il a du succès, il n'est pas particulièrement aimé.

— Pourquoi ?

— Comme on dit : "L'envie tu dois l'acquérir, la pitié tu la reçois gratis."

— Vous croyez que votre petit-fils connaissait les gens qui l'ont agressé ?
— Non, dit Augusta en secouant la tête. Sa voix devint amère. Je ne crois pas. Aucune de ses relations n'aurait osé faire ça.
Pia acquiesça.
— La médecin pense que les blessures révèlent une sorte de torture. Pourquoi quelqu'un irait-il torturer votre petit-fils ? A-t-il quelque chose à cacher ? A-t-il été menacé ces derniers temps ?
— Ça, je ne le sais pas, éluda-t-elle.
— Qui pourrait le savoir ? Son épouse ?
— Je ne crois pas, dit la vieille femme avec un sourire amer. Mais vous pourrez lui poser la question cet après-midi, quand elle rentrera du travail. Il n'y a rien pour elle de plus important que son mari.
Pia perçut un léger sarcasme dans sa voix. Ce n'était pas la première fois qu'elle découvrait sous une normalité de façade une famille profondément déchirée.
— Et vous ne pouvez vraiment pas me dire si votre petit-fils était en proie à des difficultés ?
— Non, je suis désolée, dit la vieille femme en secouant la tête avec regret. S'il avait eu des problèmes avec son entreprise, il m'en aurait sûrement parlé.
Pia remercia Augusta Nowak et lui dit de passer au commissariat pour signer sa déposition. Puis elle envoya une équipe à Fischbach pour relever les empreintes et retourna sur le lieu de l'événement.

L'entreprise de Marcus Nowak se trouvait à la périphérie de Fischbach, sur une voie fermée à la circulation que les habitants aimaient utiliser comme chemin de dégrisement. Quand Pia arriva, elle trouva les collaborateurs de Nowak en grande discussion devant la porte fermée du bâtiment où se trouvaient les bureaux.
Pia leva son insigne.
— Bonjour. Pia Kirchhoff de la Kripo de Hofheim.
Le brouhaha des voix cessa.
— Qu'est-ce qui se passe ? demanda-t-elle. Il y a un problème ?
— Plutôt, dit un jeune homme. Nous ne pouvons pas entrer, et nous sommes déjà en retard. Le père du patron a dit que nous devions attendre jusqu'à ce que la police arrive.

Il montra du doigt un homme qui arpentait la cour à grands pas.

— La police *est* là maintenant.

Pia préférait que des dizaines de gens n'aillent pas tout piétiner avant que le service des empreintes ait fait son travail.

— Votre patron a été victime d'une agression la nuit dernière. Il est à l'hôpital et doit y rester un certain temps.

Cela coupa un moment la parole aux hommes.

— Laissez-moi passer, tonna une voix et ils obéirent aussitôt. *Vous* êtes de la police.

L'homme toisa Pia de la tête aux pieds avec méfiance. Il était grand et costaud avec les couleurs de la santé sur la figure et une moustache soigneusement taillée sous le nez. Un patriarche habitué à donner des ordres et qui supportait mal qu'une femme ait de l'autorité.

— Tout à fait, dit-elle en montrant son insigne. Et vous qui êtes-vous ?

— Nowak, Manfred, mon fils dirige la firme.

— Qui va s'en occuper pendant le temps où votre fils ne pourra pas le faire ?

Nowak senior haussa les épaules.

— Nous savons ce que nous avons à faire, s'interposa le jeune homme. Nous n'avons besoin que des outils et des clefs des véhicules.

— Toi, ferme ta gueule, aboya Nowak senior.

— Pas question ! répliqua le jeune homme irascible. Ne croyez pas que vous allez enfin vous payer Marcus. A dire vrai, vous n'avez rien à faire ici.

Nowak senior devint tout rouge. Il mit les mains sur ses hanches et ouvrait déjà la bouche pour protester vigoureusement.

— Calmez-vous ! dit Pia. Ouvrez cette porte. J'aimerais vous interroger vous et votre famille sur la nuit dernière.

Nowak senior lui jeta un regard hostile mais obtempéra.

— Suivez-moi, dit Pia au jeune homme.

Le bureau était sens dessus dessous. Les classeurs avaient été balayés des étagères, les tiroirs et leur contenu renversés sur le sol, l'écran de l'ordinateur, l'imprimante, le fax, détruits, les placards, ouverts et dévastés.

— Quel bordel, laissa échapper le contremaître.

— Où sont les clefs des véhicules ? demanda Pia.

Il montra un tableau où étaient accrochées des clefs et Pia l'invita d'un geste à se servir. Quand il eut pris les clefs nécessaires, elle le suivit le long d'un couloir et ils pénétrèrent par une lourde porte de sécurité dans l'atelier. Ici, tout paraissait à première vue en ordre mais le jeune homme ne put réprimer un juron.

— Qu'est-ce qu'il y a ? demanda Pia.

— L'entrepôt.

L'homme montra une porte largement ouverte sur le côté opposé. Peu après, ils se tenaient devant un chaos d'étagères vidées et de matériel détruit.

— A quoi pensez-vous quand vous avez dit que Manfred Nowak allait enfin se payer Marcus ? demanda Pia au contremaître.

— Le vieux est furieux après Marcus, expliqua le jeune homme avec une antipathie mal déguisée. Il a très mal vécu qu'il n'ait pas repris l'entreprise de travaux publics avec toutes ses dettes. La boîte était en faillite parce que tout le monde se servait dans la caisse sans se soucier des livres de comptes. Marcus est d'un autre bois que le reste du clan. Il est intelligent et capable. C'est un plaisir de travailler avec lui.

— M. Nowak travaille avec son fils dans la boîte ?

— Non, il n'a pas voulu, dit le jeune homme en soufflant de façon méprisante. Pas plus que les deux frères de Marcus. Ils préfèrent rester chômeurs.

— C'est bizarre, que le reste de la famille n'ait rien entendu cette nuit, dit Pia. Ça a dû faire un bruit d'enfer.

— Peut-être qu'ils n'ont pas voulu entendre.

Le jeune homme ne paraissait pas avoir beaucoup d'estime pour la famille de son patron. Ils quittèrent l'entrepôt et regagnèrent l'atelier. Soudain, le contremaître s'arrêta :

— Comment va vraiment le patron ? Vous avez dit qu'il allait rester un moment à l'hôpital. Qu'est-ce que ça signifie ?

— Je ne suis pas médecin, dit Pia, mais j'ai cru comprendre qu'il est sérieusement blessé. Vous pourrez vous débrouiller sans lui ?

— Pendant quelques jours, oui, dit le jeune homme en haussant les épaules. Mais Marcus est sur un gros contrat. Lui seul est au courant. A la fin de la semaine, il avait un rendez-vous important.

La famille de Marcus Nowak se montra évasive jusqu'au désintérêt. Personne n'offrit à Pia d'entrer, aussi l'interrogatoire eut-il lieu devant la porte d'entrée qui donnait directement sur la firme. A un jet de pierre, s'élevait une petite maison au milieu d'un jardin bien entretenu. Pia apprit que c'était là qu'habitait la grand-mère de Nowak. Manfred Nowak répondit, comme si ça allait de soi, aux questions que Pia lui posait, quel que fût le membre de la famille à qui elle s'adressait. D'un commun accord, ils approuvaient d'un signe de tête unanime chacune de ses affirmations. Sa femme paraissait consumée par le chagrin et plus âgée qu'elle ne devait l'être. Elle fuyait les regards et tenait étroitement pressées ses lèvres minces. Les frères de Marcus, proches de la quarantaine, étaient deux lourdauds, gauches et, au physique, l'exacte réplique de leur père, mais sans son assurance. Le plus vieux, qui avait les yeux troubles d'un alcoolique, vivait avec sa famille dans la grande maison, l'autre deux maisons plus loin. Pia savait à présent pourquoi ils étaient chez eux un lundi matin et pas au travail. Aucun d'eux n'avait remarqué ce qui s'était passé la nuit dernière, toutes les chambres en effet donnaient derrière, sur le bois. Ce n'est que lorsque Pia et l'ambulance étaient arrivées, qu'ils avaient compris qu'il s'était passé quelque chose. Au contraire d'Augusta Nowak, pour son fils les suspects ne manquaient pas. Pia nota les noms de patrons de bistrot vexés et d'ouvriers revendicatifs, mais il lui parut superflu de vérifier. Comme la médecin de l'hôpital l'avait remarqué, l'agression de Nowak était un travail de professionnel. Pia remercia la famille pour sa contribution et retourna dans le bureau de Nowak où les collègues des empreintes avaient commencé leur travail. Les mots d'Augusta Nowak lui revinrent à l'esprit. *L'envie tu dois l'acquérir, la pitié tu la reçois gratis.*

A son retour au commissariat, deux heures plus tard, Pia vit tout de suite que quelque chose était arrivé. Ses collègues étaient assis à leur table, l'air apeuré, levant à peine les yeux.

— Qu'est-ce qu'il s'est passé ? demanda Pia.

Ostermann lui raconta en quelques mots l'article du *Bild-Zeitung* et la réaction de Bodenstein. Après une engueulade avec Nierhoff derrière une porte fermée, le chef s'était mis dans une colère noire tout à fait inhabituelle, les accusant l'un après l'autre d'avoir balancé des informations à la presse.

— Il n'était sûr d'aucun d'entre nous. Tu trouveras sur ton bureau la déposition d'une Mme Nowak. Elle était ici juste avant.

— Merci.

Pia posa son sac sur sa table et feuilleta le rapport qu'avait établi le policier local. Un post-it était collé sur son téléphone avec l'indication : Rappelez d'urgence. Suivait un numéro de téléphone avec l'indicatif 00 48 de la Pologne. Miriam. Les deux pouvaient attendre. Elle alla dans le bureau de Bodenstein. Comme elle s'apprêtait à frapper, la porte s'ouvrit et Behnke surgit devant elle, le visage livide. Pia entra chez son chef.

— Qu'est-ce qui se passe ? demanda-t-elle.

Bodenstein ne répondit pas. Il ne paraissait pas particulièrement de bonne humeur.

— Qui est à la clinique ?

— Marcus Nowak, un restaurateur de bâtiments à Fischbach, répondit Pia. Il a été agressé la nuit dernière dans son bureau par trois hommes, et torturé. Malheureusement il ne veut pas parler. Quant à sa famille, personne n'a la moindre idée de qui ou quoi pourrait être derrière l'agression.

— Confiez le cas aux collègues de la K10, dit le boss en fouillant dans un tiroir de son bureau. Nous avons bien assez de travail.

— Un moment, dit Pia. Je n'ai pas fini. Dans le bureau de Nowak, nous avons trouvé une assignation des collègues de Kelkheim. Il est accusé de négligence ayant entraîné des blessures sur la personne de Vera Kaltensee.

Bodenstein s'arrêta et la regarda. Son intérêt était soudain éveillé.

— Du téléphone de Nowak, on a appelé dans les jours passés au moins trente fois le numéro des Kaltensee au Mühlenhof. La nuit dernière, il a téléphoné pendant presque une demi-heure à notre ami Elard. C'est peut-être un hasard, mais je trouve bizarre que le nom des Kaltensee resurgisse.

— En effet, dit Bodenstein en se frottant pensivement le menton.

— Vous vous souvenez, on nous a expliqué la présence des gardes du corps à cause d'un cambriolage ? Peut-être que Nowak est derrière.

— Nous allons tirer cela au clair, dit Bodenstein en saisissant son téléphone. J'ai une idée.

Une heure plus tard, Bodenstein freina devant la porte de la propriété de la comtesse Gabriela von Rothkirch à Bad Homburg, le quartier le plus select de Taunus. Derrière de hautes murailles et d'épaisses haies vivait la véritable haute société, dans des villas ancestrales entourées de parcs de plusieurs hectares. Depuis que Cosima et ses sœurs étaient parties et après la mort de son époux, la comtesse vivait seule dans la magnifique villa de dix-huit pièces ; un couple de vieux domestiques habitaient dans le proche pavillon des invités, plus comme amis que comme serviteurs. Bodenstein aimait beaucoup sa belle-mère. Elle menait une vie étonnamment spartiate, consacrant beaucoup d'argent aux diverses fondations de la famille, mais, à l'inverse de Vera Kaltensee, de façon discrète et sans tapage. Bodenstein guida Pia à travers le parc. Ils trouvèrent la comtesse dans une des trois serres, occupée à rempoter des plants de tomates.

— Ah, vous voilà, dit-elle en souriant.

Bodenstein ne put s'empêcher de sourire en voyant sa belle-mère vêtue d'un jean fané, d'une veste en tricot usée et d'un chapeau mou.

— Mon Dieu, Gabriela, dit-il en embrassant sa belle-mère sur les deux joues avant de lui présenter Pia. J'ignorais l'importance qu'avait prise ton exploitation maraîchère. Qu'est-ce que tu fais du surplus ? Tu ne peux pas manger tout ça à toi toute seule ?

— Ce que nous ne mangeons pas est envoyé à la soupe populaire, répondit la comtesse. Ainsi mon hobby profite aussi à d'autres. Mais dis-moi, que me vaut ta visite ?

— Avez-vous déjà entendu le nom de Marcus Nowak ? demanda Pia.

— Nowak, Nowak.

La comtesse donna un coup de couteau dans un des sacs qui étaient posés sur une table à tréteaux et fendit le plastique d'un coup. Une terre grasse et noire coula sur la table et Pia pensa involontairement à Monika Krämer. Elle rencontra le regard de son chef et sut qu'il faisait la même association d'idées.

— Ah oui, bien sûr ! c'est le jeune entrepreneur qui a restauré le vieux moulin du Mühlenhof il y a deux ans, après que Vera eut reçu une subvention de la protection du patrimoine.

— C'est intéressant dit Bodenstein. Quelque chose a dû se passer car elle a porté plainte contre lui pour coups et blessures.

— Oui, je l'ai entendu dire, confirma la comtesse. Il s'agissait d'un accident dans lequel Vera a été blessée.

— Qu'est-ce qu'il s'est passé ?

Bodenstein déboutonna sa veste et desserra sa cravate. Dans la serre, il faisait au moins vingt-huit degrés et quatre-vingt-dix pour cent d'humidité. Pia avait tiré son bloc et prenait des notes.

— Malheureusement je ne sais rien de précis.

La comtesse plaça le plant de tomate qu'elle venait de rempoter sur une planche.

— Vera n'aime pas parler de ses déboires. En tout cas, après, elle a jeté dehors son Dr Ritter et intenté plusieurs procès à Nowak.

— Qui est le Dr Ritter ? demanda Pia.

— Thomas Ritter était depuis de longues années l'assistant personnel de Vera et la bonne à tout faire de la famille, expliqua Gabriela von Rothkirch. Un homme intelligent et séduisant. Après l'avoir licencié sans préavis, Vera en a dit tellement de mal qu'il n'a plus trouvé de travail nulle part.

Elle s'arrêta et pouffa de rire.

— Je l'ai toujours soupçonnée d'avoir un faible pour lui. Mais Ritter est un beau garçon et elle, une vieille peau ! Ce Nowak est lui aussi un assez beau type. J'ai dû le voir deux ou trois fois.

— C'*était* un beau type, corrigea Pia. La nuit dernière il a été attaqué et salement amoché. D'après la médecin, on l'aurait torturé. Sa main droite a été tellement écrasée qu'il est question de l'amputer.

— Dieu tout-puissant ! dit la comtesse en interrompant son travail. Le pauvre garçon !

— Nous devons découvrir pourquoi Vera l'a accusé.

— Le mieux, c'est de le demander au Dr Ritter. Et à Elard. Pour autant que je sache, ils ont assisté à l'accident.

— Elard Kaltensee ne nous dira rien de défavorable sur sa mère, prédit Bodenstein en quittant sa veste, la transpiration lui coulait sur le visage.

— Ce n'est pas si sûr, contredit la comtesse, lui et Vera ne s'aiment pas tellement.

— Alors, pourquoi vit-il sous son toit ?

— Vraisemblablement parce que c'est confortable, dit Gabriela von Rothkirch. Elard n'est pas homme à prendre des initiatives. C'est un brillant historien de l'art et son avis fait autorité dans le milieu, mais il se débrouille mal dans la vie quotidienne, ce n'est pas un homme d'action comme Siegbert.

Elard préfère la voie de la facilité et la compagnie de bons amis. Quand il rencontre des difficultés, il les écarte.

Pia avait eu une impression très semblable d'Elard. Il restait pour elle le principal suspect.

— Croyez-vous possible qu'Elard ait tué les amis de sa mère ? demanda-t-elle malgré le coup d'œil de Bodenstein, mais la comtesse affronta le regard de Pia.

— C'est difficile de savoir avec Elard, dit-elle. Je suis sûre qu'il cache quelque chose derrière sa politesse de façade. Vous devez prendre en compte qu'il n'a jamais eu de père, pas de racines. Cela doit le travailler, surtout à présent, à l'âge où l'on comprend qu'on n'a plus beaucoup de possibilités. Et il n'a jamais pu souffrir Goldberg et Schneider.

Marcus Nowak avait un visiteur lorsque Bodenstein et Pia entrèrent dans la chambre. Pia reconnut le jeune contremaître de ce matin. Il était assis à côté du lit de son patron et l'écoutait en prenant fiévreusement des notes. Après avoir promis de revenir plus tard dans la soirée, il disparut et Bodenstein se présenta à Nowak.

— Qu'est-ce qu'il s'est passé hier ? demanda-t-il sans préambule. Et ne venez pas me dire que vous ne vous en souvenez plus. Je ne vous croirais pas.

Nowak n'avait pas l'air enchanté de voir de nouveau débarquer la Kripo et il fit ce qu'il savait si bien faire : il se tut. Bodenstein prit la chaise, Pia s'appuya contre la fenêtre et sortit son carnet de notes. Elle n'avait pas remarqué la dernière fois comme il avait une jolie bouche. Des lèvres pleines, des dents blanches et régulières et un visage aux traits fins. La belle-mère de Bodenstein avait raison. Dans des conditions normales, c'était certainement un bel homme.

— Monsieur Nowak, dit Bodenstein en se penchant sur lui, croyez-vous que nous soyons ici pour le plaisir ? Ou bien cela vous est-il indifférent que des hommes, à qui vous devez la perte probable de votre main droite, restent impunis ?

Nowak ferma les yeux et s'enfonça dans son silence.

— Pourquoi Mme Kaltensee a-t-elle porté plainte contre vous pour négligence ayant entraîné des blessures corporelles ? demanda Pia. Pourquoi, ces derniers jours, avez-vous téléphoné chez elle au moins trente fois ?

Silence.

— Votre agression peut-elle avoir un rapport avec la famille Kaltensee ?

Pia remarqua que, en entendant ces paroles, Nowak serra le poing avec sa main intacte. Touché. Elle plaça la deuxième chaise de l'autre côté du lit et s'assit. Il lui paraissait peu fair-play d'acculer un homme qui avait connu l'horreur quelques heures auparavant. Elle savait par expérience à quel point c'était affreux d'être agressé entre ses quatre murs. Mais ils avaient cinq meurtres à résoudre et Marcus Nowak aurait pu être la sixième victime.

— Monsieur Nowak, dit-elle en prenant une voix amicale. Nous voulons vraiment vous aider. Ça va beaucoup plus loin que l'agression dont vous avez été victime. Regardez-moi, je vous en prie.

Nowak obéit. L'expression blessée de ses yeux noirs toucha Pia. L'homme lui était sympathique, même si elle ne le connaissait pas. Elle se dit qu'elle éprouvait pour un homme, dans la vie duquel elle devait fouiller pour son enquête, trop de pitié et de compréhension pour rester objective. Pendant qu'elle se demandait pourquoi l'homme, qui refusait si obstinément de répondre, lui plaisait tant, elle repensa à ce qui lui avait traversé l'esprit ce matin en voyant les véhicules de Nowak. Dans la nuit du meurtre de Schneider, un témoin avait vu une camionnette de cette entreprise devant l'entrée de la maison.

— Où étiez-vous dans la nuit du 30 avril au 1er mai ? demanda-t-elle brusquement.

Nowak fut aussi surpris par cette question que Bodenstein.

— J'étais à la *Tanz in den Mai*. Au centre sportif de Fischbach.

Ses paroles étaient peu compréhensibles, ce qui pouvait être dû à ses hématomes et à sa lèvre inférieure fendue, mais il avait dit quelque chose.

— Vous n'êtes pas allé par hasard à Eppenhain ?

— Non. Qu'est-ce j'y aurais fait ?

— Combien de temps êtes-vous resté à cette fête ? Où êtes-vous allé après ?

— Je ne sais pas au juste. Jusqu'à une ou deux heures du matin. Après je suis rentré chez moi.

— Et dans la soirée du 1er mai ? Vous êtes peut-être allé au Mühlenhof, chez Vera Kaltensee ?

— Non, dit Nowak. Pourquoi ?

— Pour parler à Mme Kaltensee. Parce qu'elle avait porté plainte contre vous. Ou peut-être parce que vous vouliez l'intimider.

Nowak sortit enfin de sa réserve.

— Non ! répondit-il, irrité. Je n'étais pas au Mühlenhof ! Et pourquoi j'aurais voulu intimider Mme Kaltensee ?

— Je vous le demande. Nous savons que vous avez restauré le moulin. Qu'il y a eu un accident dont Mme Kaltensee vous a rendu publiquement responsable. Qu'est-ce qui cloche entre vous et Mme Kaltensee ? Que s'est-il passé autrefois ? Pourquoi ces procès ?

Il fallut un moment avant que Nowak parvienne à répondre.

— Elle est venue sur le chantier et elle est passée à travers le nouveau sol de terre battue, alors que je l'avais prévenue, expliqua-t-il enfin. Elle a dit que c'était ma faute et elle a refusé de payer la facture.

— Vera Kaltensee ne vous a toujours pas payé votre travail ? s'étonna Pia.

Nowak leva les épaules et fixa sa main intacte.

— Combien elle vous doit ?

— Je ne sais pas.

— Allons, monsieur Nowak, vous le savez certainement au centime près. Ne nous racontez pas d'histoire ! Combien Mme Kaltensee vous doit-elle pour vos travaux au Mühlenhof ?

Marcus Nowak se retira de nouveau sous sa carapace et se tut.

— Il suffit que j'appelle les collègues à Kelkheim pour recevoir en un instant la copie de la requête, dit Pia. Alors ?

Nowak réfléchit rapidement puis soupira.

— Cent soixante mille euros, dit-il à contrecœur. Hors taxes.

— C'est beaucoup d'argent. Allez-vous renoncer à une telle somme ?

— Non, bien sûr que non. Je toucherai cet argent.

— Comment allez-vous le récupérer ?

— Je vais porter plainte.

Pendant quelques secondes, le silence régna dans la pièce.

— Je me demande jusqu'où vous seriez prêt à aller pour récupérer votre argent.

Silence. Du coin de l'œil, Bodenstein lui demanda de continuer.

— Que voulaient ces hommes la nuit dernière ? reprit Pia. Pourquoi ont-ils mis votre bureau et votre atelier à sac et pourquoi vous ont-ils torturé ?

Nowak serra les lèvres et détourna les yeux.

— Les hommes ont fui rapidement quand votre grand-mère a allumé dans la cour. Ce faisant, ils ont heurté une jardinière de béton. Nos collègues ont relevé des traces de peinture qui sont en train d'être analysées. Nous attraperons les types. Cela ira plus vite si vous nous aidez.

— Je n'ai reconnu personne, s'entêta Nowak. Ils étaient masqués et j'avais les yeux bandés.

— Qu'est-ce qu'ils voulaient ?

— De l'argent, se décida-t-il à dire après une brève hésitation. Ils cherchaient un coffre-fort, mais je n'en ai pas.

C'était un pur mensonge. Et Marcus Nowak savait que Pia ne le croyait pas.

— Bon, dit-elle en se levant. Si vous ne voulez pas parler, ça vous regarde. Nous avons essayé de vous aider. Peut-être votre femme nous en dira-t-elle plus. Elle sera tout à l'heure au commissariat.

— Qu'est-ce que ma femme a à voir là-dedans ?

Nowak se redressa péniblement. L'idée que la Kripo allait interroger sa femme lui était, semblait-il, désagréable.

— Nous verrons bien, dit Pia avec un bref sourire. Au cas où quelque chose vous reviendrait, voici ma carte.

— Est-ce qu'il ne sait rien ou bien est-ce qu'il a peur ? grommela Bodenstein en traversant le rez-de-chaussée de la clinique.

— Ni l'un ni l'autre, répondit Pia. Il nous cache quelque chose, ça, j'en ai l'impression. J'espérais, je…

Elle s'interrompit, attrapa son chef par le bras et le poussa derrière un pilier.

— Qu'y a-t-il ? demanda Bodenstein.

— L'homme, là, avec le bouquet de fleurs, chuchota-t-elle. Ce n'est pas Elard Kaltensee ?

Bodenstein plissa les yeux et parcourut le hall du regard.

— Oui, c'est lui. Qu'est-ce qu'il fait ici ?

— Il va peut-être voir Nowak. Mais si c'est le cas, pourquoi ?

— Comment pourrait-il savoir que Nowak est dans cet hôpital ?

— Si les Kaltensee sont derrière l'agression, c'est normal qu'il le sache, répliqua Pia. Il a téléphoné la nuit dernière à Nowak – peut-être pour le retenir jusqu'à ce que les hommes de main soient là.

— Allons le lui demander.

Bodenstein mit le cap sur l'homme. Elard Kaltensee était plongé dans la lecture du panneau indicateur et sursauta quand Bodenstein l'aborda. Il devint encore plus pâle qu'il n'était.

— Vous apportez des fleurs à votre mère ? Cela lui fera plaisir. Comment va-t-elle ?

— Ma mère ? dit Kaltensee, désorienté.

— Votre frère m'a dit que votre mère était dans une clinique, dit Bodenstein. Vous allez certainement la voir, non ?

— Non... je suis venu voir un ami.

— M. Nowak ? demanda Pia.

Kaltensee hésita brièvement puis acquiesça.

— Comment savez-vous qu'il est dans cette clinique ? demanda Pia brutalement.

En présence de Bodenstein, Elard Kaltensee ne lui apparaissait plus aussi inquiétant que le samedi après-midi.

— Par sa comptable, répondit Kaltensee. Elle m'a appelé ce matin et m'a raconté ce qui s'est passé. Vous devez savoir que j'ai fait obtenir à Nowak un contrat important, le projet de rénovation dans la vieille ville de Francfort. Il y a dans trois jours un rendez-vous crucial et les employés de Nowak craignent que leur patron ne soit pas capable de quitter la clinique.

Ça paraissait plausible. Peu à peu il semblait se remettre de sa frayeur, sur son visage blême les couleurs revenaient. On aurait cru qu'il n'avait pas dormi depuis samedi.

— Vous lui avez parlé ? demanda-t-il.

Bodenstein acquiesça.

— Oui.

— Et ? Comment va-t-il ?

Pia le regarda avec méfiance. Etait-ce uniquement une inquiétude polie pour la santé d'un ami ?

— On l'a torturé, dit-elle. Sa main droite est tellement endommagée qu'il est question de l'amputer.

— Torturé ? dit Kaltensee en blêmissant. Oh, mon Dieu !

— Oui, cet homme a de très sérieux problèmes, continua Pia. Vous savez certainement que votre mère lui doit encore une somme à six chiffres pour la réparation du moulin.

— Comment ?

L'étonnement de Kaltensee paraissait authentique.

— Ce n'est pas possible ?

— C'est M. Nowak qui nous l'a dit, confirma Bodenstein.

— Mais… ce n'est pas possible, dit Kaltensee désarçonné en secouant la tête. Pourquoi il ne m'a rien dit ? Mon Dieu, que doit-il penser de moi ?

— Vous connaissez bien M. Nowak ? demanda Pia.

Kaltensee ne répondit pas aussitôt.

— Superficiellement seulement, répondit-il sur la réserve. Quand il travaillait au Mühlenhof, nous avons discuté à l'occasion.

Pia attendit la suite mais rien ne vint.

— Vous lui avez téléphoné pendant trente-deux minutes hier, dit-elle. A une heure du matin. Une heure habituelle, n'est-ce pas, pour bavarder avec une connaissance superficielle, vous ne trouvez pas ?

L'effroi se dessina brièvement sur le visage du professeur. L'homme cachait quelque chose, c'était manifeste. Il avait les nerfs à fleur de peau. Pia était sûre qu'un simple interrogatoire suffirait à lui faire tout avouer.

— Nous avons parlé de notre projet, répondit Kaltensee avec hauteur. C'est une grosse affaire.

— A une heure du matin ! dit Pia en secouant la tête.

— En outre, votre mère a porté plainte contre M. Nowak pour négligence ayant entraîné des blessures corporelles, intervint Bodenstein. Elle lui a intenté trois procès.

Elard Kaltensee regarda Bodenstein sans comprendre.

— Oui, et alors ?

Il semblait embarrassé mais sans comprendre ce qu'on attendait de lui.

— En quoi cela me concerne-t-il ?

— Vous ne pensez pas que M. Nowak a toutes les raisons de détester votre famille ?

Kaltensee resta sans voix. Son front était en sueur. Il ne semblait pas avoir la conscience tranquille.

— Nous nous demandons, continua Bodenstein, jusqu'où M. Nowak serait prêt à aller pour recouvrer son argent.

— Que… que voulez-vous dire ?

Le professeur semblait dépassé par la situation.

— M. Nowak connaissait-il M. Goldberg et M. Schneider ? Et aussi Mme Frings ? Un véhicule avec le logo de son entreprise a été vu dans la nuit du meurtre de M. Schneider vers minuit et demi devant sa maison. M. Nowak n'a pas de réel alibi pour ce créneau, car il affirme qu'il était chez lui. Seul.

— Vers minuit et demi ? répéta Kaltensee.

— Nowak a travaillé longtemps au Mühlenhof, dit Pia. Il les connaissait donc tous les trois et savait que c'étaient des amis intimes de votre mère. Pour vous, cent soixante mille euros ce n'est pas beaucoup d'argent, mais pour M. Nowak c'est une fortune. Il pensait peut-être mettre votre mère sous pression en tuant ses amis. Un après l'autre pour donner plus de poids à sa réclamation.

Kaltensee les regardait comme s'ils avaient perdu la raison. Il secoua énergiquement la tête.

— Mais c'est absurde ! Quel homme croyez-vous qu'il soit ! Marcus Nowak n'est pas un tueur ! Et tout cela ne constitue pas un motif de meurtre !

— La vengeance et l'angoisse existentielle sont un motif de meurtre très puissant, dit Bodenstein. Peu de meurtres sont commis par des tueurs professionnels. La plupart le sont par des gens normaux qui ne trouvent pas d'autre issue.

— Marcus n'a jamais tué personne, répliqua Kaltensee avec une vigueur surprenante. Je me demande vraiment comment vous pouvez avoir une idée aussi ridicule !

Marcus ? Leurs rapports étaient moins superficiels que Kaltensee ne voulait le faire croire. Pia eut une idée. Elle se rappela avec quelle indifférence il avait réagi à l'annonce de la mort de Herrmann Schneider. C'était peut-être parce qu'il le savait déjà ? Etait-il pensable que Kaltensee – un homme riche et influent – se serve de Nowak, en l'appâtant avec un contrat de plusieurs millions, pour lui demander, en contrepartie, de commettre trois meurtres ?

— Nous allons vérifier l'alibi de Nowak pour la nuit du meurtre de Schneider, dit Pia. Et nous lui demanderons où il était quand Goldberg et Mme Frings ont été tués.

— Vous faites fausse route.

La voix de Kaltensee tremblait. Pia observa l'homme avec attention. Même s'il arrivait à se contrôler, il sautait aux yeux qu'il était bouleversé. Se rendait-il compte qu'elle était sur ses talons ?

Pia venait de quitter la clinique quand son portable sonna.

— J'essaie de te joindre depuis une heure, dit Ostermann d'une voix pleine de reproches.

— Nous étions à la clinique, dit Pia en s'arrêtant, tandis que son chef continuait son chemin. Qu'est-ce qui se passe ?

— Ecoute ça : Marcus a été contrôlé à Fischbach par une patrouille de police à vingt-trois heures quarante-cinq. Il n'avait ni permis de conduire ni carte d'identité et il devait se présenter au poste à Kelkheim le lendemain. Jusqu'à ce jour, il ne l'a pas fait.

— C'est intéressant. Où le contrôle a-t-il eu lieu exactement ?

Pia entendit son confrère taper sur le clavier de son ordinateur.

— Grüner Weg, au coin de Kelkheimer Strasse. Il conduisait une Volkswagen Passat qui appartient à l'entreprise.

— Schneider a été tué vers une heure du matin, réfléchit Pia à haute voix. De Fischbach à Eppenhain, il faut environ quinze minutes en voiture. Merci, Kai.

Elle éteignit son portable et rejoignit son chef qui était déjà arrivé à la voiture et regardait devant lui d'un air absent. Pia lui répéta ce qu'Ostermann venait de lui apprendre.

— Ainsi sur son alibi à l'heure du crime, il a menti. Mais pourquoi ?

— Pourquoi aurait-il tué Schneider ?

— Peut-être à l'instigation du Pr Kaltensee. Il a procuré un gros contrat à Nowak et a pu poser ses exigences. Ou bien parce que Nowak voulait mettre la pression sur Vera Kaltensee en tuant son meilleur ami. Et le chiffre renvoie peut-être à la somme qu'elle lui doit. Il a parlé de cent soixante mille euros.

— Mais il manquerait au moins un zéro, opposa Bodenstein.

— Oui, c'était une idée comme ça !

— Oubliez Elard Kaltensee comme meurtrier ou commanditaire, dit Bodenstein.

Son ton patient mit soudain Pia en colère.

— Non, pas question. De tous ces gens dont nous parlons c'est lui qui a le meilleur mobile. Si vous l'aviez vu dans son appartement ! Il m'a dit qu'il haïssait ceux qui l'avaient empêché d'en apprendre plus sur ses véritables origines. Et quand je lui ai demandé qui, il a répondu : *Ceux qui sont au courant*. Il aurait voulu les tuer. Je ne l'ai pas lâché et j'ai répété ma question et il m'a dit que maintenant de toute façon tous les trois étaient morts.

Le regard pensif de Bodenstein se perdait au-dessus du toit de la voiture.

— Kaltensee a un peu plus de soixante ans, continua Pia plus calmement. Il ne lui reste plus beaucoup de temps pour découvrir qui était son père biologique ! Il a tué les trois amis de sa mère quand ils ont refusé de le lui dire. Ou bien il les a fait tuer par Nowak ! Et je suis sûre que la prochaine sera sa mère. Il la hait elle aussi.

— Vous n'avez aucune preuve pour étayer votre théorie, dit Bodenstein.

— Nom de Dieu ! dit Pia en frappant du poing le toit de la voiture. Elle avait envie de prendre son chef par les épaules et de le secouer parce qu'il ne voulait pas voir la réalité. Je suis sûre que Kaltensee a quelque chose à voir là-dedans ! Pourquoi nous ne retournons pas à la clinique pour lui demander s'il a un alibi pour l'heure des meurtres ? Je parie qu'il dira qu'il était chez lui. Seul.

Au lieu de répondre Bodenstein lui jeta les clefs de la voiture.

— Envoyez-moi une voiture dans une demi-heure, dit-il et il reprit le chemin de la clinique.

Christina Nowak attendait dans la salle d'attente du poste de garde et sauta sur ses pieds lorsque Pia entra. Elle était très pâle et visiblement nerveuse.

— Bonjour, madame Nowak, dit Pia en lui tendant la main. Suivez-moi.

Elle fit signe à travers la vitre au policier de la laisser entrer. L'ouvre-porte se fit entendre, en même temps que sonnait le portable de Pia. C'était Miriam.

— Tu es au bureau ? dit son amie d'une voix excitée.

— Oui, j'arrive juste.

— Alors regarde tes e-mails. J'ai scanné des trucs et je les ai envoyés en pièces jointes. L'archiviste m'a donné quelques tuyaux. Je dois voir plusieurs personnes et je t'en parle après.

— OK, je regarde tout de suite. Merci beaucoup.

Arrivée au premier étage, Pia s'arrêta devant son bureau.

— J'en ai pour quelques minutes. Je vous appelle tout de suite.

Christina Nowak acquiesça sans un mot et se rassit dans le couloir sur sa chaise en plastique. Ostermann était le seul de ses collègues qui était là. Hasse était allé interroger les pensionnaires au Taunusblick, Fachinger cherchait de possibles témoins dans l'immeuble de Niederhöchstadt et Behnke faisait la même chose à Königstein. Pia s'assit à son bureau et ouvrit ses e-mails. Entre les spams habituels contre lesquels le pare-feu de la police semblait impuissant, elle trouva un message venant de Pologne. Elle ouvrit les documents joints et les examina l'un après l'autre.

— Ouah ! s'exclama-t-elle.

Miriam avait vraiment fait du bon travail. Elle avait trouvé dans les archives municipales de Wegorzewo des photos scolaires de l'année 1933 qui montraient les élèves de terminale du lycée d'Angerburg et un article de journal sur la remise d'un prix pour une régate sur le lac Mauer, qui était déjà à l'époque un haut lieu du sport nautique. Sur les deux photos on voyait David Goldberg et il était deux fois mentionné dans le journal : comme vainqueur de la régate et comme fils de l'industriel angerburgois Samuel Goldberg qui avait parrainé la course. C'était le vrai David Goldberg qui avait dû mourir à Auschwitz. Il avait des cheveux bruns frisés, des yeux enfoncés, il était petit et fluet et n'avait pas plus de dix-sept ans. L'homme qui avait été tué dans sa maison à Kelkheim devait mesurer dans sa jeunesse environ un mètre quatre-vingt-cinq. Pia se pencha sur l'article de l'*Angeburger Nachrichten* du 22 juillet 1933. L'équipe victorieuse qui portait le fier nom de Preussenehre était composée de quatre jeunes gens qui riaient de bonheur devant la caméra : David Goldberg, Walter Endrikat, Elard von Zeydlitz-Lauenburg et Theodor von Mannstein.

— Elard von Zeydlitz-Lauenburg, murmura Pia en grossissant l'image d'un clic de souris. Ce devait être le frère de Vera Kaltensee qui a disparu en janvier 1945.

On ne pouvait nier la ressemblance entre le garçon de dix-huit ans et son neveu de soixante portant le même prénom. Pia imprima les documents, puis elle se leva et pria Christina Nowak d'entrer.

— Excusez-moi de vous avoir fait attendre, dit Pia en refermant la porte. Voulez-vous un café ?

— Non merci.

Christina Nowak s'assit sur le bord de la chaise et posa son sac sur ses genoux.

— Votre mari nous a malheureusement dit peu de chose, c'est pourquoi j'aimerais en apprendre un peu plus sur vous, sur lui et sur votre entourage.

Christina Nowak acquiesça calmement.

— Votre mari a-t-il des ennemis ?

La femme pâle secoua la tête.

— Pas que je sache.

— Comment ça va dans la famille ? Les relations entre votre mari et votre beau-père ne paraissent pas très bonnes.

— Dans une famille, il y a toujours des frictions, dit Mme Nowak en repoussant une mèche de cheveux avec nervosité. Mais mon beau-père ne ferait jamais rien qui pourrait nuire à Marcus, à moi ou aux enfants.

— Mais il a mal pris que votre mari ait refusé de reprendre l'entreprise de travaux publics, non ?

— Pour mon beau-père, l'entreprise était l'œuvre de sa vie. Toute la famille y travaillait. Naturellement lui et mes beaux-frères espéraient que Marcus les aiderait à éviter la faillite.

— Et vous ? Que pensez-vous du fait que votre mari ait refusé et préféré son indépendance ?

Christina Nowak s'agita sur sa chaise.

— Pour être honnête, au début j'aurais préféré qu'il reprenne l'entreprise. Mais après, je l'ai admiré de ne pas l'avoir fait. Toute la famille – moi y compris – a exercé sur lui une grande pression. Je ne suis pas hélas quelqu'un de très courageux et j'avais peur que Marcus n'y arrive pas et que nous ne perdions tout.

— Et comment ça va à présent ? Votre beau-père ne paraissait pas vraiment affecté par ce qui était arrivé à votre mari dans la nuit.

— Vous vous trompez, dit Christina Nowak avec vivacité, mon beau-père est très fier de Marcus.

Pia en doutait. Manfred Nowak était apparemment un homme qui était très sensible à la perte de son influence et de sa réputation. Mais elle comprenait que sa belle-fille ne veuille rien dire de négatif sur les parents de son mari, surtout en vivant sous le même toit qu'eux. Elle avait souvent rencontré des femmes comme Christina Nowak qui ferment les yeux devant la réalité, redoutent tout changement dans leur vie et se cramponnent à une façade de respectabilité.

— Avez-vous une idée de ceux qui ont agressé et torturé votre mari ? demanda Pia.

— Torturé ? dit Mme Nowak en pâlissant encore et en fixant Pia avec des yeux incrédules.

— Sa main droite a été broyée, les médecins ne savent pas s'ils pourront la sauver. Vous ne le saviez pas ?

— Non... non, dit-elle après une courte hésitation. Et je ne vois pas pourquoi quelqu'un aurait voulu torturer mon mari. C'est un artisan... pas un agent secret ou ce genre de chose...

— Pourquoi nous a-t-il menti ?

— Menti ? Comment ?

Pia mentionna le contrôle de police dont Nowak avait fait l'objet le 30 avril. Christina Nowak détourna les yeux.

— Inutile de me jouer la comédie, dit Pia. Il arrive souvent qu'un mari ait des secrets pour sa femme.

Christina Nowak rougit et se força à garder son calme.

— Mon mari ne me cache rien, dit-elle sèchement. Il m'a raconté le contrôle de police.

Pia fit semblant de prendre des notes car elle savait que cela déstabiliserait la femme.

— Où étiez-vous dans la nuit du 30 avril au 1er mai ?

— A la *Tanz in den Mai*, au centre sportif. Mon mari avait encore quelque chose à faire et il n'est arrivé que plus tard.

— Quand est-il arrivé ? Avant ou après le contrôle ?

Pia sourit, l'air innocent. Elle n'avait pas mentionné l'heure du contrôle.

— Je... je ne l'ai pas vu. Mais mon beau-père et des amis de mon mari m'ont dit qu'il était là.

— Il était à la fête et il n'est pas venu vous parler ? C'est bizarre.

Elle comprit qu'elle avait touché un point sensible. Il y eut un silence. Pia attendit.

— Ce n'est pas ce que vous pensez, dit Christina Nowak en se penchant en avant. Je sais que mon mari ne fait pas grand cas des gens du club sportif, c'est pour cela que je n'ai pas insisté pour qu'il vienne à cette fête. Il n'est pas resté longtemps, il a échangé quelques mots avec son père puis il est retourné à la maison.

— Votre mari a été interpellé par la police à vingt-trois heures quarante-cinq. Où est-il allé ensuite ?

— A la maison, je suppose. Je ne suis rentré du centre sportif qu'à six heures du matin après avoir aidé à ranger. Il était déjà parti jogger. Comme chaque matin.

— Ah, oui ! Bien !

Pia fouilla dans les tiroirs de son bureau sans rien ajouter. Christina Nowak était de plus en plus nerveuse. Son regard faisait le tour de la pièce, des gouttes de sueur perlaient au-dessus de sa lèvre supérieure. Visiblement elle n'en pouvait plus.

— Pourquoi vous m'interrogez sans arrêt sur cette nuit-là ? demanda-t-elle. Quel rapport avec l'agression contre mon mari ?

— Est-ce que le nom de Kaltensee vous dit quelque chose ? demanda Pia au lieu de répondre.

— Oui, naturellement, dit Christina Nowak désarçonnée. Pourquoi ?

— Vera Kaltensee doit une grosse somme d'argent à votre mari. En outre elle a porté plainte contre lui pour négligence grave ayant entraîné des blessures corporelles. Nous avons trouvé dans son bureau une convocation de la police.

Christina Nowak se mordit les lèvres. Apparemment il y avait des choses qu'elle ignorait. Mais elle ne répondit pas à la question de Pia.

— Madame Nowak, je cherche une raison à l'agression.

Elle leva la tête et regarda fixement Pia. Ses doigts serraient si fort le fermoir de son sac, que les jointures avaient blanchi. Pendant un long moment, le silence régna.

— Oui, mon mari *a* des secrets pour moi ! avoua-t-elle enfin. Pourquoi, je ne sais pas, mais depuis qu'il est allé en Pologne, il y a un an, et qu'il a rencontré le Pr Kaltensee, il a complètement changé !

— Il est allé en Pologne ? Pourquoi ?

Christina Nowak resta d'abord muette puis soudain cela jaillit d'elle comme la lave d'un volcan.

— Ça fait une éternité qu'il ne vient plus en vacances avec moi et les enfants, soi-disant qu'il n'a pas le temps ! Mais il peut partir dix jours en Mazurie avec sa grand-mère ! Pour ça, il a le temps ! Je sais que ça peut paraître idiot mais j'ai parfois l'impression qu'il est marié avec Augusta et pas avec moi ! Puis a surgi ce Kaltensee ! Le Pr Kaltensee par-ci, le Pr Kaltensee par-là ! Ils se téléphonent pendant des heures et manigancent des projets dont il ne me parle pas. Quand mon beau-père a appris que Marcus avait travaillé pour les Kaltensee, il a explosé !

— Pourquoi ?

— C'est à cause des Kaltensee que mon beau-père a fait faillite autrefois, expliqua Christina à Pia, étonnée. Il avait construit une nouvelle aile de bureaux pour l'entreprise Kaltensee à Hofheim. Ils lui ont reproché d'avoir bâclé le travail. Il y a eu des rapports d'expertise, l'affaire a été portée devant les tribunaux et ça a duré des années. Mon beau-père était aux abois, il s'agissait de sept millions d'euros. Quand ils sont arrivés à un accord, l'entreprise ne pouvait plus être sauvée.

— C'est intéressant. Et pourquoi votre mari a-t-il travaillé de nouveau avec les Kaltensee ?

Christina haussa les épaules.

— Personne n'a compris, dit-elle avec amertume. Mon beau-père n'a cessé de mettre Marcus en garde. Et maintenant tout se répète : il n'y a pas d'argent, au lieu de cela des procès, expertise sur expertise... Elle s'interrompit et poussa un grand soupir : Mon mari est à la lettre l'esclave de ce Kaltensee. Il ne me regarde plus ! Il ne remarque même pas comment je suis habillée !

Pia, d'après sa propre expérience, se représentait aisément la situation, mais elle n'avait pas envie d'écouter en détail les déboires du couple Nowak.

— J'ai rencontré le Pr Kaltensee aujourd'hui à la clinique. Il allait voir votre mari et il semblait très soucieux, dit-elle dans le but de faire encore plus sortir Mme Nowak de ses gonds. Apparemment, il ne savait pas que sa mère devait de l'argent à votre mari. Pourquoi votre mari ne le lui a-t-il pas dit, puisqu'ils sont amis ?

— Amis ? Je ne les appellerais pas comme ça ! Kaltensee se sert de mon mari mais Marcus ne veut pas le comprendre ! Tout tourne pour lui autour de ce contrat à Francfort ! C'est une vraie folie ! C'est un trop gros morceau pour lui, il présume trop de ses forces ! Comment pourra-t-il en venir à bout avec ses quelques ouvriers ? Assainir la vieille ville de Francfort. Pfff ! Ce Kaltensee lui a monté la tête ! Si ça foire, tout est perdu !

Ces paroles exprimaient l'amertume et la frustration. Etait-elle jalouse de l'amitié entre son mari et le Pr Kaltensee ? Craignait-elle une possible faillite ? Ou bien était-ce l'angoisse d'une femme qui sent que son petit monde en apparence intact risque de voler en éclats et qu'elle n'en a plus le contrôle ? Pia posa son menton dans sa main et observa pensivement la femme.

— Vous ne m'aidez pas, constata-t-elle. Et je me demande pourquoi ? En savez-vous si peu sur votre mari ? Ou bien êtes-vous indifférente à ce qui lui est arrivé ?

Christina Nowak secoua violemment la tête.

— Non, répondit-elle d'une voix tremblante. Mais qu'est-ce que je peux faire ? Marcus ne me dit plus rien depuis des mois. Je n'ai absolument aucune idée de ce qu'il a fait et pourquoi, je ne sais rien des gens qu'il fréquente. Je ne suis sûre que d'une chose : s'il s'est disputé avec les Kaltensee ce n'est pas à cause d'un problème de chantier mais parce qu'une certaine caisse a prétendument disparu pendant les travaux. Marcus a reçu plusieurs fois la visite du Pr Kaltensee et du Dr Ritter, le secrétaire de Vera Kaltensee. Ils sont restés dans son bureau pendant des heures et l'ont fait secrètement. Mais je ne saurais vous en dire plus ! Des larmes brillaient dans ses yeux : Je me fais vraiment du souci pour mon mari, dit-elle avec un désespoir qui éveilla la pitié de Pia. J'ai peur pour lui et pour nos enfants, parce que j'ignore dans quelle histoire il s'est fourré et pourquoi il ne me dit plus rien ! Elle détourna la tête et éclata en sanglots : Et puis, je crois qu'il... qu'il en a une autre ! Il sort souvent le soir et ne rentre qu'au petit matin.

Elle fouilla dans son sac en évitant de regarder Pia. Les larmes coulaient sur ses joues. Pia lui tendit un kleenex et attendit qu'elle se soit mouchée.

— Vous voulez dire qu'il aurait pu ne pas être chez lui dans la nuit du 30 avril au 1er mai ? demanda-t-elle doucement.

Christina Nowak haussa les épaules et acquiesça. Mais, alors que Pia pensait qu'elle n'avait plus rien d'intéressant à dire, la femme fit éclater une bombe.

— Je... je l'ai vu il n'y a pas longtemps avec une femme. Je... j'étais dans la zone piétonnière où j'étais allée chercher un livre à la librairie pour le jardin d'enfants quand j'ai aperçu sa voiture en face du marchand de glaces. Au moment où j'allais traverser pour lui parler, une femme est sortie d'une maison à côté du kiosque de loterie et il est sorti de sa voiture. J'ai bien vu comme ils se parlaient de près.

— C'était quand ? dit Pia électrisée. A quoi ressemblait la femme ?

— Grande, brune, élégante, répondit Christina Nowak avec désespoir. J'ai vu comment elle lui parlait... et elle a posé sa main sur son bras...

Elle sanglotait, à nouveau les larmes coulaient sur ses joues.

— C'était quand ? répéta Pia.

— La semaine dernière, souffla Mme Nowak. Vendredi, vers midi et quart. J'ai... d'abord pensé qu'il s'agissait du nouveau contrat... mais ensuite... ensuite elle est montée dans la voiture de Marcus et ils sont partis ensemble...

Pia gagna la salle de réunion avec l'impression d'avoir fait une avancée. Elle détestait mettre la pression sur les gens au point de les faire pleurer mais parfois le but sanctifiait les moyens. Bodenstein avait prévu une réunion à quatre heures et demie mais, avant que Pia commence à raconter ce qu'elle avait appris, la Dr Nicole Engel entra dans la salle. Hasse et Fachinger étaient déjà assis autour de la table, peu après arriva Ostermann, deux classeurs dans les mains, suivi de Behnke. Bodenstein ouvrit la séance à quatre heures et demie tapante.

— Comme la K11 est au complet, dit Nicole Engel en s'asseyant au bout de la table, place habituelle de Bodenstein qui ne fit aucune remarque et se mit entre Pia et Ostermann, j'en profite pour me présenter. Mon nom est Nicole Engel et le 1er juin je succéderai au Dr Nierhoff.

Dans la pièce régnait un silence de mort. Bien entendu tous ceux de l'inspection régionale de la Kripo de Hofheim savaient depuis longtemps qui elle était.

— J'ai moi-même travaillé longtemps comme enquêtrice, continua la chef de la Kripo pas impressionnée par l'absence de réaction. Le travail à la K11 est cher à mon cœur, c'est pourquoi j'aimerais – même de façon non officielle – participer à l'enquête en cours. Il me semble que ma contribution ne peut pas faire de mal.

Pia jeta un coup d'œil à son chef. Bodenstein restait impassible. Il paraissait perdu dans ses pensées. Pendant que la chef de la Kripo faisait un exposé sur l'évolution et les plans d'avenir de l'inspection régionale de la Kripo de Hofheim, Pia se pencha vers lui.

— Alors ? chuchota-t-elle tendue.

— Vous aviez raison, répondit Bodenstein à voix basse. Kaltensee n'a pas d'alibi.

— Donc, dit la conseillère judiciaire en jetant à la ronde un regard triomphant. Je connais déjà le commissaire principal Bodenstein et Mme Kirchhoff. Je propose que les autres se présentent à tour de rôle. Commençons par vous, mon cher collègue.

Elle regarda Behnke qui, vautré sur sa chaise, fit comme s'il n'avait pas entendu.

— Commissaire Behnke, répéta Mme la Dr Engel qui paraissait jouir de la situation. J'attends.

La tension dans la pièce était palpable, comme dans les secondes qui précèdent l'orage. Pia se souvint qu'il avait jailli du bureau de Bodenstein, le visage livide. Sa bizarre passivité avait-elle un rapport avec Mme Engel ? Behnke avait travaillé autrefois avec Bodenstein à la K11 de Francfort. Il devait donc connaître Nicole Engel. Alors pourquoi faisait-elle semblant de ne pas le connaître ? Pendant qu'elle réfléchissait, Bodenstein avait pris la parole.

— Assez avec les projets, dit-il, nous avons du travail.

En quelques mots, il mit ses collaborateurs au courant des nouveaux éléments de l'enquête. Pia s'arma de patience et décida d'attendre sa conclusion pour révéler ce qu'elle avait appris. Le pistolet qu'elle avait trouvé dans le sac à dos de Watkowiak n'était pas l'arme avec laquelle les trois vieux avaient été tués, les techniciens de la Kripo l'avaient clairement établi. Au Taunusblick, on n'avait pas beaucoup avancé. Les pensionnaires qu'ils avaient interrogés n'avaient rien remarqué d'important pour l'enquête. Fachinger, en revanche, avait trouvé à Niederhöchstadt une voisine de Monika Krämer qui avait aperçu un homme inconnu habillé de sombre dans l'escalier et plus tard dans la cour, près des poubelles. Behnke avait découvert à Königstein quelques éléments très intéressants : le glacier dont la boutique était située en face de la maison où avait été trouvé le corps de Watkowiak l'avait reconnu sur la photo et confirmé qu'il avait l'habitude de s'y réfugier la nuit. En outre, vendredi passé, il avait remarqué la camionnette d'une entreprise de restauration, avec un logo en forme de "N" très reconnaissable. Elle était restée au moins trois quarts d'heure devant la maison. Et quelques semaines avant, Watkowiak et un homme, qui avait arrêté son cabriolet BMW immatriculé à Francfort directement devant la boutique, s'étaient installés à la table la plus reculée et avaient parlé ensemble pendant au moins deux heures.

Pendant que les collègues discutaient pour savoir ce que pouvait bien faire un véhicule de Nowak devant la maison à Königstein et qui pouvait être l'inconnu de la boutique du glacier, Pia feuilletait le dossier sur Goldberg qui était resté bien mince.

— Ecoutez ça, dit-elle en se mêlant à la discussion. Goldberg, le jeudi précédant sa mort, a reçu la visite d'un homme qui était arrivé dans une voiture de sport immatriculée à Francfort. Ça ne peut pas être un hasard.

Bodenstein acquiesça pensivement. Puis Pia ne put plus retenir ce qu'elle avait appris de Christina Nowak.

— Qu'est-ce qu'il pouvait bien y avoir dans la caisse ? demanda Ostermann.

— Je ne sais pas. Mais l'homme est beaucoup plus proche du Pr Kaltensee qu'il ne veut le faire croire. Kaltensee et un homme nommé Ritter, qui a travaillé avec Vera Kaltensee, sont allés plusieurs fois chez Nowak après l'accident au moulin. Pia prit une profonde inspiration : Et maintenant le plus important ! Nowak était le vendredi à peu près à l'heure du meurtre, vers midi et quart, devant la maison de Königstein où nous avons trouvé le corps de Watkowiak. Il y a rencontré une femme brune et ils sont partis ensemble. Je l'ai appris de son épouse qui l'a aperçu par hasard.

Le silence tomba dans la pièce. Marcus Nowak reprenait la première place au hit-parade des suspects. Qui était la femme brune ? Que faisait Nowak devant la maison ? Etait-il le meurtrier de Watkowiak ? Mais chaque information nouvelle débouchait aussitôt sur de nouvelles énigmes et de nouvelles incompatibilités.

— Nous demanderons à Vera Kaltensee ce qu'il y avait dans cette caisse, dit finalement Bodenstein. Mais d'abord nous devons avoir une conversation avec le Dr Ritter. Il semble savoir une foule de choses. Ostermann, trouvez-moi où il habite. Hasse et madame Fachinger, vous retournez au Taunusblick. Continuez à interroger les pensionnaires, le personnel, les jardiniers, les riverains et les joggeurs. Vous trouverez bien quelqu'un qui a vu comment on a sorti la victime du bâtiment.

— Nous en avons au moins pour une semaine, dit Andreas Hasse. Il y a pas loin de trois cents noms sur la liste et jusqu'à présent nous n'avons interrogé que cinquante-six personnes.

— Je vais faire en sorte de vous procurer du renfort, dit Bodenstein qui le nota puis jetant un regard à la ronde : Frank, vous entreprenez les voisins de Goldberg et de Schneider. Montrez-leur le logo de l'entreprise de Nowak, vous le trouverez sur son site Internet. Allez aussi à Fischbach au centre sportif et demandez si quelqu'un l'a aperçu la nuit du 1er mai.

Behnke acquiesça.

— Tout est clair jusqu'à demain. Nous nous reverrons dans l'après-midi à la même heure qu'aujourd'hui. Ah, madame Kirchhoff, nous deux, nous retournons voir Nowak.

Pia acquiesça. Dans un raclement de chaises, le groupe s'égailla.

— Et qu'est-ce que tu as prévu pour moi ? entendit Pia en passant près de la Dr Engel.

La familiarité du ton l'étonna tellement qu'elle s'arrêta derrière la porte et tendit curieusement l'oreille.

— Que signifie cette intrusion ? dit la voix étouffée mais furieuse de Bodenstein. Qu'est-ce que tu mijotes ? Je t'ai déjà dit que je ne veux pas que tu sèmes le trouble dans mon équipe durant cette enquête.

— Elle m'intéresse.

— Laisse-moi rire ! Tu cherches uniquement l'occasion de me pousser à la faute. Je te connais !

Pia retint son souffle.

— Tu te crois plus indispensable que tu n'es, siffla la Dr Engel. Pourquoi tu ne me dis pas d'aller au diable et de ne pas me mêler de l'enquête ?

Pia attendit avec inquiétude la réponse de Bodenstein. Malheureusement, des collègues arrivèrent dans le couloir et la porte de la salle de réunion fut tirée de l'intérieur.

— Zut, murmura Pia, qui aurait bien aimé en entendre plus et se promit de demander à Bodenstein quand l'occasion se présenterait où il avait connu la conseillère judiciaire.

MARDI 8 MAI 2007

Il n'y avait plus trace du service de surveillance quand Bodenstein et Pia arrivèrent devant le Mühlenhof au début de l'après-midi. La grande grille était ouverte.

— Apparemment, dit Pia, maintenant que Watkowiak est mort et que Nowak est à l'hôpital, ils n'ont plus peur.

Bodenstein acquiesça d'un air absent. Il n'avait pas dit un mot de tout le trajet. Une femme sportive à la coupe de cheveux masculine ouvrit la porte et leur apprit que la famille Kaltensee n'était pas là. En une seconde, Bodenstein parut transformé. Il fit son plus charmant sourire et demanda à la femme si elle avait un peu de temps pour répondre à quelques questions. Pia savait que, dans ce genre de situation, il valait mieux laisser la parole à son chef. Anja Moormann ne put résister à cette offensive de charme. Elle était la femme du factotum de Vera Kaltensee, et était depuis quinze ans au service de la *gnädige Frau*. Cette expression démodée arracha un sourire amusé à Pia. Les Moormann habitaient un petit pavillon séparé et recevaient régulièrement la visite de leurs deux fils adultes avec leur famille.

— Vous connaissez bien M. Nowak ? demanda Bodenstein.

— Oui, naturellement, s'empressa d'acquiescer Anja Moormann.

Sous son tee-shirt blanc collant, se dessinaient des seins minuscules, et des taches de rousseur parsemaient la peau tendue sur ses clavicules. Pia évalua son âge entre quarante et cinquante ans.

— C'est moi qui faisais la cuisine pour lui et son équipe quand ils travaillaient ici. M. Nowak est quelqu'un de très gentil. Et en plus c'est un bel homme !

Elle se mit à glousser, ce qui ne lui allait pas du tout. Sa lèvre supérieure trop courte découvrait des dents trop grandes, et Pia ne put s'empêcher de penser à un lapin hors d'haleine.

— Je ne comprends pas pourquoi la *gnädige Frau* a été si injuste avec lui.

Anja Moormann ne voulait pas être indiscrète mais elle était curieuse et bavarde. Pia était persuadée qu'il se passait peu de choses au Mühlenhof dont elle ne fût au courant.

— Vous vous souvenez du jour de l'accident ? dit-elle tout en se demandant quel accent avait la gouvernante : souabe, saxon, sarrois ?

— Bien sûr. M. le professeur et M. Nowak étaient dans la cour du moulin en train de regarder des plans. Je leur apportais justement du café, quand la *gnädige Frau* et M. Ritter sont arrivés.

Anja Moormann se souvenait parfaitement et prenait visiblement grand plaisir à avoir le beau rôle alors que la vie l'avait reléguée jusqu'ici à celui de figurante.

— La *gnädige Frau* a sauté de la voiture et s'est mise en colère quand elle a vu les gens dans le moulin. M. Nowak a essayé de la retenir mais elle l'a repoussé et elle s'est précipitée dans le moulin et a monté l'escalier. Le nouveau sol de terre battue du premier étage était encore humide et elle est passée à travers en criant comme si on l'écorchait.

— Qu'est-ce qu'elle voulait aller chercher dans le moulin finalement ?

— Un truc dans le grenier. En tout cas ça a été une belle engueulade. M. Nowak est resté sans rien dire. La *gnädige Frau* s'est traînée dans la remise malgré son bras cassé.

— Pourquoi dans la remise ? glissa Pia pendant que Mme Moormann reprenait son souffle. Qu'est-ce qu'il y avait donc dans le grenier ?

— Mon Dieu ! Un tas de vieilleries. La *gnädige Frau* ne jette jamais rien. Mais il y avait surtout les caisses. Il y en avait six, couvertes de poussière et de toiles d'araignée. Les ouvriers de Nowak avaient sorti tout ce fourbi et avaient transporté les caisses dans la remise pour pouvoir démolir le sol du moulin.

Anja Moormann avait croisé les bras sur sa poitrine et caressait pensivement ses avant-bras étonnamment musclés.

— Une caisse manquait bel et bien, dit-elle. Les maîtres se sont engueulés et quand M. Ritter a voulu s'en mêler, la *gnädige*

Frau a explosé. Ils se sont hurlé tellement de choses que je ne peux même pas me les rappeler. Anja Moormann secoua la tête à ce souvenir. Quand le médecin urgentiste est arrivé, la *gnädige Frau* a crié que si la caisse n'était pas revenue dans les vingt-quatre heures, M. Ritter pouvait se trouver un nouveau job.

— Mais qu'est-ce qu'il avait à voir avec tout ça ? demanda Bodenstein. Il n'était pas à l'étranger avec la *gnäd...* Mme Kaltensee ?

— Si, dit Anja en haussant les épaules. Mais *une* tête devait tomber. M. le professeur, elle ne pouvait pas le mettre à la porte. Aussi il restait que le pauvre Nowak et le Ritter. Après dix-huit ans ! Elle l'a fichu à la porte avec une bordée d'injures ! Maintenant il habite un studio misérable et n'a même plus de voiture. Et tout ça à cause d'une cantine poussiéreuse.

Ces derniers mots éveillèrent en Pia un vague souvenir qu'elle ne parvint pas à retrouver.

— Où sont les caisses maintenant ? voulut-elle savoir.

— Toujours dans la remise.

— On peut les voir ?

Anja réfléchit brièvement avant d'arriver à la conclusion qu'elle pouvait bien les montrer à la police. Bodenstein et Pia la suivirent, ils contournèrent la maison jusqu'aux communs. La remise était méticuleusement rangée. Contre les murs, au-dessus des établis, pendaient une foule d'outils dont chaque contour était dessiné sur le mur avec un feutre noir. Anja ouvrit une porte.

— Les voilà, dit-elle.

Bodenstein et Pia entrèrent dans la pièce, une ancienne étable comme l'indiquaient les murs carrelés et la rangée de tuyaux au plafond. Cinq cantines étaient posées côte à côte. Pia comprit soudain où était la sixième. Mme Moormann continuait de parler et racontait sa dernière rencontre avec Marcus Nowak. Un peu avant Noël, il s'était pointé au Mühlenhof, soi-disant pour apporter un cadeau. Après avoir réussi à forcer l'entrée avec ce prétexte, il était allé tout droit dans le grand salon où la *gnädige Frau* et ses amis tenaient leur *Heimatabend* mensuelle.

— Leur *Heimatabend* ? s'étonna Bodenstein.

— Oui, s'empressa d'acquiescer Anja Moormann. Ils se rencontraient tous les mois, Goldberg, Schneider, la Frings et la *gnädige Frau*. Quand M. le professeur était en voyage, ils se rencontraient ici, sinon chez M. Schneider.

Pia jeta un regard à Bodenstein. C'était instructif. Mais pour l'instant, ils s'intéressaient à Nowak.

— Ah bon. Et il s'est passé quelque chose ?

— Oh oui, dit la gouvernante qui se grattait la tête, debout au milieu de la remise. M. Nowak a reproché à la *gnädige Frau* de lui devoir de l'argent. Il le lui a dit très poliment, je l'ai moi-même entendu, mais la *gnädige Frau* s'est mise à rire et à l'engueuler comme…

Elle ne finit pas sa phrase. Au coin de la maison, apparut dans un glissement une limousine noire Maybach. Les pneus crissèrent sur le gravier soigneusement ratissé quand elle passa devant eux et s'arrêta à quelques mètres. A travers les vitres fumées, Pia crut apercevoir à l'arrière une forme sombre, mais Moormann, avec son visage chevalin, aujourd'hui en strict uniforme de chauffeur, descendit seul, ferma la portière avec la commande à distance et s'approcha d'eux.

— La *gnädige Frau* est malheureusement souffrante, dit-il mais Pia était sûre qu'il ne disait pas la vérité.

Elle remarqua le bref regard qu'échangèrent Moormann et sa femme. Comment devait-on se sentir lorsqu'on était au service de gens riches et qu'il fallait mentir pour eux et toujours tenir sa langue ? Est-ce que les Moormann détestaient leur patronne en secret ? Après tout, Anja Moormann ne s'était pas comportée si loyalement que ça.

— Je vous prie donc de la saluer, dit Bodenstein. Je téléphonerai demain matin.

Moormann acquiesça. Et sa femme resta devant la porte de la remise, regardant Bodenstein et Pia partir.

— Je parie qu'il ment, dit Pia à voix basse à son chef.

— Moi aussi, répondit Bodenstein. Elle est assise dans la voiture.

— Allons-y et ouvrons la portière, proposa Pia. Elle se fiche de nous.

Bodenstein secoua la tête.

— Non, dit-il. Elle ne nous dirait rien. Il vaut mieux qu'elle nous croie un peu bornés.

Thomas Ritter avait proposé le café *Siesmayer* dans le Palmengarten de Francfort comme lieu de rendez-vous, et Bodenstein en déduisit qu'il avait honte de son appartement. L'ancien assistant de Vera Kaltensee était déjà assis dans la partie fumeurs du café quand ils entrèrent. Il écrasa sa cigarette dans le cendrier et se leva, lorsque Bodenstein se dirigea droit vers lui. Pia lui donna dans les quarante-cinq ans. Avec son visage anguleux et asymétrique, son grand nez, ses yeux bleu foncé et ses cheveux prématurément gris, il n'était pas laid mais pas beau non plus, au sens classique du mot. Malgré tout, son visage avait quelque chose qui pouvait, au deuxième regard, séduire une femme. Il jaugea Pia de la tête aux pieds, parut la trouver sans intérêt et se tourna vers Bodenstein.

— Vous auriez préféré peut-être une table non-fumeurs ? demanda-t-il.

— Non, c'est très bien, dit Bodenstein en prenant place sur la banquette de cuir et en entrant immédiatement dans le vif du sujet. Parmi les proches de votre ancienne employeuse, cinq hommes ont été tués, dit-il. Au cours de l'enquête, votre nom a plusieurs fois surgi. Que pouvez-vous nous dire sur la famille Kaltensee ?

— Quel est celui qui vous intéresse ? dit Ritter en allumant une nouvelle cigarette alors qu'il y avait déjà trois mégots dans le cendrier. J'ai été l'assistant personnel de Vera Kaltensee pendant dix-huit ans. Je sais donc une foule de choses sur elle et sur sa famille.

La serveuse vint leur présenter la carte mais elle n'avait d'yeux que pour Ritter. Bodenstein commanda un café et Pia un Coca-Cola light.

— Vous voulez un autre *latte macchiato* ? demanda la jeune femme.

Ritter acquiesça négligemment et jeta un regard sur Pia pour s'assurer qu'elle avait remarqué l'effet qu'il faisait sur le sexe faible.

Idiot, pensa-t-elle en lui souriant.

— Qu'est-ce qui a amené le désaccord entre vous et Mme Kaltensee ? demanda Bodenstein.

— Il n'y a eu aucun désaccord, affirma Ritter. Mais après dix-huit ans même le job le plus intéressant perd de son charme. J'ai simplement eu envie de faire autre chose.

— Ah, dit Bodenstein qui fit semblant de le croire. Qu'est-ce que vous faites à présent, si je puis me permettre ?

— Vous pouvez, dit Ritter souriant en croisant les bras. Je suis le rédacteur d'un hebdomadaire et accessoirement j'écris des livres.

— Vraiment ? Je n'avais jamais rencontré un vrai écrivain, dit Pia en lui jetant un regard admiratif qu'il reçut avec une satisfaction manifeste. Qu'est-ce que vous écrivez ?

— Surtout des romans, répondit-il, évasif.

Il avait croisé les jambes et se donnait du mal pour paraître désinvolte. Mais son regard revenait toujours sur le portable posé sur la table à côté du cendrier.

— On m'a raconté que votre séparation d'avec Mme Kaltensee n'avait pas été aussi cordiale que vous le dites, reprit Bodenstein. Pourquoi vous a-t-elle licencié après l'accident au moulin ?

Ritter ne répondit pas. Sa pomme d'Adam montait et descendait. Croyait-il vraiment que la police était si nulle ?

— La dispute qui a conduit à votre licenciement concernait soi-disant une caisse qui renfermait des secrets. Que pouvez-vous nous dire à ce sujet ?

— Ce sont des rumeurs stupides, dit Ritter avec un geste de dénégation. Toute la famille était jalouse de mes bons rapports avec Vera Kaltensee. Pour eux, j'étais une épine dans le pied, car ils pensaient que je pouvais avoir de l'influence sur elle. Notre séparation s'est passée très amicalement !

Il était si persuasif que Pia, sans le récit contraire de Mme Moormann, n'aurait pas mis une seconde son affirmation en doute.

— Pourquoi cette caisse disparue était-elle si importante ? dit Bodenstein en sirotant son café.

Pia vit une lueur passer dans les yeux de Ritter. Ses doigts tripotaient fébrilement son paquet de cigarettes. Elle avait envie de le lui ôter tant sa nervosité devenait contagieuse.

— Je n'en ai aucune idée, répondit-il. Il semble qu'une caisse ait disparu du grenier du moulin. Mais je ne l'ai jamais vue et j'ignore de quoi il s'agit.

Une pile d'assiettes échappa soudain des mains de la jeune fille qui était derrière le bar et la porcelaine se brisa avec fracas sur le sol. Ritter sursauta comme si on lui avait tiré dessus et son visage devint livide. Il ne semblait pas avoir les nerfs très solides.

— Avez-vous une idée de ce que la caisse pouvait contenir ? insista Bodenstein.

Ritter respira profondément en secouant la tête. Il mentait visiblement – mais pourquoi ? Avait-il honte ou bien voulait-il ne leur fournir aucune raison de le soupçonner ? Il n'était pas douteux que Vera Kaltensee s'était mal comportée à son égard. L'humiliation publique de son renvoi immédiat avait dû être difficile à supporter pour un homme ayant la moindre estime de soi.

— Quelle voiture vous conduisez ? demanda Pia en changeant de sujet.

— Pourquoi ? dit Ritter en la regardant avec irritation.

Il voulut prendre une autre cigarette mais il dut constater que le paquet était vide.

— Pure curiosité.

Pia ouvrit son sac et posa un paquet de Marlboro entamé sur la table.

— Je vous en prie, servez-vous.

Ritter hésita un court instant, puis il en prit une.

— Ma femme a un coupé Z3. Il m'arrive de m'en servir.

— La semaine passée aussi, jeudi ?

— Possible.

Ritter attrapa son briquet et avala une profonde bouffée de fumée.

— Pourquoi vous me demandez ça ?

Pia échangea un rapide regard avec Bodenstein et décida de tenter le coup. Ritter était peut-être l'homme à la voiture de sport.

— Vous avez rencontré Robert Watkowiak, dit-elle en espérant ne pas se tromper. De quoi avez-vous parlé ?

Un sursaut imperceptible de Ritter signala à Pia qu'elle avait visé juste.

— Pourquoi voulez-vous le savoir ? demanda-t-il furieux, confirmant ainsi ses présomptions.

— Il est possible que vous soyez un des derniers à avoir parlé avec Watkowiak, dit-elle. Nous prenons comme point de départ qu'il pourrait être le meurtrier de Goldberg, de Schneider et d'Anita Frings. Vous savez sans doute qu'il s'est suicidé le week-end dernier avec une overdose de médicaments.

Elle remarqua le soulagement que trahit brièvement le visage de Ritter.

— Oui, je l'ai appris, dit-il en soufflant la fumée par le nez. Mais je n'ai rien à voir avec ça. Robert m'avait appelé. Il avait à nouveau un problème. Je l'ai souvent sorti du pétrin quand je travaillais pour Vera Kaltensee et il croyait que je pouvais encore le faire. Mais je ne le pouvais pas.

— Il vous a fallu deux heures chez le glacier pour le lui dire ? Je ne vous crois pas.

— C'est pourtant vrai.

— La veille de sa mort, vous êtes allé chez Goldberg à Kelkheim. Pourquoi ?

— J'allais souvent le voir, mentit Ritter sans bouger un cil et en regardant Pia droit dans les yeux. Je ne sais plus de quoi nous avons parlé, ce soir-là.

— Vous nous mentez depuis un quart d'heure, dit Pia. Pourquoi, vous avez quelque chose à cacher ?

— Je ne mens pas et je n'ai rien à cacher.

— Pourquoi vous ne nous dites pas simplement ce que Goldberg vous voulait et de quoi vous avez parlé avec Watkowiak ?

— Parce que vraiment je ne m'en souviens pas. Sans doute de choses insignifiantes.

— Vous connaissez du moins Marcus Nowak ? intervint Bodenstein.

— Nowak ? Le restaurateur ? Superficiellement, il m'est arrivé de le rencontrer. Pourquoi ?

— C'est très bizarre, dit Pia en tirant son bloc-notes de sa poche. Tout le monde ne paraît se connaître que superficiellement.

Elle feuilleta quelques pages en arrière.

— Ah oui, c'est ici : sa femme nous a raconté que le Pr Kaltensee et vous êtes allés plusieurs fois trouver Nowak dans son bureau après l'accident au moulin et votre licenciement. Et que vous y êtes restés des heures.

Elle regarda Ritter dont l'embarras était manifeste. Avec l'arrogance de celui qui se croit supérieur à la plupart de ses semblables et particulièrement à la police, il avait complètement sous-estimé Pia et il en prenait conscience. Il jeta un regard sur sa montre et se décida pour une retraite en bon ordre.

— Je dois malheureusement partir, dit-il avec un sourire forcé. Un rendez-vous important dans une maison d'édition.

— Je vous en prie, dit Pia, nous ne voudrions pas vous retenir plus longtemps. Nous demanderons à Vera Kaltensee la vraie raison de votre licenciement. Elle saura peut-être aussi ce que vous aviez à dire à Goldberg et à Watkowiak.

Le sourire de Ritter se figea mais il ne répondit pas. Pia lui tendit sa carte de visite.

— Appelez-nous quand la vérité vous reviendra.

— Comment avez-vous compris que l'homme chez le glacier était Ritter ? demanda Bodenstein pendant qu'il traversait le Palmengarten pour retrouver leur voiture.

— Intuition, dit Pia en haussant les épaules. Ritter est le genre de type à avoir une voiture de sport.

Ils marchèrent un moment en silence.

— Pourquoi il nous a menti comme ça ? J'ai peine à croire que Vera Kaltensee se séparerait d'un assistant qui sait tout sur elle, après dix-huit ans, à cause de la disparition d'une caisse. Ça cache quelque chose.

— Qui pourrait le savoir ? réfléchit Bodenstein.

— Elard Kaltensee, suggéra Pia. Nous devrions aller le voir. Dans sa chambre, juste à côté de son lit, il y a la caisse qui manque.

— Comment vous savez cela ? dit Bodenstein en s'arrêtant et en fronçant les sourcils. Et pourquoi vous ne l'avez pas dit avant ?

— Ça ne m'est revenu que dans la remise du Mühlenhof, se justifia Pia. Mais à présent j'en suis sûre.

Ils sortirent du Palmengarten et traversèrent la Siesmayerstrasse. Bodenstein ouvrit sa voiture avec la commande électrique. Pia avait déjà la main sur la portière lorsque son regard tomba sur la maison qui s'élevait de l'autre côté de la rue. C'était une de ces belles maisons du XIXe siècle à la façade soigneusement restaurée, dont les vastes appartements valaient très cher sur le marché de l'immobilier.

— Regardez donc en face, est-ce que ce n'est pas notre roi des menteurs ?

Bodenstein tourna la tête.

— C'est lui, en effet.

Ritter avait coincé son portable entre l'oreille et l'épaule pour chercher une clef dans un trousseau et ouvrir une boîte aux lettres. Puis, toujours en téléphonant, il referma la porte et disparut à l'intérieur de l'immeuble. Bodenstein referma la voiture. Ils traversèrent la rue pour aller examiner les boîtes aux lettres.

— Il n'y a pas de rédaction de journal ici, dit Pia en tapant sur une des plaques de cuivre. En revanche il y a un résidant qui s'appelle Kaltensee. Qu'est-ce que ça signifie ?

Bodenstein regarda la façade.

— Nous allons bientôt le savoir. Allons rendre visite à votre suspect favori.

Friedrich Müller-Mansfeld était un grand homme maigre avec une couronne de cheveux blancs autour de son crâne chauve. Il avait un long visage ridé et des yeux rougis derrière des lunettes aux verres d'une épaisseur inhabituelle. Samedi passé, il était allé voir sa fille qui vivait près du lac de Constance et il n'était revenu que la veille au soir. Son nom était l'un des derniers sur la liste des résidants et des employés du Taunusblick et Kathrin Fachinger n'attendait pas grand-chose de ce trois cent douzième entretien. Elle lui posa poliment les questions habituelles. Pendant sept ans, il avait habité à côté de chez Anita Frings et il parut raisonnablement affecté en apprenant la mort violente de sa voisine.

— Je l'ai encore vue le soir où je suis parti en voyage, dit-il d'une voix basse et tremblante. C'était une très brave femme. Il serra sa main droite avec sa main gauche mais le tremblement ne cessa pas : Parkinson, expliqua-t-il. La plupart du temps, je vais bien, mais le voyage m'a éprouvé.

— Je ne vous dérangerai pas longtemps, dit gentiment Kathrin Fachinger.

— Oh, dérangez-moi autant que vous voulez, dit-il avec une lueur de coquetterie dans ses yeux clairs. Ça me change agréablement de parler avec une jeune femme. Ici il n'y a que des vieilles.

Kathrin Fachinger sourit.

— Bien. Vous avez vu Mme Frings le soir du 3 mai. Elle était seule ou accompagnée ?

— Elle pouvait à peine se déplacer seule. Une promenade dans le parc, c'était impossible pour elle. Elle était avec cet homme qui venait régulièrement la voir, n'est-ce pas.

Kathrin Fachinger dressa l'oreille.

— Vous pouvez vous rappeler quelle heure il était à peu près ?

— Naturellement. J'ai la maladie de Parkinson, n'est-ce pas, pas d'Alzheimer. Il plaisantait mais son visage était si imperturbable que l'inspectrice ne comprit pas aussitôt. Vous savez, je viens de Berlin-Est, dit le vieux monsieur. J'étais professeur de physique appliquée à l'université Humboldt. Pendant le Troisième Reich je n'ai pas pu exercer ma profession parce que je sympathisais avec les communistes, je suis donc parti à l'étranger mais plus tard, en RDA, les choses se sont arrangées pour moi et ma famille.

— Ah, dit Kathrin Fachinger poliment.

Elle ne comprenait pas ce que le vieux monsieur voulait dire.

— Naturellement, je connaissais personnellement les huiles du Parti mais je ne peux pas dire qu'elles m'étaient très sympathiques. Mais finalement j'ai pu faire des recherches, c'est ce qui comptait pour moi. Le mari d'Anita, Alexander, faisait partie de la Stasi, il était officier et s'occupait des questions de devises...

Kathrin Fachinger se redressa et le regarda incrédule.

— Vous avez connu Mme Frings avant ?

— Oui, je ne vous l'avais pas dit ? Le vieil homme réfléchit un instant et haussa les épaules : Je connaissais surtout son mari. Pendant la guerre, Alexander Frings était officier du contre-espionnage au département des Armées à l'étranger et il était un proche collaborateur du général Reinhard Gehlen, ce nom vous dit peut-être quelque chose.

Kathrin Fachinger secoua la tête. Elle prenait fébrilement des notes, furieuse d'avoir laissé son magnétophone au bureau.

— Comme officier du contre-espionnage, Frings connaissait bien la Russie, n'est-ce pas. Et quand Gehlen et tout son état-major sont tombés, en mai 1945, entre les mains des Américains, ils sont devenus membres de la CIA. Plus tard, Gehlen, avec l'approbation expresse des USA, a fondé l'Organisation Gehlen d'où est sorti le Service fédéral de renseignements.

Friedrich Müller-Mansfeld eut un rire silencieux qui finit en accès de toux. Il lui fallut un moment pour pouvoir continuer.

— En un tour de main, ces nazis convaincus sont devenus des démocrates convaincus. Frings n'est pas parti en Amérique, il est resté dans la zone contrôlée par les Soviétiques. Toujours avec l'approbation des Américains, il est entré dans la Stasi et s'est s'occupé de la gestion des devises pour la RDA, mais il est resté en contact avec la CIC, plus tard la CIA, et aussi avec Gehlen en Allemagne.

— Comment savez-vous tout cela ? s'étonna Kathrin Fachinger.

— J'ai quatre-vingt-neuf ans, répondit gentiment Müller-Mansfeld. J'en ai beaucoup vu et entendu dans ma vie et presque autant oublié. Mais Alexander Frings m'avait impressionné, n'est-ce pas. Il parlait couramment six ou sept langues, il était intelligent et cultivé et il jouait dans les deux camps. Il était l'officier de liaison pour d'innombrables espions de l'Est, il pouvait voyager à l'Ouest comme il voulait, il connaissait des politiciens importants de l'Ouest et les grands industriels, surtout ceux du lobby des armes, n'est-ce pas. Il fit une pause et frotta pensivement ses poignets osseux : Ce que Frings trouvait à Anita – en dehors de son physique –, je le comprends difficilement, même aujourd'hui.

— Pourquoi ?

— C'était une bonne femme glaciale. On m'a dit qu'elle avait été gardienne dans le camp de concentration de Ravensbrück, n'est-ce pas. Elle ne risquait pas d'aller à l'Ouest, elle aurait pu être identifiée comme criminelle de gerre. Elle a connu Frings en 1945 à Dresde et, parce qu'il avait des contacts avec les Américains et les Russes, il a pu lui éviter des poursuites pénales en l'épousant. Elle a caché ses convictions nazies sous son nouveau nom et elle a même réussi à faire une carrière à la Stasi. Müller-Mansfeld ricana méchamment : A Wandlitz, son faible pour les produits de consommation de l'Ouest lui avait valu le surnom de Miss Amerika, ce qui la rendait furieuse.

— Que savez-vous de l'homme qui était chez elle, ce soir-là ?

— Anita recevait pas mal de visites. Son amie d'enfance Vera venait souvent et parfois le professeur.

Kathrin Fachinger s'exhorta à la patience pendant que le vieux monsieur fouillait dans ses souvenirs et portait son verre d'eau à la bouche d'une main tremblante.

— Ils se nommaient les quatre mousquetaires, dit-il avec à nouveau un rire moqueur. Deux fois par an, ils se donnaient rendez-vous à Zurich, même après qu'Anita et Vera eurent enterré leurs maris.

— Qui se nommaient les quatre mousquetaires ? demanda Kathrin Fachinger désarçonnée.
— Les quatre vieux d'avant. Ils se connaissaient depuis leur enfance, n'est-ce pas, Anita, Vera, Oskar et Hans.
— Oskar et Hans ?
— Le marchand d'armes et son conseiller financier.
— Goldberg et Schneider ? dit Kathrin Fachinger en se penchant tout excitée. Vous les avez connus ?
Les yeux de Müller-Mansfeld étincelèrent d'amusement.
— Vous n'imaginez pas combien les journées dans une maison de retraite sont longues, même quand elle est aussi luxueuse et confortable que celle-ci. Anita aimait raconter. Elle n'avait pas de parents et me faisait confiance. Après tout, j'étais aussi de là-bas. Elle était fine mais elle était loin d'être aussi rusée que son amie Vera. Celle-ci a plus d'un tour dans son sac. Elle est allée loin pour une simple fille de Prusse-Orientale, n'est-ce pas ? Il se frotta pensivement les poignets : Ces dernières semaines, Anita était très énervée. Pourquoi ? Elle ne me l'a pas dit. Mais elle recevait de longues visites. Le fils de Vera est venu plusieurs fois, le chauve, et aussi sa sœur, celle qui fait de la politique. Ils ont mangé avec Anita à la cafétéria, pendant des heures. Et Katerchen venait aussi régulièrement…
— Katerchen ?
— Oui, elle appelait le jeune homme comme ça : Katerchen, Petit Chat.
Kathrin Fachinger se demanda ce que pouvait signifier "jeune homme" quand on avait quatre-vingt-neuf ans.
— A quoi il ressemblait ?
— Hum ! Des yeux marron. Mince. De taille moyenne, un visage banal. L'espion idéal, n'est-ce pas, dit Müller-Mansfeld en souriant. Ou bien un banquier suisse.
— Et il était chez elle ce vendredi soir ? demanda patiemment Kathrin Fachinger tout en tremblant d'excitation : Bodenstein allait être content.
— Oui, acquiesça Müller-Mansfeld.
Elle sortit son portable de sa poche et chercha dans la mémoire la photo de Marcus Nowak qu'Ostermann lui avait envoyée une demi-heure avant.
— Est-ce que ça pourrait être cet homme ? dit-elle en tendant le téléphone mobile à Müller-Mansfeld.

Il releva ses lunettes sur le front et approcha l'écran tout près de ses yeux.

— Non, ce n'est pas lui, dit-il. Mais je l'ai vu lui aussi. Je crois même qu'il était là ce soir-là. Il fronça pensivement son front ridé : Oui, je me souviens. C'était jeudi soir, vers dix heures et demie. La représentation théâtrale était presque finie et je suis allé me coucher. Il était dans le foyer comme s'il attendait quelqu'un. Il m'a semblé nerveux. Il regardait sa montre sans arrêt.

— Vous êtes sûr qu'il s'agit de cet homme ? insista Kathrin Fachinger en brandissant son portable.

— A cent pour cent. J'ai la mémoire des visages.

N'ayant pas trouvé le Pr Kaltensee à la Maison des arts, Bodenstein et Pia revinrent au commissariat. Ostermann leur apprit que la procureur trouvait leurs arguments trop faibles pour délivrer un mandat de perquisition des bureaux de Nowak.

— Nowak se trouvait à l'heure incriminée sur le lieu d'un crime ! s'insurgea Pia. Par ailleurs sa voiture a été vue devant la maison de Schneider.

Bodenstein se versa une tasse de café.

— On a du nouveau à la clinique ? s'informa-t-il.

Depuis le matin un policier était assis devant la porte de Nowak et notait ceux qui venaient le voir et à quelle heure.

— Sa femme est venue le matin et à midi sa grand-mère et un de ses ouvriers.

— C'est tout ? dit Pia, déçue.

— J'ai trouvé une foule de choses sur la KMF, la société des Kaltensee, dit Ostermann en tirant le bon dossier de la pile. Dans les années 1930, Eugen Kaltensee a acquis, d'une façon peu délicate mais courante à cette époque, l'entreprise d'un juif quand celui-ci a senti le vent tourner et a quitté l'Allemagne avec sa famille. Kaltensee a appliqué les découvertes de son prédécesseur à l'industrie de l'armement, s'est développé à l'Est et a gagné une fortune. Comme lieutenant de la Wehrmacht, il était membre du NSDAP et il est devenu un des grands profiteurs de guerre.

— Comment tu sais ça ? demanda Pia étonnée.

— Il y a eu un procès, répondit Ostermann. Joseph Stein, l'ancien propriétaire juif, a exigé qu'on lui rende son entreprise après la guerre. Apparemment Kaltensee avait signé un papier disant que, en cas de retour de Stein, il devait le faire. Naturellement ce papier était introuvable et ils sont arrivés à un accord à l'amiable qui stipulait qu'une partie de l'entreprise serait restituée à Stein. Tout cela a fait les gros titres des journaux, car bien que Kaltensee ait exploité des prisonniers de camps de concentration dans ses usines de l'Est, l'affaire a été classée et il n'a pas été condamné. Ostermann sourit avec satisfaction : J'ai retrouvé l'ancien fondé de pouvoir de la KMF, dit-il. Il a été mis à la retraite, il y a cinq ans, et il ne m'a pas dit beaucoup de bien de Vera et de Siegbert Kaltensee, car ils l'ont salement débarqué. L'homme connaît la baraque de A à Z et il m'a tout expliqué en détail. Au milieu des années 1980, il y a eu un esclandre lourd de conséquences dans la firme. Vera et Siegbert voulaient avoir plus d'influence, ils ont donc fomenté une intrigue et obligé Eugen Kaltensee à restructurer l'entreprise. Il a donné de nouveaux statuts à la société et distribué les droits de vote à certains membres de la famille et à des amis selon son bon vouloir. Une décision funeste qui, encore aujourd'hui, sème la zizanie à l'intérieur de la famille. Siegbert et Vera conservaient toujours vingt pour cent, Elard, Jutta, Schneider et Anita Frings dix pour cent, Goldberg onze pour cent, Robert Watkowiak cinq pour cent et une certaine Katharina Schmunck quatre pour cent. Avant que Kaltensee ait pu revenir sur cette décision, il est tombé dans l'escalier et s'est brisé le crâne.

A cet instant, le portable de Bodenstein sonna. C'était Kathrin Fachinger.

— Chef, j'ai touché le gros lot ! cria-t-elle.

Bodenstein fit signe à Ostermann d'attendre un instant et écouta la voix excitée de sa jeune collaboratrice.

— C'est très bien, madame Fachinger, dit-il quand elle eut fini de parler. Il jeta un regard circulaire avec un sourire de satisfaction : Avec ça, nous tenons la mise en examen de Nowak et la perquisition de son entreprise et de son appartement.

23 août 1942. Je n'oublierai jamais ce jour de toute ma vie ! Je suis devenue tante ! Quelle émotion ! A dix heures quinze du soir, Vicky a mis au monde un petit garçon en bonne santé – et j'y étais. Ça a été très court alors que j'avais toujours cru que ça durait des heures ! La guerre est si loin et pourtant si proche ! Elard n'a pas obtenu de permission, il est sur le front, en Russie, et maman a prié toute la journée pour qu'il ne lui arrive rien, pas un jour comme aujourd'hui ! L'après-midi, le travail a commencé pour Vicky. Papa a envoyé Schwinderke à Doben pour qu'il ramène Mme Wermin, mais elle n'était pas là. La femme du fermier Krupsi à Rosengarten est restée deux jours en travail et elle a presque quarante ans ! Vicky était très fière. Je l'admire !

C'est effrayant et en même temps magnifique ! Maman, Edda, moi et Mme Endrikat, nous nous sommes débrouillées sans Mme Wermin. Papa a ouvert une bouteille de champagne et a trinqué avec Endrikat : les deux grands-pères. Ils étaient tous les deux aux anges quand maman leur a montré le bébé. J'ai pu aussi le tenir dans mes bras. C'est incroyable de penser que ce petit être avec ses mains et ses pieds minuscules deviendra un homme grand et fort ! Vicky l'a appelé, d'après mon papa et le sien, Heinrich Arno Elard – même si Edda a dit qu'on aurait dû lui donner comme deuxième prénom Adolf – et les deux grands-pères, devant tant d'émotion, ont avalé quelques tartines et décapité une autre bouteille de champagne. Quand Mme Wermin est enfin arrivée, Vicky allaitait déjà le bébé que Mme Endrikat avait lavé et langé. Je serai la marraine !! Ah, la vie est si excitante. Le petit Heinrich Arno Elard n'a pas eu l'air impressionné quand papa lui a déclaré d'un ton solennel qu'il serait un jour le maître du château de Lauenburg et il lui a même bavé sur l'épaule. Nous avons ri. Un jour magnifique, presque comme avant ! Dès qu'Elard viendra en permission, on le baptisera. Et bientôt aussi la noce ! Alors Vicky sera vraiment ma sœur, même si nous sommes déjà les meilleures amies…

Thomas Ritter colla une étiquette jaune sur la page du journal et frotta ses yeux qui le brûlaient. C'était incroyable ! En lisant, il avait été plongé dans un monde depuis longtemps disparu, dans le monde d'une jeune fille qui avait mené une existence protégée dans la grande propriété de Mazurie. Ce journal contenait la matière d'un magnifique roman aussi bon que ceux d'Arno Surminski ou de Siegfried Lenz, un requiem pour la Prusse-Orientale disparue. La jeune Vera avait décrit en détail non seulement le pays et les gens mais aussi la situation politique, selon le point de vue d'une fille de hobereau dont les parents avaient perdu deux fils pendant la Première Guerre mondiale et qui s'étaient retirés depuis sur leurs terres. Ils portaient un regard critique sur Hitler mais ils acceptaient que Vera et ses amies Edda et Vicky aillent à la BDM. Fascinante aussi, la description du voyage des jeunes filles avec leur section de la BDM aux Jeux olympiques de Berlin, puis le séjour de Vera dans un internat de jeunes filles en Suisse où son amie Vicky lui avait manqué. Au début de la guerre, Elard, le frère aîné de Vera, s'était engagé dans la Luftwaffe, et ses exploits lui avaient valu un avancement rapide. Particulièrement émouvante était l'histoire d'amour entre Elard et Vicky Endrikat, la fille du régisseur.

Pourquoi Vera avait-elle refusé avec tant de véhémence qu'on publie l'histoire de sa jeunesse prussienne dans le premier chapitre de sa biographie ? Elle n'avait rien fait dont elle dût avoir honte, sinon être membre de la BDM. Mais dans le village où tout le monde connaissait tout le monde, il aurait été impossible de ne pas en faire partie sans s'exposer à de graves ennuis. Ritter avait continué à lire et, peu à peu, il avait compris pourquoi ces souvenirs, du point de vue de Vera, auraient dû finir en fumée plutôt que tomber entre les mains d'un étranger. Avec l'arrière-plan de ce qui s'était passé vendredi dernier, ce journal était une bombe pure et simple. Tout en lisant, il avait pris des notes et avait recomposé dans sa tête le premier chapitre de son manuscrit. Dans le journal de 1942, il avait ensuite découvert la preuve. Quand il lut la description du 23 août 1942 – le jour où Hitler lança l'attaque sur Stalingrad –, il ouvrit immédiatement Internet et consulta la courte biographie d'Elard Kaltensee.

— C'est incroyable, murmura Ritter en fixant l'écran de son laptop. Elard était né le 23 août 1943, était-il écrit. Comment Vera aurait pu elle-même accoucher d'un fils, un an jour pour jour après la naissance de son neveu ? Ritter chercha le journal de l'année 1943 et le feuilleta jusqu'au mois d'août.

Heini a un an ! C'est un petit garçon si mignon, il est à croquer ! Et il sait déjà marcher... Il revint une page en arrière. Vera était rentrée de Suisse en juillet et elle avait passé dans la propriété familiale un été assombri par la mort de Walter, le frère aîné de son amie Vicky Endrikat, qui était tombé à Stalingrad. Aucune mention d'un homme dans la vie de Vera, et encore moins d'une grossesse ! Pas de doute ! Le petit Heinrich Arno Elard qui était né le 23 août 1942 était Elard Kaltensee. Mais alors pourquoi, dans sa biographie, disait-on qu'il était né en 1943 ? Elard s'était-il rajeuni d'un an par coquetterie ? Ritter sursauta quand son portable sonna. Marleen s'inquiétait, elle voulait savoir où il était. C'était déjà dix heures. Dans la tête de Ritter, les pensées tourbillonnaient et il lui était impossible de s'interrompre.

— J'en ai encore pour un moment, trésor, dit-il en s'efforçant de prendre un ton de regret. Tu sais que je dois rendre un travail demain. J'arriverai dès que je pourrai mais ne m'attends pas. Va tranquillement te coucher.

Elle avait à peine raccroché, qu'il tirait l'ordinateur portable vers lui et tapait la phrase qui s'était formée dans sa tête. Il sourit. S'il arrivait à étayer ses soupçons par des preuves solides, Katharina et sa maison d'édition auraient ce sensationnel qu'ils appelaient de leurs vœux.

— Ainsi Nowak était le jeudi soir au Taunusblick, dit Bodenstein à Ostermann et à Pia, après leur avoir rapporté la conversation de Kathrin Fachinger avec le voisin d'Anita Frings.

— Et c'est bien à cause de la représentation théâtrale, remarqua Pia.

— Continuez à nous parler de la KMF, demanda Bodenstein à Ostermann.

— Vera Kaltensee a piqué une colère quand on a lu les nouveaux statuts de la société, à l'ouverture du testament après la mort de son mari. Elle a essayé d'attaquer le contrat, en vain, puis elle a voulu acheter les parts de Goldberg, de Schneider et de Frings mais les statuts l'interdisaient.

— En tout cas, Elard Kaltensee a été soupçonné d'avoir poussé dans l'escalier son beau-père, avec qui il ne s'est jamais bien entendu, dit Ostermann. Mais ensuite on a reconnu l'accident et l'affaire a été classée. Il consulta son carnet de notes : Pour Vera Kaltensee il était impensable d'obtenir l'aval de ses vieux amis, de son beau-fils Robert et d'une amie de sa fille, pour chaque décision, aussi a-t-elle été forcée de devenir consul honoraire du Surinam par l'entremise de Goldberg, de s'assurer le monopole des gisements de bauxite au Surinam et de devenir un acteur sur le marché de l'aluminium. Elle ne voulait pas rester sous-traitante. Quelques années plus tard, elle a vendu ses droits au groupe américain ALCOA et la KMF est devenue numéro 1 pour les boudineuses utilisées dans le travail de l'aluminium. Les filiales qui administrent le capital propre sont en Suisse, au Lichtenstein, dans les îles Anglo-Normandes, à Gibraltar, à Monaco et Dieu sait où. Là où l'on ne paie pas d'impôts.

— Herrmann Schneider avait-il quelque chose à voir dans cette affaire ? demanda Pia.

Peu à peu toute l'histoire paraissait s'assembler avec ses propres renseignements comme un puzzle ! Tout avait une signification qui se dégagerait du tableau d'ensemble.

— Oui, il était conseiller pour KMF Suisse.

— Comment ça se passe à présent avec les parts de la société ?

— Justement, reprit Ostermann. J'y viens : les statuts de la société stipulaient que les parts n'étaient ni héréditaires, ni négociables et que, à la mort de leurs propriétaires, elles reviendraient aux membres de la société gestionnaire. Et cette clause pourrait constituer un réel mobile pour les quatre crimes.

— Qu'est-ce que tu veux dire ? demanda Bodenstein.

— L'expert-comptable estime la KMF à environ quatre cents millions d'euros, dit Ostermann. Il y a une société low cost anglaise qui offre le double du prix du marché, soit huit cents millions euros. Calculez le prix d'une seule part.

Bodenstein et Pia échangèrent un bref regard.

— Le PDG de la KMF est Siegbert Kaltensee, dit Bodenstein. A la mort de Goldberg, de Schneider, de Watkowiak et de Mme Frings, il va donc recevoir leurs parts ?

— Apparemment, dit Ostermann en posant son bloc et en jetant un regard triomphant à la ronde. Et si huit cents millions d'euros ne sont pas un mobile, excusez-moi du peu.

Il y eut un moment de silence.

— Je suis de votre avis, dit sèchement Bodenstein.

— Siegbert Kaltensee ne pouvait jusqu'ici ni vendre la société ni la faire coter en bourse, il n'avait pas la majorité. A présent tout est changé : il possède, si je compte bien, cinquante-cinq pour cent des parts, en y incluant les siennes.

— Déjà dix pour cent de huit cents millions ne sont pas à dédaigner, dit Pia. Chacun d'eux peut avoir intérêt à ce que Siegbert possède la majorité des parts et transforme la vente de la KMF en monnaie sonnante et trébuchante.

— Je n'arrive pas à croire que le mobile du crime soit là, dit Bodenstein en finissant son café et en secouant la tête. Je crois plutôt que notre meurtrier a rendu un grand service à Kaltensee, sans le vouloir.

Pia avait pêché le carnet d'Ostermann sur son bureau et lisait ses notes.

— Katharina Schmunck s'appelle aujourd'hui Katharina Ehrmann, expliqua Ostermann. C'est la meilleure amie de Jutta.

Bodenstein plissa le front pour essayer de retrouver son visage. Il se souvenait de la photo, qu'il avait vue au Mühlenhof. Mais avant qu'il ait pu ouvrir la bouche, Pia avait bondi sur ses jambes et fouilla dans sa poche jusqu'à ce qu'elle trouve la carte de visite où l'agent immobilier avait écrit le nom de la propriétaire.

— Incroyable ! s'exclama-t-elle. La maison où on a trouvé le corps de Watkowiak à Königstein appartient à Katharina Ehrmann ! Comment expliquer ça ?

— C'est simple, affirma Ostermann qui voyait dans l'avidité de la famille Kaltensee un mobile de meurtre extrêmement plausible. Ils ont tué Watkowiak et veulent faire porter les soupçons sur Katharina Ehrmann. Ils font ainsi d'une pierre deux coups.

Les yeux de Ritter lui cuisaient, sa tête bourdonnait. Les lettres sur l'écran se mélangeaient devant ses yeux. Durant les deux dernières heures, il avait écrit vingt-cinq pages. Il était mort de fatigue et en même temps euphorique. Il enregistra son texte et l'envoya par e-mail. Katharina pourrait le lire à la première heure. Il se leva en bâillant et alla à la fenêtre. Il devait encore aller vite remettre le journal dans le coffre de la banque avant de rentrer chez lui. Marleen était fleur bleue, mais quand elle l'aurait entre les mains, elle comprendrait tout. Et dans le pire des cas, elle prendrait le parti de sa famille. Le regard de Ritter tomba sur le parking vide, à côté de son cabriolet était arrêtée une voiture noire. Il allait se détourner quand un éclair de lumière illumina l'avant de la camionnette et il aperçut le visage de deux hommes. Son cœur se mit à battre de peur. Katharina avait dit que les documents étaient explosifs et potentiellement dangereux. Cela ne l'avait pas impressionné en plein jour, mais à présent, à dix heures et demie, cette idée avait quelque chose de menaçant. Il saisit son portable et appela Katharina. Elle répondit après dix sonneries.

— Kati, dit Ritter en essayant de prendre un ton désinvolte, je crois que je suis suivi. Je travaille au bureau sur le manuscrit. En bas, sur le parking, il y a une camionnette où sont assis deux types. Qu'est-ce que je fais ? Qui peuvent-ils être ?

— Calme-toi, répondit Katharina en baissant la voix, on entendait en arrière-fond un brouhaha de voix et un piano. Tu te fais sûrement des idées. Je…

— Je ne me fais pas des idées, bon Dieu ! siffla Ritter. Ils sont en bas et peut-être qu'ils m'attendent ! Tu as dit toi-même que les documents pouvaient être dangereux !

— Ce n'est pas ce que je voulais dire. Je ne pensais pas à un danger concret. Personne n'est au courant. A présent rentre chez toi et dors.

Ritter alla à la porte et alluma le plafonnier. Puis il revint à la fenêtre. La camionnette était toujours là.

— OK, dit-il. Mais je dois encore apporter le journal à la banque. Tu crois qu'il peut m'arriver quelque chose ?

— Non, ne sois pas idiot, dit la voix de Katharina.

— Bon.

Ritter se sentit un peu rassuré. S'il y avait eu un réel danger, elle aurait réagi autrement. Il était finalement sa poule aux œufs d'or, elle ne mettrait pas si légèrement sa vie en jeu. Il se sentait soudain ridicule. Katharina devait le prendre pour un froussard.

— En tout cas, je t'ai envoyé le manuscrit, dit-il.

— Bon, super, répondit Katharina. Je le lirai demain matin. Maintenant, il faut que je raccroche.

— Bien sûr. Bonne nuit.

Ritter éteignit son portable et remit le journal dans l'enveloppe A4 et son portable dans son sac à dos. Les genoux tremblants, il quitta le bureau.

— Je me fais des idées, murmura-t-il.

MERCREDI 9 MAI 2007

— Tu ne devineras pas qui m'a appelé hier, dit Cosima à Bodenstein. J'avoue que j'étais ébahie !

Bodenstein, allongé sur le lit, jouait avec le bébé qui attrapait son doigt en gloussant et le serrait avec une force étonnante. Vivement que ce cas soit résolu, car il ne voyait vraiment pas assez sa fille cadette.

— Qui c'était ? demanda-t-il en chatouillant le ventre de Sophia qui poussait des cris de joie et agitait ses petites jambes.

Cosima apparut à la porte, une brosse à dents à la main, avec juste une serviette de bains autour du corps.

— Jutta Kaltensee.

Bodenstein se figea. Il n'avait pas raconté à Cosima que Jutta Kaltensee l'avait appelé au moins dix fois ces derniers jours. D'abord, il s'était senti flatté, mais la conversation était vite devenue trop intime à son goût. Ce n'est qu'hier, quand elle lui avait carrément proposé de dîner ensemble, qu'il avait compris ce que ces appels cachaient. Jutta Kaltensee lui faisait des avances et il ne savait pas quelle attitude prendre.

— Ah oui ? Qu'est-ce qu'elle voulait ? dit Bodenstein en s'efforçant de prendre un ton indifférent et en continuant de jouer avec le bébé.

— Elle cherche une collaboratrice pour sa nouvelle image de campagne électorale, dit Cosima qui retourna dans la salle de bains et revint en peignoir. Elle m'a dit qu'elle avait pensé à moi quand elle t'avait vu chez sa mère.

— Vraiment ?

Bodenstein se sentit mal en pensant que Jutta s'était renseignée sur lui et sa famille derrière son dos. En outre Cosima n'était pas une productrice de films publicitaires mais de films documentaires. L'image pour sa campagne électorale était donc un mensonge. Mais pourquoi faisait-elle ça ?

— Nous devons déjeuner ensemble, je verrai bien ce qu'elle me veut.

Cosima s'assit sur le bord du lit pour se passer de la crème sur les jambes.

— C'est très bien, fais-toi inviter, les Kaltensee ont assez d'argent.

— Tu n'as rien contre ?

Bodenstein ne savait pas au juste ce que la question de Cosima signifiait.

— Pourquoi aurais-je quelque chose contre ? dit-il en prenant la décision de ne plus répondre à l'avenir aux appels de Jutta Kaltensee.

En même temps, il comprit combien il était allé loin avec elle. Trop loin. La simple idée de cette femme subtilement séduisante et excitante éveillait en lui des fantasmes que n'aurait pas dû avoir un homme marié.

— Sa famille est bien visée par votre enquête, dit Cosima.

— Ecoute simplement ce qu'elle te propose, dit-il contre sa volonté.

Une impression désagréable s'insinuait en lui. Le flirt jusqu'ici innocent avec Jutta Kaltensee pouvait devenir un risque incalculable et il n'avait pas besoin de ça. Elle était agréable, mais il était temps d'y mettre le holà. Même s'il le regrettait.

Bien que la nuit ait été très courte, Pia était déjà assise à son bureau à sept heures moins le quart. Il fallait qu'ils aient aussi vite que possible une conversation avec Siegbert Kaltensee, c'était clair. Elle but une gorgée de café en regardant son écran et en pensant au récit d'Ostermann et aux conséquences que cela impliquait. Certes, il était concevable que les enfants Kaltensee aient commandité les meurtres. Mais trop de choses ne coïncidaient pas. Que signifiait ce chiffre que le meurtrier avait laissé sur trois lieux de crime ? Pourquoi les crimes avaient-ils été commis avec une arme obsolète et des munitions vieilles de soixante ans ? Un tueur professionnel se serait servi d'un pistolet muni d'un silencieux et n'aurait pas pris la peine de sortir Anita Frings de la maison de retraite et de la pousser jusque dans le bois. Les meurtres de Goldberg, de Schneider et d'Anita Frings cachaient quelque chose de personnel. Mais Robert Watkowiak ne cadrait pas avec ce tableau. Pourquoi son amie devait-elle mourir ? La réponse se dissimulait derrière une foule de fausses pistes et de possibles mobiles. La vengeance était un mobile puissant. Thomas Ritter connaissait l'histoire de la famille Kaltensee, il avait été profondément humilié et blessé par Vera.

Et que penser d'Elard Kaltensee ? Avait-il tué – ou fait tuer – les trois amis de sa mère, parce qu'ils ne voulaient pas lui révéler ses origines ? Il avait avoué qu'il les haïssait et qu'ils lui donnaient des envies de meurtre. Enfin, il y avait ce Marcus Nowak qui jouait un rôle douteux. Non seulement une voiture de sa société avait été vue à l'heure du crime devant la maison de Schneider mais, alors que Watkowiak était mort, il était lui-même devant la maison de Königstein et au Taunusblick le soir de la mort d'Anita Frings. Ça ne pouvait pas être de simples hasards. Pour Nowak, beaucoup d'argent était en jeu. Nowak et Elard Kaltensee paraissaient beaucoup plus proches que Kaltensee n'avait voulu le leur faire croire. Ils avaient peut-être perpétré les crimes ensemble, ils avaient peut-être été vus par Watkowiak... ou bien c'était entièrement faux et c'étaient les Kaltensee qui étaient derrière tout ça ? Ou bien quelqu'un d'autre ? Incapable de rester sur sa chaise, Pia se mit à tourner en rond.

La porte s'ouvrit et Ostermann et Behnke pénétrèrent dans le bureau. Au même moment, le fax qui était sur le bureau d'Ostermann se mit en marche et commença à cracher de la copie. Ostermann posa son sac et tira la première feuille.

— Enfin, dit-il. Le laboratoire a les résultats.

— Fais voir.

Ils lurent ensemble les six pages que le laboratoire de la Kripo avait envoyées. L'arme avec laquelle Anita Frings avait été tuée était la même que celle qui avait tiré sur Goldberg et Schneider. Les munitions aussi étaient les mêmes. L'ADN qui avait été trouvé sur un verre et sur plusieurs mégots de cigarettes, dans la salle de projection de Schneider, appartenait à un homme déjà fiché. A côté du corps de Schneider, sur un cheveu, avait été relevé un ADN féminin inconnu, et l'empreinte digitale bien visible sur le miroir de l'entrée chez Goldberg n'avait malheureusement pas pu être attribuée. Ostermann se jeta sur la banque de données et constata que l'homme qui avait été présent dans la cave de Schneider était un certain Kurt Frenzel, plusieurs fois condamné pour coups et blessures et délit de fuite.

— Le couteau qui a été trouvé chez Watkowiak est l'arme avec laquelle Monika Krämer a été poignardée, dit Pia. Les empreintes de Watkowiak étaient sur le manche du couteau. Mais le sperme dans sa bouche ne venait pas de lui mais d'un inconnu. Les coups ont été portés par un droitier. Les empreintes dans l'appartement sont principalement celles de Monika Krämer et de Watkowiak, à l'exception de quelques fibres sous ses ongles qui n'ont pu être attribuées et d'un poil qui n'a pas encore été examiné. Le sang sur la chemise de Watkowiak est celui de Mme Krämer.

— Tout ça paraît très clair, dit Behnke. Watkowiak a trucidé sa vieille. Elle lui portait à mort sur les nerfs.

Pia fusilla son collègue du regard.

— Ça ne peut pas être lui, lui rappela Ostermann. Nous avons les bandes de la caméra de surveillance de la Caisse d'épargne de Taunus et de celle de Nassau où l'on voit Watkowiak qui essaie d'encaisser un chèque. Je ne sais plus l'heure juste mais je crois que c'était entre onze heures trente et midi. Or, d'après le rapport d'autopsie, Monika Krämer est morte entre onze heures et midi.

— Vous ne croyez tout de même pas à ce putain de tueur en série que le chef a inventé ? gueula Behnke. Quel tueur en série descendrait une vieille gâteuse et pourquoi ?

— Pour qu'on soupçonne Watkowiak, dit Pia. Et c'est le même meurtrier qui a tué Watkowiak, a glissé l'arme et le téléphone portable dans le sac à dos et lui a mis la chemise ensanglantée.

En ce moment, elle rejetait intérieurement son hypothèse Nowak-Kaltensee. Elle ne croyait aucun des deux capable d'un meurtre brutal précédé d'une fellation. Ils avaient affaire à deux tueurs, c'était certain.

— Ça pourrait coller, concéda Ostermann, et il lut le passage du rapport du laboratoire sur la chemise. Elle était mal boutonnée, pas à la taille de Watkowiak et elle était tellement neuve que dans une manche il restait encore une épingle comme il y en a dans une chemise empaquetée.

— Il faut trouver où a été achetée la chemise, ordonna Pia.

— Je vais essayer, dit Ostermann.

— Ah, ça me revient.

Behnke fouilla dans la pile de papiers posée sur son bureau puis tendit une feuille à Ostermann. Celui-ci la parcourut et fronça les sourcils.

— C'est arrivé quand ?

— Hier, dit Behnke en ouvrant son ordinateur. Je l'avais oublié.

— Qu'est-ce que c'est ? demanda Pia.

— Les appels du téléphone portable qui était dans le sac à dos de Watkowiak, répondit Ostermann.

Il se tourna vers son collègue pour lui reprocher sa négligence ou pour au moins entendre ses excuses. Cette fois il était vraiment furieux.

— Bon Dieu, Frank, cria-t-il. C'est important, tu le sais bien ! Je l'ai attendu toute la journée !

— On va pas en faire une affaire d'Etat, répliqua Behnke avec violence. Tu n'as jamais rien oublié ?

— Quand il s'agit d'une enquête : non. Qu'est-ce qui t'arrive, bon Dieu ?

Au lieu de répondre, Behnke se leva et quitta le bureau.

— Alors ? demanda Pia sans faire de commentaire sur l'attitude de Behnke.

Si Ostermann s'apercevait enfin que quelque chose clochait chez Behnke, il s'en inquiéterait peut-être et l'affaire se réglerait entre hommes.

— Le portable n'a été utilisé qu'une seule fois, juste pour envoyer ce SMS à Monika Krämer, répondit Ostermann après avoir lu la feuille en entier. Ils n'ont trouvé aucun numéro d'appel.

— Il venait d'une cabine ? demanda Pia avec curiosité.

— Eschborn et environs, dit Ostermann avec rage. Une circonférence d'au moins trois kilomètres. Ça ne nous aide pas beaucoup.

Debout devant son bureau, Bodenstein lisait le journal étalé devant lui. Il sortait d'une discussion désagréable avec le directeur de la Kripo Nierhoff, qui l'avait menacé de créer une SoKo, une section homicide, s'il n'obtenait pas rapidement des résultats. Les médias le bombardaient d'appels et pas seulement eux : le ministère de l'Intérieur s'était officiellement informé des progrès de l'enquête. L'atmosphère dans l'équipe était électrique. Sur aucun des cinq meurtres, il n'avait la moindre lueur. Que Goldberg, Schneider, Anita Frings et Vera Kaltensee aient été amis d'enfance n'aidait en rien. Dans les trois cas, le meurtrier n'avait laissé aucun indice exploitable, impossible de dessiner le profil du tueur. C'étaient les héritiers Kaltensee qui avaient le meilleur mobile mais Bodenstein répugnait à admettre les conjectures d'Ostermann.

Il froissa le journal, s'assit et mit sa tête dans ses mains. Il avait quelque chose devant les yeux, quelque chose qui lui échappait. Il ne parvenait pas à établir un rapport rationnel entre des meurtres et la famille Kaltensee et consort. Et pourtant il y en avait un. Avait-il perdu sa capacité à poser les bonnes questions ? On frappa à la porte et Pia entra.

— Qu'est-ce qu'il y a ? demanda-t-il en espérant que sa collègue ne remarquerait pas ses doutes et son désarroi.

— Behnke est allé chez Frenzel, le copain de Watkowiak dont nous avons trouvé l'ADN dans la maison de Schneider. Il a rapporté le téléphone mobile de Frenzel. Watkowiak l'a appelé le jeudi.

— Et ?

— Nous aimerions avoir votre avis. Dans la maison de la Siesmayerstrasse où Ritter a pénétré l'autre jour, habite une femme du nom de Marleen Kaltensee, puis elle regarda Bodenstein et dit : Ça ne va pas, chef ?

Une fois de plus, Bodenstein eut l'impression qu'elle lisait directement dans son cerveau.

— Nous n'avançons pas, dit-il. Trop d'énigmes, trop d'inconnues, trop d'indices sans significations.

— Mais c'est toujours comme ça, dit Pia en s'asseyant en face de lui. Nous avons posé beaucoup de questions à beaucoup de gens et provoqué une inquiétude. L'affaire va créer sa propre dynamique, pour l'instant elle nous échappe mais elle travaille pour nous. J'ai l'intuition que quelque chose va bientôt se passer qui nous mettra sur la bonne piste.

— Vous êtes vraiment une optimiste. Et si votre fameuse dynamique nous apportait un nouveau cadavre ? Nierhoff et le ministère de l'Intérieur me mettent vraiment la pression !

— Qu'est-ce qu'ils s'imaginent ! Nous ne sommes pas des commissaires de la télévision ! Ne me regardez pas d'un air si résigné ! Allons à Francfort voir Ritter et Elard Kaltensee. Nous les interrogerons sur la caisse disparue.

Elle se leva en lui jetant un regard impatient. Son énergie fit son effet. Bodenstein pensa à quel point, au fil des années, Pia lui était devenue indispensable. Ils formaient une équipe parfaite : elle faisait des hypothèses parfois osées et menait l'affaire rondement et lui s'en tenait strictement aux règles et la freinait quand elle s'emballait trop.

— Venez chef, dit-elle. Arrêtez de douter de vous ! Nous devons prouver à notre nouvelle supérieure ce que nous valons.

Bodenstein ne put s'empêcher de sourire.

— D'accord, dit-il, et il se leva.

… rappelle-moi, mon vieux ! la voix de Robert Watkowiak résonnait dans le répondeur. Il semblait harcelé. *Ils sont derrière moi. Les flics croient que j'ai tué quelqu'un et les gorilles de ma belle-mère surveillent mon appartement. Je vais disparaître quelque temps. Je te rappellerai.*

On raccrocha. Ostermann revint en arrière.

— Quand Watkowiak a-t-il appelé ? demanda Bodenstein qui avait retrouvé la forme.

— Jeudi dernier à quatorze heures trente-cinq, dit Ostermann. L'appel provenait d'une cabine publique de Kelkheim. Il a dû mourir un peu plus tard.

… les gorilles de ma belle-mère surveillent mon appartement… redit la voix du mort. Ostermann essaya de régler le son et refit passer le message.

— C'est bon, dit Bodenstein, et Nowak ?

— Il est toujours dans son petit lit, répondit Ostermann. Grand-mère et papa sont restés de huit à dix heures.

— Le père de Nowak est venu voir son fils à la clinique ? dit Pia, étonnée. Pendant deux heures !

— Oui, acquiesça Ostermann. C'est ce que nous a dit le collègue.

— OK.

Bodenstein toussota et parcourut la pièce du regard. Aujourd'hui la Dr Engel n'était pas là.

— Nous devons avoir une nouvelle conversation avec Vera Kaltensee et avec son fils Siegbert. Par ailleurs, je veux une analyse de la salive de Marcus Nowak, d'Elard Kaltensee et de Thomas Ritter. Nous devons les revoir aujourd'hui. Et je veux aussi interroger Katharina Ehrmann. Frank : trouvez où l'on peut joindre cette dame.

Behnke acquiesça sans faire de commentaire.

— Hasse, vous activez le laboratoire pour les traces de peinture de la voiture qui a heurté la jardinière de béton devant l'entreprise de Nowak. Ostermann, je veux plus d'informations sur Thomas Ritter.

— Et tout ça aujourd'hui ? demanda Ostermann.

— Pour cet après-midi, ça ira, dit Bodenstein en se levant. On se revoit à cinq heures et je veux des résultats.

Une demi-heure plus tard, Pia sonnait chez Marleen Kaltensee dans la Siesmayerstrasse et ce n'est que lorsqu'elle tendit sa carte vers la caméra de la porte d'entrée que la porte s'ouvrit. La femme qui leur ouvrit, quelques minutes après, la porte de l'appartement avait la trentaine et un visage insignifiant et un peu bouffi avec des cernes sous les yeux. Un buste carré aux jambes courtes et un large postérieur la faisaient paraître plus grosse qu'elle n'était réellement.

— Je vous attendais bien plus tôt, dit-elle d'emblée.

— Pourquoi ? demanda Pia.

— Eh bien, Marleen haussa les épaules, après les meurtres des amis de ma grand-mère et de Robert...

— C'est à cause de ça que nous sommes là, dit Pia en promenant son regard sur l'appartement meublé avec goût. Nous avons parlé hier avec le Dr Ritter. Vous le connaissez, n'est-ce pas ?

A leur étonnement, la femme pouffa comme une adolescente et devint toute rouge.

— Il est entré dans cette maison, nous aimerions savoir ce qu'il vous voulait, continua Pia avec un léger agacement.

— Il habite ici, dit Marleen Kaltensee en s'appuyant contre le chambranle de la porte. Nous sommes mariés. Je ne m'appelle plus Kaltensee mais Ritter.

Bodenstein et Pia échangèrent un regard d'étonnement. Ritter leur avait parlé de sa femme hier à propos du cabriolet, mais il n'avait pas mentionné qu'il s'agissait de la petite-fille de son ancienne patronne.

— Il n'y a pas longtemps que nous sommes mariés, expliqua celle-ci. Je ne suis pas encore habituée à mon nouveau nom. Ma famille n'est pas au courant de notre mariage. Mon mari préfère attendre jusqu'à ce que l'agitation soit retombée.

— Vous voulez dire l'agitation autour des meurtres des amis de votre… grand-mère ?

— Oui, exactement. Vera Kaltensee est ma grand-mère.

— Et vous êtes la fille de… ?

— Mon père est Siegbert Kaltensee.

A cet instant, le regard de Pia tomba sur le tee-shirt trop étroit de la jeune femme et elle comprit tout de suite.

— Vos parents connaissent votre état ?

Marleen Ritter rougit d'abord, puis ses yeux brillèrent fièrement et elle poussa son ventre en avant et posa ses mains dessus. Pia se força à sourire mais elle se sentit mal à l'aise. Après toutes ces années, elle ressentait encore un petit coup au cœur en présence d'une grossesse heureuse.

— Non, dit Marleen Ritter. A vrai dire, mon père a d'autres soucis en ce moment. Elle parut soudain se rappeler sa bonne éducation : Voulez-vous boire quelque chose ?

— Non merci, refusa poliment Bodenstein. Nous aimerions à vrai dire parler à… votre mari. Savez-vous où il est ?

— Je peux vous donner son numéro de portable et l'adresse de la rédaction.

— Ce serait très gentil, dit Pia en sortant son calepin.

— Hier votre mari nous a raconté comment votre grand-mère l'avait licencié après une dispute, dit Bodenstein. Après dix-huit ans.

— Oui, c'est vrai, acquiesça Marleen d'un air soucieux. Je ne sais pas au juste ce qui s'est passé. Thomas ne laisse jamais échapper un mot désagréable sur ma grand-mère. Je suis sûre que tout s'arrangera quand elle apprendra que nous sommes mariés et que j'attends un enfant.

Pia fut étonnée par l'optimisme naïf de la jeune femme. Elle doutait pour sa part que Vera Kaltensee accueille à bras ouverts l'homme qu'elle avait ignominieusement chassé. Bien au contraire.

Elard Kaltensee tremblait de tout son corps quand il prit la direction de Francfort. Se pouvait-il que ce qu'il venait d'apprendre fût la vérité ? Et si c'était le cas, qu'attendaient-ils de lui ? Que devait-il faire ? Il ne cessait d'essuyer ses paumes transpirantes sur son pantalon, car le volant lui glissait des mains. Un instant, il avait eu envie de précipiter la voiture sur un pilier de béton pour en finir une bonne fois. Mais l'idée qu'il pourrait survivre estropié l'arrêta. Il chercha à tâtons dans la boîte à gants la petite boîte familière, avant de se rappeler qu'il l'avait jetée par la fenêtre deux jours avant, dans un accès d'euphorie et de bonnes résolutions. Comment avait-il pu penser qu'il pourrait brusquement se passer de Tavor ? Son équilibre mental était profondément perturbé depuis quelques mois mais, à présent, il avait l'impression que le sol se dérobait sous ses pieds. Il ne savait plus ce qu'il avait espéré découvrir, le cœur battant, durant toutes ces années, mais ce n'était certainement pas cela.

— Notre Seigneur qui êtes aux cieux, gémit-il en luttant contre les sentiments contradictoires qui, sans le secours de la drogue, se déchaînaient en lui.

Tout était soudain insupportablement clair et douloureux. C'était la vie véritable mais il ignorait s'il voulait et pourrait la maîtriser. Son corps et son esprit exigeaient l'effet bienfaisant de la benzodiazépine. Quand il avait promis, juré, de s'en passer, il ignorait encore ce qu'à présent il savait. Toute sa vie, son existence et son identité n'étaient que mensonge ! Pourquoi ? Ce mot martelait douloureusement son crâne et Elard Kaltensee souhaitait désespérément avoir le courage de poser la question à la bonne personne. Mais à cette idée, il avait trop envie de partir en courant. Il pouvait encore faire comme s'il ne savait rien.

Soudain, devant lui s'allumèrent des feux arrière et il freina si fort que le système antiblocage de sa lourde Mercedes crépita. Le conducteur, derrière lui, klaxonna rageusement et réussit à se rabattre sur le bas-côté pour ne pas entrer de plein fouet dans sa malle. La peur fit revenir Elard Kaltensee à lui. Non, il ne pouvait pas continuer à vivre ainsi. Et ça lui était égal si le monde entier apprenait quel poltron lamentable se cachait derrière la brillante façade du professeur mondialement reconnu. Il avait la solution dans son coffre. Un ou deux comprimés et quelques verres de vin rendraient tout cela supportable. Finalement il n'était tenu à rien. Le mieux serait de faire ses valises, d'aller tout droit à l'aéroport et de s'envoler pour l'Amérique. Pour quelques jours, non, plutôt pour quelques semaines. Et pourquoi pas pour toujours ?

Rédacteur d'un magazine de société, répéta moqueusement Pia en face de la vilaine bâtisse située dans l'arrière-cour d'un fabricant de meubles dans la zone industrielle de Fechenheimer. Bodenstein et elle descendirent de la voiture et grimpèrent un escalier sale jusqu'à l'étage élevé où se trouvait le bureau de Thomas Ritter. Marleen Ritter n'avait jamais dû rendre visite à son mari car en voyant l'entrée de ce qui était indiqué comme "Rédaction", il lui serait venu un doute. A côté de la porte vitrée constellée de traces de doigts, brillait un écriteau aux couleurs fluo avec l'indication *Week-end*. La réception consistait en un bureau encombré par un téléphone et un monstrueux ordinateur d'un autre âge.

— Vous désirez ?

La dame de la réception de *Week-end* paraissait elle-même poser pour la page de titre. A son maquillage, on voyait bien qu'elle était là depuis pas mal de temps. Au moins trente ans.

— Kripo, dit Pia. Nous cherchons Thomas Ritter.

— Dernier bureau, à gauche. Dois-je vous annoncer ?

— Pas nécessaire, dit Bodenstein en souriant gentiment à la dame.

Sur les murs du couloir étaient accrochées des couvertures encadrées de *Week-end*. Les faits bruts étaient présentés par des filles interchangeables mais qui avaient toutes en commun au moins 105 de tour de poitrine. La dernière porte à gauche était fermée. Pia frappa et entra. Il était visiblement désagréable à Ritter de recevoir Pia et Bodenstein dans un pareil endroit. Entre le luxueux appartement dans le quartier de Westend et l'étroit bureau enfumé aux murs couverts de photos pornos, il y avait un monde. Il y avait aussi un monde entre la terne épouse enceinte et la femme qui se tenait à côté du bureau et qui avait laissé des traces de rouge à lèvres rouge sang sur la bouche de Ritter. Tout sur elle était griffé et cher, des vêtements aux bijoux et des chaussures à la coiffure.

— Appelle-moi, dit-elle en empoignant son sac.

Elle effleura Pia et Bodenstein d'un bref regard indifférent et sortit.

— Votre patronne ? demanda Pia.

Ritter posa les coudes sur son bureau et se passa les doigts dans les cheveux. Il paraissait épuisé et plus vieux de plusieurs années, comme pour se conformer à la tristesse de son environnement.

— Non. Que voulez-vous encore ? Comment savez-vous que j'étais ici, d'abord ? dit-il en attrapant son paquet de cigarettes et en en allumant une.

— Votre femme nous a très aimablement donné l'adresse de la rédaction.

Ritter ne réagit pas au ton sarcastique de Pia.

— Vous avez du rouge à lèvres sur la figure, ajouta-t-elle. Si votre femme voyait cela, elle pourrait en tirer de fausses conclusions.

Ritter s'essuya la bouche avec les doigts. Il hésita à répondre puis, résigné, il fit un geste de la main.

— C'était une relation, dit-il. Je lui dois encore de l'argent.

— Votre femme le sait ? demanda Pia.

Ritter lui lança presque un regard de défi.

— Non. Et elle ne doit pas le savoir. Il tira sur sa cigarette et souffla la fumée par le nez. J'ai une foule de choses à faire. Qu'est-ce que vous voulez ? Je vous ai déjà tout dit.

— Absolument pas, répliqua Pia. Vous nous avez caché l'essentiel.

Bodenstein restait en retrait, silencieux. Les yeux de Ritter allaient de lui à Pia pour les évaluer. Hier, il avait fait l'erreur de la sous-estimer. Il ne la referait plus aujourd'hui.

— Ah oui ? Il essayait de paraître désinvolte, mais des lueurs de nervosité dans ses yeux trahissaient son véritable état d'esprit : Quoi par exemple ?

— Pourquoi étiez-vous chez Goldberg dans la soirée du 25 avril, juste avant qu'il ne soit tué ? demanda Pia. De quoi avez-vous parlé avec Robert Watkowiak chez le glacier ? Et pour quelle raison Vera Kaltensee vous a-t-elle réellement licencié ?

Avec un geste nerveux, Ritter écrasa le mégot. Son portable posé à côté de son ordinateur fit entendre les premiers accords de la *Neuvième* de Beethoven mais il ne jeta pas un regard sur l'écran.

— Que vous dire ? lança-t-il brusquement. Je suis allé chez Goldberg, Schneider et la vieille Frings parce que je voulais leur parler. Il y a deux ans, j'ai eu l'idée d'écrire une biographie de Vera Kaltensee. Au début, elle était enthousiaste et elle m'a dicté pendant des heures ce qu'elle voulait qu'on lise sur elle. J'ai compris après quelques chapitres que ce serait affreusement ennuyeux. Vingt phrases sur le passé, pas plus.

Or, ce qui intéresserait le lecteur, c'était précisément le passé, l'origine noble, la fuite dramatique avec un petit enfant, la perte de sa famille et du château et pas les affaires ou les sociétés de bienfaisance.

Le portable, qui entre-temps s'était tu, fit entendre une unique note.

— Mais elle ne voulait rien savoir. C'était soit selon son idée soit rien. Incapable de compromis comme toujours, la vieille carne. Ritter renifla dédaigneusement. J'ai essayé de la convaincre en lui promettant de faire de sa vie un roman. Les aventures de Vera, les malheurs, les victoires, les sommets et les défaites de la vie d'une femme qui a vécu l'histoire mondiale à travers sa propre existence. Nous nous sommes disputés. Elle m'a formellement interdit d'entreprendre des recherches, elle m'a interdit d'écrire, et elle est devenue de plus en plus méfiante. Là-dessus est arrivée l'histoire de la caisse. J'ai commis l'erreur de défendre Nowak. C'était trop. Ritter soupira : Tout s'est mis à aller mal pour moi. Je n'avais plus de carrière en perspective, plus de bel appartement, plus d'avenir.

— Jusqu'à ce que vous épousiez Marleen. Vous avez tout récupéré.

— Qu'est-ce que vous voulez dire ? s'emporta Ritter, mais son indignation sonnait faux.

— Que vous êtes entré en rapport avec Marleen pour vous venger de votre ancienne patronne.

— C'est idiot ! dit-il. Nous nous sommes rencontrés par hasard. Je suis tombé amoureux d'elle et elle de moi.

— Pourquoi hier vous ne nous avez pas dit que vous aviez épousé la fille de Siegbert ?

Pia ne croyait pas un mot de ce qu'il disait. En comparaison avec l'élégante brune, l'insignifiante Marleen ne faisait pas le poids.

— Parce que j'ai pensé que ça n'avait pas d'importance, répondit Ritter, agressif.

— Votre vie privée nous intéresse, dit Bodenstein en se mêlant à la conversation. Et pour Goldberg et Watkowiak ?

— Je voulais leur soutirer des informations, dit Ritter soulagé qu'on change de sujet et en jetant un coup d'œil hostile à Pia. Il y a quelque temps, quelqu'un est venu me voir et m'a demandé si je voulais toujours écrire cette biographie. En insistant sur la vie véritable de Vera Kaltensee et les détails les plus sordides. On me proposait beaucoup d'argent, des informations de première main et l'occasion de… me venger.

— Qui c'était ? demanda Bodenstein.

Ritter secoua la tête.

— Je ne peux pas le dire. Mais le matériau que j'ai reçu était de premier ordre.

— En quoi ?

— C'était le journal tenu par Vera Kaltensee de 1934 à 1943, dit Ritter avec un sourire mauvais. Des informations détaillées sur ce que Vera veut absolument garder secret. En le lisant, je suis tombé sur une foule de contradictions dont la première est qu'Elard ne peut, en aucun cas, être le fils de Vera. En effet, celle qui écrivait le journal n'avait eu jusqu'en décembre 1943 ni fiancé, ni amoureux et encore moins de rapports sexuels, ni *a fortiori* un enfant. Mais… – il fit une pause appuyée en regardant Bodenstein – … le frère aîné de Vera, Elard von Zeydlitz-Lauenburg, avait une relation amoureuse avec une nommée Vicky qui était la fille du régisseur du domaine. Elle a mis au monde, en août 1942, un fils qui a été baptisé sous le nom de Heinrich Arno Elard.

Bodenstein écouta ces révélations sans faire aucun commentaire.

— Et après ? demanda-t-il seulement.

Ritter semblait déçu de rencontrer si peu d'enthousiasme.

— Le journal a été écrit de la main gauche. Vera est droitière, dit-il abruptement. Et ça, c'est la preuve.

— La preuve de quoi ?

— La preuve que Vera n'est pas en réalité celle qu'elle prétend être ! Exactement comme Goldberg, Schneider et la Frings ! Ils partageaient tous les quatre un secret, et je voulais savoir lequel.

— C'est à cause de ça que vous êtes allé chez Goldberg ? demanda Pia, sceptique. Vous avez vraiment cru qu'il vous raconterait tout de son plein gré après soixante ans de silence ?

Ritter dédaigna l'objection.

— Je suis allé en Pologne et j'ai fait des recherches. Malheureusement il n'existe plus aucun témoin. Ensuite je suis allé voir Schneider et Anita : toujours la même chanson ! Il fit une grimace de dégoût. Tous les trois ont joué les imbéciles, ces vieux nazis arrogants avec leurs *Heimatabend* et leurs discours sentencieux. Je n'ai jamais pu les souffrir, aucun d'eux.

— Et comme ils ont refusé de vous aider, vous les avez tués.

— Exactement. Avec la kalachnikov que j'ai toujours avec moi. Arrêtez-moi, lui ordonna Ritter avec insolence, puis se tournant vers Bodenstein : Pourquoi les aurais-je tués ? Ils étaient si vieux, il n'y avait qu'à laisser le temps faire son œuvre.

— Et Robert Watkowiak ? Qu'est-ce que vous lui vouliez ?

— Des informations. Je l'ai payé pour qu'il m'en dise plus sur Vera, par ailleurs j'ai pu lui apprendre qui était son véritable père.

— D'où vous saviez ça ?

— Je sais une foule de choses, répliqua Ritter sobrement. Que Robert soit le fils d'Eugen Kaltensee est une fable. La mère de Robert était une Polonaise de dix-sept ans qui travaillait au Mühlenhof comme femme de chambre. Siegbert l'a violée jusqu'au jour où elle est tombée enceinte. Ses parents ont alors expédié Siegbert dans une université américaine et ils ont forcé la fille à accoucher dans la cave. Après quoi elle a disparu et personne ne l'a plus jamais vue. Je pense qu'ils l'ont liquidée et qu'ils l'ont enterrée quelque part dans la propriété.

Ritter parlait de plus en plus vite, ses yeux brillaient comme s'il avait la fièvre. Bodenstein et Pia écoutaient en silence.

— Vera aurait pu faire adopter le nourrisson, mais elle a préféré qu'il souffre d'être un regrettable bâtard. En même temps elle voulait qu'il l'admire et qu'il l'adore ! Elle était déjà arrogante et se croyait intouchable. C'est aussi pour ça qu'elle n'a pas détruit les caisses, malgré leur contenu explosif. Manque de bol, Elard est devenu très ami avec un restaurateur et il a eu l'idée de retaper le moulin.

La voix de Ritter était remplie de haine et Pia prit soudain la mesure de son amertume et de sa soif de vengeance. Il se mit à rire méchamment.

— Oh oui, Vera a Robert sur la conscience ! Quand Marleen s'est bien sûr amourachée de lui – son demi-frère – la situation est devenue périlleuse ! Marleen avait quatorze ans et Robert environ vingt-cinq. Après l'accident dans lequel Marleen a perdu sa jambe, Robert s'est tiré du Mühlenhof. Peu après a commencé sa carrière de délinquant.

— Votre femme a perdu une jambe ? demanda Pia et elle se souvint en effet que Marleen traînait la jambe gauche en marchant.

— Oui. Je viens de vous le dire.

Pendant quelque temps, le silence régna dans le petit bureau à l'exception du ronronnement de l'ordinateur. Pia lança un rapide coup d'œil à Bodenstein qui, comme d'habitude, ne laissait rien paraître de ce qu'il pensait. Même si les révélations de Ritter n'étaient qu'un ersatz de vérité, elles n'en constituaient pas moins un matériau réel. Watkowiak était-il mort parce qu'il avait appris la vérité sur ses origines et avait-il confronté Vera à cela ?

— Consacrez-vous un chapitre de votre livre à ce sujet ? demanda Pia. Cela me paraît plutôt risqué.

Ritter hésita sur la réponse à faire puis se contenta de hausser les épaules.

— Ça l'est effectivement, dit-il sans la regarder, mais j'ai besoin d'argent.

— Que dira votre femme quand elle apprendra que vous écrivez sur sa famille et sur son père ? Cela ne lui plaira peut-être pas beaucoup.

Ritter serra les lèvres au point qu'elles ne formèrent plus qu'une mince ligne.

— Entre les Kaltensee et moi, c'est la guerre. Et dans toute guerre, il y a des victimes.

— La famille Kaltensee ne va pas se laisser faire.

— Ils ont déjà déployé leurs troupes contre moi, dit Ritter avec un sourire forcé. Il y a une ordonnance de référé. Et une plainte en diffamation contre moi et les éditions. Par ailleurs Siegbert m'a menacé directement. Il m'a dit que je n'aurais pas l'occasion de jouir de mes droits d'auteur si je rendais publiques mes affirmations mensongères.

— Donnez-nous les carnets du journal, ordonna Bodenstein.

— Ils ne sont pas ici. D'ailleurs ces carnets sont mon assurance sur la vie. La seule que j'ai.

— J'espère que vous ne vous trompez pas, dit Pia en tirant un coton-tige de sa poche. Vous n'avez rien contre une analyse de votre salive, n'est-ce pas ?

— Non, rien, dit Ritter en fourrant les mains dans les poches arrière de son jean et en regardant Pia avec défi. Même si je me demande à quoi ça peut bien servir.

— A identifier plus rapidement votre cadavre, répliqua froidement Pia. J'ai bien peur en effet que vous ne sous-estimiez le danger auquel vous vous exposez.

Les étincelles dans les yeux de Ritter se firent assassines. Il prit le coton-tige des mains de Pia, ouvrit la bouche et le promena dans sa cavité buccale.

— Merci, dit Pia en reprenant le bâtonnet et en l'enfermant dans un sachet en plastique. Un collègue passera demain chez vous prendre les carnets. Et si vous vous sentez menacé d'une façon quelconque, appelez-moi, vous avez ma carte.

— Je ne sais pas s'il faut croire tout ce qu'a dit Ritter, dit Pia pendant qu'ils traversaient le parking. Il est tellement ivre de vengeance. Même son mariage est de la pure vengeance.
Soudain une idée lui traversa l'esprit et elle s'arrêta.
— Qu'est-ce qu'il y a ? demanda Bodenstein.
— Cette femme, dans son bureau, dit Pia en essayant de se rappeler l'interrogatoire de Christina Nowak. Belle, brune, élégante – ça pourrait être la femme qui a rencontré Nowak à Königstein devant la maison !
— En effet, acquiesça Bodenstein. Il me semblait que je l'avais déjà vue. Il tendit les clefs à Pia : Je reviens.
Il retourna dans le bâtiment et remonta l'escalier en courant. Il attendit devant la porte de ne plus souffler comme un phoque puis il sonna. La dame de l'accueil battit des cils d'étonnement en le voyant.
— Savez-vous qui était la femme tout à l'heure chez M. Ritter ?
Elle le toisa de la tête aux pieds puis frotta son pouce contre son index.
— C'est possible.
Bodenstein comprit. Il sortit son portefeuille et en tira un billet de vingt euros. La femme fit la grimace, mais sa grimace se transforma en sourire quand elle en vit un de cinquante.
— Katharina…
Elle happa le billet et tendit à nouveau la main. Bodenstein soupira et lui tendit aussi le billet de vingt. Elle glissa les deux billets dans la tige d'une de ses bottes.
— Ehrmann, dit-elle en se penchant vers lui et en baissant la voix comme un conspirateur. Suisse. Elle habite quelque part dans Taunus quand elle est en Allemagne. Conduit une BMW série 5 immatriculée à Zurich. Si vous connaissez quelqu'un qui cherche une secrétaire compétente, pensez à moi. J'en ai marre de cette boîte.
— Je vais m'informer, dit Bodenstein qui, ne voyant là qu'une aimable plaisanterie, posa sa carte de visite sur le clavier de

son ordinateur. Envoyez-moi un e-mail avec votre CV et vos références.

Bodenstein se glissa rapidement entre les rangées de voitures tout en examinant les messages arrivés entre-temps sur son portable. Il faillit ainsi rentrer dans une camionnette noire. Pia était en train d'envoyer un SMS quand il regagna la BMW.

— Il faut que Miriam vérifie si ce que Ritter a raconté est exact, expliqua-t-elle en bouclant sa ceinture. Les registres paroissiaux de 1942 existent peut-être encore.

Bodenstein mit le moteur en marche.

— La femme qui était chez Ritter est Katharina Ehrmann, dit-il.

— Ah ? Celle qui a quatre pour cent des parts ? dit Pia étonnée. Qu'est-ce qu'elle pouvait bien faire avec Ritter ?

— Demandez-moi quelque chose de plus facile.

Bodenstein manœuvra pour sortir la voiture de son créneau, pressant en même temps le bouton du téléphone sur le volant. Peu après, Ostermann répondit.

— Chef, ici c'est l'enfer, tonna sa voix dans l'appareil. Nierhoff et la nouvelle planifient une section SoKo retraités et une section SoKo Monika.

Bodenstein, qui s'attendait à quelque chose de ce genre, conserva son calme. Il jeta un regard sur sa montre. Une heure et demie. De la Hanauer Landstrasse, il avait besoin à cette heure de la journée d'environ trente minutes à condition de prendre par la Riederwald et l'Alleenring.

— Pour la réunion, rendez-vous dans une demi-heure au restaurant *Zaika* dans la Liederbach. La K11 au complet, dit-il à Ostermann. Commandez-moi un carpaccio et un poulet au curry, si vous arrivez avant moi.

— Et pour moi une pizza, cria Pia.

— Avec du thon et des anchois. D'accord. A tout de suite.

Pendant un certain temps, ils roulèrent en silence. Bodenstein pensait au reproche que lui avait fait son ancien chef à Francfort. Il était inflexible et n'avait pas l'esprit d'équipe, avait affirmé le commissaire principal Menzel devant tout le service rassemblé. Il avait sans doute raison. Bodenstein détestait perdre son temps dans des réunions, des batailles d'experts et des démonstrations de pouvoir. C'est pour cela qu'il avait été content d'être nommé à Hofheim dans une équipe de cinq personnes. Avant comme après, il pensait que trop de cuisiniers gâtent la sauce.

— Vous vous embarquerez dans deux SoKo ? demanda Pia.

Bodenstein lui jeta un regard rapide.

— Ça va dépendre de nos performances. Mais tout ça me paraît mal engagé. De quoi s'agit-il au bout du compte ?

— Des meurtres de trois vieilles personnes, d'une jeune femme et d'un homme ? dit Pia.

Bodenstein freina devant un passage piétons dans la Berger Strasse pour laisser passer un groupe de jeunes gens.

— Nous ne posons pas les bonnes questions, dit-il en réfléchissant aux relations que pouvaient avoir Katharina Ehrmann et Ritter. Entre eux deux, il y avait quelque chose de pas clair. Peut-être le connaissait-elle d'avant. Et elle est bien amie avec Jutta Kaltensee ? demanda-t-il.

Pia comprit aussitôt de qui il parlait.

— En quoi c'est important ? dit-elle.

— Où Ritter a-t-il trouvé les informations sur le vrai père de Watkowiak ? C'est incontestablement un secret de famille qu'ils sont peu nombreux à connaître.

— Comment Katharina Ehrmann l'aurait-elle appris ?

— Elle était si liée à la famille qu'Eugen Kaltensee lui a laissé des parts de la société.

— Allons revoir Vera Kaltensee encore une fois, conclut Pia. Demandons-lui ce qu'il y avait dans la caisse et pourquoi elle nous a menti sur Watkowiak. Qu'est-ce que nous avons à perdre ?

Bodenstein se tut, puis il secoua la tête.

— Nous devons être très prudents. Même si vous ne pouvez pas sentir Ritter, je ne veux pas prendre le risque d'avoir un sixième cadavre, uniquement parce que nous aurions posé des questions sans réfléchir. Vous n'avez pas tout à fait tort en disant que Ritter marche au bord d'un abîme.

— Ce type se sent aussi intouchable que Vera Kaltensee, dit Pia violemment. Il est aveuglé par la vengeance et pour lui tous les moyens sont bons pour démolir sa famille. Quel salaud ! Il trompe sa femme enceinte avec cette Katharina Ehrmann. A cent contre un.

— Je le crois aussi, concéda Bodenstein. Malgré tout, il nous serait peu utile comme cadavre.

La grosse affluence de midi était déjà finie quand Pia et Bodenstein entrèrent dans le *Zaika*. A l'exception de quelques hommes d'affaires, le restaurant s'était déjà vidé. Les collaborateurs de la K11 avaient choisi une grande table dans un coin de la pièce au décor méditerranéen et ils avaient commencé à manger. Seul Behnke était assis tout seul, l'air amer, et il buvait de l'eau.

— J'ai quelques bonnes nouvelles, chef, commença Ostermann quand ils se furent assis. Pour le profil ADN qui a été établi d'après un poil trouvé près du cadavre de Monika Krämer et de celui de Watkowiak, l'ordinateur a craché un indice. Nos collègues du BKA les ont comparés à d'anciens cas. Ça aurait un rapport avec un meurtre jusque-là inexpliqué commis à Dessau le 17 octobre 1990 et à une agression avec coups et blessures graves à Halle le 24 mars 1991.

Pia remarqua l'air affamé de Behnke. Pourquoi ne mangeait-il pas avec les autres ?

— Autre chose, dit Bodenstein en attrapant le moulin à poivre pour assaisonner son carpaccio.

— Oui. J'ai trouvé quelque chose sur la chemise de Watkowiak, continua Ostermann. Cette marque de chemise est vendue dans une chemiserie sur Schillerstrasse à Francfort. La propriétaire du magasin a été très coopérative et elle a mis la copie des factures à ma disposition. Ils ont vendu entre le 1er mars et le 5 mai exactement vingt-quatre chemises blanches taille 41. Or... – il fit une pause marquée pour s'assurer que tout le monde écoutait – ... le 26 avril, une certaine Anja Moormann a acheté, pour le compte de Vera Kaltensee, cinq chemises blanches taille 41.

Bodenstein s'arrêta de mâcher et se redressa.

— Bon, il faudra qu'ils nous les montrent.

Pia poussa son assiette vers Behnke.

— Prends-la, je n'en peux plus.

— Merci, murmura celui-ci et il engloutit la portion restante de la pizza en soixante secondes, comme s'il n'avait pas mangé depuis des jours.

— Et avec les voisins de Goldberg et de Schneider ? demanda-t-il à Behnke qui avait la bouche pleine de pizza.

— J'ai montré trois logos différents d'entreprise à l'homme qui a vu la voiture, répondit Behnke. Il n'a pas hésité une seconde, il a désigné celui de Nowak. En plus il a précisé l'heure. Il a sorti son chien à une heure moins dix, après la fin du film qui passait sur Arte. A une heure, quand il est revenu, la voiture était partie et le portail fermé.

— Nowak a été arrêté par des collègues de Kelkheim à minuit moins le quart. Il a facilement pu aller à Eppenhain après.

Le portable de Bodenstein sonna. Il jeta un œil sur l'écran et demanda qu'on l'excuse une minute.

— Si demain nous n'avons pas plus avancé, nous allons nous retrouver avec vingt collègues sur le dos, dit Ostermann en se penchant en arrière. Je n'en ai pas la moindre envie.

— Aucun de nous, dit Behnke, mais nous ne pouvons pas sortir le tueur de notre manche comme par enchantement.

— Mais nous avons à présent des points de repère et nous pouvons poser des questions concrètes.

Pia observa par la baie son chef qui arpentait le parking le portable à l'oreille. Avec qui pouvait-il bien parler ? D'habitude il ne sortait jamais pour répondre à un appel.

— Et nous en savons plus sur le couteau avec lequel a été tuée Monika Krämer.

— Ah oui.

Ostermann repoussa son assiette et chercha dans les papiers qu'il avait apportés jusqu'à ce qu'il trouve une des chemises de plastique de couleur qui étaient à la base de son système de rangement. Si bordélique qu'il parût avec sa queue de cheval, ses petites lunettes rondes et ses vêtements fatigués, Ostermann n'en était pas moins quelqu'un de parfaitement structuré.

— Pour l'arme du crime, il s'agissait d'un Emerson à lame fixe avec un manche orné d'un dessin indonésien, un couteau de combat d'autodéfense. Emerson est un fabricant américain, mais le couteau peut être commandé par Internet et ce modèle est sur le marché depuis 2003. Il avait un numéro de série qui a été limé.

— Ce qui exclut complètement Watkowiak comme meurtrier, dit Pia. Je crains que le chef n'ait raison de parler d'un tueur professionnel.

— Pourquoi j'ai raison ? demanda Bodenstein qui revint s'asseoir pour finir son poulet au curry presque froid.

Ostermann répéta l'info sur le couteau.

— OK, dit Bodenstein en s'essuyant la bouche et en regardant ses collaborateurs d'un air grave. Ecoutez-moi. J'attends de vous un engagement à cent pour cent. Nous avons obtenu de Nierhoff un dernier jour de délai. Jusqu'à présent nous avons plus ou moins pataugé, mais maintenant il nous faut des preuves matérielles qui...

De nouveau son portable sonna. Cette fois il prit l'appel devant eux et écouta un moment. Sa mine s'assombrit.

— Nowak a disparu de la clinique, dit-il.

— Il devait être opéré aujourd'hui, dit Hasse. Il a peut-être eu les jetons et s'est fait la belle.

— Comment vous savez ça ? demanda Bodenstein.

— Nous lui avons fait un prélèvement de salive ce matin.

— Avait-il de la visite ?

— Oui, dit Kathrin Fachinger. Sa grand-mère et son père étaient là.

Pia était étonnée que son père fût de nouveau venu voir son fils à la clinique.

— Un grand type, costaud avec des moustaches ? demanda-t-elle.

— Non, dit Kathrin en secouant la tête d'un air incertain. Il n'avait pas de moustaches mais une barbe de trois jours. Et des cheveux gris, un peu longs...

— Non, incroyable, dit Bodenstein en repoussant sa chaise et en se levant d'un bond. C'était Elard Kaltensee ! Qu'attendiez-vous pour me le dire ?

— Je ne pouvais pas savoir ! se défendit Kathrin Fachinger. Est-ce que j'aurais dû lui demander sa carte d'identité ?

Bodenstein ne répondit pas mais son regard en disait long. Il tendit à Ostermann un billet de cinquante euros.

— Paie pour tout le monde, dit-il en enfilant sa veste. Quelqu'un va au Mühlenhof et se fait montrer les cinq chemises par la gouvernante. Ensuite, je veux savoir quand, où et par qui le couteau avec lequel on a tué Monika Krämer a été acheté. Et vous vous mettez tous sur la faillite du père de Nowak d'il y a huit ans pour établir si elle a vraiment un rapport avec la famille Kaltensee. Trouvez Vera Kaltensee. Si elle est dans une clinique, postez deux policiers qui notent les noms de ceux qui viennent la voir. Par ailleurs le Mühlenhof doit être surveillé. Ah oui : Katharina Ehrmann née Schmunck habite quelque part dans Taunus et elle a peut-être la nationalité suisse. Tout est clair ? Bon, rompez !

Même Ostermann, qui d'habitude ne protestait jamais, était peu enthousiasmé par le pensum dont il écopait.

— Combien de temps nous avons ?

— Deux heures, répondit Bodenstein sans rire. Et seulement si une heure ne suffit pas. Il était déjà à la porte lorsque quelque chose lui revint : Où en est le mandat de perquisition pour l'entreprise de Nowak ?

— Nous l'aurons aujourd'hui, répondit Ostermann. Y compris le mandat d'arrêt.

— Bon. La photo de Nowak doit paraître dans tous les journaux et doit être montrée aujourd'hui même à la télévision. Ne dites pas pourquoi nous le recherchons, inventez quelque chose. Qu'il a besoin d'un médicament de façon urgente ou un truc de ce genre.

— Qui vous a appelé tout à l'heure ? demanda Pia quand ils furent dans la voiture.

Bodenstein hésita brièvement à le dire à sa collègue.

— Jutta Kaltensee, finit-il par répondre. Elle a prétendu avoir quelque chose d'important à me communiquer et veut me voir ce soir.

— Elle a dit de quoi il s'agissait ?

Bodenstein regardait droit devant lui et mit plein gaz dès qu'il eut dépassé le panneau de Hofheim. Il n'avait pas encore eu le temps d'appeler Cosima pour lui demander comment s'était passé son déjeuner avec Jutta Kaltensee. A quoi jouait cette femme ? Il fallait absolument qu'il lui pose quelques questions. Sur Katharina Ehrmann. Et sur Ritter. Bodenstein repoussa l'idée de se faire accompagner par Pia. Il devait en venir à bout tout seul.

— Hou hou ! cria Pia à cet instant en le faisant sursauter.

— Pardon, qu'y a-t-il ? demanda-t-il agacé en voyant le regard curieux de sa collègue mais il ne répondit pas à la question. Excusez-moi. J'étais plongé dans mes pensées. Jutta et Siegbert m'ont mené en bateau quand je les ai interrogés au Mühlenhof.

— Pourquoi ils l'auraient fait ?

— Peut-être pour me détourner de ce qu'Elard m'avait dit avant.

— Et c'était quoi ?

— Quoi, quoi, quoi ! Je ne sais plus au juste, dit Bodenstein avec une véhémence inhabituelle car il était furieux contre lui-même.

Il n'était pas à cent pour cent concentré sur l'affaire. Et si, ces derniers jours, il n'avait pas passé son temps à téléphoner à Jutta Kaltensee, il se rappellerait peut-être mieux cette conversation au Mühlenhof.

— Il s'agissait d'Anita Frings. Elard Kaltensee m'a dit que sa mère lui avait appris sa disparition vers huit heures et vers dix heures sa mort.

— Vous ne me l'avez pas dit, lui reprocha Pia.

— Si ! Je vous l'ai dit !

— Non ! Vous ne me l'avez pas dit ! Ça signifie donc que Vera Kaltensee a eu largement le temps d'envoyer ses gens au Taunusblick pour déménager la chambre d'Anita Frings !

— Je vous l'ai dit, insista Bodenstein. J'en suis sûr.

Pia se tut, elle se demanda s'il avait raison.

Arrivé à la clinique, Bodenstein arrêta la voiture devant l'entrée sans tenir compte des protestations du jeune homme de l'accueil. Le policier qui devait surveiller Nowak reconnut, la mine contrite, qu'il s'était fait avoir deux fois. Il y avait environ une heure, un médecin était arrivé et avait amené Nowak pour un examen. Une infirmière du service l'avait aidé à pousser le lit vers l'ascenseur. Et le médecin lui avait assuré qu'il serait de retour dix minutes plus tard, après la radio. Le policier s'était donc rassis devant la porte de la chambre.

— Vous n'avez donc pas respecté l'ordre de ne pas le quitter des yeux, dit Bodenstein glacial. Votre négligence ne restera pas pour vous sans conséquences, je vous le promets !

— Et pour la visite de ce matin ? voulut savoir Pia. D'où vous est venue l'idée que l'homme était le père de Nowak ?

— C'est la grand-mère qui me l'a dit, répondit le policier avec mauvaise humeur, pour moi c'était clair.

Du fond du couloir arriva la médecin du service, que Pia avait rencontré à leur première visite, et elle dit à Bodenstein et à Pia qu'elle était inquiète. Nowak était sérieusement en danger, car, outre les traumatismes à sa main, il avait reçu un coup de couteau au foie et ce n'était pas une plaisanterie.

Malheureusement, les informations du policier qui aurait dû veiller sur Nowak n'apportèrent pas une grande aide.

— Le médecin avait une coiffe et une blouse verte, dit-il, tétanisé.

— Bonté divine ! A quoi ressemblait-il ? Etait-il jeune, gros, mince, chauve, barbu – quelque chose en lui vous a-t-il frappé ?

Bodenstein n'arrivait plus à se dominer. C'est exactement l'erreur qu'il aurait voulu éviter, d'autant que la Dr Nicole Engel semblait attendre son échec avec gourmandise.

— Je dirais qu'il avait entre quarante et cinquante ans, se souvint finalement le policier. Sinon, je crois qu'il portait des lunettes.

— Quarante ? Cinquante ? Peut-être soixante ? Et peut-être même que c'était une femme ? dit Bodenstein, sarcastique.

Ils étaient dans le hall d'entrée de la clinique où la brigade d'intervention venait d'arriver. Devant les ascenseurs, le chef de brigade donnait ses instructions à ses hommes. Les émetteurs-récepteurs crépitaient, les patients, curieux, se pressaient entre les policiers qui se préparaient à présent à rechercher le disparu, Marcus Nowak, étage après étage. La patrouille qui avait été envoyée à la maison de Nowak les informa qu'il n'y était pas.

— Restez devant la porte de l'entreprise et appelez-nous pour nous dire quand nous devrons envoyer la relève, indiqua Pia à ses collègues.

Le portable de Bodenstein sonna. On avait retrouvé le lit au rez-de-chaussée, juste à côté d'une sortie de secours. Le dernier espoir que Nowak fût encore dans le bâtiment s'évanouissait donc : des traces de sang conduisaient vers la sortie, tout le long du couloir jusqu'à l'extérieur.

— C'était donc bien ça, dit Bodenstein résigné à Pia. Venez, allons chez Siegbert Kaltensee.

Elard Kaltensee était un intellectuel brillant, mais pas un homme d'action. Toute sa vie, il s'était dérobé devant les décisions, préférant en laisser le soin à son entourage, mais cette fois la situation exigeait qu'il agît. Même si ça lui paraissait difficile de mettre son plan en action, il ne pouvait plus reculer, il devait mener cette affaire à bien une fois pour toutes. A soixante-trois ans – soixante-quatre, rectifia-t-il en pensée –, il était temps qu'il trouve le courage de prendre les choses en main. Il avait transporté la maudite caisse hors de

son appartement, fermé provisoirement la Maison des arts, renvoyé tous ses collaborateurs chez eux, fait ses valises et retenu le vol par Internet. Et, étrangement, il allait mieux, même sans comprimés. Il se sentait rajeuni, décidé et fort. Elard Kaltensee sourit. C'était peut-être un avantage que tout le monde le prît pour un froussard, que personne ne le crût capable de ce genre de chose. Excepté cette policière, mais elle aussi faisait fausse route. Devant la porte du Mühlenhof était arrêtée une voiture de patrouille, mais il n'allait pas se laisser intimider par cet obstacle. Avec un peu de chance, la police ne connaissait pas la sortie vers la ferme au-dessus de Lorsbach en traversant Fischbachtal et il pourrait entrer dans la maison sans être vu. Une rencontre par jour avec la police lui suffisait, en outre le sang sur le siège du conducteur entraînerait des explications inévitables. Il écouta et monta la radio :
… *la police demande votre aide. Cet après-midi, Marcus Nowak, trente-trois ans, a été enlevé. Il a disparu de la clinique de Hofheim et risque de mourir sans les médicaments…*
Elard éteignit la radio et sourit, satisfait. Ils pouvaient le chercher ! Lui savait où était Nowak. Personne ne le trouverait avant longtemps, il y avait veillé.

Le siège de la KMF se trouvait tout à côté du Centre des impôts dans la Nordring à Hofheim. Bodenstein avait préféré ne pas prévenir Siegbert Kaltensee et présenta sa carte au portier sans commentaire. L'homme en uniforme noir jeta à l'intérieur de la voiture un regard sans expression et leva la barrière.
— Je parie un mois de salaire que nous allons trouver ici les types qui ont agressé Nowak, remarqua Pia.
Elle indiqua un bâtiment de piètre apparence qui portait au-dessous du discret sigle d'entreprise la mention "K-Sécurité". Sur le parking voisin étaient garés plusieurs minibus Volkswagen et des utilitaires Mercedes noirs aux vitres fumées. Bodenstein passa lentement et Pia lut sur quelques véhicules l'inscription publicitaire : *K-Sécurité – Protection des biens et des personnes – Transport d'argent et d'objets de valeur.* Les éraflures faites sur la jardinière de béton devant la maison de Nowak devaient être depuis longtemps effacées, mais ils étaient sur la bonne piste. Le laboratoire de la Kripo avait clairement

établi que la peinture dont on avait relevé les traces était celle utilisée par Mercedes-Benz.

La secrétaire de Siegbert Kaltensee, qui aurait pu sans problème arriver en finale du concours *Germany's Next Topmodel*, les prévint qu'ils allaient devoir patienter assez longtemps : le patron était en rendez-vous avec d'importants clients d'outre-mer. Pia répondit par un regard condescendant en se demandant comment quelqu'un pouvait marcher toute une journée avec des talons si hauts.

Siegbert abandonna apparemment ses clients d'outre-mer et apparut trois minutes après.

— Nous avons appris que vous prévoyez des changements en ce qui concerne votre société, dit Bodenstein, après que la secrétaire eut servi des cafés et de l'eau minérale. Vous voulez la vendre, ce que vous ne pouviez pas faire jusqu'à présent car certains associés auraient exercé leur minorité de blocage.

— J'ignore d'où vous tenez ces informations, répliqua Siegbert Kaltensee décontracté. D'ailleurs la situation est un peu plus complexe que la façon dont vous la présentez.

— Mais n'est-il pas exact que vos projets ne recueillaient plus la majorité ?

Siegbert Kaltensee sourit et posa ses coudes sur son bureau.

— Qu'est-ce que vous sous-entendez ? Que j'aurais fait assassiner Goldberg, Schneider et Anita Frings pour hériter de leurs parts en tant que PDG de la KMF ?

Bodenstein sourit en retour.

— A présent c'est vous qui présentez les choses de façon trop simpliste. Mais ma question allait dans cette direction.

— Il y a quelques mois, nous avons en effet fait estimer la société par un cabinet d'expertise, dit Siegbert Kaltensee. Bien sûr, il y a toujours des investisseurs dont l'appétit est immédiatement éveillé par une société en bonne santé et bien notée, qui est leader sur le marché dans son domaine et possède une centaine de brevets. Mais la raison de l'expertise n'était pas que nous voulions vendre mais au contraire que nous préparions une entrée en bourse. La KMF doit être entièrement restructurée pour correspondre aux exigences du marché. Il se renversa en arrière : J'aurai soixante ans à l'automne. Personne dans la famille ne montre le moindre intérêt pour la société, je devrai donc tôt ou tard abandonner les rênes à un étranger. Vous êtes certainement au courant des dispositions testamentaires laissées par mon père. A l'échéance de cette année, elles cesseront d'être valides et nous pourrons enfin transformer les statuts de la société. D'une SARL elle deviendra une société anonyme et cela dans les deux prochaines années. Aucun de nous n'encaissera des millions pour ses parts. Naturellement, j'avais personnellement informé en détail tous les membres du conseil d'administration de ces projets, et bien entendu Goldberg, Schneider et Anita Frings. Siegbert Kaltensee sourit de nouveau : C'est d'ailleurs de cela que nous discutions chez ma mère quand vous êtes venus l'interroger sur Robert.

Cela paraissait convaincant. Les motifs de meurtre de Siegbert et de Jutta Kaltensee, auxquels ni Bodenstein ni Pia n'avaient jamais vraiment prêté foi, s'évanouissaient.

— Connaissez-vous Katharina Ehrmann ? demanda-t-elle.

— Naturellement, acquiesça Siegbert. Katharina et ma sœur Jutta sont très amies.

— Pourquoi Mme Ehrmann a-t-elle reçu des parts de votre père ?

— Je l'ignore. Katharina a quasiment été élevée au Mühlenhof. Je suppose que mon père voulait irriter ma mère.

— Saviez-vous que Katharina Ehrmann a une liaison avec le Dr Ritter, l'ancien secrétaire de votre mère ?

Une ride de contrariété apparut entre les sourcils de Kaltensee.

— Non, je ne le savais pas. Et je me moque de ce que fait cet homme. Il a un mauvais fonds. Malheureusement ma mère a mis longtemps à comprendre qu'il cherchait toujours à la monter contre la famille.

— Il écrit une biographie de votre mère.

— Il *écrivait*, corrigea Kaltensee froidement. Nos avocats le lui ont interdit, d'ailleurs il s'est engagé au moment de son licenciement à respecter une obligation de confidentialité à l'égard de notre famille.

— Qu'arrivera-t-il s'il passe outre ?

— Les conséquences seront pour lui extrêmement désagréables.

— Quelles objections précises voyez-vous à la publication d'une biographie de votre mère ? s'enquit Bodenstein. C'est une femme remarquable qui a eu une vie exceptionnelle.

— Nous n'y voyons aucune objection, répondit Kaltensee. Mais ma mère souhaite choisir elle-même son biographe. Ritter a inventé des choses de toutes pièces uniquement pour se venger des prétendues injustices de ma mère.

— Par exemple que Goldberg et Schneider étaient des anciens nazis et qu'ils ont vécu sous une fausse identité.

Siegbert Kaltensee fit de nouveau un sourire condescendant.

— De nombreux industriels de l'après-guerre ont été liés au cours de leur vie au régime nazi. Mon père a lui-même profité de la guerre, son entreprise appartenait au domaine de l'armement. Il ne s'agit pas de cela.

— De quoi alors ?

— Ritter fait des spéculations insensées qui relèvent du délit de calomnie et de diffamation.

— Comment pouvez-vous le savoir ? demanda Pia.

Siegbert Kaltensee haussa les épaules sans répondre.

— Il nous est venu à l'oreille qu'on a autrefois soupçonné votre frère Elard d'avoir poussé votre père dans l'escalier. Ritter parle-t-il de cela dans son livre ?

— Ritter n'écrit pas de livre, répliqua Siegbert Kaltensee. Cela dit, je crois à présent que c'était exact. Elard ne pouvait pas souffrir mon père. C'est ridicule qu'il ait reçu des parts de la société.

La façade lisse de son assurance commençait à se lézarder. D'où provenait son aversion manifeste pour son demi-frère aîné ? Etait-il jaloux de son allure et de ses succès auprès des femmes, ou bien cela cachait-il autre chose ?

— A strictement parler, Elard ne fait pas partie de la famille. Cependant, depuis des décennies, il profite, comme si cela allait de soi, de mon travail, qui n'est pour lui qu'une absurde et méprisable chasse au vil argent. Il eut un rire fielleux : J'aimerais voir un jour mon frère hautain, et si raffiné, sans argent, sans moyens et livré à lui-même ! M. le professeur d'histoire de l'art est en effet bien incapable de se débrouiller dans la vie.

— C'est pareil pour Robert Watkowiak, non ? dit Pia. Finalement sa mort ne vous touche pas beaucoup ?

Siegbert Kaltensee fronça les sourcils et retrouva immédiatement sa désinvolture.

— Pour être honnête, non. J'ai souvent eu honte d'être son frère. Ma mère a longtemps été trop indulgente avec lui.

— Peut-être parce qu'il était son petit-fils, dit Bodenstein comme incidemment.

— Pardon ? dit Kaltensee en se tournant vers lui.

— Il nous est venu à l'oreille, il y a peu, répondit Bodenstein, que *vous* étiez le père de Watkowiak. Sa mère était femme de chambre chez vos parents. Quand ils ont eu vent de l'affaire, ils vous ont envoyé aux Etats-Unis et votre père a endossé le *faux pas*.

Kaltensee en eut, littéralement, le souffle coupé. Il se passa la main sur sa calvitie.

— Mon Dieu, murmura-t-il en se levant. J'ai eu en effet une aventure avec la femme de chambre de mes parents. Elle s'appelait Danuta. Elle avait quelques années de plus que moi et elle était très belle. Il se mit à aller et venir dans son bureau : Pour moi, c'était sérieux, c'est souvent comme ça lorsque l'on a seize ans. Mes parents n'étaient pas enthousiasmés naturellement et ils m'ont envoyé en Amérique pour me changer les idées. Brusquement il s'arrêta : Quand je suis revenu huit ans plus tard, ayant fini mes études et avec femme et enfants, j'avais oublié Danuta.

Il alla à la fenêtre et regarda à l'extérieur. Pensait-il aux négligences et aux rejets qui avaient poussé son prétendu demi-frère à la délinquance et pour finir à la mort ?

— Comment va votre mère ? dit Bodenstein en changeant de sujet. Et où est-elle ? Nous devons absolument lui parler.

Siegbert Kaltensee se retourna et se rassit à son bureau, le visage livide. L'esprit ailleurs, il se mit à griffonner sur un bloc-notes.

— Elle n'est pas en état de recevoir des visites en ce moment. Les événements de ces derniers jours l'ont beaucoup affectée. Les meurtres que Robert a perpétrés et surtout son suicide, c'était trop pour elle.

— Watkowiak n'a perpétré aucun meurtre et sa mort n'est pas un suicide, répliqua Bodenstein. L'autopsie a levé tous les doutes là-dessus, il a été tué par une intervention étrangère.

— Une intervention étrangère ? dit Kaltensee sur un ton incrédule. La main qui tenait le stylo-bille se mit à trembler. Mais qui… et pourquoi ? Qui aurait bien pu vouloir tuer Robert ?

— Nous nous le demandons aussi. Nous avons trouvé chez lui l'arme avec laquelle son amie a été tuée, mais ce n'est pas lui le meurtrier.

Dans le silence qui suivit, le téléphone se mit à sonner sur son bureau. Siegbert Kaltensee décrocha, demanda qu'on ne le dérange pas et raccrocha.

— Qui, selon vous, a pu tuer les trois amis de votre mère et que pourraient signifier selon vous les chiffres 16145 ?

— Ces chiffres ne me disent rien, dit Kaltensee en réfléchissant brièvement. Je ne voudrais soupçonner personne injustement, mais j'ai su par Goldberg que, ces dernières semaines, Elard a exercé de fortes pressions sur lui. Mon frère ne voulait pas croire que Goldberg ne savait rien sur son passé ni qui était son véritable père. Et Ritter aussi est allé voir Goldberg plusieurs fois. Je le crois d'ailleurs capable de trois meurtres.

Pia avait rarement vu quelqu'un porter si clairement une accusation d'homicide. Siegbert Kaltensee voyait-il là une chance inespérée d'évincer les deux hommes avec lesquels il avait dû partager l'affection de sa mère et qu'il haïssait du fond du cœur ? Que se passerait-il quand Kaltensee apprendrait que Ritter était non seulement son gendre mais aussi le père de son petit-fils ou petite-fille ?

— Goldberg, Schneider et Anita Frings ont été tués avec une arme de guerre et de vieilles munitions. Où Ritter les aurait-il trouvées ? objecta Pia.

Kaltensee lui jeta un regard pénétrant.

— Vous avez sans doute entendu parler de l'histoire de la caisse égarée, dit-il. J'ai ma petite idée sur ce qu'elle pouvait contenir. Que pouvait-elle renfermer, sinon l'héritage de mon père ? Il était membre du NSDAP, le parti national-socialiste, et en outre il avait servi dans la Wehrmacht. Peut-être que Ritter a soustrait la caisse qui contenait ses armes.

— Comment aurait-il fait ? Depuis qu'il avait été renvoyé, il ne pouvait plus entrer au Mühlenhof, dit Pia.

Kaltensee ne se laissa pas ébranler.

— Ritter se moque bien des interdictions, dit-il.

— Votre mère savait-elle ce qu'il y avait dans la caisse ?

— Je le suppose. Mais elle ne veut pas le dire. Et quand ma mère refuse de dire quelque chose, il est inutile d'insister, ricana haineusement Kaltensee. Regardez mon frère, qui depuis soixante ans lui demande désespérément qui est son géniteur.

— Bien. Bodenstein sourit et se leva : Merci de nous avoir consacré votre temps. Une question encore : Pour quelles raisons des membres de votre service de sécurité ont-ils frappé et torturé Marcus Nowak ?

— Pardon ? dit Kaltensee en secouant la tête d'un air irrité. Qui ?

— Marcus Nowak, l'homme qui avait entrepris autrefois la restauration du moulin.

Kaltensee plissa pensivement le front, puis il parut comprendre.

— Ah ! lui, dit-il. Nous avons eu de gros problèmes avec son père dans le temps. Il avait bâclé le travail quand il a construit notre siège social et cela nous a coûté beaucoup d'argent. Mais qu'est-ce que nos gardes auraient voulu apprendre de son fils ?

— C'est ce que nous aimerions savoir, dit Bodenstein. Verriez-vous une objection à ce que nos techniciens examinent vos véhicules ?

— Non, répondit Kaltensee sans hésiter et un peu amusé. Je vais appeler M. Améry, c'est lui qui dirige K-Sécurité. Il se tiendra à votre disposition.

Henri Améry avait dans les trente-cinq ans, un bel homme de type méditerranéen, mince et brun, les cheveux noirs coupés court et lissés en arrière. Il portait une chemise blanche, un costume sombre, des chaussures italiennes et il aurait pu être trader, avocat ou banquier. Avec un sourire obligeant, il tendit à Bodenstein la liste de ses quarante-trois collaborateurs, lui compris, et répondit sans hésitation à toutes les questions. Il était le chef de K-Sécurité depuis un an et demi. Il n'avait jamais entendu le nom de Nowak et parut sincèrement étonné quand il apprit une prétendue agression secrète de ses hommes. Il ne voyait aucune objection à ce qu'on perquisitionnât ses véhicules et donna même une deuxième liste où étaient répertoriés tous les véhicules de la société avec leur numéro d'immatriculation, leur marque, la date de leur réception et leur kilométrage. Pendant que Bodenstein s'entretenait avec lui, Pia appela Miriam sur son portable. Elle était en route pour Doba, l'ancien Doben, dont le village et la propriété de Lauenburg faisaient partie d'un point de vue administratif.

— Demain, je vais rencontrer un Polonais qui travaillait en 1945 dans le domaine des Zeydlitz-Lauenburg comme prisonnier de guerre. L'archiviste le connaît. Il vit dans une maison de retraite à Wegorzewo.

— C'est bien, dit Pia en regardant son chef sortir du bureau de K-Sécurité. Insiste sur le nom d'Endrikat et d'Oskar, n'oublie pas !

— Compte sur moi, répondit Miriam. A plus tard.

— Alors ? demanda Bodenstein, quand Pia eut éteint son portable. Que pensez-vous de Siegbert Kaltensee et de cet Améry ?

— Siegbert déteste son frère et Ritter. A ses yeux, ils lui volaient l'affection de sa mère. Votre belle-mère ne nous a-t-elle pas dit que Vera adorait son secrétaire ? Quant à Elard, il habite au Mühlenhof, il a plus de classe que lui et enchaîne les aventures amoureuses, du moins enchaînait.

— Hum ! acquiesça pensivement Bodenstein. Et cet Améry ?

— Un type pas mal, un peu trop poli pour être honnête. Un peu trop obligeant. Il est clair que la voiture avec laquelle ses hommes sont allés chez Nowak n'est pas sur la liste. Nous pouvons épargner les frais d'une perquisition aux contribuables.

Au commissariat, Ostermann les attendait avec une foule de nouveautés : Vera Kaltensee n'était ni à Hofheim ni à la clinique de Bad Soden. De Nowak, il n'y avait aucune trace ; les recherches avaient été abandonnées. Des voitures de patrouille resteraient postées devant le portail du Mühlenhof et devant l'entreprise de Nowak. Les chemises que Behnke s'était fait montrer par Mme Moormann, la gouvernante, appartenaient à Elard Kaltensee. Behnke était parti à Francfort à la recherche du professeur, mais la Maison des arts était toujours fermée. Ostermann, en consultant le service des impôts, le bottin et le POLAS, avait découvert que Katharina Ehrmann, née Schmunck, avait vu le jour à Königstein le 19 juillet 1964, qu'elle était de nationalité allemande, domiciliée à Zurich et avait un pied-à-terre à Königstein. Elle était éditrice, payait ses impôts en Suisse et avait un casier judiciaire vierge.

Bodenstein avait écouté en silence. Il jeta un coup d'œil à sa montre. Presque six heures et quart. A sept heures et demie, Jutta Kaltensee l'attendrait à l'auberge *Rote Mühle* près de Kelkheim.

— Editrice, répéta-t-il. C'est peut-être elle qui a commandé la biographie que Ritter écrit.
— Je vais vérifier, dit Ostermann en le notant.
— Et faites publier un avis de recherche du Pr Elard Kaltensee et de sa voiture, ordonna Bodenstein.

Il remarqua l'air satisfait de Pia. Apparemment, elle ne renonçait pas à ses soupçons.

— Demain à six heures, nous perquisitionnerons l'entreprise de Nowak et son appartement. Madame Kirchhoff, vous organiserez cela. Il me faut au moins vingt hommes, l'équipe habituelle.

Pia acquiesça. Le téléphone sonna. Bodenstein décrocha. Behnke avait dégotté le concierge de la Maison des arts. A midi, il avait aidé Kaltensee à charger une caisse et deux sacs de voyage dans sa voiture.

— A part ça, j'ai appris que le professeur a aussi un bureau à l'université. Au campus Westend. J'y vais tout de suite.

— Il est parti dans quelle voiture ? dit Bodenstein en pressant le bouton du haut-parleur pour qu'Ostermann puisse entendre.

— Un moment, dit Behnke, qui se retourna vers quelqu'un puis reprit son téléphone : une Mercedes noire classe S, immatriculation MTK-EK 222.

— Merci. Tenez Ostermann et Mme Kirchhof au courant. Si vous trouvez Kaltensee, vous l'appréhendez et vous l'amenez ici. Je veux lui parler aujourd'hui.

— Malgré l'avis de recherche ? demanda Ostermann quand Bodenstein eut raccroché.

— Bien entendu, répondit ce dernier en se tournant pour s'en aller. Et ce soir personne ne s'absente sans me prévenir.

Thomas Ritter contemplait, épuisé, le premier jet de son manuscrit. Après quatorze heures et deux cartouches de Marlboro, seulement interrompues par les gens de la police et Katharina, il y était arrivé. Trois cent quatre-vingt-dix pages de vérités sordides sur la famille Kaltensee et ses crimes cachés ! Ce livre était un baril de poudre, il tordrait le cou à Vera, et peut-être la jetterait en prison. Il se sentait complètement vengé et en même temps aussi à vif que s'il avait sniffé de la cocaïne. Après avoir enregistré les fichiers, obéissant à une impulsion, il les copia sur un CD-ROM. Il chercha dans son attaché-case une petite cassette audio, glissa celle-ci avec le CD dans une enveloppe matelassée et inscrivit l'adresse avec un marqueur. Une mesure de sécurité au cas où ils le menaceraient de nouveau. Thomas Ritter éteignit son ordinateur portable, le mit sous son bras et se leva.

— Adieu pour toujours, bureau de merde, murmura-t-il en sortant sans jeter un regard en arrière.

Son seul souhait : rentrer chez lui et prendre une douche ! Katharina l'attendait ce soir, mais il pourrait peut-être remettre le rendez-vous. Il n'avait plus envie de parler du manuscrit, de ses perspectives de vente, de stratégies de marketing ni de ses dettes. Et il avait encore moins envie de coucher avec elle. A son propre étonnement, il se réjouissait sincèrement en pensant à Marleen. Depuis des semaines, il lui promettait une belle soirée à deux, un gentil dîner dans un restaurant agréable, suivi d'un moment de détente dans un bar et d'une nuit d'amour.

— Tu me sembles bien guilleret, remarqua la dame de l'accueil quand il passa devant son bureau. Qu'est-ce qui se passe ?

— Je suis content d'avoir enfin une soirée de libre, répliqua Ritter.

Il eut soudain une idée. Il lui tendit l'enveloppe matelassée.

— Sois un amour, envoie ça pour moi.

— Bien sûr, dit Sina en la fourrant dans son sac Vuitton tout en lui disant avec un clin d'œil complice : Bonne soirée.

On sonna à la porte.

— Enfin ! dit-elle en pressant le bouton pour ouvrir la porte. Ça doit être un courrier avec les épreuves. C'est pas trop tôt.

Ritter recula et se mit de côté pour laisser passer le chariot du courrier. Mais au lieu du messager attendu, entra un homme barbu en costume sombre. Il s'arrêta devant Ritter et le considéra brièvement.

— Vous êtes le Dr Thomas Ritter ? demanda-t-il.

— Qui veut le savoir ? répliqua Ritter méfiant.

— Si c'est vous, j'ai un paquet pour vous, répondit le barbu. De Mme Ehrmann. Je dois vous le remettre en mains propres.

— Ah oui ! dit Ritter, sceptique.

D'un autre côté, Katharina adorait faire des surprises. Elle était toujours prête à lui envoyer un accessoire érotique quelconque pour pimenter la soirée prévue.

— Et où est le paquet ?

— Si vous avez un moment, je vais aller le chercher. Je l'ai laissé dans ma voiture.

— Non, laissez. Je descendais justement, dit Ritter qui fit un salut à Sina et suivit l'homme dans l'escalier.

Il était content de quitter le bureau en plein jour. Même s'il n'aimait pas se l'avouer, la camionnette sur le parking et les remarques idiotes de cette policière blonde antipathique lui avaient fichu les jetons. Désormais c'est la maison d'édition qui serait responsable du manuscrit mais c'est seulement quand il serait imprimé qu'il n'aurait plus de menaces à craindre. Ritter remercia l'homme de la tête quand celui-ci lui tint poliment la porte. Soudain il sentit une piqûre dans son cou.

— Ah! cria-t-il en laissant tomber son ordinateur portable.

Ritter sentit ses jambes se dérober sous lui comme si elles étaient en caoutchouc. Une camionnette noire stoppa directement devant lui, deux hommes en jaillirent qui l'attrapèrent chacun par un bras. Il fut jeté brutalement dans le véhicule, la porte latérale se referma et tout devint noir. Puis l'ampoule intérieure s'éclaira mais il ne parvenait plus à lever la tête. De l'écume sortit de sa bouche, tout se brouilla devant ses yeux et il sentit s'ouvrir en lui les écluses de la peur. Puis il perdit connaissance.

JEUDI 10 MAI 2007

Pia se tenait, complètement gelée, à côté de la voiture du service des empreintes, et elle bâillait à s'en décrocher la mâchoire. Il faisait un temps froid et maussade et le matin de mai était aussi sombre qu'une journée de novembre. Hier, elle n'avait quitté le bureau qu'à onze heures et demie. A côté d'elle Behnke, Fachinger et Hasse buvaient un café noir comme un corbeau que le chef de brigade avait versé d'un thermos. Il était six heures un quart quand Bodenstein arriva enfin, pas rasé et mal réveillé. Les policiers en uniforme s'assemblèrent autour de lui pour une dernière mise au point. Tous avaient déjà pris part à une perquisition et savaient ce qu'il convenait de faire. Les cigarettes furent jetées, les gobelets de café expédiés dans les buissons bordant la station-service ARAL où ils s'étaient rassemblés. Pia abandonna sa voiture et monta près de Bodenstein. Il était pâle et paraissait tendu. En convoi, les policiers suivirent la BMW de Bodenstein jusqu'à l'entreprise de Nowak.

— La dame de la réception du bureau de Ritter m'a envoyé un e-mail hier soir, dit Bodenstein. Je ne l'ai lu que maintenant. Ritter a quitté le bureau vers six heures trente, elle-même était obligée d'attendre le courrier. Il est descendu avec un homme qui devait lui remettre un paquet de la part de Mme Ehrmann. Quand elle est partie du bureau vers sept heures et demie, la voiture de Ritter était toute seule sur le parking.

— Par là, dit Pia en indiquant la droite. C'est bizarre !

— En effet.

— Comment ça s'est passé hier avec Jutta Kaltensee ? Vous avez appris des choses intéressantes ?

Elle vit avec étonnement les mâchoires de Bodenstein se crisper.

— Non. Rien de particulier. Du temps perdu, dit-il sobrement.

— Vous me cachez quelque chose, constata Pia.

Bodenstein poussa un soupir et gara la voiture au bord du trottoir à quelques mètres de la firme de Nowak.

— Dieu me protège du jour où je vous aurai à mes trousses, dit-il d'un air sombre. J'ai fait une énorme bêtise. Je ne sais vraiment pas comment c'est arrivé, mais en retournant à la voiture elle m'a soudain… comment dire… fait un attouchement indiscret.

— Comment ? dit Pia en ouvrant de grands yeux avant d'éclater de rire. Vous me faites marcher, non ?

— Pas du tout. C'est la vérité. J'avais toutes les peines du monde à la repousser.

— Mais vous l'avez fait ou pas ?

Bodenstein évita de la regarder.

— Pas vraiment, lâcha-t-il.

Pia se creusa la tête pour formuler sa question de façon assez diplomatique pour ne pas effaroucher son chef.

— Avez-vous laissé en elle votre ADN ? demanda-t-elle prudemment.

Bodenstein ne rit pas et répondit aussitôt.

— Je le crains, oui, dit-il et il descendit de voiture.

Christina Nowak était déjà ou encore habillée lorsque Bodenstein lui tendit le mandat de perquisition. Elle avait de profonds cernes sous ses yeux rougis et regarda d'un air apathique les policiers pénétrer dans son appartement et commencer leur travail. Ses deux fils étaient assis en pyjama dans la cuisine, apeurés. Le plus petit pleurait.

— Avez-vous des nouvelles de mon mari ? demanda Christina Nowak à voix basse.

Pia avait beaucoup de difficultés à se concentrer sur son travail. Elle était encore troublée par l'aveu de Bodenstein. Elle ne revint à elle que lorsque Mme Nowak répéta sa question.

— Malheureusement non, s'excusa-t-elle. L'équipe de recherche n'a encore obtenu aucun résultat.

Christina Nowak se mit à sangloter. Dans l'escalier, on entendit une grosse voix. Nowak senior s'indignait bruyamment. Le frère de Marcus Nowak descendit l'escalier, encore ensommeillé.

— Calmez-vous. Nous allons retrouver votre mari, dit Pia bien qu'elle fût loin d'en être persuadée.

En son for intérieur, elle était sûre qu'Elard Kaltensee était derrière cet enlèvement. Nowak lui faisait confiance et, dans son état, il n'avait pas pu se défendre. Il était hautement probable qu'il fût déjà mort.

La perquisition de l'appartement se poursuivait sans succès. Christina Nowak ouvrit aux policiers la porte du bureau de son mari. Depuis la dernière visite de Pia, il avait été rangé. Les dossiers étaient de nouveau sur les étagères, les papiers remis dans leurs classeurs. Un policier tira la prise de l'ordinateur, d'autres vidèrent les étagères. La silhouette trapue de la vieille Mme Nowak surgit au milieu des hommes. Elle n'eut pas un mot de réconfort pour la femme de son petit-fils qui, le visage plein de larmes, restait figée sur le seuil. Elle voulut pénétrer dans le bureau mais les policiers l'en empêchèrent.

— Madame Kirchhoff, appela-t-elle. J'ai quelque chose d'urgent à vous dire !

— Plus tard, madame Nowak, répondit Pia. S'il vous plaît, attendez dehors, jusqu'à ce que ce soit fini.

— Mais qu'est-ce que je vois là ? dit Behnke en se retournant.

Derrière une armoire de classeurs se trouvait un coffre-fort. Nowak leur avait donc menti. Dommage, l'homme lui était sympathique. Mais il avait affirmé qu'il n'y avait aucun coffre dans son entreprise.

— 13-24-8, dicta Christina Nowak sans qu'on le lui ait demandé.

Behnke tapa la combinaison. Avec un bourdonnement la porte du coffre s'ouvrit juste au moment où Bodenstein entrait dans le bureau.

— Alors ? demanda-t-il.

Behnke se pencha, attrapa quelque chose et se retourna avec un sourire triomphant. Dans sa main droite gantée, il tenait un pistolet, dans la main gauche, une boîte en carton contenant des munitions. Christina Nowak respira profondément.

— Je présume que nous tenons l'arme du crime, dit-il en regardant à l'intérieur du canon. Il n'y a pas longtemps qu'on a tiré avec.

Bodenstein et Pia échangèrent un regard.

— Les recherches pour Nowak seront élargies, dit Bodenstein. Appel à la télévision et à la radio...

— Quoi... qu'est-ce que ça signifie ? murmura Christina Nowak, le visage blanc comme neige. Pourquoi mon mari avait un pistolet dans le coffre ? Je... je ne comprends plus rien !

— Asseyez-vous donc.

Bodenstein tira le fauteuil de bureau. Elle obéit en hésitant. Pia ferma la porte du bureau malgré les protestations de la grand-mère de Nowak.

— Je sais que c'est difficile à admettre pour vous, dit Bodenstein. Mais nous soupçonnons votre mari d'homicides. Ce pistolet est selon toute vraisemblance l'arme avec laquelle trois personnes ont été tuées.

— Non... murmura Christina Nowak ahurie.

— En tant qu'épouse, vous n'êtes pas obligée de faire une déclaration. Mais si vous parlez, dites la vérité, car le faux témoignage est puni par la loi.

A travers la porte résonnait la voix forte de Nowak senior qui discutait avec un policier. Christina Nowak, sans y prêter attention, regardait fixement Bodenstein.

— Que voulez-vous savoir ?

— Pouvez-vous vous rappeler où était votre mari dans la nuit du 27 au 28 avril, du 30 avril au 1er mai et du 3 au 4 mai ?

Ses yeux se remplirent de larmes et elle baissa la tête.

— Il n'était pas à la maison, dit-elle d'une voix étouffée. Mais je ne croirai jamais qu'il a tué quelqu'un. Pourquoi l'aurait-il fait ?

— Où était-il ces nuits-là ?

— Je suppose, s'étrangla-t-elle, qu'il était avec la femme avec qui je l'ai aperçu. Je sais qu'il me... trompe.

— J'avais très peu bu, dit Bodenstein plus tard dans la voiture, sans regarder Pia. Juste un verre. Mais j'avais l'impression d'avoir fini deux bouteilles. J'ai à peine saisi ce qu'elle m'a raconté. Même à présent, je n'arrive pas à me rappeler la plus grande partie de la soirée. Il fit une pause et se frotta les yeux : Nous sommes restés les derniers dans le restaurant. A l'air libre, je suis allé un peu mieux, mais je ne pouvais marcher que difficilement. Nous sommes montés dans ma voiture. Les gens du restaurant ont fermé et sont partis. La dernière chose dont je me souvienne, c'est qu'elle m'a embrassé et a mis sa main sur…

— C'est bon ! l'interrompit Pia.

L'idée que ça s'était passé sur ce siège, il n'y avait même pas huit heures, lui était affreusement pénible.

— Cela n'aurait pas dû arriver.

La voix de Bodenstein était oppressée.

— Il ne s'est peut-être rien passé, dit Pia gênée.

Bien sûr, elle savait que son chef était un homme lui aussi mais elle ne l'aurait pas cru capable de ça. C'était cette franchise inhabituelle qui la troublait le plus, car tout en travaillant ensemble tous les jours, les détails intimes de leur vie privée étaient restés jusqu'ici tabous.

— C'est ce que Bill Clinton a affirmé lui aussi, dit Bodenstein, amer. Je me demande pourquoi elle a fait cela.

— Eh bien, répondit Pia prudemment. Ce n'est pas si grave, chef. Elle avait simplement envie d'une aventure.

— Non. Jutta Kaltensee ne fait rien sans une bonne raison. C'était planifié. Elle m'a appelé au moins vingt fois ces derniers jours. Et, hier, elle a invité Cosima à déjeuner sous un faux prétexte. Pour la première fois depuis qu'ils parlaient, Bodenstein regarda Pia : Si je suis suspendu du service, vous devrez continuer l'enquête toute seule.

— Nous n'en sommes pas là, dit Pia pour le calmer.

— Nous y serons très vite, dit Bodenstein en se passant la main dans les cheveux. Si la Dr Engel a vent de l'affaire. Elle n'hésitera pas.

— Mais comment l'apprendrait-elle ?

— Par Jutta Kaltensee en personne.

Pia comprit ce qu'il voulait dire. Son chef avait eu des rapports avec une femme dont la famille était au centre d'une affaire criminelle. Si Jutta Kaltensee avait agi par calcul, on pouvait craindre qu'elle n'utilise cet incident à son avantage.

— Arrêtez de vous faire du mauvais sang, chef. Elle a certainement mis quelque chose dans le vin ou dans la nourriture pour être sûre que vous vous laisseriez séduire.

— Comment aurait-elle fait ? Bodenstein secoua la tête. J'étais assis à côté d'elle.

— Elle connaît peut-être le patron.

Bodenstein réfléchit un instant.

— Oui. Elle le connaît certainement. Elle l'a tutoyé et elle a joué de façon appuyée à l'habituée.

— Donc il peut avoir versé quelque chose dans votre verre, dit Pia avec plus de conviction qu'elle n'en avait. Allons immédiatement chez Henning. Il vous fera une prise de sang et l'analysera. Et s'il trouve quelque chose, vous aurez la preuve que la Kaltensee vous a tendu un piège. Elle ne pourra pas déclencher un scandale comme elle en avait l'intention.

Une lueur d'espoir éclaira le visage las de Bodenstein. Il mit le moteur en marche.

— OK, dit-il. Vous aviez raison.

— Sur quoi ?

— Sur le fait que l'affaire créerait sa propre dynamique.

Il était neuf heures et demie quand l'équipe se réunit au commissariat pour la conférence quotidienne. Le pistolet saisi dans le coffre de Nowak, un Mauser P08 S/42 fabriqué en 1942, bien entretenu, portant un numéro de série et une marque de contrôle, avait été envoyé à la balistique, ainsi que les munitions. Hasse et Fachinger prenaient les appels qui, après l'avis de recherche passé à la radio, n'avaient pas cessé. Bodenstein envoya Behnke à Francfort chez Marleen Ritter. Une voiture de patrouille avait signalé que la BMW de Ritter était toujours sur le parking de la rédaction de *Week-end*.

— Pia ! cria Kathrin Fachinger, téléphone ! Je te le passe dans ton bureau.

Pia acquiesça et se leva.

— Je suis allée hier chez ce vieil homme, dit Miriam sans même la saluer. Note ce que je vais te dire. C'est le pied.

Pia attrapa un bloc et un stylo-bille. Ryszard Wielinski avait été désigné, à l'âge de vingt-cinq ans, pour travailler comme prisonnier de guerre dans le domaine de la famille Zeydlitz-Lauenburg. Sa mémoire immédiate était loin d'être parfaite, mais il se rappelait très bien des événements survenus soixante-cinq ans plus tôt. Vera von Zeydlitz avait été envoyée dans un internat en Suisse. Elard, son frère aîné, était pilote dans la Luftwaffe. Tous les deux étaient donc rarement au château pendant la guerre, mais Elard avait eu une liaison amoureuse avec Vicky, la jolie fille du régisseur, et un enfant était né en 1942. Elard voulait épouser Vicky mais, chaque fois que la date était fixée, il était arrêté par la Gestapo, la dernière fois ce fut en 1944. Apparemment c'est le *SS-Sturmbannführer*, Oskar Schwinderke, le fils du comptable du domaine, qui le dénonçait pour empêcher les noces, car la jeune sœur de Schwinderke, l'ambitieuse Edda, était éperdument amoureuse du jeune comte et terriblement jalouse de Vicky, très amie avec la sœur d'Elard. Pendant la guerre, Schwinderke était souvent au domaine car, membre de la Leibstandarte Adolf Hitler, il faisait son service au quartier général du Führer qui était proche. En novembre 1944, Elard revint chez lui gravement blessé. Et lorsque le 15 janvier 1945, l'ordre officiel de l'exode fut décrété et que, le 16 janvier, tous les habitants de Doben s'enfuirent vers Bartenstein, il ne resta plus au domaine que le vieux baron von Zeydlitz-Lauenburg, sa femme, Elard, blessé, sa sœur Vera, Vicky Endrikat et Heinrich, son fils âgé de trois ans, la mère malade de Vicky, son père et sa petite sœur Ida. Ils devaient suivre le convoi aussi vite que possible. A proximité de Mauerwald, les réfugiés se sont retrouvés en face d'une Kübelwagen. Le *SS-Sturmbannführer* Oskar Schwinderke était au volant, à côté de lui, un autre homme que Wielinski avait vu plusieurs fois au domaine et, à l'arrière, Edda et son amie Maria qui travaillaient toutes les deux, depuis le début de 1944, au camp de concentration pour femmes de Rastenburg, l'une comme surveillante, l'autre comme secrétaire du commandant du camp. Les réfugiés dirent quelques mots à Schwinderke, puis ils continuèrent. Ce fut la dernière fois que Wielinski vit ces quatre-là. Le soir du jour suivant, l'armée russe a dépassé les réfugiés de Doben, tous les hommes ont été fusillés, les femmes violées et une partie, déportées. Si lui-même a survécu, c'est que les Russes l'ont cru quand il leur a dit qu'il était un prisonnier polonais. Quelques années après la guerre, Wielinski est revenu dans la région. Il a souvent pensé au destin de la famille Zeydlitz-Lauenburg et aux Endrikat, car il avait été bien traité comme travailleur forcé et Vicky Endrikat lui avait appris l'allemand.

Pia remercia Miriam et tenta de mettre de l'ordre dans ses idées. Dans le journal de Vera Kaltensee, elle avait lu que toute sa famille était morte ou avait disparu durant l'exode de 1945. Si ce que racontait l'ancien travailleur polonais était vrai, ils n'avaient donc pas quitté le domaine le 16 janvier 1945 ! Que faisait donc là-bas Schwinderke avec sa sœur et ses amis, juste avant l'arrivée de l'armée russe ? C'est dans les événements de ces journées qu'était la clef des meurtres. Vera était-elle en réalité la fille du régisseur Endrikat et Elard Kaltensee le fils qu'elle avait eu du pilote Elard ? Pia retourna dans la salle de réunion avec son bloc-notes. Bodenstein appela Fachinger et Hasse. Ils écoutèrent en silence le récit de Pia.

— Vera Kaltensee pouvait être effectivement Vicky Endrikat, dit Kathrin Fachinger en prenant la parole. Le vieil homme du Taunusblick a dit que Vera s'était bien débrouillée pour une simple fille de Prusse-Orientale.

— Dans quel contexte il a dit ça ? demanda Pia.

Kathrin tira son carnet de notes.

— *Les quatre mousquetaires,* lut-elle. *Ils s'appelaient comme ça. Vera, Anita, Oskar et Hans, les quatre vieux amis qui s'étaient connus sur les bancs de l'école. Ils se rencontraient deux fois par an à Zurich, même après que Vera et Anita eurent enterré leurs maris.*

Il y eut un moment de silence. Bodenstein et Pia se regardèrent. Les pièces du puzzle se mettaient d'elles-mêmes en place.

— Une simple fille de Prusse-Orientale, dit Bodenstein lentement. Vera Kaltensee est Vicky Endrikat.

— Elle a eu de la chance autrefois, de devenir noble juste en couchant, quand son baron lui a fait un enfant, mais elle n'était pas mariée. Et elle a réussi à s'en tirer. Jusqu'à aujourd'hui.

— Mais qui a tué les trois autres ? demanda Ostermann déconcerté.

Bodenstein sauta sur ses pieds et enfila sa veste.

— Mme Kirchhoff a raison, dit-il. Elard Kaltensee doit avoir découvert ce qui s'était passé autrefois. Et sa soif de vengeance n'est toujours pas apaisée. Nous devons l'arrêter.

Les mots magiques "danger imminent" déterminèrent le juge compétent à signer dans la demi-heure suivante trois mandats d'arrêt et un mandat de perquisition. Behnke, pendant ce temps, était allé s'entretenir avec une Marleen Ritter désespérée. Elle avait téléphoné à son mari avant six heures et ils étaient convenus d'aller dîner au restaurant. Quand elle était arrivée chez elle à sept heures et demie, elle avait trouvé son appartement sens dessus dessous et vide, aucune trace de Ritter. Il ne répondait pas sur son portable et après minuit celui-ci avait été coupé. Marleen Ritter avait informé la police mais on lui avait répondu que son mari était un homme adulte et qu'il n'était absent que depuis six heures. En outre, Behnke avait appris que la Mercedes d'Elard Kaltensee avait été trouvée devant le hall de départ de l'aéroport de Francfort. Le siège du passager et l'intérieur de la porte étaient couverts de sang – probablement celui de Marcus Nowak – qu'on venait d'envoyer au laboratoire.

Bodenstein et Pia partirent au Mühlenhof, avec le renfort de policiers chargés de perquisitionner et de techniciens de la Kripo munis d'un appareil de détection et de chiens renifleurs. A leur étonnement, ils trouvèrent là-bas Siegbert et Jutta Kaltensee en compagnie de leur avocat, maître Rosenblatt. Ils étaient assis devant une montagne de documents posés sur la grande table du salon. L'odeur de thé fraîchement infusé flottait dans l'air.

— Où est votre mère ? demanda Bodenstein sans s'embarrasser de formules de politesse.

Pia observa discrètement la députée, qui ne trahissait pas plus que Bodenstein ce qui s'était passé la veille au soir. Elle ne ressemblait pas à une femme qui a eu des rapports avec un homme marié, la nuit, sur un parking. Comme on peut se méprendre sur les gens !

— Je vous ai dit qu'elle ne… commença Siegbert mais Bodenstein lui coupa la parole.

— Votre mère est en grand danger. Nous pensons que votre frère a tué les amis de votre mère et qu'il veut la tuer aussi.

Siegbert Kaltensee se figea.

— Par ailleurs, nous avons un mandat pour perquisitionner la maison et le parc.

Pia tendit le document à Kaltensee, qui le passa mécaniquement à son avocat.

— Pourquoi voulez-vous perquisitionner la maison ? intervint l'avocat.

— Nous cherchons Marcus Nowak, répondit Pia. Il a disparu aujourd'hui de la clinique.

Bodenstein et elle s'étaient entendus pour ne pas annoncer aux enfants Kaltensee le mandat d'arrêt lancé contre leur mère.

— Pourquoi M. Nowak serait-il ici ? demanda Jutta Kaltensee en prenant le papier des mains de l'avocat.

— La Mercedes de votre frère a été retrouvée à l'aéroport, expliqua Pia. Elle était pleine de sang. Tant que nous n'aurons pas trouvé Marcus Nowak et votre mère, nous ne pouvons exclure que cela pourrait être son sang à elle.

— Où sont votre mère et votre frère ? répéta Bodenstein. Et comme il n'obtenait aucune réponse, il se tourna vers Siegbert Kaltensee : Votre gendre a disparu depuis hier sans laisser de traces.

— Mais je n'ai pas de gendre, répondit Kaltensee déconcerté. Vous devez vous tromper. Je ne comprends vraiment pas ce qui se passe.

Par la fenêtre, il observait les policiers avec les chiens et l'appareil de détection qui, largement déployés, piétinaient avec leurs lourds godillots l'impeccable gazon.

— Vous devez bien savoir que votre fille, il y a quatorze jours, a épousé Thomas Ritter parce qu'elle attend un enfant de lui.

— Pardon ?

Siegbert Kaltensee devint blême. Il avait l'air frappé par la foudre. Son regard glissa sur sa sœur, qui paraissait ébahie.

— Je dois téléphoner, dit-il soudain en sortant son portable.

— Plus tard. Bodenstein lui prit l'appareil des mains. Je veux d'abord savoir où sont votre mère et votre frère.

— Mon client a le droit de téléphoner, protesta l'avocat. Vous vous comportez de façon arbitraire.

— Vous, taisez-vous, dit Bodenstein d'un ton abrupt. Alors, ça vient ?

Siegbert Kaltensee tremblait de tout son corps. Son visage pâle comme la mort était couvert de sueur.

— Laissez-moi téléphoner, je vous en prie, demanda-t-il d'une voix éraillée.

Au Mühlenhof, on ne trouva trace ni de Marcus Nowak ni d'Elard ni de Vera Kaltensee. Mais Bodenstein continuait de soupçonner Elard Kaltensee d'avoir tué Nowak et d'avoir caché son cadavre. Si ce n'était pas ici alors ce devait être ailleurs. Thomas Ritter n'avait toujours pas réapparu. Bodenstein appela sa belle-mère, qui lui apprit où les Kaltensee possédaient plusieurs maisons et appartements.

— Les plus vraisemblables me paraissent la maison de Zurich ou celle du Tessin, dit-il à Pia pendant qu'ils revenaient au commissariat. Vous allez devoir demander l'aide de nos collègues suisses. Seigneur, toute cette procédure !

Pia se tut, elle ne voulait pas remuer le couteau dans la plaie. Mais s'il l'avait écoutée, Elard Kaltensee serait depuis longtemps en préventive et Nowak sans doute encore en vie. Sa théorie des événements était la suivante : Elard avait trouvé la caisse avec le journal et le pistolet. Il n'était pas homme à se décider rapidement, et sans doute lui avait-il fallu un certain temps pour comprendre la signification du journal. Puis il avait hésité encore quelques mois avant de passer aux actes. Il avait tué Goldberg, Schneider et Anita Frings avec l'arme trouvée dans la caisse parce qu'ils ne voulaient rien lui révéler du passé. Le 16 janvier 1945 était le jour de l'exode, le jour où il s'était passé quelque chose de décisif qu'Elard Kaltensee pouvait se rappeler même si ce n'était que de manière confuse, car alors il n'avait pas deux mais trois ans. Et Marcus Nowak, qui était au courant des trois meurtres, et l'avait peut-être même aidé à les perpétrer, devait disparaître parce qu'il constituait désormais un danger pour lui.

Ostermann l'appela. Les empreintes de Marcus Nowak et d'Elard Kaltensee avaient été trouvées sur l'arme du crime, ce qui ne fut un étonnement pour personne. Par ailleurs, une dame de Königstein s'était manifestée après avoir vu la photo de Nowak dans le journal. Elle avait reconnu le restaurateur comme l'homme qui, le 4 mai, en fin d'après-midi, avait parlé à un homme grisonnant au volant d'un cabriolet BMW sur le parking du château du Luxembourg.

— Nowak a parlé avec Ritter juste après avoir rencontré Katharina Ehrmann. Qu'est-ce que ça peut vouloir dire ? réfléchit Bodenstein à haute voix.

— Je me le demande aussi, répondit Pia. Les déclarations de cette femme prouvent que Christina Nowak n'a pas menti. Son mari était bien à Königstein à peu près à l'heure où Watkowiak est mort.

— Ainsi donc Elard Kaltensee et lui ne seraient pas seulement mêlés aux meurtres des trois vieux, mais aussi à la mort de Watkowiak et de Monika Krämer.

— Plus rien ne m'étonne, dit Pia en bâillant.

Elle avait vraiment peu dormi ces dernières nuits et aspirait à une nuit tranquille. Mais il ne fallait pas y penser, car Ostermann rappela : Augusta Nowak attendait à l'entrée, elle voulait parler à Pia de toute urgence.

— Bonjour, madame Nowak, dit Pia en tendant la main à la vieille femme assise dans la salle d'attente et qui se leva de sa chaise. Vous pouvez nous dire où est votre petit-fils ?
— Non, ça non. Mais je dois absolument vous parler.
— Nous sommes malheureusement débordés, dit Pia.

A ce moment son portable sonna, Bodenstein aussi avait un nouvel appel. Elle répondit en jetant à la grand-mère de Nowak un regard d'excuse. Ostermann raconta que le portable de Marcus Nowak venait d'être localisé. Pia sentit monter en elle une poussée d'adrénaline. Peut-être vivait-il encore !

— A Francfort, entre la Hansaallee et la Fürstenberger Strasse, dit Ostermann. On n'a rien de plus précis, la conversation a été trop courte.
— Chef, dit-elle en se tournant vers Bodenstein. Le portable de Nowak a été localisé à Francfort dans la Hansaallee. Vous pensez ce que je pense ?
— Tout à fait, acquiesça Bodenstein. Le bureau de Kaltensee à l'université.
— Excusez-moi. Augusta Nowak posa sa main sur le bras de Pia : Je dois vraiment...
— Je n'ai malheureusement pas le temps, madame Nowak. Nous allons peut-être trouver votre petit-fils encore en vie. Nous parlerons plus tard. Voulez-vous que quelqu'un vous ramène chez vous ?
— Non merci, refusa la vieille dame en secouant la tête.
— Ça risque de durer longtemps. Je suis navrée !

Pia leva les bras en signe de regret et suivit Bodenstein qui était déjà arrivé à la voiture. Ils n'avaient plus de temps à perdre et ne remarquèrent pas la Maybach qui démarra lorsque Augusta Nowak sortit de l'inspection régionale de la Kripo.

Quand Bodenstein et Pia entrèrent dans l'ancien siège d'IG-Farben sur la Grüneburgplatz, où se trouvait le campus de l'université de Francfort, les policiers en uniforme avaient presque verrouillé l'entrée. Les inévitables badauds se pressaient derrière les cordons de sécurité ; à l'intérieur les étudiants, les professeurs et leurs assistants discutaient furieusement mais pour les policiers la consigne était claire : personne ne devait entrer ou sortir du bâtiment jusqu'à ce que le portable de Nowak et, avec un peu de chance, son possesseur fussent retrouvés.

— C'est Frank, dit Pia qui sentit son courage faiblir à la vue des neuf étages et des deux cent cinquante mètres de long de l'ensemble.

Comment découvrir un portable désactivé qui pouvait aussi bien se trouver dans les quatorze hectares de bâtiments que dans le parc ou dans une voiture garée sur le parking ? Behnke se tenait, ainsi que le chef de la police municipale de Francfort, entre les quatre colonnes de l'imposante entrée du bâtiment d'IG-Farben. Quand il aperçut Bodenstein et Pia, il vint à leur rencontre.

— Commençons par le bureau de Kaltensee, proposa-t-il.

Ils traversèrent le hall fastueux, mais aucun d'eux n'eut un regard pour les plaques de bronze et les frises de cuivre qui ornaient les murs et les portes de l'ascenseur. Behnke guida Bodenstein et Pia ainsi qu'un groupe de policiers d'intervention à l'allure martiale jusqu'au quatrième étage. Puis il tourna à droite et emprunta un long couloir légèrement courbe. Le portable de Pia sonna et elle sortit du rang.

— Le portable est de nouveau activé, cria Ostermann excité.

— Et il est ici dans le bâtiment ?

Pia s'arrêta pour mieux entendre son collègue.

— Oui, absolument.

La porte du bureau de Kaltensee était fermée. Il s'ensuivit une brève hésitation jusqu'à ce qu'arrive le concierge muni d'un double. L'homme, âgé et la barbe d'un blanc immaculé, fourrageait fébrilement dans son trousseau de clefs. Quand la porte fut enfin ouverte, Behnke et Bodenstein l'écartèrent et se précipitèrent dans la pièce.

— Merde, lâcha Bodenstein, personne.

Le concierge se tenait dans un coin du bureau et suivait avec de grands yeux les gestes fébriles des policiers.

— Qu'est-ce qui se passe ? demanda-t-il. Il est arrivé quelque chose au professeur ?

— Croyez-vous sinon qu'on aurait déployé cent policiers et une brigade d'intervention ? Bien sûr qu'il lui est arrivé quelque chose !

Pia se pencha sur le bureau et étudia les griffonnages du sous-main dans l'espoir d'y trouver un nom, un numéro de téléphone où une indication quelconque sur l'endroit où était Nowak, mais visiblement Kaltensee se contentait de dessiner en téléphonant. Bodenstein fouilla dans la corbeille à papier, Behnke examina les tiroirs, pendant que la brigade d'intervention attendait dans le couloir.

— Il est vrai qu'hier il n'était pas comme d'habitude, dit le concierge pensivement. Une sorte… de bonne humeur.

Bodenstein, Behnke et Pia s'arrêtèrent en même temps et le regardèrent.

— Vous avez vu le Pr Kaltensee hier ? Pourquoi vous ne nous l'avez pas dit tout de suite ? dit Behnke furieux.

— Parce que vous ne me l'avez pas demandé, répondit-il dignement.

La radio du chef du commando grésilla puis une voix en sortit, rendue presque inaudible à cause de l'épaisseur des murs en béton. Le concierge tortillait pensivement l'extrémité de sa barbe.

— Il était vraiment euphorique, se souvint-il. Ce qui d'habitude n'est pas le cas. Il sortait de la cave de l'aile ouest. Ce qui m'a étonné car son bureau…

— Vous pouvez nous y conduire ? dit Pia impatientée.

— Naturellement. Mais qu'est-ce qu'il a fait, au juste, le professeur ?

— Pas grand-chose, dit Bodenstein, sarcastique. A part trucider quelques personnes.

Le concierge en resta bouche bée.

— Mes hommes se sont emparés d'un groupe de gens qui s'étaient introduits dans le bâtiment par une entrée non autorisée, dit le chef du groupe d'intervention dans son allemand de fonctionnaire.

— Où ?

— Au sous-sol. Dans l'aile ouest.

— Allons-y, dit Bodenstein.

Les six hommes en uniforme noir de K-Sécurité étaient alignés, jambes écartées, mains au mur devant les policiers.

— Retournez-vous ! commanda Bodenstein.

Les hommes obéirent. Même sans son costume ni ses chaussures vernies, Pia reconnut Henri Améry, le chef du service de sécurité des Kaltensee.
— Que faites-vous ici avec vos hommes ? demanda Pia.
Améry se tut et sourit.
— Vous êtes provisoirement en état d'arrestation. Elle se tourna vers les policiers de la brigade d'intervention : Emmenez-les. Et demandez-leur comment ils savaient que nous étions ici.
L'homme acquiesça. Il leur passa les menottes et emmena les six hommes en noir. Bodenstein et Pia se firent ouvrir toutes les pièces par le concierge – les archives, les débarras, la chaufferie, des caves vides. Ils le trouvèrent dans la dernière pièce. Sur un matelas posé sur le sol gisait une forme. A ses côtés étaient posés des bouteilles d'eau, de la nourriture, des médicaments et une cantine. Pia appuya sur l'interrupteur. Son sang battait dans ses tempes. Le néon s'alluma au plafond dans un léger grésillement.
— Bonjour, monsieur Nowak.
Elle s'agenouilla au bord du matelas. L'homme cligna des yeux sous la lumière crue. Il n'était pas rasé, de profondes rides d'épuisement s'étaient gravées sur son visage meurtri. Il serrait un mobile dans sa main valide. Il était mal en point mais il vivait. Pia posa sa main sur son front fiévreux et vit que son tee-shirt était imbibé de sang. Elle se tourna vers Bodenstein et Behnke.
— Vite, appelez les urgences.
Puis elle se tourna de nouveau vers le blessé. Peu importe ce qu'il avait fait, elle avait pitié de lui. Il devait atrocement souffrir.
— Vous devriez être à la clinique. Pourquoi êtes-vous ici ?
— Elard… murmura-t-il. Je vous en prie… Elard…
— Que fabrique le Pr Kaltensee ? Où est-il ?
L'homme dirigea avec peine son regard vers elle, puis il ferma les yeux.
— Monsieur Nowak, aidez-nous ! dit Pia d'une voix pressante. Nous avons retrouvé la voiture du Pr Kaltensee à l'aéroport. Lui et sa mère semblent s'être évaporés. Et nous avons trouvé dans le coffre de votre bureau le pistolet avec lequel trois personnes ont été tuées. Nous supposons qu'Elard Kaltensee a exécuté ces trois meurtres après l'avoir découvert dans la caisse…

Marcus Nowak ouvrit les yeux. Ses narines palpitèrent comme si l'air lui manquait. Il voulut dire quelque chose mais seul un gémissement s'échappa de ses lèvres fendues.

— Je dois malheureusement vous arrêter, monsieur Nowak, dit Pia comme à regret. Vous n'avez aucun alibi pour les nuits des meurtres. Votre femme nous a confirmé aujourd'hui que vous n'étiez chez vous durant aucune d'elles. Avez-vous quelque chose à déclarer ?

Nowak ne répondit rien. Au lieu de ça il laissa tomber le portable et prit la main de Pia. Il essayait désespérément de parler. Son visage était trempé de sueur, il fut pris de tremblements. Pia se souvint de la mise en garde de la médecin de la clinique. L'agression avait entraîné des lésions au foie. Apparemment, le transport avait aggravé ses blessures internes.

— Ne vous agitez pas, dit-elle en lui caressant la main. Nous allons vous ramener à la clinique. Nous reparlerons de tout ça lorsque vous irez mieux.

Il la regardait comme quelqu'un qui se noie, ses yeux noirs élargis par la panique. Si Marcus Nowak n'était pas rapidement secouru, il allait mourir. Etait-ce le plan d'Elard Kaltensee ? L'avait-il amené ici pour que personne ne le trouve ? Mais alors pourquoi lui avait-il laissé un portable ?

— L'ambulance est arrivée.

Une voix interrompit ses pensées. Deux infirmiers poussèrent une civière dans la cave. Un médecin vêtu d'une veste orange les suivait, une boîte à pharmacie à la main. Pia voulut se lever pour laisser la place au médecin mais Marcus Nowak retint sa main.

— Je vous en prie… chuchota sa voix désespérée. Je vous en prie… pas Elard… ma grand-mère…

Il s'interrompit.

— Mes collègues vont s'occuper de vous, dit Pia à voix basse. Ne vous faites pas de souci. Le Pr Kaltensee ne vous approchera plus, je vous le promets.

Elle détacha doucement la main de Nowak et se leva.

— Il a une lésion au foie, prévint-elle le médecin puis elle se tourna vers ses collègues qui pendant ce temps avaient ouvert la cantine : Qu'est-ce que vous avez trouvé ?

— Entre autres, l'uniforme SS d'Oskar Schwinderke, répondit Bodenstein. Nous examinerons le reste au commissariat.

— J'ai su dès le début qu'Elard Kaltensee était un meurtrier, dit Pia à Bodenstein. Il aurait laissé Nowak crever misérablement dans une cave uniquement pour ne pas se salir les mains.

Ils revenaient à Hofheim. Katharina Ehrmann les attendait au commissariat, et les six agents de K-Sécurité étaient dans la cellule de garde à vue.

— Qui Nowak a-t-il appelé avant qu'on le trouve ?

— Aucune idée, le portable est éteint. Nous devons demander un relevé détaillé des communications.

— Pourquoi Kaltensee n'a-t-il pas enlevé son portable à Nowak ? Il devait bien savoir que Nowak appellerait quelqu'un.

— Oui, je me le suis déjà demandé. Vraisemblablement, il ne savait pas que nous étions capables de localiser un portable, dit Pia en haussant les épaules, quand le téléphone de la voiture leur perça les oreilles. Ou bien il n'y a pas pensé.

— Allô, résonna une voix de femme dans le haut-parleur. Monsieur Bodenstein.

— Oui. Bodenstein jeta à Pia un regard interrogateur en haussant les épaules : Qui est à l'appareil ?

— Sina, la secrétaire de *Week-end*.

— Ah oui. Que puis-je faire pour vous ?

— Hier, M. Ritter m'a confié une enveloppe. Je devais la lui garder. Mais comme il a disparu, je me suis dit que c'était peut-être important. Il y a votre nom sur l'enveloppe.

— Vraiment ? Où êtes-vous ?

— Encore au bureau.

Bodenstein hésita.

— Je vous envoie un collègue, donnez-lui l'enveloppe. Je vous prie de l'attendre.

Pia attrapa son portable et demanda à Behnke de passer à la rédaction à Flechenheim. Elle resta sourde à ses jurons, il allait devoir en effet traverser la ville à une heure de pointe.

— Oui, c'est exact, dit Katharina Ehrmann. C'est ma maison d'édition qui doit publier la biographie de Vera Kaltensee. J'ai trouvé l'idée de Thomas formidable et je l'ai soutenu dans son projet.

— Vous savez qu'il a disparu, non ?

Pia observa la femme qui était assise en face d'elle. Katharina Ehrmann était trop jolie pour être honnête. Son visage était inexpressif, soit par manque de chaleur soit à cause du Botox.

— Nous avions rendez-vous hier soir, répliqua-t-elle. Comme il n'arrivait pas, j'ai essayé de l'appeler mais son portable était éteint.

Cela recoupait la déclaration de Marleen Ritter.

— Pourquoi avez-vous rencontré Marcus Nowak la semaine dernière à Königstein ? demanda Bodenstein. La femme de Nowak vous a vue monter dans la voiture de son mari et partir avec lui. Vous avez une liaison avec lui ?

— Avec moi, ce n'est pas aussi rapide, dit Katharina, amusée. Je le voyais ce jour-là pour la première fois. Il m'apportait de la part d'Elard le journal et d'autres documents que je lui avais demandés et qu'il était assez gentil de me remettre avant Thomas.

Pia et Bodenstein échangèrent un regard étonné. C'étaient des informations intéressantes ! C'était de lui que Ritter tenait ses informations. Elard était donc celui qui avait livré sa mère aux bourreaux.

— La maison devant laquelle vous avez rencontré Nowak est celle où a été découvert le corps de Watkowiak, dit Pia. Vous le saviez ?

— Comment vous dire ? Katharina ne semblait pas particulièrement émue. C'est ma maison familiale, je veux la vendre depuis des années. L'agent immobilier m'a appelée samedi dernier pour me faire une offre. Pouvais-je prévoir que Robert avait décidé de se suicider dedans ?

— Comment Watkowiak était-il entré dans la maison ?

— Avec une clef, je suppose. Je lui avais permis d'utiliser la maison s'il avait besoin d'un refuge. Nous étions assez amis. Il me faisait pitié.

Ça, Pia en doutait. Katharina Ehrmann ne donnait pas l'impression d'être très charitable.

— Il ne s'est pas suicidé, dit-elle. Il a été tué.

— Ah ?

Cette information ne parut pas la troubler davantage.

— Quand lui avez-vous parlé pour la dernière fois ?

— Il n'y a pas si longtemps, réfléchit-elle. Je crois que c'était la semaine dernière. Il m'a appelé pour me dire que la police le recherchait pour les meurtres de Goldberg et de Schneider. Mais que ce n'était pas lui. Je lui ai dit que ce serait plus intelligent d'aller se présenter à la police.

— Malheureusement, il ne l'a pas fait. Sinon il serait encore en vie, répondit Pia. Croyez-vous que la disparition de Ritter pourrait avoir un lien avec la biographie qu'il écrivait ?

— Possible. Katharina Ehrmann haussa les épaules. Ce que nous avons découvert sur le passé de Vera Kaltensee pourrait la conduire en prison. Pour le reste de sa vie.

— La mort d'Eugen Kaltensee n'était pas un accident mais un meurtre, n'est-ce pas ? demanda Pia.

— Entre autres. Mais en premier lieu, Vera et son frère avaient tué autrefois plusieurs personnes en Prusse-Orientale. Le 16 janvier, les quatre mousquetaires dans leur Kübelwagen étaient en route vers le domaine de Lauenburg. Il appartenait à la famille Zeydlitz-Lauenburg, qui par la suite n'a plus jamais donné signe de vie.

— Comment Ritter a-t-il appris cela ?

— Par une femme qui était témoin.

Un témoin qui avait connu le secret des quatre vieux amis. Qui était-elle et à qui d'autre avait-elle parlé ?

Pia se sentit comme électrisée. Ils n'étaient plus qu'à quelques millimètres de la résolution de trois meurtres.

— Croyez-vous possible qu'un membre de la famille Kaltensee ait enlevé Ritter pour empêcher la parution du livre ?

— Je les crois capables de tout, affirma Katharina Ehrmann. Vera marche sur les cadavres. Et Jutta n'est pas beaucoup mieux.

Pia jeta un regard sur son chef mais il avait pris un air indifférent.

— Comment les Kaltensee ont-ils pu apprendre que Thomas Ritter disposait de ces informations ? demanda-t-il. Qui le savait ?

— Seulement Elard, Thomas, Nowak, l'ami d'Elard, et moi, répondit-elle après une courte réflexion.

— Vous en aviez parlé au téléphone ? insista Bodenstein.

— Oui, dit Katharina Ehrmann. Pas en détail, mais sur le fait qu'Elard possédait le contenu de la caisse, oui.

— Quand ?

— Vendredi.

Nowak avait été enlevé le samedi soir. Ça collait.

— Ça me revient à présent, Thomas m'a appelée du bureau le soir d'avant. Il était inquiet parce qu'il y avait une camionnette avec deux hommes sur le parking. Je n'ai pas pris cela au sérieux mais peut-être… Katharina s'interrompit. Mon Dieu !

Vous pensez qu'ils ont écouté notre conversation téléphonique ?

— C'est très possible, dit Bodenstein préoccupé.

Les hommes de K-Sécurité étaient bien équipés, ils avaient intercepté la radio de la police et appris ainsi où le portable de Nowak était localisé. Pour eux il était facile de l'intercepter, et aussi d'autres conversations téléphoniques. On frappa à la porte, Behnke entra et tendit à Pia une enveloppe matelassée qu'elle ouvrit aussitôt.

— C'est un CD-ROM et une cassette.

Elle la glissa dans son dictaphone et pressa le bouton Play. Quelques secondes plus tard, la voix de Ritter s'éleva.

"Nous sommes le vendredi 4 mai 2007. Mon nom est Thomas Ritter, devant moi est assise Mme Augusta Nowak. Madame Nowak, voulez-vous nous raconter ce que vous savez ? Je vous en prie."

— Stop ! interrompit Bodenstein. Merci, madame Ehrmann. Vous pouvez partir. Prévenez-nous, s'il vous plaît, si vous apprenez quelque chose sur le Dr Ritter.

La femme brune comprit et se leva.

— Dommage, dit-elle. Ça commençait à devenir intéressant.

— Vous ne vous faites pas de souci pour M. Ritter ? demanda Bodenstein. Après tout, c'est un auteur qui doit vous apporter un best-seller.

— Et il est votre amant, ajouta Pia.

Katharina Ehrmann eut un sourire froid.

— Croyez-moi, dit-elle. Il savait ce qu'il risquait. Personne ne connaît Vera mieux que lui. D'ailleurs, je l'avais prévenu.

— Une dernière question, l'arrêta Bodenstein alors qu'elle sortait. Pourquoi Eugen Kaltensee vous a-t-il donné des parts de la société ?

Son sourire disparut.

— Lisez la biographie, dit-elle. Vous comprendrez.

"Mon père était un grand admirateur du Kaiser, dit la voix d'Augusta Nowak sortant du haut-parleur du magnétophone posé au milieu de la table. *C'est pour cela qu'il m'a donné les prénoms de l'impératrice Augusta Victoria. On m'appelait Vicky, mais c'était il y a longtemps."*

Bodenstein et Pia se regardèrent. Toute l'équipe de la K11 s'était rassemblée autour de la table, à côté de Bodenstein était assise la Dr Nicole Engel. Il était neuf heures moins le quart, mais personne, même pas Behnke, ne pensait à rentrer à la maison.

"*Je suis née le 17 mars à Lauenburg. Mon père, Arno, était régisseur du domaine de la famille Zeydlitz-Lauenburg. Nous étions trois jeunes filles : Vera, la fille du baron, Edda Schwinderke, la fille du comptable du domaine, et moi. Nous avions toutes les trois le même âge et nous avons grandi presque comme des sœurs. Edda et moi étions toutes les deux éprises d'Elard, le frère aîné de Vera, mais il ne pouvait pas souffrir Edda. Déjà jeune, elle était très ambitieuse et elle se voyait en secret maîtresse du domaine. Quand Elard est tombé amoureux de moi, Edda a été furieuse. Elle pensait qu'Elard serait impressionné car à seize ans elle était déjà à la tête du groupe féminin de la Jungmädel, mais c'était le contraire. Il détestait les nazis même s'il ne le criait pas sur les toits. Edda ne le remarquait pas, elle a toujours admiré son frère Oskar parce qu'il était membre de la Leibstandarte Adolf Hitler.*"

Augusta Nowak fit une pause. Personne dans la pièce ne dit un mot, jusqu'à ce qu'elle reprît.

"*En 1936, nous sommes allées à Berlin pour les Jeux olympiques avec la Jungmädel. Elard était alors étudiant à Berlin. Il nous a invitées à dîner Vera et moi et Edda en a presque crevé de jalousie. Elle nous a dénoncés parce que nous avions quitté le groupe sans permission et cela nous a causé pas mal d'ennuis. Depuis ce jour, elle m'a fait du tort chaque fois qu'elle a pu, elle me ridiculisait devant les autres filles dans les réunions hebdomadaires et, une fois, elle a même affirmé que mon père était un bolchevik. A dix-neuf ans, je suis tombée enceinte. Personne ne voyait d'objection à notre mariage, même pas les parents d'Elard, mais c'était la guerre et Elard était au front. Alors que la date des noces était fixée, il a été arrêté par la Gestapo, bien qu'il fût officier dans la Luftwaffe. Les noces ont dû être repoussées une deuxième fois parce que Elard fut à nouveau arrêté. C'était du reste Oskar qui avait dénoncé Elard à la Gestapo.*"

Pia acquiesça. Cette déclaration confirmait ce qu'avait raconté l'ancien prisonnier polonais à Miriam.

"Le 23 août 1942, notre fils est venu au monde. Dans l'intervalle, Edda avait quitté le domaine. Elle et Maria Willumat, la fille d'un dirigeant local du NSDAP à Doben, s'étaient portées volontaires pour travailler dans un camp de concentration de femmes. Depuis qu'elle était partie et ne pouvait plus fourrer son nez partout, Elard et Vera avaient transféré secrètement de l'argent, des bijoux et des objets de valeur en Suisse. Elard était persuadé que la guerre était perdue et il voulait qu'au moins Vera, Heini et moi partions à l'Ouest. La famille de sa mère possédait une propriété près de Francfort et il voulait nous y conduire."

— Le Mühlenhof, dit Pia à voix basse.

"Mais il n'a pas eu le temps. L'avion d'Elard a été abattu en novembre 1944 et il est arrivé à Lauenburg gravement blessé. Vera a quitté secrètement son pensionnat de jeunes filles en Suisse pour venir passer Noël à la maison. Nous avons aidé Elard à préparer notre fuite, mais le décret d'exode n'est arrivé que le 15 janvier 1945. Beaucoup trop tard, les Russes n'étaient plus qu'à vingt kilomètres. L'exode a commencé le matin du 16 janvier, à l'aube. Je n'ai pas voulu partir sans Elard ni sans mes parents, et comme je suis restée, Vera est restée aussi. Nous pensions avoir la possibilité de partir à l'Ouest plus tard."

Augusta Nowak poussa un profond soupir.

"Les parents d'Elard préféraient mourir plutôt que d'abandonner le domaine. Ils avaient tous les deux plus de soixante-dix ans et avaient perdu leurs fils aînés durant la Première Guerre mondiale. Mes parents étaient très malades. La tuberculose. Et ma plus jeune sœur, Ida, était couchée avec quarante de fièvre. Nous nous sommes cachés dans les caves du château, avec des provisions et des couvertures, en espérant que les Russes ne nous découvriraient pas et continueraient leur avancée. Il était aux environs de midi quand une voiture est arrivée dans la cour, une Kübelwagen. Le père de Vera a cru que Schwinderke avait envoyé quelqu'un pour transporter les malades mais il se trompait."

"Qui était-ce donc ?" demanda Ritter.

"C'était Edda, Maria, Oskar et le camarade SS de celui-ci, Hans."

Le récit d'Augusta Nowak recoupait à nouveau ce qu'avait raconté l'ancien prisonnier polonais. Pia retint son souffle et se pencha en avant, tendue.

"Ils sont entrés dans le château, nous ont découverts à la cave. Oskar nous a menacés avec un pistolet et nous a forcés, Vera et moi, à creuser une tombe. Le sol était sablonneux mais lourd et nous n'y arrivions pas, aussi Edda et Hans ont pris les pelles. Personne ne disait un mot. Le baron et la baronne s'étaient agenouillés et…"

La voix d'Augusta Nowak, jusqu'ici calme et imperturbable, commença à trembler.

"… ils ont commencé à prier. Heini pleurait sans arrêt. Ma petite sœur Ida était debout, les larmes coulaient sur ses joues. Je la vois encore aujourd'hui devant moi. Ils nous ont fait mettre en rang, le visage contre le mur. Maria m'a arraché Heini et l'a emporté. Le petit n'arrêtait pas de crier…"

Le silence était tel dans la salle de réunion qu'on aurait pu entendre une mouche voler.

"Oskar a d'abord tué le baron et la baronne, d'une balle dans la nuque, puis ma petite sœur, Ida. Elle n'avait que neuf ans. Ensuite il a tendu le pistolet à Maria, elle a tiré sur ma mère, dans les genoux puis dans la tête, puis sur mon père. Elard et moi nous tenions par la main. Edda a pris le pistolet des mains de Maria. J'ai vu ses yeux, ils étaient remplis de haine. Elle riait quand elle a tué d'abord Elard, puis Vera d'une balle dans la tête. Enfin, elle a tiré sur moi. Je l'entends encore rire…"

Pia avait du mal à se contenir. Quelle force morale avait-il fallu à la vieille femme pour parler aussi sobrement et objectivement du massacre de sa famille ! Comme faisait-on pour survivre à de tels souvenirs sans devenir fou ? Pia repensa à ce que lui avait dit Miriam sur le sort des femmes à l'Est, à la fin de la guerre, qu'elle avait interrogées dans le cadre de son projet de recherches. Muettes, ces femmes avaient survécu et n'en avaient plus parlé de toute leur vie. Comme Augusta Nowak.

"J'ai survécu par miracle, la balle était ressortie par la bouche. Je ne sais pas combien de temps je suis restée sans conscience, mais en tout cas j'ai réussi à sortir de la fosse par mes propres moyens. Ils avaient jeté du sable sur nous et si j'ai pu respirer c'est que j'étais à demi allongée sous le cadavre d'Elard. Je me suis traînée dans l'escalier à la recherche de Heini. Le château brûlait et je suis tombée entre les mains de quatre soldats russes qui m'ont violée malgré ma blessure et ne m'ont amenée qu'après

à l'hôpital de campagne. Quand j'ai eu repris quelques forces, j'ai été jetée avec d'autres hommes et femmes dans un wagon à bestiaux. On n'avait pas la place de s'asseoir, et quand le garde était de bonne humeur, on avait un seau d'eau pour quarante personnes. Nous avons été conduits en Finlande, dans la région de Carélie, là nous devions construire la voie ferrée d'Onegasee, abattre des arbres et creuser des tombes par quarante degrés en dessous de zéro. Autour de moi, les gens mouraient comme des mouches, la plupart des filles n'avaient pas plus de quatorze ou quinze ans. Si j'ai pu survivre cinq ans, c'est que le directeur du camp m'aimait bien et me donnait plus à manger qu'aux autres. Je suis revenue de Russie avec un bébé dans les bras, le cadeau d'adieu du directeur du camp."

— Le père de Marcus, en déduisit Pia. Manfred Nowak.

"J'ai gardé ce que je savais pour moi. L'année dernière, Marcus travaillait au Mühlenhof et un jour lui et Elard sont tombés sur une vieille cantine. Ça leur a causé un choc lorsque, en l'ouvrant, ils ont vu l'uniforme SS, les livres, les journaux de cette époque. Et ce pistolet. J'ai tout de suite compris que ce devait être celui avec lequel toute ma famille avait été tuée. Il était resté pendant soixante ans dans cette caisse. Vera ne s'en était jamais débarrassée. Et quand vous, docteur Ritter, Marcus et Elard m'avez parlé de Vera et de ses trois vieux amis, j'ai su tout de suite qui ils étaient en réalité. Elard a pris la caisse mais Marcus a mis le pistolet et les balles dans son coffre. J'ai cherché où ils vivaient et un soir que Marcus était sorti, j'ai pris le pistolet et je suis allée chez Oskar. Il s'était caché en se faisant passer pour juif toutes ces années ! Il m'a tout de suite reconnue et m'a suppliée de le laisser en vie, mais je l'ai abattu comme il avait autrefois abattu les parents d'Elard. Puis j'ai eu l'idée de laisser un message à Edda. Je savais qu'elle comprendrait aussitôt ce que ces cinq chiffres signifiaient et j'étais sûre qu'elle serait morte de frousse car elle se demanderait qui pouvait bien savoir. Trois jours plus tard, j'ai tué Hans."

"Comment êtes-vous allée chez Goldberg et chez Schneider ?" demanda Ritter.

"Avec une des camionnettes de mon petit-fils. Le problème, c'était Maria. J'ai appris qu'il allait y avoir une représentation théâtrale à la maison de retraite et qu'il y aurait un feu d'artifice. Mais ce soir-là, je n'avais pas de voiture et j'ai dû prendre le bus et demander à mon petit-fils de venir me chercher. Le garçon ne s'est pas étonné de cette envie d'aller me distraire au Taunusblick, il était bien trop préoccupé par ses problèmes. J'ai bâillonné Maria dans son appartement avec un bas et je l'ai poussée à travers le parc puis dans le bois. Personne n'a fait attention à nous et avec le feu d'artifice personne n'a entendu les trois coups de feu."

Augusta Nowak se tut. Dans la pièce régnait un silence de mort.

L'histoire de la vie tragique de la vieille femme et ses aveux émouvaient ces policiers de la Kripo pourtant aguerris.

"Je sais que, dans la Bible, il est dit : Tu ne tueras point, reprit Augusta Nowak et pour la première fois sa voix se brisa. Mais dans la Bible il est dit aussi : œil pour œil, dent pour dent. Quand j'ai compris qui étaient Vera et ses amis, j'ai su que je ne devais pas laisser cette injustice impunie. Ma petite sœur Ida aurait aujourd'hui soixante et onze ans et elle pourrait encore être en vie. Je n'arrêtais pas d'y penser."

"Le Pr Elard Kaltensee est donc votre fils ?" demanda Thomas Ritter.

"Oui. C'est mon fils et celui de mon bien-aimé Elard, confirma Augusta Nowak. Il est le baron Zeydlitz-Lauenburg, car Elard et moi avons été mariés en 1944 par le pasteur Kunisch le jour de Noël dans la bibliothèque du château."

Quand la bande fut finie, les collaborateurs de la K11 restèrent un moment silencieux.

— Elle était ici aujourd'hui et elle voulait me parler, dit Pia dans le silence. Elle voulait sans doute me raconter cela pour que nous cessions de soupçonner son petit-fils.

— Et son fils, ajouta Bodenstein, le Pr Kaltensee.

— Vous l'avez laissée partir ? demanda la Dr Nicole Engel peu compréhensive.

— Je ne pouvais pas savoir que c'était notre meurtrière ! se rebiffa Pia. Le portable de Nowak venait d'être localisé, nous devions aller à Francfort.

— Elle a dû rentrer chez elle, dit Bodenstein. Allons l'appréhender. Il est probable qu'elle sait où est Elard.

— Il est encore plus vraisemblable qu'elle cherche à tuer Vera Kaltensee, glissa Ostermann. Si elle ne l'a pas déjà fait.

Bodenstein et Behnke partirent à Fischbach pour arrêter Augusta Nowak, pendant que Pia lisait sur son écran la biographie de Vera Kaltensee, cherchant quel rapport il pouvait y avoir entre Katharina Ehrmann et Eugen Kaltensee. L'histoire de la vie d'Augusta Nowak l'avait profondément émue et, bien qu'en tant que policier et femme d'un légiste elle ait côtoyé la face sombre de l'humanité, elle était ébranlée par la glaciale cruauté des quatre meurtriers. La volonté de survivre dans une situation exceptionnelle ne pouvait être une excuse, beaucoup avaient été exposés à des dangers mortels sans pour autant commettre des atrocités. Comment pouvait-on refouler de telles choses, continuer à vivre avec des crimes si monstrueux sur la conscience ? Et Augusta Nowak, par où était-elle passée ? Son mari, ses parents, sa meilleure amie, sa petite sœur, tuées devant ses yeux. Son enfant enlevé, elle-même déportée. Pia n'arrivait pas à comprendre où cette femme avait puisé la force de supporter le camp de concentration, l'humiliation, les viols, la faim et la maladie. Etait-ce l'espoir de retrouver son fils qui l'avait maintenue en vie, ou bien le désir de vengeance ? A quatre-vingt-cinq ans, Augusta Nowak allait comparaître devant un tribunal pour un triple homicide, ainsi que le prévoyait le Code pénal. Juste au moment où elle venait de retrouver son fils qu'elle croyait perdu, elle irait en prison. Et il n'y avait pas de preuves pour pouvoir d'une certaine façon justifier ses crimes. Pia s'arrêta de lire. Si, peut-être ! L'idée lui parut d'abord folle mais après réflexion, réalisable. Au moment où Pia composait le numéro privé de Henning, Bodenstein entra dans le bureau la mine sombre.

— Nous devons lancer un avis de recherche contre Augusta Nowak.

Pia mit un doigt sur ses lèvres car elle avait Henning à l'autre bout du fil.

— Qu'est-ce qu'il y a ? demanda-t-il avec mauvaise humeur.

Pia ne lui répondit pas, elle résumait brièvement au téléphone l'histoire d'Augusta Nowak. Bodenstein la regarda d'un air interrogateur. Elle mit le haut-parleur du téléphone en informant Henning que le chef écoutait.

— On peut établir l'ADN sur des os vieux de soixante ans ? demanda-t-elle.

— Ça dépend des circonstances. L'irritation avait disparu de la voix de Henning, la curiosité s'y percevait. De quoi s'agit-il ?

— Je n'en ai pas encore parlé à mon chef, répondit Pia en regardant Bodenstein, mais il faudrait que nous allions tous les deux en Pologne. En avion ce serait mieux, bien sûr. Miriam viendrait nous chercher.

— Comment ? Tout de suite ?

— Ce serait préférable. Le temps presse.

— Je n'ai rien prévu pour ce soir, dit Henning en baissant la voix. Au contraire. Tu me rendrais service.

Pia comprit le message et fit la grimace. Il en avait déjà assez de Mme la procureur Löblich.

— En voiture, il faut compter dix-huit heures.

— Il faudrait plutôt y aller en avion. J'ai pensé à Bernd. Il a toujours son Cessna, non ?

Bodenstein secoua la tête, mais Pia n'y prit pas garde.

— Je l'appelle, dit Henning Kirchhoff, et je te rappelle. Passe-moi Bodenstein.

Pia tendit l'écouteur à son chef.

— D'après une première analyse, j'ai trouvé dans votre sang des traces d'acide hydroxybutanoïque. On le nomme aussi ecstasy. D'après mes calculs vous avez dû en prendre une dose d'environ deux milligrammes, vers vingt et une heures, dans la soirée d'hier.

Bodenstein regarda Pia.

— Avec une dose de cette importance, on ressent une limitation du contrôle moteur, comme dans une ivresse alcoolique. Le cas échéant, ça peut avoir un effet aphrodisiaque.

Pia vit son chef devenir tout rouge.

— Qu'est-ce que vous en concluez ? demanda-t-il en tournant le dos à Pia.

— Si vous n'en avez pas pris vous-même, quelqu'un vous l'a administré. Vraisemblablement dans une boisson. L'ecstasy est incolore.

— C'est clair, dit Bodenstein, abrupt. Merci, docteur Kirchhoff.

— Pas de quoi. Je vous tiens au courant.

— Vous voyez ! triompha Pia. Jutta vous a tendu un piège.

— Vous ne pouvez pas aller en Pologne, dit Bodenstein au lieu de réagir. Vous ne savez pas si ce château existe toujours. En outre, les autorités polonaises ne seraient pas enchantées si nous leur demandions leur aide maintenant, au milieu de la nuit.

— Alors ne le faisons pas. Henning et moi nous irons en touristes.

— Vous croyez que c'est si simple.

— C'est simple, dit Pia. Si l'ami de Henning a le temps, il peut nous conduire demain matin en Pologne. Il amène souvent des hommes d'affaires à l'Est et il s'y connaît en règlements.

Bodenstein montrait un front soucieux. On frappa et la Dr Engel entra.

— Bravo, dit-elle. Vous avez élucidé trois meurtres.

— Merci, répondit Bodenstein.

— Et la suite ? Pourquoi la femme n'a-t-elle pas été arrêtée ?

— Parce qu'elle n'est pas chez elle, dit Bodenstein. J'ai lancé un mandat d'arrêt.

Nicole Engel fronça les sourcils et regarda tour à tour Bodenstein et Pia.

— Vous mijotez quelque chose, dit-elle, perspicace.

— Exact. Bodenstein respira profondément. Je vais envoyer Mme Kirchhoff et un légiste anthropologue dans ce château polonais. Nous devons, si c'est possible, recueillir les os et les faire analyser. S'il s'avère qu'Augusta Nowak a dit la vérité, nous aurons quelque chose de concret pour envoyer Vera Kaltensee devant un tribunal.

— Il n'en est pas question. Nous n'avons rien à voir avec l'histoire horrible de cette femme, dit la Dr Engel en secouant énergiquement la tête. Je ne vois pas la nécessité que Mme Kirchhoff aille en Pologne.

— Mais on pourrait pourtant...

— Vous avez encore deux meurtres à élucider, s'étrangla la conseillère judiciaire. En outre, le Pr Kaltensee est toujours en fuite tout comme cette Mme Nowak, une meurtrière qui a avoué. Et où sont les journaux que Ritter a reçus de Nowak ? Où est Ritter ? Pourquoi six hommes sont en garde à vue ? Vous feriez mieux de les interroger au lieu de partir en Pologne à l'aube !

— Cela ne prendra qu'une journée, essaya d'argumenter Pia, mais leur future chef se montra inflexible.

— Le Dr Nierhoff m'a chargée de prendre les décisions en son nom et c'est ce que je fais. Vous n'irez *pas* en Pologne. C'est un ordre.

La Dr Engel tenait un classeur entre ses mains soigneusement manucurées.

— Il y a en effet un nouveau problème.

— Ah, dit Bodenstein sans paraître autrement intéressé.

— L'avocat de la famille Kaltensee a déposé une plainte auprès du ministère de l'Intérieur contre vos méthodes d'interrogatoire. Il dépose plainte contre vous deux.

— Ridicule, dit Bodenstein en soufflant avec mépris. Ils essaient de nous intimider par tous les moyens, ils savent que nous sommes sur leurs talons.

— Vous avez encore un problème beaucoup plus grave sur le dos, monsieur von Bodenstein. L'avocat de Mme Kaltensee le qualifie jusqu'ici de rapports contraints. S'il décide de vous nuire, cela deviendra vite un viol.

Elle ferma son classeur et le tendit à Bodenstein. Celui-ci devint écarlate.

— Mme Kaltensee m'a tendu un piège, pour…

— Ne soyez pas ridicule, monsieur le commissaire, coupa la Dr Engel sèchement. Vous avez rencontré Mme la députée Kaltensee en tête à tête et vous l'avez forcée à des rapports sexuels.

La veine gonflée sur le front de Bodenstein montrait à Pia qu'il avait beaucoup de peine à ne pas perdre son sang-froid.

— Si *cela* devenait public, dit la future directrice, je me verrais obligée de vous suspendre.

Bodenstein lui lança un regard furieux. Elle soutint son regard.

— De quel côté tu es ? demanda-t-il.

Il avait visiblement oublié la présence de Pia. Nicole non plus n'y faisait pas attention.

— Du mien, répondit-elle froidement. Tu devrais l'avoir compris depuis le temps.

Il était vingt-trois heures quinze quand Henning, chargé d'un sac de voyage et de ses instruments d'analyse, arriva au Birkenhof. Bodenstein et Pia étaient assis dans la cuisine en train de manger une pizza au thon que Pia avait tirée de sa réserve de surgelés.

— Nous pouvons partir demain matin autour de quatre heures et demie, déclara-t-il en se penchant sur la table. Beurk, tu arrives encore à manger ce genre de truc.

Ce n'est qu'alors qu'il s'aperçut de l'ambiance oppressante.

— Qu'est-ce qui se passe ?

— Comment réussit-on un meurtre parfait ? demanda Bodenstein lugubrement. Vous avez certainement quelques conseils à me donner.

Henning jeta à Pia un regard interrogateur.

— Oh, j'ai évidemment quelques idées sur le sujet. En premier lieu, vous devez éviter que votre victime n'atterrisse sur ma table, dit-il sur un ton badin. Et il s'agit de qui ?

— De notre future directrice, Nicole Engel, dit Pia.

Bodenstein lui avait raconté sous le sceau du secret d'où venait l'aversion que Nicole Engel avait à son encontre.

— Elle m'a interdit de prendre une voiture pour aller en Pologne.

— Mais justement nous n'y allons pas en voiture. Nous y allons en avion.

Bodenstein leva les yeux.

— C'est vrai, dit-il d'un ton agressif.

— On peut m'expliquer ? dit Henning en prenant un verre sur l'étagère et en se versant de l'eau. Briefez-moi sur le dernier état de l'enquête.

Bodenstein et Pia racontèrent à tour de rôle les dernières vingt-quatre heures.

— Nous avons absolument besoin de preuves sur ce qui s'est passé le 16 janvier 1945, conclut Pia. Sinon nous pouvons oublier l'accusation de meurtres contre Vera Kaltensee. Au contraire : elle portera plainte contre nous. Et aucun tribunal au monde ne la condamnera sur les déclarations d'Augusta Nowak. D'ailleurs, elle peut toujours affirmer qu'elle-même n'a pas tiré une seule balle ce jour-là. En outre, nous ignorons où se trouve son journal et Ritter n'a toujours pas réapparu.

— Aussi bien Vera et Elard Kaltensee que Ritter ont disparu, renchérit Bodenstein. Il réprima un bâillement avec peine et regarda sa montre : Si vous vous envolez demain matin pour la Pologne, s'il vous plaît laissez votre arme de service, dit-il à Pia. Pas besoin de difficultés supplémentaires.

— Bien sûr, dit Pia.

A l'inverse de son chef, elle était bien réveillée.

Le portable de Bodenstein sonna. Il prit l'appel pendant que Pia mettait les assiettes sales dans le lave-vaisselle.

— On a trouvé dans le parc du Mühlenhof le squelette d'une femme, annonça-t-il d'une voix lasse. Et les collègues suisses ont faxé que Vera n'était ni dans sa maison de Zurich ni dans le Tessin.

— Espérons qu'il ne soit pas trop tard, dit Pia. Je donnerais n'importe quoi pour la traîner devant un tribunal.

Bodenstein se leva.

— Je rentre chez moi, dit-il. Demain il fera jour.
— Attendez, je vais fermer le portail derrière vous.

Pia le suivit à l'extérieur accompagnée de ses quatre chiens qui, couchés à la porte, attendaient le signal pour la dernière ronde du soir. Arrivé à sa voiture, Bodenstein s'arrêta.

— Que direz-vous à Engel si elle vous questionne sur moi ? demanda Pia.

Elle avait l'impression que la suspension de Bodenstein ne tenait qu'à un fil.

— Je trouverai bien quelque chose, dit-il en haussant les épaules. Ne vous inquiétez pas pour ça.

— Dites-lui que j'ai pris l'avion de ma propre initiative.

Bodenstein la regarda pensivement et secoua la tête.

— C'est très gentil, mais je ne le ferai pas. Je vous couvre totalement pour ce que vous faites. Je suis votre chef.

Ils s'arrêtèrent et se regardèrent à la lueur des phares.

— Soyez prudente, dit Bodenstein d'une voix bourrue. Je ne sais pas ce que je ferais sans vous, Pia.

C'était la première fois qu'il l'appelait par son prénom. Pia ne savait pas ce qu'elle devait en penser mais quelque chose avait changé dans leurs rapports ces dernières semaines. Bodenstein avait renoncé à garder ses distances.

— Il ne nous arrivera rien, assura-t-elle.

Il ouvrit la portière mais ne monta pas dans la voiture.

— Entre la Dr Engel et moi, il n'y a pas seulement les incidents relatifs à l'enquête, finit-il par sortir. Nous nous sommes rencontrés à la faculté de droit à Hambourg et nous avons vécu ensemble pendant deux ans. Jusqu'à ce que Cosima croise mon chemin.

Pia retenait son souffle. D'où lui venait soudain ce besoin de se confier ?

— Nicole ne m'a jamais pardonné d'avoir mis fin à notre relation et d'avoir épousé Cosima trois mois plus tard. Elle m'en garde rancune encore aujourd'hui. Et moi, comme un idiot, je lui tends la corde pour me pendre.

Ce n'est qu'à cet instant que Pia comprit ce que son chef redoutait.

— Vous pensez qu'elle pourrait raconter votre... affaire à... votre femme ?

Bodenstein poussa un soupir et acquiesça.

— Alors racontez-lui vous-même ce qui s'est passé, conseilla Pia. Vous avez les résultats du laboratoire pour prouver que la Kaltensee vous a tendu un piège. Votre femme comprendra, j'en suis sûre.

— Hélas, moi je n'en suis pas aussi sûr, répliqua Bodenstein en montant dans sa voiture. Bon, faites attention, ne prenez pas de risques inconsidérés. Et appelez-moi régulièrement.

— D'accord, dit Pia en levant la main pour le saluer.

Assis devant son ordinateur portable, dans lequel se trouvait une copie de la biographie de Vera Kaltensee, Bodenstein essayait de se concentrer. Une demi-boîte d'aspirine n'avait pu venir à bout de ses maux de tête. Le texte disparaissait devant ses yeux, ses pensées étaient ailleurs. Il avait menti quand il avait dit à Cosima qu'il devait lire le manuscrit avant de dormir car il était important pour l'enquête, et elle l'avait cru sans hésiter. Depuis deux heures sonnées, il se demandait comment lui raconter l'incident avec Jutta, par où commencer. Il n'était pas habitué à avoir des secrets pour elle, et se sentait affreusement misérable. Chaque minute qui passait diminuait son courage. Que ferait-il si elle ne le croyait pas, si à l'avenir elle n'avait plus confiance en lui, si elle le tenait désormais à l'écart ?

— Bon Dieu, jura-t-il en fermant violemment son ordinateur.

Il éteignit la lampe de bureau et descendit. Cosima lisait, allongée dans le lit. Quand il entra, elle posa son livre et le regarda.

Comme elle était belle, comme son regard était confiant ! Impossible de garder pour lui un pareil secret ! Il la regardait, muet, cherchant les mots justes.

— Cosima… Sa bouche était sèche comme du papier, il tremblait intérieurement. Je… je… je dois te dire quelque chose…

— Enfin, dit-elle.

Il la regarda comme frappé par la foudre. Son étonnement tira un sourire à sa femme.

— La mauvaise conscience se lit sur ton visage, dit Cosima. J'espère que ça n'a rien à voir avec ta vieille flamme pour Nicole Engel. Et maintenant, raconte.

VENDREDI 11 MAI 2007

Siegbert Kaltensee était assis à sa table de travail dans le bureau de sa maison et fixait le téléphone, pendant que sa fille pleurait dans la cuisine. Depuis plus de trente-six heures, Thomas Ritter semblait s'être évaporé et, dans son désespoir, Marleen n'avait trouvé d'autre recours que de se confier à son père. Siegbert s'était gardé de laisser voir qu'il était au courant. Elle l'avait appelé à l'aide mais il ne pouvait rien faire. Il avait pris conscience désormais qu'il n'avait plus toutes les cartes en main, comme cela avait toujours été le cas jusqu'ici. La police avait découvert grâce au détecteur les restes d'un squelette humain au Mühlenhof. Siegbert n'arrivait pas à surmonter les révélations des commissaires de la Kripo : il était le véritable père de Robert et sa mère avait tué Danuta juste après la naissance de l'enfant. Etait-ce possible ? Et où pouvait bien être sa mère ? Il lui avait parlé encore à midi. Elle avait décidé de se faire conduire par Moormann dans sa maison du Tessin, mais elle ne l'avait toujours pas appelé. Siegbert attrapa le téléphone et composa le numéro de sa sœur. Jutta se souciait aussi peu de la disparition de sa mère que de celle d'Elard ou de Ritter. Elle se faisait surtout du souci pour sa carrière à laquelle ces événements malencontreux pouvaient porter préjudice.

— Tu as vu l'heure ? s'indigna-t-elle.

— Où est Ritter ? Qu'est-ce que tu as fait de lui ?

— Moi ? Tu es fou ? s'emporta-t-elle. D'ailleurs il fallait que tu le sois pour avoir accepté si facilement la proposition de maman.

— Je l'ai juste retirée du circuit pour un moment, pas plus. Tu sais quelque chose sur elle ?

Siegbert admirait et vénérait sa mère. Dès son plus jeune âge, il s'était efforcé d'attirer son attention et son amour en obtempérant toujours à ses souhaits, ses ordres et ses prières, même lorsqu'il n'était pas persuadé de leur bien-fondé. La grande Vera Kaltensee était sa mère, et s'il lui obéissait peut-être qu'elle l'aimerait autant qu'elle aimait Jutta. Ou Elard, qui s'était incrusté comme une tique au Mühlenhof.

— Non, dit Jutta. Sinon, je t'aurais prévenu.

— Elle devrait être arrivée depuis longtemps. Moormann ne répond pas non plus sur son portable.

— Ecoute, Berti. Jutta baissa la voix : Mère va déjà mieux. N'écoute pas les ordures que la police raconte disant qu'Elard serait à ses trousses. Tu connais Elard, non ! Vraisemblablement il s'est tiré avec son petit ami.

— Avec qui ? demanda Siegbert, consterné.

— Sérieusement, tu ne le sais pas ? dit Jutta en riant méchamment. Elard s'est découvert récemment un goût pour les jolis garçons.

— Mais c'est absurde !

Siegbert détestait son frère de tout son cœur mais Jutta allait trop loin. La voix de celle-ci devint glaciale.

— Je me demande si tout ça n'a pas pour but de me nuire. Une mère avec des amis nazis, un frère pédé et un squelette au Mühlenhof ! Si la presse a vent de l'affaire, je suis fichue.

Siegbert Kaltensee se tut, bouleversé. Dans les jours précédents, il avait découvert un aspect de sa sœur qu'il ne connaissait pas et compris peu à peu que tout ce qu'elle faisait n'était dicté que par un féroce calcul. Où était Vera, qu'Elard ait peut-être tué trois personnes et que la police trouve un squelette au Mühlenhof – cela ne la touchait guère dès lors que son nom n'y était pas mêlé.

— Tu ne dois pas perdre ton sang-froid, tu entends, Berti ? l'abjura-t-elle. Quoi que la police nous demande, nous ne savons rien. Et c'est la vérité. Mère a fait des erreurs dans sa vie et je n'ai pas envie de trinquer pour elle.

— Ce qu'elle devient ne t'intéresse pas, dit Siegbert d'une voix blanche, pourtant c'est notre mère…

— Ne sois pas sentimental ! Mère est une femme âgée qui a sa vie derrière elle ! J'ai encore des projets et je ne veux pas qu'ils soient gâchés à cause d'elle. Ni par Elard ni par Thomas ni…

Siegbert Kaltensee reposa l'écouteur. De loin, il entendait les sanglots de sa fille et la voix apaisante de sa femme. Il fixait le vide devant lui. D'où venait le désespoir qui le rongeait depuis sa conversation avec les deux inspecteurs de la Kripo ? Il avait *dû* faire tout ça pour protéger la famille ! La famille était le bien suprême, c'était le credo de sa mère. Pourquoi sentait-il soudain qu'elle l'avait laissé tomber ? Pourquoi n'appelait-elle pas ?

Miriam les attendait comme promis à huit heures et demie devant l'aéroport régional, près de Szczytno-Szymany, le seul aéroport de la province de Warmie-Mazurie dont pourtant les jours étaient comptés. Le vol s'était étonnamment bien passé : le Cessna 500 Citation avait mis pile quatre heures, le contrôle des passeports avait duré trois minutes.

— Salut, docteur Frankenstein, dit Miriam en serrant la main de Henning après avoir embrassé Pia. Bienvenue en Pologne.

— Vous êtes vraiment rancunière, dit Henning avec un sourire grinçant.

Miriam ôta ses lunettes noires, le considéra et sourit à son tour.

— J'ai une mémoire d'éléphant, affirma-t-elle et elle empoigna un des sacs de Kirchhoff. Venez, nous sommes environ à cent kilomètres de Doba.

Dans une bruyante Ford Focus de location, ils prirent la route en direction du nord-est, au cœur de la Mazurie. Miriam et Henning discutèrent des ruines du château en se demandant si la cave, après soixante ans d'abandon, serait encore accessible. Pia, assise à l'arrière, écoutait d'une oreille distraite, regardant par la fenêtre en silence. Elle ne se sentait aucun lien avec ce pays, et son passé triste et changeant. La Prusse-Orientale n'était pour elle qu'un concept abstrait, rien de plus qu'un sujet rabâché de documentaires ou de téléfilms. Devant la fenêtre, des collines, des bois et des champs glissaient dans la lumière morne du matin. Sur de nombreux lacs grands et petits reposaient encore des nappes de brouillard cotonneuses qui se dissipaient lentement sous les rayons déjà chauds du soleil de mai.

Les pensées de Pia revenaient à Bodenstein. Elle était profondément émue par sa confiance. Il n'aurait pas dû lui raconter tout ça mais il voulait être honnête avec la Dr Engel, elle avait des raisons personnelles de lui en vouloir, c'était injuste mais on n'y pouvait rien. La seule façon de l'aider était de ne faire à présent aucune erreur. A Mragowo, Miriam tourna dans une étroite route peu praticable qui passait devant des fermes endormies et de petits villages. Idyllique, cette vieille chaussée ! Et entre les forêts obscures, des eaux bleues brillaient sans arrêt. La Mazurie, avait expliqué Miriam, était la plus grande région lacustre d'Europe. Peu après, ils atteignirent le lac de Kisajino, le petit hameau de Kamionki et Doba. Pia composa le numéro de téléphone de Bodenstein.

— Nous y sommes, dit-elle. Comment est l'ambiance ?

— Jusqu'à présent bonne, répondit-il. Je n'ai pas encore aperçu Mme Engel. A part ça, Augusta Nowak n'a toujours pas réapparu et les autres sont... demain... avec Améry... parlé avec... rien... reçu... elle...

— Je vous entends mal ! cria Pia, puis la liaison fut coupée.

Pour l'étendue de l'ancienne Prusse-Orientale, il n'y avait pas assez d'émetteurs, le réseau de la téléphonie mobile était régulièrement coupé, comme Miriam l'avait dit.

Miriam stoppa à un croisement et tourna à droite sur un sentier forestier asphalté. Ils roulèrent quelques centaines de mètres à travers une forêt de feuillus clairsemés. La voiture cahotait d'un nid-de-poule à l'autre, si bien que la tête de Pia heurta la portière sans douceur.

— Fais attention, dit Miriam. Et maintenant retenez votre souffle !

Quand ils sortirent de la forêt, Pia se pencha pour regarder entre les dossiers des sièges. A droite gisait le lac Doben sombre et étincelant, à gauche s'étendaient de lointaines collines, interrompues çà et là par des bosquets d'arbres et des bois.

— Les ruines à gauche étaient autrefois le village de Lauenburg, expliqua Miriam. Presque tous les habitants travaillaient sur le domaine. Il y avait une école, des magasins, une église et une auberge de campagne.

De Lauenburg, seule l'église était restée debout. Sur le clocher de pierres rouges à moitié écroulé trônait un nid de cigognes.

— On a quasiment utilisé le village comme carrière, dit Miriam. La plupart des bâtiments d'intendance du domaine ont disparu de cette façon. Du château lui-même, il en reste un peu plus.

De loin, on pouvait déjà percevoir l'ordonnance symétrique du domaine : le château au milieu, directement sur la rive du lac et formant un U, les bâtiments aujourd'hui nivelés, sur les fondations desquels éclatait une végétation luxuriante. Autrefois, une allée bien entretenue conduisait à la grille principale du château, mais à présent les arbres avaient poussé dans une anarchie sauvage que l'on n'aurait pas tolérée auparavant.

Miriam passa sous un arc de pierre qui, au contraire des autres murs, était encore debout et s'arrêta devant les ruines du château. Pia regarda autour d'elle. Des oiseaux gazouillaient dans les branches des grands arbres. Vus de près, les vestiges de l'ancien domaine étaient déprimants, la végétation luxuriante devenait de la mauvaise herbe et des fourrés, les orties avaient plusieurs mètres de haut, le lierre recouvrait presque toutes les surfaces libres. Qu'avait éprouvé Augusta Nowak quand, après soixante ans d'exil et de volonté d'oublier, elle était revenue et avait trouvé dans cet état le lieu où elle avait connu les moments les plus heureux et les plus terribles de sa vie ? Peut-être était-ce juste à cet endroit qu'elle avait décidé de se venger de ce qu'on lui avait fait.

— Si ces murs pouvaient parler, murmura Pia en mettant le pied sur ce vaste terrain qui après des décennies d'abandon avait presque entièrement été reconquis par la nature.

Derrière les ruines calcinées du château, scintillait le gris argenté du lac. Dans l'azur du ciel volaient des cigognes, et sur les marches brisées du perron, une chatte grasse, qui se sentait apparemment la légitime héritière des Zeydlitz-Lauenburg, s'étirait au soleil. Devant les yeux intérieurs de Pia, le domaine renaquit tel qu'elle aurait aimé le voir. Le château au milieu, la maison du régisseur, les écuries. Elle pouvait comprendre pourquoi ceux qui avaient été chassés de ce pays magnifique refusaient d'accepter la perte définitive de leur patrie.

— Pia ! appela Henning, impatient. Tu viens ?
— J'arrive.

Elle se retourna. Du coin de l'œil, elle perçut une lueur. Un rayon de soleil sur du métal. Curieuse, elle contourna un tas de briques recouvert d'orties et se figea, sentant ses cheveux se hérisser d'effroi sur sa nuque. Devant elle se tenait la Maybach noire de Vera Kaltensee, poussiéreuse après un long trajet, le pare-brise couvert d'insectes. Pia posa la main sur le capot. Il était encore chaud.

"Katharina Ehrmann est la seule amie que Jutta Kaltensee ait jamais eue. Elle travaillait pendant toutes les vacances dans le bureau d'Eugen Kaltensee et il l'aimait beaucoup." Ostermann semblait ne pas avoir beaucoup dormi, ce qui n'était pas étonnant car il avait passé la nuit à lire le manuscrit en entier.

— Le soir où le père de Jutta est mort, elle était au Mühlenhof et elle a été par hasard témoin du meurtre.

— Un meurtre avéré ? voulut s'assurer Bodenstein.

Il était assis à son bureau et épluchait le rapport que Kathrin Fachinger avait rédigé après sa conversation avec le voisin d'Anita Frings au Taunusblick, quand Ostermann entra. A son soulagement, Cosima, la nuit dernière, n'avait pas fait de scène et avait bien voulu croire qu'il était tombé en toute innocence dans un piège. Le jour où elle avait déjeuné avec Jutta, elle avait compris que la prétendue campagne pour son image n'était qu'un prétexte. Tout le reste, il le surmonterait, même les efforts de Nicole pour le virer. Avoir permis à Pia d'aller en Pologne contre son instruction formelle – charmant euphémisme – était dans sa situation actuelle un suicide professionnel. Mais la cave du château de Mazurie recelait la clef des événements qui avaient causé cinq cadavres en dix jours. Bodenstein espérait que l'entreprise de Pia serait couronnée de succès, sinon il pourrait faire ses valises.

— Oui, sans aucun doute un meurtre, répondit Ostermann. Attendez, je vais vous lire le passage du manuscrit :

"Vera le poussa dans l'escalier, puis elle descendit en courant comme si elle voulait l'aider. Elle s'agenouilla à côté de lui, posa son oreille sur sa bouche et comme elle vit qu'il respirait encore, elle l'étrangla avec son propre pull-over. Puis elle remonta tranquillement et s'assit à son bureau. On ne trouva le corps que deux heures après. On avait un suspect sous la main. L'après-midi d'avant, Elard avait quitté le Mühlenhof en grande hâte, après une violente dispute avec son beau-père, et avait pris le train de nuit pour Paris."

Bodenstein acquiesça pensivement. Thomas Ritter devait être très naïf ou vraiment aveuglé par la vengeance pour écrire un tel livre ! C'était malin de la part de Katharina Ehrmann de révéler ce qu'elle savait de cette façon. Il ne savait pas pour quelle raison elle détestait les Kaltensee, c'était en tout cas indéniable.

Une chose était sûre, si ce livre devait paraître un jour, le scandale entraînerait certains membres de la famille Kaltensee dans l'abîme.

Le téléphone sonna. Contre son attente, ce n'était pas Pia, mais Behnke. La description de l'homme qui accompagnait Ritter quand il avait quitté la rédaction, avant-hier, pouvait correspondre à l'un des collaborateurs de K-Sécurité, mais Améry et ses cinq collègues observaient une omerta pire que celle de la mafia sicilienne.

— Je dois interroger Siegbert Kaltensee, dit Bodenstein, au risque de provoquer une nouvelle plainte pour harcèlement. Allez le chercher. Et aussi la dame de la réception à *Week-end*. Nous allons organiser une confrontation avec les hommes de K-Sécurité. Elle reconnaîtra peut-être le porteur du paquet.

Où était Vera Kaltensee ? Où était Elard ? Etaient-ils encore en vie ? Hier, on avait opéré Marcus Nowak et il était en soins intensifs à la clinique Bethanien, sans qu'on puisse dire s'il allait s'en sortir. Bodenstein ferma les yeux et se prit la tête dans les mains. Elard avait été en possession de la caisse et du journal. A la demande de Katharina Ehrmann, il avait remis le journal à Ritter et les Kaltensee devaient l'avoir appris d'une façon ou d'une autre. Il feuilleta le procès-verbal sans arriver à se concentrer. Soudain, quelque chose l'arrêta.

"*Katerchen vient régulièrement,* lut-il. *Il la pousse dans sa chaise roulante dans le parc...*"Katerchen ?... Elle appelait le jeune homme Petit Chat... à quoi pouvait-il ressembler ?... Des yeux bruns. Mince. De taille moyenne, un visage banal. L'espion idéal, n'est-ce pas. Ou bien un banquier suisse.

Quelque chose frémit dans la mémoire de Bodenstein. Espion, espion... Puis ça lui revint ! "Il est affreux, ce Moormann !" avait dit Jutta Kaltensee en devenant toute pâle quand le chauffeur de sa mère avait surgi brusquement. "Il se glisse partout sans bruit et me fait chaque fois une peur bleue, ce vieil espion !"

C'était le jour où il l'avait rencontrée au Mühlenhof pour la première fois. Bodenstein repensa à la chemise que Watkowiak portait. Moormann aurait pu prendre une chemise d'Elard Kaltensee sans grande difficulté afin de les mettre sur une fausse piste !

— Dieu tout-puissant, murmura Bodenstein.

Pourquoi n'y avait-il pas pensé plus tôt ? Moormann, ce serviteur dont la présence invisible au Mühlenhof était si naturelle, savait certainement mieux que quiconque ce qui se passait dans la famille. Comment avait-il appris que le journal avait été remis à Ritter ? Peut-être en surprenant une communication téléphonique d'Elard ? En tout cas, l'homme était fidèle à sa patronne, jusqu'à mentir pour elle. Irait-il jusqu'à tuer pour elle ? Bodenstein referma le classeur et prit son arme de service dans le tiroir de son bureau. Il devait aller au Mühlenhof immédiatement. Comme il s'apprêtait à quitter son bureau, Nierhoff, l'encore directeur de la Kripo apparut sur le seuil, la mine orageuse, suivi d'une Nicole Engel aux anges. Bodenstein enfila sa veste.

— Docteur Engel, dit-il, avant qu'elle ait eu le temps d'ouvrir la bouche, j'ai besoin de votre aide.

— Où est Mme Kirchhoff ?

— En Pologne, dit Bodenstein en regardant Nicole. Je sais, j'ai outrepassé vos instructions mais j'avais mes raisons.

— Pourquoi avez-vous besoin d'aide ?

La conseillère judiciaire ignora son excuse et lui rendit son regard avec une expression impénétrable.

— Il m'est apparu clairement que, pendant tout ce temps, nous avons négligé quelqu'un. Je crois que Moormann, le chauffeur de Vera Kaltensee, est le meurtrier de Watkowiak.

Il lui expliqua brièvement les raisons de ses soupçons.

— Jusqu'à présent, nous avons une empreinte que nous n'avons pas pu identifier. J'ai besoin de l'ADN de Moormann et j'aimerais que vous m'accompagniez au Mühlenhof. En outre nous devons organiser une confrontation de la secrétaire de *Week-end* avec les hommes de K-Sécurité. Je n'ai pas pu le faire jusqu'à ce soir.

— Oui, mais ça ne va pas… protesta Nierhoff, mais la Dr Engel acquiesça.

— Je vous accompagne, dit-elle. Allons-y.

Pia fit lentement le tour de la voiture noire qui avait été négligemment garée entre les chardons et les monceaux de décombres. Les portières n'étaient pas fermées. Celui qui était arrivé avec cette voiture était-il si pressé ? Elle s'écarta sans faire de bruit et fit part à Miriam et à Henning de sa découverte. Elle n'avait toujours pas de réseau pour son portable mais de toute façon Bodenstein n'aurait pas pu l'aider.

— Nous devrions peut-être contacter la police polonaise, réfléchit Pia.

— Ridicule, dit Henning en haussant les épaules. Qu'est-ce que tu vas leur raconter ? Il y a ici une voiture, pouvez-vous venir, s'il vous plaît ? Ça les fera rigoler.

— Qui sait ce qui est en train de se passer dans la cave ? objecta Pia.

— Nous verrons bien, répliqua Henning en se mettant en marche d'un pas décidé.

Pia avait un mauvais pressentiment, mais il aurait été absurde de renoncer si près du but. Qui pouvait avoir amené la Maybach d'Allemagne ? Après une courte hésitation, elle suivit Henning et Miriam. Le château, autrefois magnifique, n'était plus qu'une ruine. Les murs extérieurs étaient encore debout mais du rez-de-chaussée il ne restait rien et il n'offrait aucun accès aux caves.

— Ici, cria Miriam à mi-voix. Quelqu'un est passé ici il n'y a pas longtemps.

Ils suivirent tous trois l'étroit sentier entre les orties et les broussailles en direction du lac. Des graminées couchées trahissaient que le chemin avait été emprunté peu de temps avant. Ils se frayèrent un passage à travers des roseaux à hauteur d'homme qui bruissaient doucement dans le vent. Ils pataugeaient dans la boue, Henning jura, effrayé par deux canards sauvages qui s'envolèrent sous ses pieds en caquetant bruyamment. Les nerfs de Pia étaient tendus à se rompre. Il faisait chaud à présent et la sueur leur coulait sur les yeux. Qu'est-ce qui les attendait dans les caves du château ? Que faire s'ils tombaient effectivement sur Vera ou Elard Kaltensee ? Elle avait promis à Bodenstein de ne pas prendre de risques. N'aurait-il pas été plus judicieux de prévenir la police polonaise ?

— Voilà l'escalier, dit Miriam.

Les marches brisées semblaient ne conduire nulle part, ici la partie arrière du château n'était plus que gravats et cendre. Les dalles de marbre de l'ancienne terrasse, d'où l'on avait une vue spectaculaire sur le lac, avaient disparu depuis longtemps. Miriam s'arrêta et essuya avec son bras la sueur sur son visage. Elle montra un trou qui s'ouvrait à ses pieds. Pia avala sa salive et eut un instant d'hésitation avant de s'engager la première en rampant. Elle voulut sortir son pistolet quand elle se rappela que, sur les ordres de Bodenstein, elle l'avait laissé en

Allemagne. En jurant intérieurement, elle se mit à avancer à tâtons dans l'obscurité sur une montagne de gravats.

Les caves du château Lauenburg avaient étonnamment résisté au feu, à la guerre et aux injures du temps, et la plupart des pièces existaient encore. Pia essaya de s'orienter. Elle n'avait aucune idée de la partie des immenses caves dans laquelle ils se trouvaient.

— Laisse-moi passer, dit Henning qui avait sorti une lampe de poche.

Un rat surgit des éboulis et s'arrêta un instant dans le rond de lumière. Pia fit une grimace de dégoût. Quelques mètres plus loin, Henning s'arrêta brusquement et éteignit la lampe. Pia se heurta à lui et faillit perdre l'équilibre.

— Qu'est-ce qui se passe ? chuchota-t-elle, tendue.

— Il y a quelqu'un qui parle, répondit-il à voix basse.

Ils s'arrêtèrent et tendirent l'oreille mais pendant un moment ils ne perçurent rien en dehors de leurs souffles. Pia sursauta d'effroi lorsque, presque à côté d'elle, une voix autoritaire de femme s'éleva.

— Enlève-moi ces chaînes, immédiatement ! Qu'est-ce qui te prend de me traiter ainsi ?

— Dis-moi ce que je veux savoir, et je te les enlève tout de suite, répondit un homme.

— Je ne te dirai rien. Et cesse de gesticuler avec ce truc !

— Raconte-moi ce qui s'est passé le 16 janvier 1945 ! Dis-moi ce que vous leur avez fait toi et tes amis, et je te relâche aussitôt.

Pia poussa Henning sur le côté pour passer devant lui et regarda dans le coin en retenant son souffle. Un projecteur jetait un mince rayon de lumière sur le plafond bas de la cave. Elard Kaltensee, debout derrière la femme qu'il avait considérée toute sa vie comme sa mère, lui pressait un pistolet sur la nuque. Elle était agenouillée, les mains ligotées dans le dos. Rien ne rappelait plus l'élégante femme du monde. Ses cheveux blancs retombaient en mèches, elle n'était pas maquillée et ses vêtements étaient poussiéreux et chiffonnés. Pia perçut la tension dans le visage d'Elard. Il clignait des yeux tout en passant nerveusement la langue sur ses lèvres. Un mot de trop, un faux mouvement et il tirerait.

Quand Bodenstein et la Dr Engel revinrent bredouilles du Mühlenhof, car là-bas tout le monde s'était envolé, Siegbert Kaltensee les attendait déjà au commissariat.

— Qu'est-ce que tu attends de lui ? demanda Nicole Engel pendant qu'ils montaient l'escalier.

— Qu'il me dise où sont Moormann et Ritter, répondit Bodenstein avec une détermination coléreuse.

Il avait trop longtemps concentré son attention sur ce qui sautait aux yeux et négligé ce qu'il était facile d'imaginer. Siegbert qui, toute sa vie, était resté dans l'ombre d'Elard, était tombé sous la coupe de sa mère plus qu'aucun autre.

— Pourquoi il le saurait ?

— Il est le bras droit de sa mère et c'est elle qui lui a tout ordonné.

Nicole Engel s'arrêta et le tira en arrière.

— Comment ça se fait que Jutta Kaltensee ait voulu te piéger ? demanda-t-elle sérieusement.

Bodenstein la regarda. Il lut un intérêt sincère dans ses yeux.

— Jutta est une femme très ambitieuse, dit-il. Elle a compris que les meurtres dans l'entourage de sa famille seraient dommageables à sa carrière. Une biographie retentissante dans les journaux à scandale est la dernière chose dont elle ait besoin. Qui a commandité les meurtres de Robert Watkowiak et de son amie, je l'ignore encore, mais tous les deux devaient mourir pour nous mettre sur une fausse piste. Des indices menant à Elard Kaltensee ont été semés pour également le décrédibiliser. Comme nous revenions toujours à la charge, elle a décidé dans un geste désespéré de me compromettre. L'enquêteur en charge de l'affaire qui force un membre de la famille Kaltensee à avoir des rapports sexuels – quoi trouver de mieux ?

Nicole Engel le regarda d'un air pensif.

— Elle m'a donné rendez-vous soi-disant pour m'apprendre quelque chose, continua Bodenstein. Je n'arrive pas à me rappeler cette soirée alors que je n'avais bu qu'un verre de vin. J'étais comme dans un brouillard. C'est pour cela qu'hier je me suis fait faire une analyse de sang. Le Dr Kirchhoff m'a affirmé qu'on m'avait administré de l'ecstasy. Tu comprends ? Elle l'avait planifié !

— Pour te faire limoger ?

— Je ne peux pas me l'expliquer autrement, acquiesça Bodenstein. Elle veut être *Ministerpräsidentin* mais elle n'y arrivera jamais avec une meurtrière pour mère et un squelette dans la propriété familiale. Jutta prendra ses distances avec sa famille pour survivre. Et avec ce qu'elle m'a fait, elle avait le moyen de me faire chanter.

— Elle n'avait pas de preuves, non ?

— Bien sûr que si, dit Bodenstein, amer. Elle est assez intelligente pour avoir prélevé quelque chose d'où l'on pouvait extraire mon ADN.

— Tu pourrais avoir raison, concéda Nicole Engel après une courte réflexion.

— J'*ai* raison, tu verras.

Pendant un moment le silence régna sous les voûtes. Pia respira profondément et fit un pas en avant.

— Vous pouvez le raconter tranquillement, Edda Schwinderke, dit-elle à voix haute, les mains en l'air. Nous savons ce qui s'est passé ici.

Elard Kaltensee se retourna et la regarda comme s'il voyait un fantôme. Même Vera *alias* Edda eut un sursaut d'effroi, mais elle surmonta vite sa surprise.

— Madame Kirchhoff ! dit-elle avec la voix douce que Pia lui connaissait. C'est le ciel qui vous envoie ! Aidez-moi, s'il vous plaît !

Pia l'ignora et se dirigea vers Elard Kaltensee.

— Ne faites pas votre malheur. Donnez-moi cette arme, dit-elle en tendant la main. Nous connaissons la vérité et nous savons ce qu'elle a fait.

Le regard d'Elard Kaltensee revint sur la femme agenouillée.

— Ça m'est égal. Il secoua vigoureusement la tête. Je n'ai pas fait mille kilomètres pour renoncer à présent. Je veux une explication de cette vieille sorcière. Maintenant.

— J'ai amené un spécialiste pour qu'il découvre les restes des personnes exécutées, dit Pia. Soixante ans après, on peut encore extraire l'ADN et identifier les corps. Nous pouvons traîner Vera Kaltensee devant un tribunal pour plusieurs meurtres. La vérité sera faite sur chaque cas.

Kaltensee ne regarda même pas Pia.

— Allez-vous-en, madame Kirchhoff. Cela ne vous concerne pas.

Soudain une petite silhouette robuste se détacha de l'ombre. Pia sursauta, effrayée. Elle n'avait pas remarqué qu'il y avait quelqu'un d'autre dans la pièce. Elle reconnut avec étonnement Augusta Nowak.

— Madame Nowak ! Que faites-vous ici ?

— Elard a raison, dit celle-ci au lieu de répondre. Cela ne vous regarde pas. Cette femme a fait à mon garçon une blessure si profonde que soixante années n'ont pas pu la guérir. Elle lui a volé sa vie. Il a le droit d'apprendre ce qui s'est passé ici.

— Nous avons écouté l'histoire que vous avez racontée à Thomas Ritter, dit Pia d'une voix étouffée. Et nous vous croyons. Malgré cela, je dois vous arrêter. Vous avez tué trois hommes et, si nous ne trouvons pas la preuve de vos mobiles profonds, vous finirez vos jours en prison. Même si cela vous est égal, empêchez au moins votre fils de faire la bêtise de commettre un meurtre ! Cette femme n'en vaut pas la peine !

Augusta regarda pensivement l'arme dans la main d'Elard.

— Nous avons en tout cas retrouvé votre petit-fils. Juste à temps. Quelques heures plus tard, et il serait mort d'une hémorragie interne.

Elard Kaltensee releva la tête et la regarda d'un air vague.

— Pourquoi d'une hémorragie ? demanda-t-il.

— Il avait reçu des blessures internes pendant l'agression. En le traînant dans cette cave, vous l'avez mis en danger de mort. Pourquoi avoir fait cela ? Vous vouliez qu'il meure ?

Elard Kaltensee abaissa soudain son pistolet, son regard glissa sur Augusta Nowak puis sur Pia. Il secoua énergiquement la tête.

— Mon Dieu non ! Je voulais mettre Marcus en sécurité jusqu'à mon retour. Jamais, je n'aurais fait quoi que ce soit qui puisse lui nuire !

Son désarroi surprit Pia puis elle se rappela la rencontre de Kaltensee à la clinique et elle crut comprendre.

— Vous et Nowak ne vous connaissez pas seulement superficiellement, dit-elle.

Elard Kaltensee secoua la tête.

— Non, avoua-t-il. Nous sommes très amis. En réalité… beaucoup plus que…

— C'est exact, acquiesça Pia. Vous êtes parents. Marcus Nowak est votre neveu, si je ne me trompe pas.

Elard Kaltensee lui tendit son pistolet et se passa les mains dans les cheveux. A la lumière du projecteur on pouvait voir qu'il était devenu pâle comme un mort.

— Je dois aller le retrouver, murmura-t-il. Je n'ai pas voulu, vraiment pas. Je voulais seulement qu'on ne lui fasse pas de mal jusqu'à ce que je revienne. Je... je ne pouvais pas supposer... Dieu tout-puissant ! On pourra le sauver ?

Il leva les yeux. Il paraissait avoir complètement oublié sa vengeance, l'angoisse emplissait ses yeux. Pia comprit alors de quelle sorte était la relation entre Marcus et lui. Elle se souvint des photos sur les murs de son appartement à la Maison des arts. L'homme nu vu de dos, les yeux sombres sur les photos grand format. Le jean sur le sol de la salle de bains. Marcus Nowak trompait bien sa femme. Mais ce n'était pas avec une autre femme, c'était avec Elard Kaltensee.

Siegbert Kaltensee était affalé sur sa chaise dans une des salles d'interrogatoire, fixant le vide devant lui. Depuis la veille, il paraissait avoir vieilli de plusieurs années. Toute sa bonne humeur et sa jovialité avaient disparu, son visage était gris et hâve.

— Avez-vous eu depuis des nouvelles de votre mère ? commença Bodenstein.

Kaltensee secoua la tête sans répondre.

— Nous avons de notre côté appris des choses très intéressantes. Par exemple, que votre frère Elard n'était pas en réalité votre frère.

— Comment ?

Siegbert leva la tête et regarda fixement Bodenstein.

— Nous avons arrêté la meurtrière de Goldberg, Schneider et Anita Frings. Elle a avoué. Les trois s'appellent en réalité Oskar Schwinderke, Hans Kallweit et Maria Willumat. Schwinderke était le frère de votre mère, qui s'appelle donc Edda Schwinderke et qui est la fille de l'ancien comptable du domaine de Lauenburg.

Kaltensee secoua la tête, incrédule. L'incompréhension se peignit sur son visage lorsque Bodenstein lui raconta brièvement l'histoire d'Augusta Nowak.

— Non, murmura-t-il. Non, ce n'est pas possible.
— Si, malheureusement. Votre mère vous a menti toute sa vie. Le véritable propriétaire du Mühlenhof est le baron Elard von Zeydlitz-Lauenburg, dont le père a été tué par votre mère le 16 janvier 1945. C'est à cette date que correspond le chiffre mystérieux que nous avons trouvé sur les lieux de crime.
Siegbert Kaltensee mit son visage dans ses mains.
— Saviez-vous que Moormann, le chauffeur de votre mère, avait appartenu à la Stasi ?
— Oui, dit Kaltensee d'une voix étouffée. Ça, je le savais.
— Nous le soupçonnons d'avoir tué votre fils Robert Watkowiak et l'amie de celui-ci, Monika Krämer.
Siegbert Kaltensee leva les yeux.
— Quel idiot j'ai été, avoua-t-il avec une soudaine amertume.
— Que voulez-vous dire ? demanda Bodenstein.
— Je n'en avais pas la moindre idée.
L'expression égarée sur le visage de Siegbert Kaltensee montrait que son univers volait en éclats.
— Je n'avais pas la moindre idée de ce qui se passait. Mon Dieu ! Qu'est-ce que j'ai fait !
Bodenstein tendait involontairement les muscles comme un chasseur qui aperçoit devant lui une proie inespérée. Pour un peu, il aurait retenu son souffle. Mais il fut déçu.
— Je veux parler à mon avocat, dit Siegbert Kaltensee en redressant les épaules.
— Où est Moormann ?
Pas de réponse.
— Qu'est-il arrivé à votre gendre ? Nous savons que les hommes de votre entreprise de sécurité l'ont enlevé. Où est-il ?
— Je veux parler à mon avocat, répéta Kaltensee d'une voix rauque. Les yeux paraissaient lui jaillir de la tête : Immédiatement.
— Monsieur Kaltensee. Bodenstein fit comme s'il n'avait pas entendu. Vous avez ordonné aux hommes de K-Sécurité de passer Marcus Nowak à tabac pour obtenir le journal. Et vous avez fait enlever Ritter pour l'empêcher d'écrire la biographie. Vous avez fait le sale boulot pour votre mère comme d'habitude, n'est-ce pas ?
— Mon avocat, murmura Kaltensee. Je veux parler à mon avocat.

— Ritter vit-il encore ? insista Bodenstein. Ou bien êtes-vous indifférent au chagrin de votre fille, qui en perd presque la raison ? Bodenstein vit l'homme sursauter. Etre l'instigateur d'un meurtre est un délit. On va en prison pour ça. Votre fille et votre femme ne vous le pardonneront jamais. Vous allez tout perdre si vous ne me répondez pas !

— Je veux mon...

— Votre mère vous a-t-elle demandé de prendre les choses en main ? le pressa Bodenstein. Vous a-t-elle tendu un piège ? Si c'est le cas, vous devez nous le dire. Votre mère ira de toute façon en prison, nous avons les preuves de ses crimes et en outre un témoin visuel a révélé le prétendu accident mortel de votre père. Ne comprenez-vous pas votre situation ? Si vous nous dites où est Thomas Ritter, vous avez encore une chance de vous en tirer à bon compte !

Siegbert Kaltensee essayait de retrouver son souffle. Il donnait l'impression d'un homme aux abois.

— Voulez-vous vraiment aller en prison pour votre mère qui vous a menti et s'est servie de vous ?

Bodenstein laissa ses paroles faire leur effet, attendit une minute puis se leva.

— Restez ici, dit-il à Kaltensee. Réfléchissez calmement à tout ça. Je reviens.

Pendant que Miriam et Henning commençaient à fouiller le sol centimètre par centimètre à la recherche de restes humains, Pia quitta la cave avec Elard, Vera et Augusta Nowak.

— J'espère que vous n'avez pas exagéré, dit Elard après avoir retrouvé la lumière du jour. Ils traversèrent les anciennes terrasses. Augusta Nowak ne paraissait pas particulièrement éprouvée mais Vera Kaltensee eut besoin d'une pause. Les mains toujours ligotées, elle s'assit, épuisée, sur un tas de pierres.

— Non, c'est exact, dit Pia qui avait pris le pistolet et l'avait glissé dans le haut de son pantalon. Nous savons ce qui s'est passé autrefois. Et si nous trouvons des restes d'ossements et pouvons en extraire l'ADN, nous en aurons la preuve.

— Je parlais de Marcus, rectifia Elard soucieux. Va-t-il vraiment si mal ?

— Hier soir, son état était critique. Mais il sera bien soigné à la clinique.

— Tout est ma faute. Elard mit la tête dans ses mains. Je n'aurais pas dû le laisser toucher cette caisse ! Rien de tout ça ne serait arrivé !

Il avait sans doute raison. Des hommes vivraient encore et tous les secrets de la famille Kaltensee seraient restés à l'abri comme avant. Le regard de Pia se posa sur Vera Kaltensee qui arborait une mine inexpressive. Comment un être pouvait-il vivre avec de tels péchés et témoigner tant de froideur et d'indifférence ?

— Pourquoi n'avez-vous pas aussi tué l'enfant autrefois ? demanda Pia.

La vieille femme leva la tête et la regarda. Ses yeux, après soixante ans, flamboyaient de haine.

— Il représentait mon triomphe sur cette personne, siffla-t-elle en montrant Augusta. Si elle n'avait pas existé, c'est moi qu'il aurait épousée.

— Jamais, protesta Augusta Nowak, il ne pouvait pas te souffrir. Mais il était trop bien élevé pour le montrer.

— Bien élevé ! s'exclama Vera Kaltensee. Laisse-moi rire ! Je n'en aurais plus voulu de toute façon. Comment avait-il pu mettre enceinte la fille d'un juif bolchevique ? Il avait mérité la mort, souiller la race était passible de peine de mort.

Elard Kaltensee regardait, horrifié, la femme qu'il avait appelée mère toute sa vie. Augusta resta étonnamment calme.

— Elard aurait été vraiment amusé de savoir que ton frère, l'*Obersturmbannführer*, a dû vivre soixante ans déguisé en juif pour sauver sa peau ! Le farouche nazi épousant une *Mamme* juive et forcé de parler yiddish !

Les yeux de Vera Kaltensee étincelaient de rage.

— Dommage que tu ne l'aies pas entendu me supplier de lui laisser la vie, continua Augusta Nowak. Il est mort comme il a vécu, un minable ver de terre, un poltron. Ma famille, au contraire, a courageusement affronté la mort sans se plaindre. Eux n'étaient pas des lâches qui se dissimulent sous un faux nom.

— Ta *famille*, laisse-moi rire ! dit Vera, venimeuse.

— Oui, ma famille. Le pasteur Kunisch nous a unis à Noël, en 1944, dans la bibliothèque du château. Cela, Oskar n'a pas pu l'empêcher.

— Ce n'est pas vrai ! hurla Vera en secouant ses chaînes.

— Si, répondit Augusta en prenant la main d'Elard. Mon Heinrich, que tu as fait passer pour ton fils, est bien le baron von Zeydlitz-Lauenburg.

— Alors c'est à lui qu'appartient le Mühlenhof, dit Pia. Même la KMF, légalement, ne vous appartient pas. Vous avez seulement usurpé la place toute votre vie, Edda. Celui qui se trouvait sur votre chemin était supprimé. Votre mari Eugen, que vous avez vous-même poussé dans l'escalier, n'est-ce pas ? Et la mère de Robert Watkowiak, la pauvre fille, devait aussi mourir. En tout cas, nous avons trouvé ses restes dans le parc du Mühlenhof.

— Qu'est-ce que je pouvais faire d'autre ? Dans sa colère, Vera ne se rendait pas compte qu'elle se trahissait en disant cela. Siegbert voulait épouser cette vulgaire domestique.

— Il aurait peut-être été plus heureux. Mais vous l'en avez empêché et vous avez cru que vous pourriez vous en tirer malgré tous ces meurtres. Ce que vous n'aviez pas prévu, c'est que Vicky Endrikat avait survécu au massacre. Avez-vous eu peur quand vous avez appris le chiffre qui avait été trouvé près des cadavres de votre frère, de Hans Kallweit et de Maria Willumat ?

Vera tremblait de colère. Rien en elle ne rappelait la gentille dame dont Pia avait eu pitié.

— Qui, autrefois, avait décidé de tuer les Endrikat et les Zeydlitz-Lauenburg ?

— Moi, dit Vera Kaltensee avec un sourire de satisfaction.

— Vous y avez vu votre grande chance, n'est-ce pas ? continua Pia. Votre accession à la noblesse. Mais le prix à payer était une vie dans l'angoisse d'être découverte. Pendant soixante ans, tout s'est bien passé, puis le passé a resurgi. Et vous *avez eu* peur. Pas pour votre vie, mais pour votre réputation, qui pour vous est la chose la plus importante. C'est pour cela que vous avez fait tuer votre petit-fils Robert et sa maîtresse et laissé un indice qui désignait Elard. Vous et votre fille Jutta, qui elle aussi tient beaucoup à sa réputation. Mais à présent c'est fini. La biographie va paraître. Avec un premier chapitre qui va faire du bruit. En effet, le mari de votre petite-fille Marleen ne s'est pas laissé intimider.

— Marleen est divorcée, protesta Vera Kaltensee, suffoquée.

— Possible. Mais voilà quatorze jours, elle a épousé Thomas Ritter. En secret. Et elle attend un enfant de lui.

Pia jouissait de voir la colère impuissante dans les yeux de la femme.

— C'est le deuxième homme à vous avoir repoussée pour une autre. D'abord Elard von Zeydlitz-Lauenburg, qui a préféré épouser Vicky Endrikat, et maintenant Thomas Ritter...

Avant que Vera ait eu le temps de répondre, Miriam surgit de la cave.

— Nous avons trouvé quelque chose ! cria-t-elle hors d'haleine. Une foule d'ossements.

Pia rencontra le regard d'Elard Kaltensee et sourit. Puis elle se tourna vers Vera.

— Je vous arrête, dit-elle. Vous êtes soupçonnée d'avoir perpétré sept homicides.

Sina, la dame de l'accueil, avait clairement identifié Henri Améry comme l'homme qui mercredi était venu à la rédaction. Nicole Engel l'avait placé devant l'alternative de parler ou d'être mis en examen pour séquestration, entrave à la justice et soupçon de meurtre. Le chef de K-Sécurité n'était pas tombé sur la tête et, dix secondes après, il se décidait pour la première proposition. Améry, avec Moormann et un autre homme, avait fait une visite à Marcus Nowak et Siegbert Kaltensee faisait surveiller depuis quelques jours le Dr Ritter. Il avait appris récemment que Ritter avait épousé Marleen, la fille de Siegbert. Jutta avait insisté pour cacher cela à son frère. L'ordre "d'aller chercher Ritter pour avoir une conversation", comme disait Améry, venait finalement de Siegbert.

— En quoi consistait la mission exactement ? demanda Bodenstein.

— Je devais amener Ritter à un certain endroit sans attirer l'attention.

— Où ?

— Dans la Maison des arts de Francfort. Sur le Römerberg. C'est ce que nous avons fait.

— Et ensuite ?

— Nous l'avons amené dans une des caves et nous l'avons laissé dedans.

Dans la Maison des arts. C'était intelligent car, après la découverte d'un cadavre dans une cave de la Maison des arts, les soupçons se porteraient immédiatement sur Elard Kaltensee.

— Que voulait Siegbert Kaltensee de Ritter ?
— Aucune idée. Je ne pose pas de questions quand je reçois un ordre.
— Et chez Marcus Nowak ? Vous l'avez torturé pour apprendre quelque chose ?
— C'est Moormann qui posait les questions. Il s'agissait d'une caisse.
— Quel rapport a Moormann avec K-Sécurité ?
— Aucun. Mais il sait comment faire parler les gens.
— De son passage à la Stasi, sans doute. Mais Nowak n'a pas parlé, n'est-ce pas ?
— Non. Il n'a pas ouvert la bouche.
— Et avec Robert Watkowiak ?
— Je devais lui transmettre de vive voix les directives de Siegbert Kaltensee sur le Mühlenhof. Mercredi dernier. Mes hommes l'ont cherché partout. Je suis ensuite tombé sur lui à Fischbach.

Bodenstein repensa au message que Watkowiak avait laissé sur le répondeur de Kurt Frenzel. *Les gorilles de ma belle-mère surveillent mon appartement...*

— Avez-vous reçu des missions de Jutta Kaltensee ? intervint Nicole Engel.

Améry hésita puis fit oui de la tête.

— Lesquelles ?

Le chef de la sécurité, sûr de lui et fuyant comme une anguille, parut déstabilisé. Il hésita.

— Nous attendons ! dit Nicole Engel en pianotant avec impatience sur le bureau.

— Je devais prendre des photos, finit par avouer Améry en regardant Bodenstein. De vous et de Mme Kaltensee.

Bodenstein sentit le sang lui monter au visage, en même temps qu'il se sentit soulagé. Il jeta un regard à Nicole Engel, qui gardait un air imperturbable.

— En quoi consistait la mission ?

— Elle m'a dit que je devais me tenir prêt à venir à la *Rote Mühle* et à faire des photos, répondit Améry, gêné. A vingt-trois heures, j'ai reçu un SMS disant que ce serait au plus tard dans vingt minutes.

Il jeta un bref regard sur Bodenstein et sourit d'un air contrit.

— Excusez-moi. Il n'y avait rien de personnel.

— Avez-vous pris des photos ?

— Oui.
— Où sont-elles ?
— Dans mon portable et sur mon ordinateur au bureau.
— Nous les confisquerons.
— Si vous voulez, dit Améry en haussant les épaules.
— Quel pouvoir avait Jutta sur vous ?
— Elle me payait particulièrement bien les missions spéciales.

Henri Améry était un mercenaire et n'éprouvait plus aucune loyauté dès lors qu'à l'avenir la famille Kaltensee ne le rétribuerait plus.

— A l'occasion, j'étais son garde du corps et de temps en temps son amant.

Nicole Engel hocha la tête d'un air satisfait. C'était exactement ce qu'elle voulait entendre.

— Comment avez-vous fait passer la frontière à Vera ? demanda Pia.
— Dans le coffre de la voiture, ricana Elard Kaltensee. La Maybach a une plaque diplomatique. Je savais qu'à la frontière on nous ferait simplement signe de passer et c'est ce qui s'est produit.

Pia repensa à la belle-mère de Bodenstein déclarant qu'Elard n'avait aucun sens pratique. Qu'est-ce qui l'avait poussé à prendre enfin des initiatives ?

— J'aurais sans doute continué à refuser de regarder la réalité en face, expliqua Kaltensee. Si elle n'avait pas fait ça à Marcus. Quand il m'a appris que Vera ne lui avait jamais payé son travail et quand je l'ai vu allongé là si… brutalisé, si blessé, quelque chose s'est passé en moi. J'ai été soudain furieux contre elle, contre sa façon cavalière de traiter les gens, d'être si méprisante et indifférente ! J'ai compris alors que je devais l'arrêter et l'empêcher par tous les moyens de continuer à tout dissimuler. Il s'arrêta et secoua la tête : J'ai appris qu'elle voulait partir en douce en Amérique du Sud en passant par l'Italie, c'est pour cela que j'ai dû agir. Il y avait une voiture de police devant les grilles mais j'ai pris un autre chemin. De toute la journée, aucune occasion ne s'est présentée mais ensuite Jutta est partie avec Moormann et un peu plus tard Siegbert, et j'ai pu maîtriser ma mè… je veux dire cette *femme*. Le reste était un jeu d'enfant.

— Pourquoi avez-vous laissé votre Mercedes à l'aéroport ?

— Pour créer une fausse piste. Mais j'ai moins pensé à la police qu'à l'entreprise de sécurité de mon frère qui était sur mes talons, et sur ceux de Marcus. Il fallait malheureusement qu'*elle* reste dans le coffre de la Maybach jusqu'à ce que je sois de retour.

— A la clinique, vous vous êtes fait passer pour le père de Nowak.

Pia le regarda. Il paraissait plus détendu qu'il ne l'avait jamais été, enfin en règle avec son passé. Libéré du poids de l'incertitude, il en avait fini avec son cauchemar personnel.

— Non, intervint Augusta Nowak, j'ai dit qu'il était mon fils, ce qui n'était pas un mensonge.

— C'est vrai, acquiesça Pia puis elle regarda Elard en face. J'ai pensé tout le temps que c'était vous le meurtrier. Vous et Marcus Nowak.

— Je ne peux pas vous en vouloir, répondit Elard. Nous nous sommes rendus suspects à notre insu. Je n'ai pas vraiment pris en compte ces meurtres, j'étais bien trop préoccupé pour ça. Marcus et moi étions tous les deux sens dessus dessous. Pendant un certain temps, nous ne nous le sommes pas avoué, c'était… c'était impensable. Je veux dire qu'auparavant ni lui ni moi n'étions jamais allés avec… un homme. Il poussa un profond soupir : Les nuits pour lesquelles nous n'avions pas d'alibi, nous les avions passées ensemble dans mon appartement de Francfort.

— C'est votre neveu. Vous êtes parents par le sang, remarqua Pia.

— Eh oui. Un sourire glissa sur le visage de Kaltensee. Nous n'aurons pas d'enfants ensemble.

Même Pia ne put s'empêcher de sourire.

— Dommage que vous ne nous ayez pas dit tout cela avant. Cela nous aurait épargné pas mal de travail. Qu'allez-vous faire quand vous serez rentré ?

— Eh bien… Le baron von Zeydlitz-Lauenburg respira profondément : L'époque de la dissimulation est finie. Marcus et moi avons décidé de dire la vérité sur nos relations à nos familles. Nous ne voulons plus avoir de secrets. Pour moi ce n'est pas grave, ma réputation est déjà douteuse, mais pour Marcus c'est un pas difficile.

Pia voulait bien le croire. Les proches de Nowak n'auraient pas une once de compréhension pour cet amour. Son père et toute la famille risquaient de se faire un hara-kiri collectif quand on saurait à Fischbach que leur fils, époux et frère avait abandonné sa famille pour un homme de trente ans plus âgé.

— J'aimerais partir avec Marcus, dit Elard Kaltensee en laissant son regard glisser sur le lac illuminé par le coucher du soleil. Peut-être pourrait-on reconstruire le château si les titres de propriété sont valables. Marcus pourra mieux en juger que moi. Ce serait un magnifique hôtel, avec vue sur le lac.

Pia sourit et regarda sa montre. Il était temps d'appeler Bodenstein.

— Je propose d'amener Mme Kaltensee à la voiture, dit-elle. Ensuite nous irons ensemble…

— Personne ne part d'ici, dit soudain une voix derrière elle.

Pia tourna les yeux, effrayée, et se vit dans la trajectoire d'une arme. Trois silhouettes vêtues de noir portant des masques de carnaval sur la figure dévalaient les marches, un pistolet à la main.

— Enfin Moormann, entendit-elle Vera dire. Vous en avez mis du temps.

— Où est Moormann ? demanda Bodenstein au chef de K-Sécurité.

— Il est parti en voiture, ça, je peux l'affirmer. – Henri Améry ne tenait pas à avoir un casier judiciaire et il était la complaisance en personne. – Tous les véhicules de la famille Kaltensee et de K-Sécurité sont équipés d'une puce que l'on peut localiser à l'aide d'un logiciel.

— Comment ça ?

— Si je peux avoir un ordinateur, je vais vous montrer.

Bodenstein n'hésita pas longtemps, il conduisit l'homme dans le bureau d'Ostermann au premier étage.

— Je vous en prie, dit-il en montrant le bureau.

Bodenstein, Ostermann, Behnke et la Dr Engel regardèrent avec intérêt comment Améry se connectait sur un site Internet du nom de Minor Planet. Il attendit que la page apparaisse puis il entra le nom de l'utilisateur et le mot de passe. Une carte de l'Europe apparut, sur laquelle étaient localisés tous les véhicules avec leur plaque d'immatriculation.

— Nous avons créé ce système pour que je puisse surveiller à tout moment mes collaborateurs, expliqua Améry. Et aussi au cas où un véhicule serait volé.

— Quelle voiture a pu prendre Moormann ?

— Je ne sais pas. Je vais les chercher l'une après l'autre.

Nicole Engel fit signe à Bodenstein de la suivre dans le couloir.

— Je m'occupe du mandat d'arrêt pour Siegbert Kaltensee, dit-elle en baissant la voix. Pour Jutta, il y a un problème, elle jouit de l'immunité parlementaire, mais je vais la convoquer pour une conversation.

— OK, acquiesça Bodenstein. Je vais aller à la Maison des arts avec Améry. Nous trouverons peut-être Ritter là-bas.

— Siegbert Kaltensee sait ce qui s'est passé, supposa Nicole Engel. Il a mauvaise conscience à cause de sa fille.

— Je le crois aussi.

— Je l'ai, annonça Améry en sortant du bureau. Il doit avoir pris la Mercedes classe M du Mühlenhof car elle n'est pas à l'endroit où elle devrait être. Elle est en Pologne dans un village du nom de… Doba. Le véhicule y est depuis quarante-six minutes.

Bodenstein sentit un frisson glacé le parcourir. Moormann, le meurtrier présumé de Robert Watkowiak et de Monika Krämer, était en Pologne. Au téléphone, Pia lui avait dit quelques heures plus tôt qu'ils avaient atteint leur but et que le Dr Kirchhoff allait fouiller la cave à fond. Il était donc peu probable qu'ils aient quitté le château. Qu'allait faire Moormann en Pologne ? Et brusquement, il comprit où était Elard Kaltensee. Il se tourna vers le chef de K-Sécurité.

— Cherchez la Maybach, dit-il d'une voix blanche. Où est-elle ?

Améry cliqua sur l'immatriculation de la limousine.

— Elle est aussi là-bas, dit-il un moment après. Non, attendez. La Maybach s'est mise depuis quelques minutes en mouvement.

Le regard de Bodenstein croisa celui de Nicole Engel. Elle comprit aussitôt.

— Ostermann, vous ne perdez pas des yeux les deux véhicules. Je vais prévenir les collègues polonais. Ensuite je pars à Wiesbaden.

Un des hommes vêtus de noir qui avaient surgi d'une façon si inattendue était parti avec Vera. Son dernier ordre avait été clair : ils devaient ligoter Elard Kaltensee, Augusta Nowak et Pia et les abattre dans la cave. Pia réfléchissait désespérément à la façon de se sortir de cette situation sans issue et de prévenir Miriam et Henning. Des hommes en noir, il n'y avait rien à attendre, ils exécuteraient simplement les ordres, puis repartiraient en Allemagne comme si rien ne s'était passé. Pia savait qu'elle était responsable de Miriam et de Henning, c'est elle qui les avait mis dans cette situation périlleuse ! Une colère folle monta en elle. Elle n'avait aucune envie de se laisser conduire comme une victime à l'abattoir ! Il n'était pas pensable qu'elle meure sans avoir revu Christoph ! Elle avait promis d'aller le chercher à l'aéroport quand il rentrerait ce soir d'Afrique du Sud ! Devant le trou qui menait à la cave, Pia s'arrêta.

— Qu'est-ce que vous allez faire de nous ? dit-elle pour gagner du temps.

— Tu n'as pas entendu ? répondit l'homme d'une voix étouffée par le masque.

— Mais pourquoi... commença Pia.

L'homme lui donna un grand coup dans le dos, elle perdit l'équilibre et disparut dans le trou sur un tas de gravats. A cause de ses mains entravées, elle n'avait pas pu se retenir. Quelque chose de dur lui enfonça douloureusement le diaphragme, elle se retourna sur le dos en haletant, cherchant à reprendre souffle. Apparemment elle n'avait rien de cassé ! L'autre homme poussait Kaltensee et Augusta Nowak devant lui. Eux aussi avaient les mains liées dans le dos.

— Debout !

Déjà l'homme masqué était au-dessus d'elle et la tirait par le bras.

— Avance ! Avance !

A cet instant, Pia réalisa que ce qui lui avait presque cassé une côte était le pistolet d'Elard qu'elle avait glissé dans la ceinture de son pantalon ! Il fallait qu'elle prévienne Miriam et Henning !

— Aïe ! cria-t-elle aussi fort qu'elle put. Mon bras ! Je crois qu'il est cassé.

L'homme jura à voix basse, remit violemment Pia sur ses pieds avec l'aide de son compagnon et la poussa le long du couloir. Pourvu que Miriam et Henning aient entendu son cri et se soient cachés ! Ils étaient son seul espoir, car Vera Kaltensee n'avait pas parlé d'eux aux hommes en noir. Tout en suivant le couloir, elle essayait en vain de libérer ses poignets. Puis ils arrivèrent dans la cave. Le projecteur était toujours allumé mais Miriam et Henning avaient disparu. La bouche de Pia était sèche, son cœur battait à se rompre. L'homme qui l'avait relevée enleva à présent son masque, découvrant son visage.

— Madame Moormann ! s'exclama Pia. Je pensais… je croyais… votre mari…

— Vous auriez dû rester en Allemagne, dit la gouvernante du Mühlenhof, qui visiblement était plus qu'une gouvernante, et qui pour l'heure pointait son pistolet muni d'un silencieux sur la tête de Pia. Ne vous en prenez qu'à vous-même si vous êtes à présent dans le pétrin.

— Mais vous ne pouvez pas me tuer comme ça ! Mes collègues savent où je suis.

— Ferme ta gueule.

Le visage d'Anja Moormann était sans expression, ses yeux aussi froids que des billes de verre.

— Mettez-vous en ligne.

Ni Augusta Nowak ni Elard Kaltensee ne bougèrent.

— Les collègues polonais sont informés et ils vont arriver si je ne les appelle pas, dit Pia dans une dernière tentative.

Elle faisait tourner désespérément ses poignets. Ses doigts étaient déjà engourdis mais elle avait l'impression que les cordes cédaient. Il fallait gagner du temps !

— Votre patronne sera arrêtée à la frontière, dit-elle. Pourquoi vous faites ça ? C'est stupide !

Anja Moormann ne fit pas attention à elle.

— Allez, monsieur le professeur, dit-elle en pointant son arme sur Elard Kaltensee, à genoux, si je peux me permettre.

— Comment vous pouvez faire ça, Anja ? dit Kaltensee d'une voix étonnamment calme. Vous me décevez beaucoup.

— A genoux ! ordonna la prétendue gouvernante.

Pia sentit la sueur lui couler sur tout le corps quand la corde soudain céda. Elle serra les poings, en espérant que ses doigts retrouveraient leur sensibilité. Son unique chance était l'effet de surprise.

Elard Kaltensee, d'un air résigné, fit un pas vers le trou que Miriam et Henning avaient creusé et se mit à genoux. Mais avant qu'Anja ou son complice aient pu réagir, Pia tira le pistolet de son pantalon, enleva le cran d'arrêt et tira. Le coup partit, assourdissant, et déchiqueta la cuisse du deuxième homme en noir. Anja Moormann n'hésita pas une seconde. Elle pointait toujours son arme sur la tête d'Elard Kaltensee et tira. Au même moment, Augusta Nowak se jeta en avant et tomba devant son fils agenouillé. Le silencieux ne fit entendre qu'un son étouffé, la balle entra dans la poitrine de la vieille femme et la projeta en arrière. Avant qu'Anja ait pu tirer un deuxième coup, Pia plongea et atterrit de tout son poids sur elle. Elles tombèrent sur le sol. Pia était allongée sur le dos, Anja s'agenouilla sur elle et ses mains se refermèrent sur son cou. Pia se défendait de toutes ses forces, essayant de se souvenir des conseils de ses cours d'autodéfense, mais elle n'avait jamais affronté une tueuse professionnelle bien entraînée et prête à tout. Dans la lumière vacillante, les batteries du projecteur étaient presque à plat, elle ne distinguait plus le visage d'Anja grimaçant sous l'effort. Elle ne recevait plus d'air et avait l'impression que ses yeux allaient jaillir de leurs orbites. Le cerveau privé d'oxygène, elle perdit conscience environ dix secondes, encore cinq à dix secondes et les fonctions cérébrales seraient détruites de façon irréversible. Le légiste constaterait sur son cadavre des hématomes punctiformes et une congestion des mains et de la muqueuse du larynx. Mais elle ne voulait pas mourir, pas maintenant et pas ici dans cette cave ! Elle n'avait même pas quarante ans ! Pia libéra une main et griffa le visage d'Anja avec la force du désespoir. La femme ahanait, grimaçait et grinçait des dents comme un pitbull mais elle relâcha un peu son étreinte. Alors quelque chose de dur frappa la tempe de Pia et elle perdit conscience.

Jutta était assise à sa place dans le parlement de la Hesse parmi les membres de son groupe au troisième rang, n'écoutant que d'une oreille les éternelles joutes entre le *Ministerpräsident* et le président du groupe des verts sur le sujet à l'ordre du jour : l'agrandissement de l'aéroport de Francfort. Ses pensées en effet étaient très loin. Bien que le Dr Rosenblatt lui ait assuré que la police n'avait aucune preuve contre elle et dirigeait tous ses soupçons et ses accusations contre Siegbert et sa mère, elle était inquiète. L'affaire avec le commissaire et les photos avait été une erreur, elle s'en rendait compte. Elle aurait dû se tenir en dehors de toute cette histoire. Mais Berti, cette poule mouillée, avait montré les dents, après avoir, pendant des années, obéi aux ordres de Vera sans une once de mauvaise conscience et sans se poser la moindre question. A ce moment de sa carrière, Jutta ne pouvait pas se permettre d'être mêlée à une enquête pour meurtres ni à de sombres secrets de famille. Elle allait être nommée par son parti tête de liste pour les prochaines élections, et jusqu'à présent elle avait la situation bien en main.

Elle consultait sans arrêt l'écran de son téléphone portable mis sur silencieux. Elle ne remarqua pas immédiatement l'agitation qui se propageait dans l'hémicycle. Ce n'est que lorsque le *Ministerpräsident* s'interrompit qu'elle leva la tête et aperçut deux policiers en uniforme et une femme rousse arrêtés devant le banc du gouvernement. Ils parlaient à voix basse avec le *Ministerpräsident* et le président du parlement, qui paraissaient consternés et cherchaient des yeux dans la salle. Jutta Kaltensee sentit un picotement de panique dans la nuque. Aucun indice ne menait à elle. Impossible. Henri se ferait couper en quatre, plutôt que d'ouvrir la bouche. A présent la rouquine se dirigeait vers elle d'un pas décidé. Bien que l'angoisse coulât dans ses veines comme une eau glacée, Jutta s'efforça de garder un air détaché. Elle était protégée par son immunité parlementaire, on ne pouvait pas l'arrêter.

La cave sentait l'humidité et l'abandon. Bodenstein chercha le commutateur et poussa un soupir de soulagement quand il vit, dans la lumière vacillante du néon, Ritter enchaîné, allongé sur une table de métal barbouillée de peinture. Une jeune Japonaise avait fini par ouvrir la porte de la Maison des arts après de nombreux coups de sonnette. C'était une des artistes qui avait été invitée par la fondation Eugen-Kaltensee et qui vivait et travaillait depuis six mois à la Maison des arts. Affolée et muette, elle avait vu Bodenstein, Behnke, Henri Améry et quatre agents de police de Francfort passer devant elle et forcer la porte de la cave.

— Bonjour, monsieur Ritter, dit Bodenstein en avançant vers la table.

Il fallut quelques secondes pour que son cerveau accepte ce que ses yeux avaient déjà compris. Thomas Ritter était allongé, les yeux largement ouverts, et il était mort. On lui avait enfoncé une canule dans la carotide et son cœur, à chaque battement, avait pompé le sang de son corps dans un seau placé sous la table. Bodenstein détourna la tête, écœuré. Il en avait assez de la mort, du sang et des crimes. Il en avait assez que les assassins aient toujours une longueur d'avance et il en avait assez d'être incapable de les contrer ! Pourquoi Ritter n'avait-il pas écouté ses avertissements ? Comment avait-il pu prendre avec tant de légèreté et d'arrogance les menaces de la famille Kaltensee ? Pour Bodenstein, il n'était pas pensable que la soif de vengeance fût plus puissante que la raison. Thomas Ritter n'aurait jamais dû toucher à cette biographie funeste et à ce journal. Il serait devenu père dans quelques mois et aurait pu avoir une vie longue et heureuse ! Son portable arracha Bodenstein à ses pensées.

— La Mercedes classe M a elle aussi quitté Doba, lui apprit Ostermann. Mais je n'arrive pas à joindre Pia.

— Bon Dieu.

Bodenstein ne s'était jamais senti aussi misérable. Il avait vraiment tout raté. Il aurait dû interdire à Pia d'aller en Pologne ! Nicole avait raison : ce qui s'était passé soixante ans plus tôt ne les regardait pas. Leur tâche était d'élucider les meurtres, rien de plus.

— Et Ritter ? demanda Ostermann. Vous l'avez trouvé ?

— Oui. Il est mort.

— Merde ! sa femme est en bas et refuse de partir avant de vous avoir parlé, à vous ou à Pia.

Bodenstein regarda fixement le cadavre et le seau rempli de sang coagulé. Il sentit son estomac se soulever. Et s'il était arrivé quelque chose à Pia ? Il chassa cette pensée.

— Essaie encore d'appeler Pia, essaie aussi le portable de Henning Kirchhoff, dit-il à Ostermann puis il coupa la communication.

— Je peux partir maintenant ? demanda Henri Améry.

— Non, dit Bodenstein sans lui accorder un regard. Vous êtes toujours soupçonné de meurtre.

Sans prêter attention aux protestations d'Améry, il quitta la cave. Que s'était-il passé en Pologne ? Pourquoi les deux voitures revenaient-elles ? Pourquoi diable Pia ne téléphonait-elle pas comme promis ? La douleur lui enserrait le crâne dans un cercle de fer, il avait de nouveau un goût désagréable dans la bouche.

Il se souvint alors qu'il n'avait rien mangé de toute la journée et bu trop de café. Il respira profondément en arrivant sur la place de Römerberg. Il avait perdu le contrôle de la situation et il aurait eu besoin d'une longue promenade solitaire pour pouvoir évacuer de son esprit les pensées lancinantes. Au lieu de cela, il devait annoncer, avec ménagement, à Marleen Ritter qu'elle avait perdu son mari.

Lorsque Pia revint à elle, son cou lui faisait mal et elle ne pouvait pas déglutir. Elle ouvrit les yeux et vit à la lumière sourde qu'elle était encore dans la cave. Du coin de l'œil, elle perçut un mouvement. Quelqu'un était derrière elle. Elle entendit une respiration étranglée et d'un coup la mémoire lui revint. Anja Moormann, le pistolet, le coup de feu qui avait traversé la poitrine d'Augusta Nowak ! Combien de temps était-elle restée inconsciente ? Son sang se glaça dans ses veines lorsqu'elle entendit le clic de la sécurité de son pistolet. Elle voulut crier mais seul un faible gargouillis sortit de sa bouche. Elle se crispa au plus profond d'elle-même et ferma les yeux. Comment ce serait quand la balle traverserait son crâne ? Est-ce qu'elle la sentirait ? Est-ce que ça ferait mal ? Est-ce que…

— Pia !
Quelqu'un lui secouait l'épaule. Elle ouvrit les yeux. Une vague de soulagement parcourut son corps quand elle vit le visage de son ex-mari. Elle toussa et se racla la gorge.
— Comment… que… croassa-t-elle sans comprendre.
Henning était livide. A son étonnement, il éclata en sanglots et la serra dans ses bras avec force.
— J'ai eu si peur, murmura-t-il dans ses cheveux. Mon Dieu, tu saignes de la tête.
Pia tremblait de tout son corps, son cou lui faisait mal mais la conscience d'avoir, à la dernière minute, échappé à la mort, la remplissait d'un bonheur presque hystérique. Puis elle se souvint d'Elard Kaltensee et d'Augusta Nowak. Elle se libéra des bras de Henning et se redressa. Kaltensee était assis dans le sable entre les ossements de ses parents assassinés, serrant sa mère dans ses bras. Les larmes baignaient son visage.

— Maman, chuchotait-il. Maman, ne meurs pas... je t'en prie !

— Où est Anja Moormann ? souffla Pia. Et le type sur qui j'ai tiré ?

— Il est là-bas, répondit Henning. Je l'ai assommé avec ma lampe torche quand il a voulu tirer sur toi. Puis la femme a décampé.

— Où est Miriam ? Il faut appeler les urgences pour Mme Nowak.

Pia rampa vers Augusta Nowak et son fils. Mais les urgences arriveraient trop tard. Augusta était mourante. Un fin ruisseau de sang s'échappait du coin de sa bouche. Elle avait les yeux fermés, mais elle respirait encore.

— Madame Nowak. La voix de Pia était toujours aussi rauque. Vous m'entendez ?

Augusta Nowak ouvrit les yeux. Son regard était étonnamment lucide, sa main se tendit vers le fils qu'elle avait perdu autrefois, exactement à cet endroit. Elard Kaltensee lui saisit la main, elle poussa un profond soupir. Après plus de soixante ans, le cercle s'était refermé.

— Heini ?

— Je suis là, maman, dit Elard qui dominait difficilement sa voix. Je suis là. Tu vas guérir. Tout ira bien.

— Non, mon garçon, murmura-t-elle en souriant. Je suis en train de mourir... mais... tu ne dois... pas pleurer. Heini. Cesse de pleurer. C'est... bien ainsi. Ici... je suis... chez lui... chez... mon Elard.

Elard Kaltensee caressa le visage de sa mère.

— Occupe-toi... de Marcus, chuchota-t-elle.

Elle eut une quinte de toux. Une écume sanglante lui monta aux lèvres, son regard devint trouble.

— Mon cher petit...

Elle prit une profonde inspiration puis expira. Sa tête tomba de côté.

— Non ! Elard serra plus fort le corps de la vieille femme. Non, maman, non ! Tu ne peux pas mourir maintenant !

Il sanglotait comme un enfant. Pia sentit les larmes lui monter aux yeux. Dans un élan de sympathie elle posa la main sur l'épaule d'Elard. Il leva les yeux vers elle, sans quitter sa mère, le visage dévasté de douleur.

— Elle est morte en paix, dit Pia doucement. Dans les bras de son fils, et près de sa famille.

Marleen Ritter marchait de long en large dans la petite salle d'attente comme une bête en cage. De temps en temps, son regard se posait sur son père assis dans la pièce à côté et séparé d'elle par une vitre. Il était immobile, le regard vide, vieilli de plusieurs années, comme une marionnette dont on aurait coupé les fils. Bouleversée, Marleen avait compris ce qu'elle avait préféré ignorer depuis toujours. Sa grand-mère n'était pas une gentille vieille dame comme elle l'avait cru, bien au contraire. Elle avait menti et trompé selon son intérêt. Marleen s'arrêta devant la vitre et regarda l'homme qui était son père. Toute sa vie, il avait obéi aux caprices de sa mère, avait tout fait pour lui complaire et s'attirer sa reconnaissance. En vain. Il devait lui être amer de comprendre qu'il avait été manipulé sans vergogne. Pourtant Marleen n'éprouvait pour lui aucune pitié.
— Assieds-toi un peu, dit Katharina derrière elle.
Marleen secoua la tête.
— Sinon, je deviens folle, dit-elle.
Katharina lui avait tout expliqué : l'histoire de la caisse, l'idée funeste de Thomas d'écrire une biographie et comment il avait appris par le journal que Vera n'était pas ce qu'elle prétendait être.
— S'il est arrivé quelque chose à Thomas, je ne le pardonnerai jamais à mon père, dit-elle d'une voix sourde.
Katharina ne répondit pas, car au même moment Jutta Kaltensee, son ex-meilleure amie, pénétra dans la salle où était Siegbert. Celui-ci leva la tête quand sa sœur entra.
— Tu étais au courant de tout ça, j'en suis sûr ? tonna sa voix dans le haut-parleur.
Marleen se boucha les oreilles.
— De quoi j'étais au courant ? répliqua froidement Jutta Kaltensee de l'autre côté de la vitre.
— Qu'elle a fait tuer Robert pour qu'il tienne sa langue. Et aussi son amie. Et tu souhaitais, toi aussi, que Ritter disparaisse, parce que vous aviez peur de ce qu'il avait écrit dans son livre.
— Je ne sais même pas de quoi tu parles, Berti.
Jutta s'assit sur une chaise en croisant les jambes. Sûre d'elle et de son immunité parlementaire.

— Tout à fait sa mère, murmura Katharina.
— Tu savais que Marleen avait épousé Thomas, reprocha Siegbert à sa sœur. Tu savais aussi qu'elle était enceinte !
— Et quand bien même ? dit Jutta en haussant les épaules. Je ne pouvais pas prévoir que vous iriez jusqu'à le faire enlever !
— Je ne l'aurais pas fait enlever si je l'avais su.
— Allons donc, Berti, dit Jutta avec un rire moqueur. Tout le monde sait que tu le hais comme la peste. Il a toujours été une épine dans ton pied.

Marleen se tenait contre la vitre, comme paralysée. On frappa à la porte et Bodenstein entra.

— Vous avez trouvé mon mari ! cria Marleen. Mon père et ma tante ! Ils ont…

Elle s'arrêta en voyant la figure de Bodenstein. Avant qu'il ait ouvert la bouche, elle comprit. Ses jambes se dérobèrent sous elle, elle tomba sur les genoux. Puis elle se mit à crier.

En gravissant les marches du commissariat, Pia avait l'impression d'être une otage libérée après une longue détention. Vingt minutes à peine après la mort d'Augusta Nowak, les collègues polonais étaient arrivés. Ils avaient conduit Henning, Miriam, Elard Kaltensee et Pia au commissariat de Gizycko. Ils avaient dû passer plusieurs coups de téléphone à la Dr Engel pour se faire expliquer la situation et finalement ils avaient laissé partir Pia et Elard Kaltensee. Miriam et Henning étaient restés à Gizycko quelques jours de plus pour sortir les ossements de la cave du château avec l'aide de spécialistes polonais. Behnke les attendait à l'aéroport et le professeur s'était aussitôt précipité à la clinique. Il était dix heures du soir quand Pia longea le couloir désert et frappa à la porte du bureau de Bodenstein. Celui-ci se leva de sa table et, à sa stupéfaction, la serra brièvement et énergiquement dans ses bras. Puis il lui mit les mains sur les épaules et la regarda d'une façon qui l'embarrassa.

— Dieu soit loué, dit-il d'une voix enrouée. Je suis vraiment heureux de vous voir.

— Je ne peux pas vous avoir manqué à ce point, je n'ai été absente que vingt-quatre heures, dit Pia pour dissiper l'émotion de son chef en plaisantant. Vous pourrez m'envoyer en mission autre part, sans problème, chef. J'aime bien ça.

A son soulagement, Bodenstein adopta son ton.

— Vingt-quatre heures, c'était bien assez long. Ce qui me faisait le plus peur, c'était de devoir rédiger moi-même ce fichu rapport de police.

Pia esquissa un sourire et écarta les cheveux de son visage.

— Tous les cas sont résolus, non ?

— Il semblerait, acquiesça-t-il en lui faisant signe de s'asseoir. Grâce à cette puce électronique placée sur les véhicules, les collègues ont pu arrêter Vera Kaltensee et Anja Moormann à la frontière. Anja Moormann a déjà avoué. Elle n'a pas tué que Monika Krämer et Watkowiak, elle a aussi tué Thomas Ritter.

— Elle a avoué si facilement ? dit Pia en se frottant une bosse douloureuse sur la tempe que lui avait laissée l'impact de l'automatique d'Anja Moormann, et elle se souvint en frissonnant des yeux glacés de la femme.

— C'était une des meilleures espionnes de la RDA et elle a pas mal de choses à se reprocher, expliqua Bodenstein. Ses déclarations ont lourdement chargé Siegbert Kaltensee. C'est lui qui a ordonné ces meurtres.

— Vraiment ? J'aurais parié sur Jutta.

— Jutta est trop maligne pour ça. Siegbert a d'ailleurs tout avoué. Nous avons découvert les objets personnels d'Anita Frings au Mühlenhof et les choses qu'on a mis sur le dos de Watkowiak pour en faire un suspect. En outre, Mme Moormann a raconté comment elle avait tué Watkowiak. Dans la cuisine de sa maison.

— Mon Dieu, quel monstre froid.

Pia comprit à quel point sa lutte avec Anja Moormann aurait pu être mortelle.

— Mais qui a transporté le cadavre dans la maison ? C'était visiblement un amateur. S'ils n'avaient pas passé l'aspirateur sans soulever le matelas, je ne serais pas devenue si méfiante.

— C'étaient les hommes d'Améry, répondit Bodenstein. Ils n'ont pas beaucoup de jugeote.

Pia ne réprima qu'avec peine un bâillement. Elle n'avait qu'une envie, d'abord une douche chaude et ensuite vingt-quatre heures de sommeil non-stop.

— Je ne comprends toujours pas pourquoi Monika Krämer devait mourir.

— Très simple : pour nous rendre Watkowiak encore plus suspect. L'argent liquide que nous avons trouvé venait du coffre d'Anita Frings.

— Et pour Vera Kaltensee ? Siegbert n'a-t-il pas obéi à ses ordres ? Ça, nous ne pouvons pas le prouver. Et ça ne lui servirait à rien. Mais la procureur ordonne une nouvelle enquête sur la mort d'Eugen Kaltensee et aussi sur la mort de Danuta Watkowiak. La fille était arrivée illégalement en Allemagne, c'est pour cela que personne n'a déclaré sa disparition.

— Moormann savait-il ce que sa femme faisait ? demanda Pia. Où était-il pendant tout ce temps ?

— Elle l'avait enfermé dans la pièce où étaient entreposées les caisses. Il connaissait naturellement le passé de sa femme, puisqu'il faisait lui-même partie de la Stasi. Comme ses parents.

— Ses parents ? demanda Pia en frottant ses tempes douloureuses.

— Anita Frings était sa mère, expliqua Bodenstein. C'était Moormann le Katerchen qui venait la voir si souvent et allait la promener dans le parc.

Ils se regardèrent en silence.

— Et le résultat d'examen sur le cas inexpliqué à l'Est. C'était bien un ADN masculin. Comment ça pouvait être celui d'Anja Moormann ?

— C'était une professionnelle, expliqua Bodenstein. Pendant ses missions, elle portait une perruque de vrais cheveux et en laissait intentionnellement un sur chaque scène de crime. Pour nous mettre sur une fausse piste.

— Incroyable. La Dr Engel s'est bien comportée avec moi chez les collègues polonais. Ils n'étaient pas particulièrement enthousiasmés par notre équipée.

— Oui, elle a été fair-play. Nous aurons peut-être une chef tout à fait correcte.

Pia hésita brièvement puis en le regardant :

— Et... hum... l'autre problème ?

— Terminé, dit Bodenstein allègrement.

Il se leva, ouvrit son placard et en sortit une bouteille de cognac et deux verres.

— Si Nowak et Elard Kaltensee avaient été un peu plus courageux, tout ça ne serait pas allé si loin.

Pia observa comment son chef versait exactement deux doigts de cognac dans chaque verre.

— Mais il ne me serait jamais venu à l'esprit qu'ils étaient amants. J'en étais à des années-lumière quand je le soupçonnais.

— Moi aussi, dit Bodenstein en lui tendant le verre.
— Et à quoi trinquons-nous ?
— Pour être exact, nous avons au moins... hum... élucidé quinze meurtres sans compter les deux cas de Dessau et de Halle. Je trouve finalement que nous ne sommes pas si mauvais.
— A la vôtre !
Pia leva son verre.
— Un moment, l'arrêta Bodenstein. Je trouve que le temps est venu que nous nous conduisions comme tous nos collègues en Allemagne. Je propose qu'à l'avenir nous nous tutoyions. Je serais dorénavant Oliver.
— Mais vous n'avez tout de même pas l'intention de trinquer comme dans les confréries avec accolades et ainsi de suite ?
— Jamais de la vie ! Bodenstein sourit, choqua son verre contre le sien et but une gorgée. Votre directeur de zoo va vraisemblablement me tordre le cou.
— Merde ! Horrifiée, Pia laissa pencher son verre. J'ai oublié Christoph ! Je devais aller le chercher à l'aéroport à huit heures et demie ! Quelle heure est-il ?
— Onze heures moins le quart.
— Bon Dieu ! Je ne sais même pas son numéro de téléphone par cœur, et mon portable doit être quelque part dans un lac de Mazurie !
— Si vous me le demandez gentiment, je peux vous le donner, proposa Bodenstein grand seigneur. J'ai enregistré son numéro.
— Je croyais que nous devions nous tutoyer.
— Vous n'avez pas encore bu.
Pia le regarda puis elle avala le cognac d'un trait en faisant la grimace.
— Maintenant Oliver, sois gentil, passe-moi ton portable.

Les filles de Christoph se regardèrent étonnées lorsque Pia appela à onze heures et demie. Elles n'avaient pas de nouvelles de leur père, persuadées que Pia était allée le chercher. Annika essaya de l'appeler sur son portable mais il était toujours éteint.

— Le vol a peut-être eu du retard, dit la deuxième fille de Christoph qui ne semblait pas se faire beaucoup de souci pour son père. Il va bientôt nous appeler.

— Merci.

Pia se sentait misérable et abattue. Elle monta dans sa Nissan et prit le chemin du Birkenhof. Bodenstein était à présent avec sa Cosima, qui lui avait pardonné son équipée. Henning et Miriam étaient ensemble dans un hôtel de Gizycko ; il sautait aux yeux que cette aventure avait fait jaillir entre eux une étincelle. Elard Kaltensee tenait la main de Marcus Nowak à la clinique. Il n'y avait qu'elle qui était seule. Le vague espoir que Christoph fût allé directement chez elle de l'aéroport s'évanouit. Le Birkenhof était plongé dans l'obscurité. Aucune voiture devant la porte. Pia se sentit au bord des larmes quand les chiens lui firent fête et qu'elle ouvrit la porte. Il l'avait sans doute attendue, essayé en vain de l'appeler et finalement il était allé boire un verre avec la séduisante collègue de Berlin. Bon Dieu ! Comment avait-elle pu oublier ! Elle alluma et laissa tomber son sac par terre. Soudain son cœur fit un bond. La table de la cuisine était mise avec verres à vin et jolie vaisselle. Dans le rafraîchissoir où la glace fondait, trônait une bouteille de champagne et sur la cuisinière étaient posés un plat et une poêle. Pia sourit, émue. Dans le salon, elle trouva Christoph profondément endormi sur le canapé. Une vague de bonheur la submergea.

— Hey, chuchota-t-elle en s'accroupissant devant le divan.

Christoph ouvrit les yeux et murmura :

— Excuse-moi, le repas doit être froid.

— Excuse-moi pour avoir oublié d'aller te chercher. J'ai perdu mon portable, je ne pouvais pas t'appeler. Mais nous avons résolu tous les cas.

— C'est parfait, dit Christoph en lui caressant tendrement la joue. Tu as l'air d'aller bien.

— J'ai eu un peu de stress ces derniers jours.

Il l'observa attentivement.

— Que t'est-il arrivé ? Ta voix est bizarre.

— Pas la peine d'en parler. La gouvernante des Kaltensee a essayé de m'étrangler dans les ruines d'un château en Pologne.

— Ah bon ! Prenant cela pour une plaisanterie, Christoph sourit. Mais à présent ça va ?

— Très bien.

Il s'assit et la prit dans ses bras.

— Tu ne peux pas savoir comme tu m'as manqué.

— Vraiment ? Je t'ai manqué en Afrique du Sud.

— Oh oui ! Il resserra son étreinte et l'embrassa. Et comment !

ÉPILOGUE

SEPTEMBRE 2007

Marcus Nowak observait les restes noircis de la façade de brique, les trous vides des fenêtres et le toit effondré. Il ne voyait pas la tristesse des ruines : devant ses yeux se dressait l'image du château tel qu'il était autrefois. La façade classique, magnifique dans sa sobre symétrie, l'étroit bâtiment principal bordé de deux ailes de deux étages, flanquées elles-mêmes de pavillons massifs à toits à bulbes et d'une tour effondrée. Les minces colonnes doriques encadrant le grand portail, l'allée ombreuse qui menait au château, le grand parc planté de majestueux érables et de hêtres centenaires. Tout autour, le vaste paysage de Prusse-Orientale et le bruissement de l'eau et des bois qui, durant sa première visite, deux ans plus tôt, l'avait si profondément ému. C'était la terre des siens et des parents d'Elard, et les événements qui s'étaient déroulés dans la cave du château, il y avait soixante-trois ans de cela, avaient profondément marqué leurs deux existences. Depuis quatre mois, beaucoup de choses avaient changé. Marcus avait dit la vérité à sa femme et à sa famille et était allé vivre au Mühlenhof avec Elard. Après deux opérations, sa main était presque aussi mobile qu'avant. Elard était tout à fait transformé. Les fantômes du passé ne le torturaient plus, la femme qu'il avait tenue pour sa mère était en prison, comme son frère Siegbert et Anja Moormann, la tueuse professionnelle. Marleen Ritter avait rendu à Elard le journal de sa tante Vera. Et quelques semaines après, au moment de la Foire du livre, allait paraître la biographie qui avait coûté la vie à celui qui l'avait écrite et valait déjà à la famille Kaltensee les manchettes des journaux.

Malgré tout cela, Jutta avait été nommée tête de liste par son parti pour les élections du land de janvier prochain et elle avait de bonnes chances de les remporter. Marleen Ritter avait été nommée PDG de la KMF pour transformer la firme, avec le soutien des dirigeants, en société anonyme. Dans les caisses restées au Mühlenhof, on avait trouvé les actes qui allaient permettre que Joseph Stein, le propriétaire juif de la KMF, fût rétabli dans ses droits s'il revenait en Allemagne. Dans son arrogance, Vera/Edda n'avait rien détruit.

Mais tout cela était le passé. Marcus sourit en voyant venir vers lui Elard, baron von Zeydlitz-Lauenburg. Tout avait tourné à son avantage. Il avait obtenu le marché pour la restauration du vieux Francfort. Le bourgmestre de Gizycko était d'accord pour vendre le château à Elard presque pour une bouchée de pain. Dès que le contrat serait signé, la dépouille terrestre d'Augusta Nowak serait enterrée avec les ossements authentifiés grâce à l'ADN dans le vieux cimetière de la famille au bord du lac. Ainsi Augusta reposerait aux côtés de son bien-aimé Elard, de ses parents et de sa sœur, dans sa patrie.

— Alors ? dit Elard en s'arrêtant près de lui. Qu'est-ce que tu en penses ?

— C'est faisable, mais je crains que ce ne soit follement cher et que ça ne dure des années.

— Et alors ? sourit Elard en lui posant le bras sur l'épaule. Nous avons tout le temps du monde.

Marcus s'appuya sur lui et regarda de nouveau le château.

— *Hôtel Augusta du Lac*, dit-il en souriant. Je le vois déjà.

REMERCIEMENTS

Je remercie Claudia et Caroline Cohen, Camilla Altvater, Susanne Hecker, Peter Hillebrecht, Simone Schreiber, Catrin Runge et Anne Pfenninger, pour avoir relu le manuscrit.

Un grand merci au Pr Hansjürgen Bratzke, directeur de l'institut médicolégal de Francfort, pour avoir répondu de façon détaillée à mes innombrables questions sur les procédés de la médecine légale. S'il reste des erreurs, elles me sont imputables.

Merci aussi au commissaire principal Peter Deppe de l'inspection régionale de la Kripo de Hofheim qui a répondu à mes questions sur le déroulement d'une enquête et sur le travail épuisant des policiers et m'a fait, entre autres, remarquer qu'en Allemagne tous les policiers de la Kripo se tutoient.

Enfin je dois des remerciements tout particuliers à mon éditrice Marion Vazquez. Travailler ensemble sur *Flétrissure* a été un grand bonheur.

NELE NEUHAUS,
février 2009.

TABLE

Prologue	11
Samedi 28 avril 2007	15
Dimanche 29 avril 2007	49
Lundi 30 avril 2007	53
Mardi 1er mai 2007	65
Mercredi 2 mai 2007	95
Jeudi 3 mai 2007	119
Vendredi 4 mai 2007	135
Samedi 5 mai 2007	167
Dimanche 6 mai 2007	191
Lundi 7 mai 2007	195
Mardi 8 mai 2007	229
Mercredi 9 mai 2007	251
Jeudi 10 mai 2007	287
Vendredi 11 mai 2007	319
Epilogue. Septembre 2007	357
Remerciements	359

OUVRAGE RÉALISÉ
PAR L'ATELIER GRAPHIQUE ACTES SUD
ACHEVÉ D'IMPRIMER
SUR ROTO-PAGE
EN AOÛT 2011
PAR L'IMPRIMERIE FLOCH
À MAYENNE
POUR LE COMPTE DES ÉDITIONS
ACTES SUD
LE MÉJAN
PLACE NINA-BERBEROVA
13200 ARLES

DÉPÔT LÉGAL
1ʳᵉ ÉDITION : SEPTEMBRE 2011
N° impr. : 80181
(Imprimé en France)